www.bbulmedia.com

www.bbulmedia.com

머무시는
연애중

머두쉬는 연애 중

초판 1쇄 찍음 2016년 12월 22일
초판 1쇄 펴냄 2016년 12월 29일

지은이 | 이은교
펴낸이 | 정 필
펴낸곳 | (주)뿔미디어

기획 · 편집 | 이영은

출판등록 | 2002년 9월 11일 (제1081-1-132호)
주소 | 경기도 부천시 원미구 소향로 17, 303(두성프라자)
전화 | 032)651-6513 / 팩스 | 032)651-6094
E-mail | dahyangs@naver.com
블로그 | http://blog.naver.com/dahyangs
비북스 | http://b-books.co.kr

값 9,000원

ISBN 979-11-315-7605-2 03810

머무사는 연애 중

이은교

장편 소설

contents

아무르(Amour).

프랑스어로 '사랑'이라는 의미를 뜻하는 아무르는 패션, 뷰티, 시계와 파인 주얼리 등을 제작, 판매하는 명품 브랜드다. 독창적인 디자인과 고급화된 질로 자신의 이름처럼 많은 세계인들의 사랑을 받으며 창립 10년 만에 글로벌 브랜드 컨설팅사인 인터브랜드에서 선정하는 '글로벌 100대 브랜드'에 3년 연속, 당당히 이름을 올렸다.

아무르가 이렇게까지 빠른 시일 내에 크게 성장하는 데 있어 가장 큰 공신을 세운 것은 패션 사업 중 '가방' 파트였다.

창립되고 3년이라는 시간 동안, 제대로 된 매출 없이 회사 자금만 갉아먹는다고 송충이 취급을 받던 가방 디자인 팀이 훗날에 아무르의 가장이라는 말을 들을 수 있게 된 그 중심엔, 한 여자가 있었다.

불도저 같은 추진력, 탁월한 감각, 뛰어난 실력과 그 모든 것들을 뒷받침하는 그녀의 악착같은 노력이 결국, 최고의 가방을 만들어 냈다. 신상품으로 출시된 '봄의 유혹'이라는 타이틀을 단 가방으로 아무르 연 매출을 무려 30.8%나 성장시키는 기적을 보여주며 그녀는 단숨에 이사 직급을 달고 아무르의 마스코트가 되었다.

그 이름, 바로 메두사.

변정연이었다.

프롤로그

1

메두사, 변정연

"야. 야. 메두사 떴다! 떴어!"

목 끝까지 차오르는 숨을 헐떡이며 허겁지겁 뛰어 들어와 외치는 사원의 한마디에 사무실은 한순간에 아수라장이 되었다. 휴게실에서 앉아서 여유롭게 커피를 마시던 사원들도, 근무 시간 전까지 한가로이 손톱에 매니큐어를 바르고 있던 사원도, 개인적인 전화 통화를 하고 있던 사원도, 아침밥으로 샌드위치를 먹고 있던 사원도, 손에 잡힌 모든 것들을 버리다시피 내팽개치고 허둥지둥 자신들의 자리로 돌아갔다. 그러고는 꼿꼿이 허리를 편 정자세로 업무에 들어갔다.

또각또각.

대리석을 노크하듯 일정한 속도를 유지하며 점점 가깝게 들려오는 하이힐 소리에 사원들의 긴장은 극심하게 치솟았다. 저승사자가 이곳을 방문한다 해도 이보다 더 두렵진 않으리.

마침내, 사무실 자동문이 열리고 단 한 번의 숨소리만으로도 중압감을 느끼게 만드는 그녀, 정연이 들어왔다. 사원들은 왕국에서나 볼 듯한 근위병처럼 그녀에게 예의를 갖춰 인사했다.

"오셨습니까, 이사님!"

"좋은 아침입니다. 이사님!"

지나치게 형식적인 사원들의 인사에 정연은 가볍게 눈을 맞추고는 자신의 사무실이 위치한 2층으로 향했다. 그녀가 걸음을 내디디며 계단으로 올라서는 모습을 보는 사원들의 눈에는 여전히 두려움이 잔뜩 서려 있었다. 그녀가 사무실 안까지 무사히 들어가 의자에 앉을 때까지 잠깐의 긴장도 늦출 수 없어 보이는 초식 동물들의 본능적인 웅크림이었다.

전면이 통유리로 되어 있는 사무실 안으로 그녀가 들어가 어깨에 걸치고 있던 재킷을 벗어 걸고 자리에 앉자, 그제야 꽉 막혀 있던 바깥 사무실 이곳저곳에서 숨통 트이는 한숨이 몰려왔다.

하지만, 그것도 잠시. 그녀가 책상 위에 수두룩하게 쌓여 있는 서류들을 들고 일어나자 그들은 올 것이 왔다며 울상이 된 얼굴로 서둘러 회의 자료를 준비했다.

아래로 내려온 정연은 서류를 들고 있는 손으로 회의실을 가리켰다. 사람들은 이제, 2차 폭탄을 피하기 위해 갖은 노력을 할 것이다.

회의실에 모인 사원들은 사냥 나온 암사자의 시야에서 간절히 벗어나고 싶어 하는 가녀린 사슴들처럼 몸을 최대한 움츠리며 정연의 시선을 피했다.

사원들이 제출한 이번 시즌 신상품 디자인들을 보던 정연의 손이 멈췄다. 그러자 사원들은 제발, 자신의 것은 아니기를 바라며 속으로 간절히 빌었다. 정연이 들고 있던 디자인을 뒤에 앉아 있는 비서에게 보여 주자, 비서가 미리 받은 USB의 자료들을 빔으로 쐈다.

어둠 속에서 유일하게 빛나고 있는 빔 속에 자신의 디자인이 뜨자, 민정의 얼굴이 절망으로 구겨졌다.

"프린지 장식의 스웨이드 숄더백으로……."

치이이이익—

더듬거리는 민정의 말이 다 이어지기도 전에 분쇄기가 작동하는 소리가 회의실 안을 매섭게 점령했다. 분쇄기를 통해 처참할 정도로 갈기갈기 찢겨 가고 있는 자신의 디자인을 보는 민정의 눈은 어느새 촉촉이 젖어 있었다.

"불만 있어?"

하나의 과녁을 뚫는 첨예한 화살 같은 정연의 날카로운 목소리에 민정이 얼른 고개를 내저었다.

"아니요."

"그럼 그것에 대해서 설명해 봐."

"네?"

"불만이 없다며. 자신의 자식과도 같다고 여기는 디자인이 이렇게 눈앞에서 무참히 버려지는데도, 불만이 없는 데는 분명한 이유가 있을 거 아니야. 설명해 보라고."

"창의성이……."

민정은 최대한 정연과 눈을 마주치지 않기 위해 허공을 바라보며 변명하려 했지만, 도통 떠오르는 말이 없어 그대로 말꼬리를 내려놓았다.

"죄송합니다."

기어들어 가는 민정의 목소리에 정연이 한쪽 다리를 꼬고 붉은 입꼬리를 매섭게 올렸다. 사원들은 그녀의 그 작은 변화가 무엇을 뜻하는지 지독히도 잘 알고 있기에 모두들 숨소리마저 죽여야 했다.

"나 봐요. 여민정 씨."

정연의 말에 민정의 눈동자가 격하게 요동쳤다. 세상에서 가장 무서운 말이었다. 자신을 보는 순간, 돌로 만들어 버리는 저주에 걸린 메두사의 자신을 보라는 말보다 더 무서운 말이 세상에 존재할 수 있을까.

"여민정 씨, 날 보라고요."

민정은 마른침을 꿀꺽 삼켜서 넘겼다. 머리가 어지러웠고 급기야는 마라톤을 완주한 선수처럼 심장이 발악을 하기 시작했다. 방향을 찾지 못해 두려움에 가득 찬 민정의 초점이 정연에게로 향했다.

"여민정 씨가 만든 디자인의 가방이라면, 난 공짜로 준다고 해도 안 메고 다녀요. 왜? 공짜인 걸 너무 티 내는 것 같아 쪽팔려서."

심장이 얼어붙는 기분이었다.

"저 가방 만든 의도가 뭐야? 동네 시장에 장이나 보러 다닐 때 메라고 만든 거야? 우리 아무르에서?"

얼어붙은 심장이 그대로 바닥에 내팽개쳐져 박살 나는 기분이었다.

"저건, 스웨이드를 능멸하는 디자인이야. 아니지. 생각해 보니까, 스웨이드를 능멸하는 디자인이 아니라 아무르 디자이너들을 능멸하는 디자인이다. 재작년에나 유행했던 것들을 재탕해야 될 만큼, 소재가 고갈된 거야? 그렇게 고갈된 디자인으로 앞으로 계속 이 생활 할 수나 있겠어?"

민정은 충격을 받아 그대로 굳어져 눈조차 깜빡일 수가 없었다. 그 뒤로도 자리를 지키고 있는 많은 사원들이 자신의 디자인과 함께 무참히 박살 나고 깨졌다.

하지만 누구도 쉽게 반박할 수 없었다. 그녀의 뛰어난 실력과 예리한 안목은 언제나 적중했기에, 감히 무시할 수 없는 일이었다.

"이 클러치백엔 입체적인 스터드 장식을 좀 넣으면 어떨까 하는데."

거의 삼십 개가 되는 디자인 중에, 분쇄기에 갈리지 않은 가방은 딱 하나였다. 그것도 그리 썩 마음에 들어 하진 않았지만, 그녀의 말대로 보완을 해 본다면 꽤 괜찮은 가방이 나올 디자인이었다.

"똑바로들 들어요. 밥 먹을 거 다 먹고, 잘 거 다 자고, 놀 거 다 놀면서 일을 하니까, 이따위 디자인들이 나오는 거예요. 아, 발로 그린 디자인들치고는 꽤 봐 줄 만하죠. 앞으로 더 기대되네. 날 얼마나 더 실망시킬 것인지에 대해. 고객들은 가방의 디자인은 다 거기서 거기다, 라는 말을 할 수 있어. 하지만, 우리 아무르 가방을 보며 그렇게 말할 순 없어. 왜냐. 내가 거기서 거기인 가방은 절대, 출시를 하지 않을 생각이니까."

똑 부러지게 말을 이어 가는 정연의 목소리에는 어떤 배려나 망설임도 없었다. 사원들은 모두 죄인처럼 고개를 푹 수그리고는 그녀의 구두 굽 소리가 완전히 사라질 때까지 찍소리도 내지 않고 기다렸다.

"하! 정말, 오늘 통 제대로 밟았다."

정연이 회의실에서 완전히 사라지고 나서야, 김 부장이 답답한 넥타이를 풀어 헤치며 탄식했다.

"처음에 들어왔을 땐, 선배님— 선배님— 하면서 나한테 말도 제대로 못 붙였던 게, 아휴 그냥!"

김 부장은 정연이 나간 방향을 향해 서류를 집어 던지는 동작을 하며 분노를 감추지 못했다.

"아무튼, 성질머리가 저러니까 시집을 못 가지."

"야, 연애도 못 하는 인간이 무슨 시집이야, 시집은. 노처녀 히스테리가 따로 없어."

"요즘 더 심해진 것 같지 않아요?"

"연애를 안 하는 기간이 더 길어지니까, 심해질 수밖에! 그런데 저 성격 고약한 여자를 어느 남자가 감당이나 할 수 있겠어? 더군다나, 남자를 잡아먹지 못해서 안달 나 보이는 독사 같은 여자를!"

"어디 독설 학원 같은 데 다니는 거 아니에요? 그러지 않고서야, 어쩜 말 한 마디, 한 마디를 저렇게 할 수 있는 거죠?"

"학원은 무슨……. 지가 거기서 강의를 하면 했지. 저 정도는 배우는 수준이 아니야. 가르치는 수준이지."

"하긴……. 근데, 그 와중에 오늘 메두사 목걸이 진짜 예쁘지 않았어요?"

"스커트도 예쁘더라. 얼마지? 내 월급으로는 감히 감당도 되지 않을 가격의 신상이겠지?"

"자자, 수다 그만 떨고 가서 일하자고. 밥까지 굶으면서 디자인에 매진하라고 하신 이사님이 눈에 불을 켜고 들이닥치기 전에!"

서둘러 회의실을 빠져나온 사원들의 이목이 일제히 오늘도 역시 끔찍한 지옥의 맛을 보여 준 정연에게 잠시 닿았다가 몸서리를 치며 떨어져 나갔다.

✤

시간이 어떻게 흘러가는지도 모른 채, 업무에 집중하고 있던 정연은 소등을 알리는 안내 방송을 듣고 나서야, 혼자 남아 있던 사무실을 빠져나왔다. 찌뿌드드하게 굳은 목을 느긋이 풀어 주며 승강기가 내려오기를 기다렸다. 조금씩 밀려오는 허기짐에 뭘 먹을까, 고민하던 정연의 시야로 승강기 문이 열렸다.

"어머, 변 이사님. 아직 퇴근 안 하셨어요?"

안에서 들려오는 반갑지 않은 말랑말랑한 목소리에 정연의 고운 미간이 반사적으로 찌푸려졌다. 안에는 슈즈 디자인 팀 권 이사가 타 있었다. 두 손에 금수저를 쥔 채 엄청 튼튼한 낙하산을 타고 내려온 대표 이사의 딸, 권혜림.

같은 '이사' 직급을 가지고 있다는 것에 수치심을 느끼게 해 주는 인물이기도 했다.

술을 마신 모양인지, 평소 투명하다고 느껴질 정도로 하얀 얼굴이 장미를 삼킨 것처럼 붉게 달아올라 있었다.

"네. 뭐."

그다지 상대하고 싶지 않은 마음에 대충 대답하고 올라탔다.

"전, 회사에 뭘 좀 두고 가서요. 가지고 오는 길이에요."

전혀 궁금한 이야기가 아니었기에 눈길조차 주지 않고 나지막이 고개를 끄덕였다. 하지만 혜림은 상대방이 자신을 굉장히 성가셔 하고 있다는 것을 전혀 눈치채지 못했는지, 쉬지 않고 입을 나불거렸다.

"불타는 금요일인데, 변 이사님은 약속 없으신가 봐요."

"네, 뭐. 딱히……."

"이렇게 좋은 날에, 같이 불태울 만한 사람 하나 없다는 게 얼마나 외로운 일이에요."

은근히 비아냥거리는 혜림의 목소리에 정연은 마음속으로 참을

인(忍) 자를 되새김질하며 억지로 웃었다.

"쉬엄쉬엄, 좀 여유롭게 놀기도 하면서 일하세요. 워커홀릭은 남자들이 별로 안 좋아해서 그러다가 정말 시집 못 가요. 어머. 내가 지금 무슨 말을……."

자신이 말하고도 그것이 실수라고 느꼈는지, 혜림이 얼른 제 입을 틀어막았다. 하지만 정연은 알 수 있었다. 이것이 실수를 가장한 고의적인 놀림이라는 것을. 그리고 그녀가 실수인 척 연기를 하고 있다는 것을.

정연에게 '시집'을 운운하는 것들을 보면 대부분 이십 대들이었다. 지금 자신의 입을 틀어막은 손가락 사이로 옅은 비웃음을 흘려보내고 있는 혜림 역시, 나이라는 숫자 앞에 승리의 V 자를 뜻하는 '2'를 가지고 있었다. 자신은 예쁘고 어린 나이라는 것을 결코 어린 나이라고 볼 수 없는 정연에게 어필이라도 하고 싶어 안달 내는 듯싶었다.

그렇게들 자랑할 것이 없나.

참, 웃긴 것들이다. 나이가 어린 것이 결코 평생의 무기가 될 수 없다는 것을, 이 철없는 것들은 전혀 모르는 듯싶었다. 상대할 가치가 없었다. 하룻강아지가 짖는다고 무서워할 범은 없다고 생각하며 정연은 여유롭게 웃었다. 그러고는 자신 있게 미니스커트를 입을 만큼 늘씬한 혜림의 다리로 눈길을 돌렸다. 아까부터 그녀에게 꼭 해 주고 싶은 말이 있어서였다.

"권 이사님."

"네. 변 이사님."

"스타킹, 올 나갔어요."

"네?"

다시 되물어 오는 말에 정연은 대답 대신, 눈짓으로 혜림의 다리를 힐끔거렸다. 예상치 못한 정연의 반응에 혜림이 화들짝 놀라며 자신의 다리를 내려다보았다. 스타킹이 세로로 찢겨 흉측한 모양으로 올이 나가 있었다.

"어멋! 나 여태 이러고 다녔다는 거야?"

"그럼, 월요일 날 뵙죠."

창피함에 스타킹을 가리며 안절부절못하는 혜림을 두고 정연은 주차장에 도착한 승강기에서 내렸다. 그러고는 주차해 놓은 자신의 차에 올라타서 안전벨트를 매고 시동을 걸며 정연은 어이없는 비소를 터트렸다.

"이 아가씨야, 어떡하면 날 더 약 올릴 수 있나 고민할 시간에 제대로 된 상품 하나나 더 만들어. 아니면, 네 스타킹 간수나 잘하든가."

혜림이 이사로 있는 슈즈 디자인 팀은 회사 이름에 얹혀 간다고 느껴질 정도로 간신히 매출만 유지하고 있었다. 하지만 그럴 수밖에 없는 게, 그 팀의 '이사'라는 사람이 저렇게 허구한 날 술만 마시고 남의 팀 이사를 깎아내릴 생각밖에 안 하고 있으니…… 그런 팀이 어떻게 제대로 돌아갈 수 있을까. 저런 상사를 믿고 있는 팀원들까지 불쌍해질 지경이었다.

정연은 쯧쯧, 혀를 내차며 최대한 서둘러 차를 몰아 을씨년스러운 주차장을 빠져나왔다.

2

큐피드, 양강현

금방이라도 심장을 터트려 버릴 것처럼 큰 사운드가 울리는 젊음의 상징, 홍대 클럽 안은 불타는 금요일답게 발 디딜 틈도 없이 사람들로 북적였다. 서로의 몸을 은밀히 밀착시키고 음악에 힘겨웠던 감정을 지워 내듯 신명 나게 춤을 추며 깊어 가는 밤을 즐겼다.

그중, 유난히 눈에 띄는 여자가 있었다. 육감적인 몸매가 노골적으로 드러나는 탑으로 된 붉은 바디콘 드레스를 입고 섹시한 눈웃음을 흘리며 매혹적으로 춤을 추는 여자. 남자라면 쉽게 눈을 떼지 못할 만큼 관능적이었다. 욕망에 이른 갈증을 호소하듯 수컷들이 하나둘씩 그녀에게로 모여들기 시작했다.

하지만 그녀의 야릇한 시선은 오롯이 한곳에만 박혀 벗어날 틈을 보이지 않았다. 요염하게 춤을 추던 여자는 허리까지 내려오는 부드러운 머릿결을 두 팔로 들어 올리며 뽀얗고 아찔한 목선을 드러냈다.

그럼에도 BAR에 앉아 맥주를 마시며 자신을 바라보기만 할 뿐, 움직일 기미를 보이지 않는 남자에게 여자는 체념하듯, 추던 춤을 멈췄다. 그리고 자신의 주변을 둘러싸고 있던 남자들을 밀쳐 내며 BAR에 있는 남자에게로 향했다.

그런데 자신이 바로 앞에 와 있는데도 시종일관 흐트러짐 없이 여유로운 남자의 태도에 여자는 미칠 것만 같았다. 남자에게서 이런 미적지근한 반응을 받아 보는 건 처음이었던 여자는 전혀 이해하지 못하겠다는 얼굴로 남자의 맞은편 의자에 앉았다.

여자는 자신의 쭉 뻗은 다리를 살짝 꼬며 바텐더에게 맥주를 주문했다. 춤을 춰서 목이 타는 건 절대 아니었다. 옆에 앉아 있는, 지나치게 매력적인 분위기를 풍기는 남자의 관심을 받지 못하고 있다는 것에서 나오는 갈증이었다.

여자는 결국, 조급함에 밀려 먼저 남자에게로 다가갔다. 주변이 시끄러워 웬만한 소리는 잘 들리지 않았다. 남자는 선뜻, 자신의 귀를 여자의 입가에 가져다주었다. 작은 솜털마저 귀엽게 보이는 탐스러운 귀가 코끝을 스치는 시트러스 향과 함께 여자의 입가로 다가왔다.

"나 마음에 들어서 쳐다본 거 아니었어?"

귓속말을 하며 여자는 빠르게 남자를 스캔했다. 티끌 하나 없는 아기 같은 피부를 소유한 남자를 과일에 비유하자면, 두말할 것 없이 상큼한 '레몬'이나 '라임'이 떠올랐다. 또한 에로스로 비유하면 딱 적합할 정도로 남자의 외모는 지독히도 사랑스러웠다. 하지만 그 몸매는 얼굴에 반항하듯, 대조적인 형태를 갖추고 있었다. 꽤 높이 올라가 있는 BAR 전용 의자에 앉았음에도 땅을 딛고 있는 다리의 길이는 한참 남아 있었고 딱 벌어진 어깨와 탄탄한 잔 근육은 헐렁한 흰색 티셔츠로도 감출 수가 없었다.

"너 같은 여자를 안 쳐다볼 남자가 세상에 어디 있겠어."

목소리라도 좀 이상하면 좋았으련만, 여자는 자신의 귓가로 스 며드는 남자의 낮고 허스키한 목소리에 결국 황홀한 감탄을 내뱉 고 말았다. 자신이 클럽을 다니면서 단 한 번도 본 적 없는 남자의 압도적인 분위기에 홀려 정신이 아찔해지기까지 했다.

"나 같은 여자가 어떤 여잔데?"

"예쁘잖아. 너."

자신을 보며 미동조차 보이지 않기에, 아예 관심이 없을 거라 생각해 조금은 괘씸하게 느껴졌던 남자의 말에 여자는 함박웃음을 지어 보였다. 사귀자거나 좋아한다는 고백을 받은 것도 아닌데, 여 자는 벌써 남자와 함께하는, 끝이 보이지 않는 상상의 나래를 펼치 며 즐거워했다.

그러다 이내, 그와 함께 대화를 나누기에는 이 시끄러운 공간이 너무 거추장스럽게 느껴졌다.

"우리 같이 나갈래?"

여자는 마치 남자의 오래된 애인처럼, 다정하게 팔짱을 끼고 스 스럼없이 스킨십을 했다. 여자의 제안을 남자는 흔쾌히 받아들이 며 맥줏값을 계산하고 자리에서 일어났다.

복도를 지나쳐 입구로 나오는 동안, 남자의 존재 때문에 부러운 눈빛이 서린 수많은 여자들의 시선에 여자는 우쭐해 했다. 클럽에 서 나온 여자는 남자의 팔을 잡고 자신의 어깨에 둘렀다.

"이제 뭐 할 거야?"

여자의 질문에 남자가 대답 대신, 화사하게 웃으며 도로로 나가

택시를 잡았다. 그러곤 뒷문을 열어 주자, 여자가 신나는 발걸음으로 올라타서는 남자의 자리를 내주기 위해 안쪽으로 들어가려던 찰나였다.

"어디 가는 거야?"

"집에 가는 거야."

한참 만에 대답을 들려준 남자가 탁, 소리 나게 차 문을 그대로 닫아 버렸다. 그리고 남자는 아무 미련 없이 뒤쪽에서 오는 택시를 향해 걸음을 옮겨 가고 있었다. 예기치 못한 상황에 놓인 여자가 당황해하며 얼른 문으로 붙어 창문을 내리고 고개를 내밀었다.

"뭐야! 집엘 왜 가? 같이 있기로 했잖아!"

여자의 의아한 고함 소리에 남자는 다른 택시의 조수석 손잡이를 잡아당기며 달콤하게 미소 지었다.

"내가 같이 있기로 했다고?"

"그래! 그래서 같이 나온 거잖아!"

"아, 네가 뭘 착각했구나."

그에게서 자신이 원치 않는 대답이 나올 거라는 걸 예상하면서도 여자는 남자의 손끝에서조차 느껴지는 매력에 눈을 뗄 수가 없었다.

"난 같이 나간다고 했지, 같이 있겠다고 한 적은 없었던 거 같은데."

담백한 남자의 대답에 여자는 뒤통수 한 대를 세게 얻어맞은 것처럼, 어안이 벙벙했다.

"집에 조심히 들어가고."

가볍게 손을 들어 인사를 끝낸 남자를 잡으려 여자가 허둥지둥 택시에서 뛰어내렸다.

"야, 야아!"

하지만 이미 남자가 탄 택시는 여자의 시야에서 완전히 사라져 버린 후였다. 여자는 자신을 떠난 남자에 대한 원망보다는 같이하지 못한다는 아쉬움에 한동안 그 자리를 벗어나지 못했다.

한편, 차에 탄 남자는 피곤한 몸을 소파 깊숙이 기대었다. 아직도 그 시끄러운 음악 소리가 이명처럼 귓가를 떠도는 것 같아 성가셔하던 그때였다. 바지에 넣어 두었던 휴대전화가 울렸다.

[진운]

지금의 상황에서 더 성가신 존재가 아닐 수 없지만 받지 않는다면 받을 때까지 걸고, 전화를 아예 꺼 버린다면 집까지 찾아올 친구라는 것을 알기에 강현은 억지로 통화 버튼을 눌렀다.

— 전화받을 상황 되냐?

진운의 목소리는 앙큼하게 들떠 있었다.

"당연하지. 왜 못 받을 상황이겠냐. 혼자 있는 택시 안인데."

— 뭐? 혼자? 택시? 무슨 소리야. 너 여자랑 같이 나갔잖아. 내가 똑똑히 봤는데?

"같이야 나왔지."

— 같이만 나간 거냐?

"어."

가기 싫다는 클럽을 억지로 끌고 간 진운이 붙잡지 않고 자신을 후하게 보내 줄 수 있어야 할 상황이 필요했다. 그렇기에 자신을 노골적으로 유혹하며 다가오는 여자에게 미끼를 던졌고 여자는 고맙게도 그 미끼를 덥석 물어 주었다. 기필코, 오늘 밤을 함께 지새우리라 쓸데없는 의욕에 불타 있던 진운은 자신을 버리고 가 버린 친구에 대한 원망으로 쉽게 화를 가라앉히지 못했다.

— 그래서 너 지금 어디야. 집이야? 나 바로 거기로 출발한다. 딱 기다리고 있어.

"오늘만 봐줘. 나 진짜 피곤해서 그래. 대신, 다음 주에 제대로 쏠게."

강현이 마른 얼굴을 손바닥으로 무심하게 매만지며 피로함에 붉어진 눈을 창밖으로 던졌다.

— 진짜?

"그래. 진짜."

진운은 약속한 것을 어기면 자신도 어떤 행동을 할지 모른다는 경고를 수십 번 반복하고 나서야 강현을 놓아 주었다.

강현이 창문을 끝까지 내렸다. 한적한 밤의 도로를 여유롭게 달리는 자동차 안으로 미적지근한 바람이 불어왔다. 강현이 창틀에 몸을 반쯤 기대었다. 어둠에 잠식된 세상을 밝히는 한남대교의 찬란육리한 불빛들은 언제 봐도 감탄이 절로 나올 정도로 아름다웠다. 강현은 입가에 짙은 미소를 지으며 '그녀'를 떠올렸다.

자신의 하나밖에 없는 누나의 친구였던 그녀.

열 살의 강현에게 있어서 '누나'라는 존재는 목소리 크고 잘 때리거나 혹은 일명, '한 입만'이라는 거짓말로 잘 뺏어 먹는 마녀 같은 존재였다.

하지만 그녀는 달랐다. 매일 상냥한 미소와 함께 다정하게 이름을 불러 주며 인사를 건넸고 심심해하는 자신을 위해 귀찮은 내색 하나 없이 기꺼이 브루마블 게임의 주사기를 힘껏 던져 주었다. 더위가 한창인 여름에는 시원한 아이스크림도 사 주고 배고프다 하면 맛있는 떡볶이도 만들어 주며 한참 어린 동생의 별 시답지 않은 말도 귀 기울여 들어 주던 천사 같은 여자였다.

그녀와 함께하는 매 순간이 즐겁고 행복했다. 지나가는 시간이 너무 빨라서 아쉬웠고, 엄마에게 정연 누나 집에서 살고 싶다고 울고불고하며 생떼를 부리기도 했고, 예쁜 머리핀을 보면 정연 누나에게 사 주고 싶어 꼬박꼬박 동전을 모으기도 했었다.

그리고 매번 그녀와 시간을 보낼 때마다 격한 행복에 강현은 무언가를 결심하곤 했다.

'나는 꼭, 커서 정연 누나랑 결혼해야지!'

하지만 세상은 자신이 마음먹는 대로 흘러갈 만큼 호락호락한 곳이 아니었다. 2년 후, 아버지의 번창한 사업 발전으로 좋은 기회가 닿아, 미국으로 유학을 가게 된 강현은 강제적으로 정연과 이별을 하게 되었다.

미국으로 떠나던 날 공항에서 정연은 강현과 세정의 팔에 실 팔찌 하나를 묶어 주었다. 그러고는 자신의 팔을 들어 올리며 말했다.

'우리 세 사람의 인연이 이렇게 꽁꽁 묶여 있는 거야.'

강현은 미국으로 향하는 비행기에서 내내, 그 실 팔찌를 어루만졌었다.

처음엔 적응할 수 없었던 미국 생활에서, 자신을 은근히 차별하는 현지인들의 행동에 강현은 제대로 된 기를 펼 수가 없었다. 그때마다 강현은 한국에서 정연과 함께하던 순간들을 떠올리곤 했었다.

동네의 무서운 개로부터 겁에 질려 하는 자신을 안아 주며 노래를 불러 주던 정연, 누나들과 함께 간 수영장에서 길을 잃어 헤매던 자신을 가장 먼저 발견해서는 괜찮다며 노래를 불러 주던 정연, 탈 줄 모르는 자전거를 타면서 넘어져 상처가 나서 우는 자신에게 노래를 불러 주며 무릎을 치료해 주던 정연.

항상 울고 있던 자신에게 불러 주던 그녀의 노래를 흥얼거리고 실 팔찌를 어루만지며 강현은 기꺼이 눈물을 참아 냈다. 그러다 보니, 항상 그녀가 곁에 있는 것만 같았다.

그리고 미국 생활에 서서히 적응을 할 때쯤, 그녀를 잊었다. 그렇게 무사히 대학을 졸업하고 미국 국적이기에 가지 않아도 되는 군대를 아버지의 제안으로 한국에 귀국하여 입대하기 전까지만 해도 그녀를 잊고 살았다고 생각했다.

첫 휴가를 나온 날이었다. 버스 터미널로 향하던 지하철에서 깜빡 졸아 버리는 바람에 종점까지 가게 된 강현이 뒤늦게 버스 터미널에 도착했을 때는 이미 표가 다 팔려 버린 뒤였다. 하지만 이 버스를 타지 않으면 복귀가 늦어지게 되는 아주 위급한 상황이었다. 당장 필요한 돈을 부쳐 달라고 하기 위해 누나와 부모님에게 연락을 취해 봤지만 아무도 받지 않아 혼자 발을 동동 구르며 애만 태우고 있었다. 터미널과 그 버스를 타는 사람들을 붙잡고 상황을 사정해 봤지만 사람들은 모두 강현을 외면했다.

그때였다. 어디선가 많이 본 듯, 전혀 낯설지 않게 느껴지는 한 여자가 다가와 강현에게 버스표를 내밀었다.

'급하신 거 같아서요.'

얼른 돈을 지불하고 표를 받으며 강현은 연신 고맙다는 말을 덧붙이고 막 출발하는 버스에 황급히 올라타며 생각했다.

저 목소리 어디서 들어 봤지? 왜 이렇게 목소리가 귀에 익지? 그 순간.

'어머. 정연아! 변정연? 너 정연이 아니니!'

귀에 익숙한 이름이 박혔다. 놀란 마음에 뒤를 돌아보니, 자신에게 표를 건네준 여자를 향해 누군가 반갑게 달려오고 있었다.

'어머, 어머! 널 여기서 다 보내!'
'변정연! 너 정말 예뻐졌다. 대체 어떻게 지냈어?'

그러고 보니, 얼굴이 지극히도 낯이 익었다. 정연을 만났다는 생각에 강현이 다시 버스에서 내리려 할 때, 기사 아저씨의 신경질적인 목소리가 발목을 잡아 세웠다.

'탈 거요, 내릴 거요!'

하는 수 없이 강현은 그녀에게 인사도 하지 못한 채 그대로 버스에 앉아 있어야만 했다. 그녀가 건네준 버스표를 소중하게 간직하며.

그 뒤로 휴가 때 몇 번이고 그녀를 다시 찾아보려 했지만, 사람 찾는 일은 생각보다 쉬운 일이 아니었고, 제대 후 다시 미국으로 돌아갔다.

미국으로 돌아왔을 때, 강현이 가장 먼저 한 것은 그녀와 함께 찍었던 어린 날의 사진을 찾아보는 일이었다. 그때 정연과 함께하며 느꼈던 감정을 다시 한번 되새김질하던 자신의 입가에 옅은 미소가 떠올랐다.

어린 나이였지만, 설레고 행복했던 그 감정은 분명 다른 사람에게서는 느끼지 못한 특별한 감정이었다. '첫사랑'은 그렇게 어린 소년의 마음속 깊이 숨어 있다가 어른이 된 남자의 삶에 불쑥, 고개를 들이밀며 제 존재를 포고했다.

그녀를 다시 보고 싶었다. 그녀와 함께하고 있는 자신의 미소를 다시 한번 느껴 보고 싶었다. 항상 자신의 손을 잡아 주던 그녀의 손길이 마치, 당장이라도 느껴지는 것 같았고, 자신을 향해 웃던 지난날의 그녀의 모습이 눈앞에서 아른거려 설레기도 했다.

하루에도 몇 번씩 어린 시절 정연과 함께했던 2년이라는 짧지도 길지도 않은 추억 하나하나가 몇십 년이 지난 후에도 전부 선명하게 강현의 머릿속을 가득 채우고 있었다.

하지만 막연하게 그녀에 대한 그리움을 끌어안고 있을 수밖에 없었다. 다시 한국으로 돌아갈 형편이 되지 못했기 때문이었다. 부모님은 미국에서 취업하기를 바라셨기에, 한국으로 돌아가고 싶다는 강현을 지지해 주지 않았다. 아무것도 없이 한국으로 돌아가는 건 별 의미가 없는 짓이라는 것을 인지한 강현은 미국에 남기로 했다.

그렇게 또 몇 년이라는 시간이 흘렀다.

그리고 다시 그녀를 봤다.

세계적으로 발행되는 잡지에서 '향후에 가장 기대되는 명품 브랜드 아무르(Amour)의 디자이너, 변정연'이란 타이틀 아래 위풍당당한 모습으로 실린 그녀의 모습을.

손을 뻗어 그녀를 어루만져 보았다. 하지만 손끝에서 느껴졌으면 했던 그녀의 보드라운 살결이 아닌, 매끈한 종이의 느낌에 강현은 무언가가 울컥 치밀어 올랐다.

마침, 그 기업은 함께 일하던 석호가 한국에서 스카우트를 받아 함께 가자고 했던 곳이었고, 대학 후배가 다니고 있는 곳이기도 했다.

석호의 제안도 더는 뿌리칠 수 없었고, 그녀가 보고 싶기도 했다. 그래서 강현은 한국행 비행기에 기꺼이 몸을 실어 이곳으로 왔다.

"……."

자신을 기억해 주고 있을까? 궁금하다. 그녀를 만날 기대감에 심장이 조금씩 뛰어오르기 시작했다.

강현이 조용히 눈을 감았다.

서울의 미적지근한 바람이 강현의 뺨을 보드랍게 어루만져 주었다.

제 1부

메두사, 큐피드를 만나다

1

"드디어 왔군!"

강현이 비서의 안내를 받으며 안으로 들어오자, 업무를 보고 있던 부사장이 자리에서 일어나며 반갑게 맞이했다.

"뭐 마실래?"

"전 아무거나 상관없습니다."

"그럼, 차가운 녹차 두 잔으로 부탁할게."

석호의 말에 비서가 나간 지 얼마 되지 않아 차가운 녹차 두 잔을 금세 준비해서 돌아왔다. 녹차를 강현의 앞자리에 놔 주면서 비서의 눈길이 반사적으로 힐끔, 강현의 얼굴을 살피고는 수줍게 미소 지어 보였다. 비서가 나가자 부사장이 신기한 듯 허허, 웃으며 고개를 내저었다.

"남자사원들 돌 보듯 대하던 우리 김 비서도 자네한테는 어쩔 수가 없나 봐. 여전하네. 가만히 앉아만 있어도 여자가 따르는 그

인기는. 그것도 복이라면, 아주 큰 복이야."

아무르의 부사장 차석호는 디자이너 출신의 전문 CEO로 2년 전, 강현이 일하던 J―come 세계 명품 브랜드의 수석 디자이너이기도 했다. 강현을 직접 채용하고 함께 일을 했던 석호는 그의 뛰어난 감각과 가능성을 높이 사며 몇 번이고 한국으로 귀국해 자신과 함께 일하자는 제안을 했었다.

하지만 번번이 기회가 닿지 않아 서운해하던 차에 갑자기 강현이 자의로 귀국할 의사를 밝혀 함께 일하게 된 것이다. 석호는 기쁨을 감추지 않고 노골적으로 드러내며 그를 두 팔 벌려 환영했다.

다만, 조금 아쉬운 것은 강현이 전에 일했던 파트이자, 아무르의 매출에서 크게 하락세를 보이고 있는 '슈즈'가 아닌, '가방' 파트로 일하고 싶다는 포부를 밝힌 것이었다.

"생각은 좀 해 봤어?"

"네. 몇 번이고 생각해 봤는데, 드릴 수 있는 답이 똑같네요."

그가 '슈즈' 파트로 생각을 바꾸길 바랐던 석호의 얼굴에는 아쉬움이 역력했다.

"실망하셨어요?"

"그럴 리가. 조금 아쉬운 것뿐이지. 워낙 미적 감각이 뛰어나고 상품화될 가치를 보는 시선이 예리하기 때문에 어느 파트에 가든 잘해 낼 거라는 믿음이 있지. 우리 강현이는, 아니, 이제는 양 팀장이라고 해야 하지? 하하!"

띠동갑을 훨씬 넘는 나이 차이와 경력을 뒷받침하는 계급 차이에도 불구하고 강현에게 석호는 친한 동네 형 같은 존재처럼 편안했다.

"오늘 점심은 나랑 같이 먹자고. 알았지?"

"네."

"뭐 먹을지 고민해 놔. 거하게 사 줄 테니까."

호탕하게 웃는 석호를 마주 보며 강현이 작게 미소를 지었다. 그런 강현을 보며 석호는 남자가 봐도 참, 사랑스러운 미소라는 생각이 들었다.

"우리 변 이사가 곧 올라올 거야. 변 이사 알지? 워낙 유명하잖아."

"네. 잘 알고 있습니다. 변정연 이사님."

자신이 한국으로 돌아온 가장 큰 이유.

강현은 고작, 이름 한 번 불러 봤을 뿐인데 감당되지 않는 웃음기가 자꾸만 피어오르는 자신이 낯설면서도 멈출 수가 없었다. 새벽 내내, 그녀를 볼 수 있다는 설렘에 물들어진 몸과 마음은 쉽게 잠에 들지 못하고 뒤척이다가 결국, 뜬눈으로 아침을 맞이하게 만들었다. 하지만 시간이 지나도 가시지 않는 극심한 설렘은 거세게 몰려드는 피곤함을 가차 없이 밀어 버리고 여전히 강현의 온몸을 차지하고 있었다.

두 사람이 강현의 포트폴리오를 다시 한번 살펴보며 한참 이런 저런 이야기를 나누고 있을 때였다. 가벼운 노크 소리가 들려왔다.

"오, 우리 변 이사 왔나 보네."

쿵.

숨조차 제대로 쉬지 못할 만큼, 심장이 미친 듯이 뛰어오르기 시작했다. 금방이라도 살결을 찢고 튀어나올 것 같은 심장 때문에 발끝부터 머리까지 다 울리는 기분이었다. 강현은 회심 서린 한숨을 입술 밖으로 내뱉으며 자리에서 천천히 일어났다.

또각또각.

마침, 문이 열리고 조금 날카롭게 느껴지는 하이힐 소리가 점점 더 가깝게 들려왔다. 그녀가 존재한다는 이유 하나만으로 자신을 둘러싼 주변의 공기가 확연히 달라졌다는 걸 느낄 수 있었다. 강현은 재빠르게 자신의 상태를 점검하고 옷매무시를 가다듬으며 고개를 살며시 돌려 정연을 마주했다.

짧고 까만 쇼트커트가 잘 어울릴 정도로 뽀얗고 가느다란 목선과 감히 원피스 따위로는 감출 수 없는 탄력 있으면서도 육감적인 몸매, 건조한 듯하면서도 쉽게 범접할 수 없는 중압감이 느껴지는 눈빛. 그녀를 보며 강현은 속으로 가만히 중얼거렸다.

잘 자라 줬다.

우습게도 강현은 제 나이를 잊고 중얼거렸다.

고작, 낙엽이 구르는 걸 보면 까르르 숨넘어가듯 웃던 수줍음 많던 소녀는 어느새, 온몸에서 관능미를 풍기고 있는 성숙한 여인이 되어 있었다. 정연이 군더더기 없는 깔끔한 발걸음으로 단숨에 강현의 앞으로 다가왔다.

"정식으로 인사할게요. 가방 디자인 팀 이사 변정연입니다."

그녀가 다가오자 일렁이는 미세한 바람은 은은한 장미꽃 향기를 싣고 강현의 코끝을 조심도 없이 간질였다. 강현은 자신에게 악수를 청하는 정연의 손을 내려다보았다. 누나에게 맞아서 우는 자신을 달래 주던 그 부드러운 손길은 여전할까? 강현이 조심스레 손을 뻗어 정연의 손을 맞잡았다.

"이번 가방 디자인 팀에 합류하게 될 팀장, 양강현입니다. 잘 부탁드리겠습니다."

자신의 커다란 손에 완전히 감싸이는 그녀의 작은 손은 놓아야 하는 것이 아쉬울 정도로 여전히 부드러웠다.

그녀는 알고 있을까. 서른 살의 양강현은 아직도 이 손의 감촉을 잊지 않고 있었다는 것을.

"변 이사."

"네. 부사장님."

"내가 특별히 아끼는 친구이니, 부족한 것이 많겠지만 잘 가르쳐 주게."

둘의 간단한 인사가 끝나자 옆에서 흐뭇하게 바라보고 있던 석호가 신신당부를 했다. 정연이 가볍게 묵례를 취했다. 세 사람은 다시 자리에 앉아 강현의 포트폴리오에 대해서 간단하게 대화를 주고받았다.

"그럼, 파이팅들 하고! 아, 그리고 변 이사 오늘 점심에 약속 없으면, 나랑 양 팀장이랑 같이 점심……."

"죄송합니다. 급하게 처리할 게 있습니다."

"아, 그래? 그럼 어쩔 수 없지 뭐. 양 팀장은 점심때 보자고."

부사장실에서 나온 강현은 정연과 함께 나란히 복도를 거닐었다. 자신의 이름을 말했을 때 그녀의 얼굴에선 어떤 표정의 미동도 없었다. 자신을 단박에 알아볼 거라는 큰 기대는 하지 않았지만, 그래도 정말 그녀가 자신의 존재를 완전히 잊어버렸다고 생각하니 서운한 마음을 감출 수가 없었다.

하지만 얼굴엔 잠시라도 그 서운한 표정을 지을 틈이 없었다. 자신보다 훨씬 작은 체구로 열심히 앞장서 걸어가는 그녀의 모습이 너무 귀여워서 자꾸만 웃음이 삐죽삐죽 튀어나왔다.

뭐라고 인사를 건네야 좋을까.

잘 지냈어요? 오랜만이에요, 라는 통상적이고 촌스러운 인사?

아니면 여전히 예쁘네요, 하는 좀 오글거리는 인사?

그것도 아니면 보고 싶었다는, 뜬금없긴 하지만 진심을 담은 인사?

"팀원들에게 인사하기에 앞서 잠깐 저 좀 먼저 보죠."

고민을 하는 사이, 그녀의 말에 사무실에 도착한 강현은 자신을 발견하고 얼굴에 화색을 띠우며 일어나는 사원들을 뒤로하고 정연을 따라 회의실 안으로 들어갔다. 회의실 문을 닫고 인사를 건네기 위해 정연에게로 다가가던 강현의 걸음이 그대로 멈춰 섰다. 그러고는 눈앞에 보이는 믿기 힘든 광경에 재갈을 입에 물은 것처럼 말문이 막혀 버렸다.

정연의 손에는 아까 석호가 건넸던 강현의 포트폴리오가 들려 있었다. 그리고 그 포트폴리오는 한 장, 한 장 정연의 손에 뜯겨 분쇄기에서 비참하게 갈리고 있었다.

"지금 뭐 하시는 겁니까?"

놀라 묻는 강현의 질문에 돌아온 건 정연의 대답이 아닌, 여전히 분쇄기가 돌아가는 소리가 전부였다.

"지금 뭐 하시는 거냐고요!"

분쇄기에 종이를 넣고 있던 정연의 손목을 낚아챈 강현은 평소엔 듣기 드문 격앙된 목소리로 물었다. 하지만 정연은 눈 하나 깜빡이지 않고 여전히 건조한 얼굴로 강현을 응시했다.

"보면 몰라? 쓰레기 버리고 있잖아."

고저 없는 목소리가 지독히도 냉랭하게 느껴졌다. 강현은 단언했다. 자신이 '쓰레기'라는 극단적인 단어를 잘못 들었다고. 천사인 정연이 '쓰레기'라는 상스러운 단어를 입에 담을 리가 없었다.

하지만 그것은 결코 잘못 들은 것이 아니라는 확신을 심어 줄 생각인지, 정연은 전보다 훨씬 더 사납게 굳은 얼굴로 손에 들고 있던 강현의 디자인을 구기며 바닥으로 내던졌다. 강현의 디자인이 무참히 바닥으로 내팽개쳐졌다. 이런 경우 없는 상황을 처음 겪어 본 강현은 그저 말문이 막힐 만큼 어이가 없었다.

"잘 부탁? 여기가 학교야, 학원이야? 내가 왜 널 가르쳐야 하지? 부족한 게 많다면 처음부터 들어오지 말았어야지. 낙하산 타고 내려온 게 자랑이야?"

"……."

"쪽팔리지도 않니?"

더 이상 자신을 바라보며 환하게 웃어 주던 정연은 어디에도 존재하지 않았다. 지금 눈앞에서 목에 핏대까지 세우며 몰아붙이는 정연을 보며 강현은 몰려드는 수치심을 감출 수가 없었다.

"안 쪽팔립니다."

"안 쪽팔려?"

"네."

"왜 안 쪽팔릴까? 낙하산의 뜻을 모르나. 아니면, 낙하산도 능력이라고 생각하나, 설마?"

"이사님 눈에는 제 디자인이 낙하산 수준으로 보이세요?"

"응. 그것도 확실히. 네 디자인이 증명하고 있잖아. 낙. 하. 산. 이라고."

J—come에서조차도 몇 번이고 사표를 물릴 만큼 실력을 인정받던 강현이었다. 그랬기에 정연의 낙하산이라는 발언에 그의 자존심은 비참하게 뭉개졌다. 하지만 그런 강현의 상처 따위는 안중에도 없는 정연은 느긋하게 팔짱을 끼며 강현을 매섭게 올려다보았다.

"공을 가지고 하는 운동선수라도 다 같을 순 없어. 야구, 축구, 농구…… '운동'이라는 공통된 단어를 쓴다 해도 광범위한 종목이라는 게 있는 거지. 축구 선수가 느닷없이 야구를 할 순 없잖니? 마찬가지야. 같은 '디자이너'라는 직업을 갖고 있다 해서 모든 디자인을 할 수는 없는 거야. 그 말은, 네가 슈즈 분야에서는 뛰어난 감각을 가지고 있더라도 이쪽 분야에는 그 감각이라는 것이 영 없다는 거지. 네 분야를 살려. 괜히 깨끗한 웅덩이에 미꾸라지처럼 들어와 물 흐리지 말고."

믿었던 도끼에게 발등을 찍혀도 이보다 더 아프고 배신감이 들지는 않을 것 같았다. 강현은 불현듯, 자신이 여태 그녀에게 기대했던 모든 것들이 한순간에 거품처럼 사라지는 허탈함에 실소를 터트렸다. 아무렇지도 않게 상대방의 가슴에 생채기를 내고, 자신을 이렇게 초라하게 만들어 버리는 그녀가 야속했고 상처받아야 하는 이 순간이 속상했다.

강현은 자신을 지나쳐 회의실을 막 빠져나가려던 정연을 불러 세웠다.

"굴러 온 돌한테 발등 다친다는 속담 아십니까?"

뜬금없는 강현의 속담 타령에 정연은 무슨 뜻으로 하는 말이냐며 낮게 물었다.

"발등 조심하시라는 뜻입니다."

보폭이 큰 걸음으로 단숨에 정연의 앞으로 다가온 강현의 얼굴엔 시종일관 스며들어 있는 장난스러운 웃음기는 찾아볼 수 없었다.

"보면 아시겠죠. 제가 미꾸라지일지, 아니면 박힌 돌 빼낼 굴러 온 돌일지는."

정연의 귓가를 파고드는 강현의 음성은 냉랭한 기운이 묻어난 경고처럼 들렸다. 정연은 보란 듯이 콧방귀를 끼고 회의실을 나왔다. 강현에게 인사를 하려고 엉거주춤 서 있던 사원들이 분위기가 심상치 않은 정연을 보며 죄다 눈치를 살피다 얼른 자리에 앉았다. 그리고 그 뒤로 강현이 따라 나왔다.

강현은 앞에 서 있던 정연을 지나쳐 사무실 중앙으로 걸어갔다. 사원들의 시선이 일제히 정연에게서 강현으로 옮겨 갔다. 강현은 방금 회의실에서 무슨 일이 일어났냐는 듯, 화사하게 웃으며 입술을 떼어 냈다.

"다들 반갑습니다. 오늘부터 함께 일하게 된 양강현 팀장입니다."

자신의 인사말을 경청하는 사원들을 쭉 둘러본 강현의 시선이 맨 끝에 서 있는 정연에게로 꽂혔다.

"앞으로 잘 부탁드립니다."

강현의 목소리는 분명 달콤했지만, 어딘가 모르게 꽉 억눌려 있었다. 어금니를 물고 있는 것이 분명했다. 정연은 그의 시선을 오래도록 되받아치다가 자신의 사무실로 올라왔다.

'보면 아시겠죠. 제가 미꾸라지일지, 아니면 박힌 돌 빼낼 굴러 온 돌일지는.'

"그럼, 나를 내쫓기라도 하겠다는 뜻이야? 어디서 건방지게……."

회의실에서 낮게 으르렁거리며 자신을 향해 경고하던 강현의 말을 되새김질하며 정연은 지금 막 집어 들었던 서류를 신경질적으로 책상 위에 내던졌다.

강현이 전에 근무했던 해외 브랜드에서는 슈즈 디자이너로서 꽤 실력을 갖추고 있었다고 들었다. 하지만 디자이너로서의 경력은 있어도 가방 디자이너로서의 경력은 없다는 거였다. 한마디로, 그 경력으로는 가방 파트에 총괄 '팀장' 급으로 들어올 만한 인재는 되지 못한다는 뜻이다.

실력을 정확하게 입증하지 못하고 단지 경력만 있다는 이유와, 그리고 어찌 보면 부사장의 적극 추진으로 '팀장' 급을 달아 버리면 밑바닥부터 깨지며 올라온 디자이너들은 승진할 수 있는 기회조차 박탈을 당하는 거였다.

차라리 그의 경력이 가방 디자이너였다면 이런 불만이 조금은 미미할 수도 있다. 하지만, 슈즈 디자이너라니…… 가방과 슈즈는 엄연히 다른 종목의 운동이고, 다른 빛깔을 띠우고 있는 하늘이며, 다른 재료들이 들어가는 요리였다. 그런 강현을 떡하니 팀장급 자리에 앉혀 놓은 회사도, 실력도 경력도 없으면서 그 자리에 뻔뻔하게 앉아 있는 강현도 정연은 이해를 할 수도, 하고 싶지도 않았다. 그녀는 자신이 수도 없이 그런 이유로 사회에서 외면을 당했던 일들을 떠올렸다.

똑똑.

한참 열을 내고 있는데 커피를 든 임 비서가 들어왔다. 문이 잠깐 열리고 닫히는 순간, 밑에 사무실은 강현의 등장에 꽤 들떠 있는 분위기처럼 보였다.

"일들 안 하고 뭐 하는 거야?"

정연의 곱지 못한 물음에도 임 비서는 입가에 옅은 미소를 띠우며 따뜻하게 웃었다.

"다들 잘생긴 양 팀장님과 일할 생각을 하니, 많이 들뜬 모양이에요."

"참……. 배알도 없는 것들."

"그래도 양 팀장님 정말 잘생기셨잖아요."

"잘생기면 뭐해? 얼굴이 디자인 그려 줘? 그리고 잘생기긴 뭐가 잘생겨? 임 비서도 저렇게 애기같이 생긴 얼굴 좋아해?"

"몸이 애기가 아니던데……."

예기치 못한 임 비서의 말에 혀를 내차며 입술에 커피를 축이던 정연이 당황해서는 그대로 내뿜으며 사레들리고 말았다.

"참……. 임 비서도 보면 은근히 밝혀?"

"보시면 아시겠지만, 양 팀장님은 안 밝힐 수 있는 몸이 아니에요."

임 비서의 능청스러움에 정연의 눈길도 슬쩍, 창문 밖 사무실에 있는 강현에게 향하려다 말았다.

"어이고. 신났네."

정연이 회사 내에서 경계를 풀고 유일하게 장난을 걸 수 있는 사람은 임 비서뿐이었다. 임 비서 역시, 다른 사원들과는 다르게 언제나 정연을 따뜻하고 다정하게 대해 주었다. 정연이 겉으로는 독설을 내뱉어도 그 속만큼은 참 따뜻한 사람이라는 것을 잘 알고 있었기 때문이었다.

그만둔 사원이 부친상을 당했을 때도, 몰래 가서 엄청난 액수의 부조를 하고 일까지 도와주고 왔던 상사. 열심히 일하는 계약직들의 권리가 불리해지지 않도록 그 복지에 대해서 힘쓰는 사람. 가방 디자이너들이 아무르 최고의 디자이너가 되길 누구보다도 간절히 바라는 사람.

"다들, 그만 좀 떠들고 일들 좀 하라고 전해 줘."

"네. 알겠습니다."

임 비서가 나가고 정연의 시선이 무의식중에 밖에 있는 강현에게로 향했다. 하지만 그는 여전히 사람들에게 둘러싸여 있어 잘 보이지 않았다.

✢

'괜히 깨끗한 웅덩이에 미꾸라지처럼 들어와 물 흐리지 말고.'

어디서부터 왜, 잘못되었는지 알 수가 없었다. 귓가에는 정연의 목소리가 이명처럼 떠돌았고 시야에는 마주했던 정연의 얼굴이 아른거렸다. 목소리는 자신을 있는 힘을 다해 업신여기는 뉘앙스였고 눈빛은 상대할 가치도 없다는 듯이 무심했고 심지어는 제 자식이라고 할 수 있는 디자인이 쓰레기 취급까지 받았다.

그런데 왜, 지금 이 순간에도 그녀가 보고 싶은지, 강현은 자꾸만 빠끔히 고개를 쳐들려고 하는 본능이라는 진심을 쥐어뜯고 싶을 만큼 원망스러웠다.

"미쳤네……."

낮게 중얼거리며 내뱉은 한숨은 깊고도 뜨거웠다. 승강기에서 내려 조용한 복도를 걸어 끝 쪽에 있는 자신의 오피스텔로 들어온 강현은 주방으로 가 시원한 물을 거침없이 들이켰다. 타들어 갈 것같이 일던 갈증이 해소되고 나자, 입고 있던 트렌치코트를 벗으며 거실로 걸어 나왔다. 그러고는 서랍을 열어 오래도록 간직하고 있던 사진을 꺼냈다.

그 사진에는 어린 자신과 중학생의 풋풋한 정연이 어깨동무를 하고 환하게 미소 짓고 있었다.

"어렸을 땐, 참 이렇게 순수하고 예뻤는데……."

사진 속의 정연을 어루만져 보았다. 언제나 자신을 향해 다정했던 그리운 그녀를.

지친 몸을 소파 깊숙이 기대고 앉았다. 사실, 몸이 지쳤다기보다는 마음이 지친 것일지도 몰랐다. 강현이 이마 위로 자신의 손을 올려놓고 아무것도 그려지지 않은 천장을 바라보며 오늘의 일을 다시 되새김질하고 있을 때였다.

'삐— 삐비빅— 삐—'

누군가가 자신의 집 도어록 비밀번호를 멋대로 누르는 것을 반복하고 있었다. 강현이 흠칫, 놀라며 자리에서 일어나 인터폰을 들어 밖의 상황을 살폈다.

"……."

신중을 가한 진지한 표정으로 여전히 비밀번호를 풀겠다는 집념을 가지고 버튼을 누르고 있는 사람은 강도가 아닌, 자신의 누나 세정이었다. 강현이 거칠게 현관문을 열어젖혔다.

"엄마야!"

"다른 사람 집에 들어오고 싶을 땐, 비밀번호 버튼이 아니라."

강현은 도어록보다 훨씬 위쪽에 달려 있는 초인종을 가리켰다.

"이걸 누르는 거야."

"단순한 걸로 좀 해 놓지. 넌 애가 너무 복잡해."

"누나가 너무 단순한 거지. 여느 집 여자 비밀번호가 0000이야."

"너무 복잡하게 해 놓으면 까먹는단 말이야."

강현을 지나친 세정은 간식 먹으러 온 꼬마처럼 구두를 아무렇게나 벗어 던지고 들어갔다. 작은 문틈 사이로 복도까지 날아가 버린 구두를 들고 들어온 강현의 얼굴엔 못마땅함이 가득 번져 있었다.

"나이가 몇 살인데, 아직까지도 신발을 이따구로 벗어?"

가뜩이나 정연 때문에 심란한 마음에 세정이 와서 냅다 기름을 들이붓는 격이 된 것이다.

"가족끼리도 격식 차려야 돼?"

"누가 격식 차리래? 최소한의 예의를 지키라는 거지."

"너 어렸을 때는 나한테 한 마디도 못 했는데."

"하도 애를 주먹으로 내려치니까, 우느라 못 한 거지. 못 해서 못 한 건 아니야."

강현의 대답에 말문이 막힌 세정은 BAR에서 꺼내 마시고 있던 와인을 들고 종종걸음으로 소파에 앉아 있는 강현에게 다가왔다.

"첫 출근은 어땠어? 정연이 봤어?"

'보면 몰라? 쓰레기 버리고 있잖아.'

자신을 무시하던 그 선명한 말투와 표정이 강현을 또 한 번 한숨짓게 만들었다.

"정연이 많이 변했지?"

"어."

"그렇지? 걔는 안 늙을 줄 알았는데, 많이 늙었어……. 자세히 보면 눈가에 주름이 아홉 갠가? 그렇다. 실망 많이 했구나?"

고작, 나이가 들어 탱탱함은 사라지고 주름살이 좀 생겼다고 정연에게 실망할 만큼 강현의 마음이 가벼운 것은 아니었다. 강현이 실망한 것은 그녀의 외적이 아닌, 내적이었다. 상대방에서 상처 주는 말을 하면서도 눈 하나 깜빡이지 않는 그녀의 얼굴을 보며 강현은 적지 않게 충격을 받았다.

"그런 거 말고."

"그런 거 말고? 그럼, 뭐. 어떤 거? 헉. 뱃살도 있어?"

하지만 그런 걸 누군가에게 일일이 일러바칠 생각은 없었다. 사실, 자신이 없는 것일지도 모른다. 옛 추억을 소환하여 지인이라는 명분을 내세워도 그녀가 자신을 끝까지 무시해 버릴지도 모른다는 불안감에 강현은 입술을 굳게 다물었다. 지금 강현이 정연에게 보여 주어야 하는 것은 옛 추억팔이가 아닌 실력뿐이었다.

"안 가?"

"나 온 지, 겨우 5분 됐거든!"

"피곤해."

강현이 소파에서 일어나며 뭉친 어깨를 돌리며 샤워실로 걸음을 떼어 냈다.

"정연이는? 너 바로 알아보지?"

"······."

말간 목소리로 물어 오는 세정의 질문에 강현은 아무 대답도 하지 못하고 그대로 그 자리에 멈춰 섰다.

"뭐야, 설마 못 알아봐? 하긴······. 햇수로는 벌써 17년 만이니까, 못 알아볼 만도 하겠다."

강현의 미세한 반응을 눈치챈 세정이 의외라는 반응을 보이며 말을 이어 나갔다.

"그래서 너라고 말은 했어? 반가워하디?"

'이번 가방 디자인 팀에 합류하게 될 팀장, 양강현입니다. 잘 부탁드리겠습니다.'

건조한 얼굴엔 아무런 변화도 없었다. 정연에겐 자신이 이름조차 기억되지 않았던 존재라고 생각하니, 마음이 씁쓸하고 저릿해져 왔다.

'낙하산 타고 내려온 게 쪽팔리지도 않니?'

정연이 뱉어 낸 말은 독사가 뿜어낸 독처럼 강현의 가슴 언저리에 깊숙이 파고들며 치명적인 상처를 남겼다. 평생 잊지 못할 말들이었다.

'쓰레기', '낙하산', '미꾸라지'.

"아니. 말 안 했어."

"진짜? 말 안 했어?"

"내가 자신의 가장 친한 친구 양세정의 동생 양강현이라는 걸 알았다면, 많이 반겨 줬을까?"

"그럼. 반겨 줬겠지. 걔가 너 많이 예뻐했잖아. 자기는 동생 없다면서 너 얼마나 귀엽다고 그랬는데. 예전에는 너 사기 집으로 데리고 가서 친동생 삼고 싶다고까지 했어. 마침, 잘됐다고 생각했지. 그때는 지금이랑 다르게 내가 널 좀 귀찮아했었잖아. 그래서 내가 망설이지 않고 그러라고까지 하면서 엄마한테 강현이 보내자고 진지하게 얘기하다가 뒤통수 맞았었지."

'강현아!'

그렇게 다정하게 불러 주던 이름이면서…….

"기억도 안 해 줄 거였으면……. 그렇게 환하게 웃어 주지 말았어야지."

공중을 떠다니는 먼지처럼 작게 중얼거리는 강현을 바라보는 세정의 눈엔 여전히 가시지 않은 호기심이 가득했다.

"뭐라구?"

"됐어. 그것만 마시고 가."

"안 데려다줘?"

"재미없어."

"쳇."

세정은 강현과 같은 오피스텔 바로 위층에 살았다. 그러면서도 매번 저렇게 말하며 뭐가 재미있는지 까르르 웃는 세정에게 강현은 무심하게 돌아섰다.

"아 참, 그리고 말하지 마."

"뭘?"

"내가 양세정 동생, 양강현이라는 거."

"진짜 정연이한테 말 안 했어?"

"안 했어. 앞으로도 안 할 거고."

"왜?"

친구의 동생 강현이라고 한다면, 자신을 더욱 어린애 취급 할 것이 흐르는 시냇물 보듯 뻔했다. 옛 추억을 소환하여 억지로 받는 친절과 미소도 원하지 않는다. 강현은 결의했다. 지금의 양강현으로 그녀를 반드시 웃게 만들 것이라고. 그 웃는 이유는 단 하나가 될 것이다. 디자인. 그녀의 입에서 내가 너를 잘못 봤다, 미안해, 라는 말이 기필코 흘러나오게 만들 것이다.

반드시.

당신의 판단이 오만이고 잘못되었다는 것을 뼈저리게 느끼게 해 줄 것이다.

"나중에 내가 때 되면 말할 거야. 그니까, 진짜 말하지 마."

강현의 대답에 세정의 눈빛이 금세 씁쓸해졌다. 무언가 잔뜩 할 말이 많아 보이는 눈치였다.

"왜 그렇게 봐?"

"어? 아니야. 근데 어차피 말하고 싶어도 못 해. 나 내일 오전 에 괌으로 가서 한 달 정도 있다가 올 거야."

"또?"

자유 영혼도 저런 자유 영혼이 없다. 어제저녁에 이탈리아에서 막 귀국해 놓고는 또 떠난다니…… . 강현은 어디서든 제대로 정착 하지 못하고 이리저리 떠돌아다니는 세정이 안타까웠다.

"왜 그렇게 봐? 한심해?"

"아니."

"다행이다."

"조심히 잘 갔다 와. 선물 사 오고."

"뭐 사다 줄까? 말만 해. 하나밖에 없는 내 사랑하는 동생이 사 다 달라는 건 다 사다 줄 수 있지."

강현은 세정이 저렇게 마음을 한곳에 두지 못하고 있는 이유에 대해서 잘 알고 있기 때문에 그녀에 대한 안쓰러움이 더 깊어져 갔다. 하지만 그 안쓰러움을 동정으로 바꾸고 싶지는 않았다. 세정 의 자존심을 조금이나마 지켜 주고 싶어서였다.

"그냥. 아무거나."

"싱겁기는……."

강현은 건조하게 말을 내뱉으며 샤워실로 향했다.

2

필요 이상으로 긴 다리가 밟는 페달의 자전거는 창문에 부딪쳐 흐르는 빗방울처럼 매끄럽게 도로 위를 질주했다. 은은한 샴푸 냄새를 풍기며 자전거를 타고 지나가는 훈훈한 남자에 대한 호감 어린 여자들의 시선이 그 뒤를 자연스럽게 따랐다. 능숙하게 코너를 돌던 강현은 얼마 남지 않아 깜빡이는 신호등을 발견하곤 페달을 더 세게 밟아 속도에 박차를 가했다.

꽤 긴 횡단보도였다. 서두른다고 서둘렀는데, 신호등이 중간도 오지 않아 빨간불로 바뀌었다. 대기하고 있던 차에 민폐를 끼치는 것 같은 미안한 마음에 멋쩍은 미소를 지으며 페달을 더 세게 밟던 강현이 화들짝 놀라서는 하마터면 자전거와 함께 바닥으로 나뒹굴 뻔했다.

빠앙! 빠아앙!

강현이 지나가기를 대기하고 있던 차 중에 하나가 아주 까칠하게 클랙슨을 누른 거였다. 건너편에 도착해서 보니, 그 차를 운전하고 있는 사람은 다름 아닌 정연이였다.

아침부터 유치하게 왜 저러는지 모르겠다. 어이가 없어서 헛웃음이 다 나돌았다. 이럴 때 보면 끼리끼리 논다는 말이 꼭 틀린 말은 아닌 것 같다. 유치한 제 누나의 친구, 유치한 이사님.

거치대에 자전거를 세워 두고 정문으로 향했다.

"양 팀장님 안녕하세요."

"아, 안녕하세요."

인사를 하면서도 자신에게 말을 건 여사원이 도통 누구인지 알아볼 수가 없었다. 그러자, 여사원이 살짝 홍조기가 감도는 볼을하고는 쑥스러워하며 말했다.

"저 경영 팀 김서진이에요."

"아……. 네. 경영 팀 서진 씨구나."

"어머! 팀장님 안녕하세요!"

"……."

"저는 쥬얼리 팀 디자이너 이민주라고 해요!"

"아……. 쥬얼리 팀."

그 뒤로도 정문에서 출입 게이트까지 가는 동안, 강현은 자신의팀을 제외하고도 다른 팀의 많은 여사원들에게 인사를 받았다. 아름다운 꽃을 발견하면 당연히 모여드는 나비와 벌들처럼, 여사원들은 강현에게 본능적으로 모여든 것이다.

빨리 와 주길 바라던 승강기 문이 열렸다. 얼른 올라타려던 강현은 맨 앞에 당당하게 서 있는 정연을 발견하고는 묵례를 취했다. 정연은 아침임에도 불구하고 흐트러짐 하나 없는 완벽한 모습이었다. 정연이 느슨하게 눈을 한 번 감았다가 뜨며 인사를 받아 주었다. 좀 전에 도로 위에서의 일은 없었던 것처럼 행동하기에 강현도 그 일에 대해 따로 왈가왈부하고 싶진 않았다.

승강기에 오른 사원들은 누구도 정연의 앞에 서지 않고 자연스럽게 그녀를 피해 뒤쪽으로 향했다. 강현도 그들을 따라 정연의 뒤쪽으로 향했다.

"……."

승강기에 사람이 꽉 차 있는 탓에 강현의 몸은 정연과 거의 닿을 듯 말 듯, 아슬아슬하게 가까운 거리였다. 최대한 닿지 않으려고 몸을 뒤로 빼 힘을 주고 숨소리마저 죽이고 있을 때였다.

"내리겠습니다!"

몇 층 올라간 승강기가 멈추고 문이 열렸다.

"윽."

강현의 뒤에 있던 남자사원이 급하게 내리느라, 강현을 거칠게 밀쳐 내 버렸다. 그 바람에 잔뜩 힘주고 있던 강현의 몸이 그대로 앞으로 쏠리면서 하필이면 자신의 앞부분이, 정연의 엉덩이에 물컹하게 닿아 버리고 말았다.

"!"

선명하게 느껴지는 푹신함에 기겁하며 강현이 얼른 몸을 떼어 냈지만, 이미 정연의 불쾌한 기분을 위로하기엔 늦어 버렸다. 콱! 정연이 뾰족한 하이힐을 늘어 올리 그대로 강현의 발을 내리찧고는 몸을 돌렸다.

"아! 아이 씨!"

발톱이 으깨진 것 같은 고통에 아릿한 비명을 내질렀다. 하지만 정연은 미안해하지도 않고 문이 열린 승강기 밖으로 당당하게 걸음을 옮겼다. 안에서 무슨 일인가 싶어, 궁금해하는 사람들의 이목을 한껏 끌며 강현이 깽깽이걸음으로 정연을 따라 내렸다.

"변 이사님!"

복도가 떠내려가라 자신을 부르는 강현의 목소리에도 정연은 멈추지 않고 복도를 가로질러 갔다. 강현은 아픈 다리를 바닥에 간신히 내려놓고 앞서가는 정연의 팔을 잡아 돌려세웠다.

"지금 뭐 하는 거야?"

정연이 강현의 손에서 거칠게 제 팔을 빼내며 차갑게 물었다.

"일부러 그런 거 아니라고요."

"뭐가?"

"몰라서 묻는 거 아니시잖아요. 승강기에서요. 정말 일부러 그런 거 아니라고요!"

"나도 알아. 일부러 그랬다면 그건 정말 문제 있는 거지. 안 그래?"

"이사님."

"근데 나도 일부러 그런 거 아니야, 양 팀장. 갑자기 빈혈이 와서 휘청이다가 실수로 그런 거야. 많이 아팠다면 미안해요, 양 팀장."

그녀는 절대, 실수가 아니다. 하이힐을 신은 발이 거의 무릎까지 올라와서는 내리찧었다. 아무리 생각해도 고의성이 다분한 행동이었지만, 강현은 더 이상 토를 달 수가 없었다. 그녀가 이미 제 할 말만 해 버리고는 자신의 사무실로 올라가 버렸기 때문이었다.

"어머. 양 팀장님 무슨 일 있으셨어요? 왜 다리를 저세요?"

여사원의 걱정스러운 물음에 강현은 어색하게 웃으며 자신의 자리에 앉았다. 최소한 못해도 피멍은 들었을 것이다. 분노에 가득 찬 한숨이 강현의 입술에서 길게 이어졌다. 이래저래, 짜증만 가득 찬 아침이었다.

거슬린다. 처음부터 낙하산으로 떨어진 그가 거슬렸다.

신호가 바뀌어 출발하려는 자신의 차 앞에서 알짱거린 것도. 승강기 안에서 자신의 엉덩이에 닿았다가 떨어진 딱딱했던 그 정체에 대해서도. 강현은 눈에 들어간 먼지처럼, 목에 박힌 가시처럼 거슬렸다.

회의가 한창 진행되고 있는 지금도 그의 행동이 거슬리는 건 마찬가지였다.

"잠깐만요."

분쇄기로 향하려던 정연의 손이 적막한 회의실의 분위기를 깨고 들려오는 강현의 담백한 목소리에 멈칫했다. 또다시 희생당할 자신의 디자인을 울상이 되어 바라보던 디자이너와 다른 사원들의 시선이 일순간 강현에게로 쏟아졌다.

"그 디자인 나쁘지 않은데요?"

"나쁘지 않고 말고는 양 팀장이 아니라, 내가 판단해."

"아니요. 그건 이사님이 판단하시는 게 아니시죠. 가방의 디자인과 효율성에 대해 나쁘고 말고는 고객들이 판단하는 거죠."

팽팽한 정연과 강현의 신경전에 다른 디자이너들은 모두 숨을 죽이고 잔뜩 긴장하여 몸을 움츠렸다.

"그건 좋고 멋진 디자인을 상품으로 내놨을 때의 일이지."

"내놓지 않았으니까, 아직은 모르는 거죠. 한 사람의 일방적인 기준을 가지고 어떻게 판단을 한다는 건지, 전 정말 이해가 가질 않아서요."

손에 총과 무기만 들지 않았을 뿐이지, 정연과 강현의 싸움은

56

이미 서로에게 치명적인 상처를 낼 만큼 사납고 맹렬했다. 강현이 오기 전까지는 한 번도 있어 본 적 없는 이런 살벌한 분위기에 사원들의 어깨는 점점 더 움츠러들고 있었다.

"좋아. 그럼 양 팀장이 직접 느낀, 이 디자인의 장점을 세 가지 얘기해 봐요. 그 장점이 날 설득시킨다면 한번 생각은 해 보죠."

정연의 제안에 강현은 여유로운 미소를 지었다. 사원들은 감히, 메두사의 눈을 보면서도 얼어붙지 않는 강현을 보며 전에 없던 일에 신세계를 경험하듯 꽤 충격적인 모습들이었다. 강현은 그런 사원들의 눈길을 한눈에 받으며 디자인이 그려진 종이를 들고 자리에서 천천히 일어났다.

"이 디자인, 무슨 생각으로 만들었어요?"

그러고는 디자인의 주인에게 부드럽게 물었다. 디자이너는 잠시, 정연의 눈치를 살피다 쭈뼛거리며 입술을 떼어 냈다.

"작년 여름휴가 때……. 여행을 갔다 왔는데……."

"아, 그 정도면 됐습니다. 내가 생각한 것도 그거니까."

강현의 부드러운 미소에 전염된듯, 디자이너가 여태 잔뜩 긴장하고 있던 얼굴을 풀며 살포시 미소 지었다. 강현은 디자이너에게 기울이고 있던 몸을 일으켜 세워 디자인을 쏘고 있는 빔 옆으로 가 섰다.

"곧, 여름이 다가옵니다. 그 말은 즉, 여름휴가 시즌이라는 거죠. 다들 여름휴가를 한 번쯤은 떠나 보셔서 아시겠지만, 현지를 돌아다닐 때는 몸이 굉장히 가벼운, 라이트한 상태여야 길을 헤매더라도 애인에게 짜증을 좀 덜 내겠죠?"

재치 있는 강현의 설명을 사원들은 한결 가벼워진 마음으로 경청했다.

"저는 바로 이 가방이야말로, 라이트한 상태를 만들어 줄 수 있는 가장 적합한 가방이라고 생각합니다. 첫 번째, 데님 소재 같지만 저희 아무르 고유의 고급스러운 패브릭 소재를 사용했기에 굉장히 가벼우면서도 원가 자체가 세지 않습니다."

강현의 말에 디자이너들이 동조하듯, 고개를 끄덕이며 서로 무언가의 말을 주고받았다. 정연은 그런 수선함에도 흔들리지 않고 설명을 이어 나가는 강현을 뚫어져라 응시했다.

"두 번째, 작은 크기에도 불구하고 수납공간이 많은 이 디자인은 무거운 파우치를 들고 갈 수 없을 때, 립스틱, 면봉, 거울 같은 것들을 가방에 다 넣어도 구분해서 정리할 수 있습니다. 그러면, 좀 더 실용적이겠죠? 그리고 세 번째. 긴 프린지를 넣어 에스닉한 느낌을 주고 색상의 종류 중 시원해 보이는 올리브카키를 넣는다면 한층 더 예쁜 디자인이 될 것 같은 기대감이 있기 때문입니다."

짝짝.

강현의 경쾌하고 야무진 마무리에 자신도 모르게 박수를 치던 이 대리가 정연의 매섭게 쏘아보는 눈빛에 그대로 주눅이 들어 손을 내렸다. 강현은 자신감에 가득 찬 얼굴로 정연을 마주했다. 감정을 배제한 무미건조한 얼굴의 정연이 무슨 생각을 하고 있는지, 감이 오지 않던 그때였다. 정연의 입가에 작은 미소가 떠올랐다. 하지만 결코, 그 미소의 의미가 강현의 눈엔 좋게 보이지 않았다.

뒷목이 찌릿하게 저려 왔다.

"그러니까, 이 디자인이 재작년 아무르 바바르 NO.44랑 다른 게 뭔데?"

"!"

전혀, 예상하지 못한 전개였다. 강현의 승리를 확신하며 자축하고 있던 사원들이 비를 맞은 이파리들처럼 축 처져 버렸다.

"나는 양 팀장이 아무르가 지난 10년 동안 어떤 가방을 상품으로 내놨는지도 모르는 주제에, 앞으로 어떻게 새로운 신상품을 만들었다고 나댈지, 기대가 되네."

잠시 멈춰 있던 디자인이 그대로 분쇄기로 빨려 들어가 산산조각 났다.

"창의력이 고갈되었으면, 다른 일들 찾아봐. 괜히, 사람 힘 빼게들 만들지 말고."

회의실 안을 풍비박산으로 만들어 놓고, 사람들을 좌절이라는 절벽으로 밀쳐 내 버리고는, 아무렇지 않게 회의실을 빠져나가는 정연을 강현이 급하게 따라나섰다.

"변 이사님!"

계단을 밟고 올라가는 정연의 앞까지 달려간 강현이 길을 막아 세웠다.

"꼭 그렇게 말씀하셨어야 돼요? 그렇게 말씀하실 때 상대방 기분이 어떨지 생각 안 해 보십니까?"

"나쁘겠지. 더럽고 치사하고 수치스럽고 아프고 화나겠지."

누군가에겐 평생 잊지 못할 상처가 될 수 있는 것들을 너무 가볍게 여기며 말하는 정연의 태도에 강현은 헛웃음이 다 나왔다.

"그걸 알면서도 꼭 그렇게 말씀하셔야 하는 거예요?"

"그러라고 한 말이니까."

정연의 냉담한 대답이 강현에겐 듣기 싫을 만큼, 자신이 괜한 것을 물어봤다고 후회가 될 만큼, 잔인하게 느껴졌다.

"자존심, 상하라고 한 말이니까. 그 말을 듣고도 자존심이 상하지 않는다면, 그 사람이야말로 정말 데리고 있으면 안 될 사람이니까. 그런 사람을 걸러 내는 것도 나한테는 하나의 업무야. 자존심도 없이 무슨 일을 하겠다는 건데."

눈 하나 깜빡이지 않고 말하는 그녀의 눈동자에서 비치는 자신의 모습은 충격에 휘청이며 심하게 요동치고 있었다.

"변 이사님."

"저 디자인을 내놨어 봐. 아까 양 팀장이 판단한다는 고객들은 같은 디자인 재탕했다는 소리를 하며 아무르 디자이너들은 꿀 빠다는 소리나 발로 디자인하냐는 소리를 했을 거고, 그 말이 회사의 귀까지 들리면, 우리 가방 디자인 팀은 비웃음을 받겠지."

"……"

"나한텐 절대 용납될 수 없는 일이야. '신상품'이라는 딱지를 붙이고 내놓는 상품들은 전부, 기존엔 없었던 신상이어야 한다고. 그래서 경고하는 건데, 디자인 경력 믿고 가방 디자인에 대해 함부로 판단하지 마. 가방 디자인에 대해서는 양 팀장이랑 지금 막 들어온 신입이랑 다를 거 하나 없으니까."

정연은 굳어 버린 강현을 계단에 덩그러니 혼자 남겨 두고는 뒤도 돌아보지 않고 자신의 사무실 안으로 들어갔다. 강현은 아랫입술을 지그시 깨물며 깊은 한숨을 내리쉬었다. 분명한 건, 정연의 말 중에 틀린 게 없다는 것이었다. 그래서 더 속상했다.

강현과 정연보다 뒤늦게 회의실에서 빠져나온 사원들의 얼굴엔 상심이 가득했다. 그들은 다시 기가 팍 죽어서는 자리로 돌아가 업무를 보기 시작했다. 강현 역시 그 자리에 계속 우두커니 서 있어 봤자, 달라지는 것은 없다고 생각하며 몸을 돌려 제자리로 돌아왔다.

시간이 얼마나 흘렀을까, 점심시간이 되고 사원들이 강현의 주변으로 몰려들었다.

"팀장님. 식사하러 가시죠."

강현은 여태 집중을 하느라 뻑뻑했던 눈을 비비며 자리에서 일어났다. 그 동작 하나하나에도 여사원들은 어느새 회의실에서의 일을 잊고 귀엽다며 광대를 승천시켰다.

"뭐 먹을까요."

"팀장님은 뭐 드시고 싶으세요?"

"파스타 좋아하세요?"

"여기 앞에 한식당도 괜찮은 데 많은데! 저희는 다 잘 먹으니까, 팀장님 드시고 싶은 걸로 먹어요!"

"일식집도 괜찮아요! 가격도 저렴한 편이고. 일식 어떠세요?"

강현의 한마디에 여사원들의 질문이 쏟아졌다. 밖으로 나가기 위해 사무실 문 쪽으로 향하던 강현의 시선이 자연스럽게 2층에 위치한 이사실로 향했다. 모두가 점심을 먹기 위해 움직이는 와중에도, 정연은 PC에서 시선을 떼지 않고 고도의 집중력을 보이고 있었다.

"아, 이사님은 저희랑 점심 안 드세요."

강현이 정연에게서 눈을 떼지 못하고 있자, 여사원 현지와 민정이 다가와 유물을 설명하는 가이드처럼 얘기해 주기 시작했다.

"워낙 입맛이 까다로우셔서 저희가 먹는 건, 맛없으시다고…….
사실, 저희도 점심까지 이사님이랑 함께 하고 싶지 않은 것도 있고, 밥 먹다가 체할 것 같아서……."

"요즘엔 임 비서님이 샌드위치 같은 거 사다 주시는 것 같던데."

"어! 점심시간 벌써 7분이나 지났어. 얼른 가요, 팀장님!"

겨우 샌드위치로 식사가 될까, 싶어 다시 한번 정연을 올려다보는 강현을 사원들이 떠밀었다. 사원들의 등쌀에 밀려 서둘러 사무실을 나오던 강현은 막, 이쪽으로 걸어오고 있는 익숙한 얼굴을 발견하고는 걸음을 멈췄다.

"선배!"

공중으로 두 팔을 벌려 반갑게 인사를 하며 강현에게 다가오는 사람은 다름 아닌 혜림이였다. 사원들은 또다시 점심시간이 지체될 것 같은 예감에 얼굴 가득 노골적인 실망감을 퍼트렸다.

"어. 권혜림."

"또. 또. 그렇게 멋없게 성까지 붙여서 부른다. 성 붙여서 부르지 말라니까."

"권 이사님."

"성 붙여서 부르지 말라니까, 성만 부르네. 진짜, 선배도 참……."

혜림은 미국에서 다니던 대학의 후배로 당시, 강현을 광적으로 좋아하며 따라다니던 여자애의 친구이기도 했다. 부담스럽게 달라붙어 늘 피해 나니느라 바빴던 그 여자애와는 달리, 털털하면서도 사근사근한 성격의 혜림은 마치, 오래도록 알고 지낸 동생같이 편안했다. 다만, 편안한 감정의 그 이상도, 그 이하도 아니었다.

"근데, 왜 왔어?"

"왜 오긴! 우리가 얼마 만에 만나는 건데, 그렇게 말을 하냐. 선배 왔다고 반갑게 뛰어온 사람 무안하고 섭섭하게. 점심 먹으러 가

자. 내가 선배 취업 기념으로 거하게 살게."

"늦었어. 나 우리 팀 사원들이랑 이미 선약 잡았어."

"아, 그래?"

혜림이 멋쩍어하며 강현을 기다리는 사원들을 살폈다. 사원들은 슈즈 파트의 이사이자, 회장 딸인 혜림이 무엇을 요구하는지 단박에 눈치를 차리고 한 걸음 물러섰다.

"저희는 괜찮으니까, 권 이사님이랑 식사하세요. 팀장님."

부푼 기대감을 뒤로하고 돌아서려는 사원들을 강현이 불러 세웠다.

"아닙니다. 먼저 잡은 약속을 지키는 게, 당연한 이치인 거죠."

"그래요. 그럼, 선배. 저녁때는 약속 없지?"

아쉬움을 지우고 옅은 미소를 띠운 혜림에게 강현이 가볍게 고개를 끄덕였다.

"그럼, 저녁때 한잔하는 건 어때?"

"그래. 그러자."

"응. 괜찮은 데 내가 예약해 놓을게. 점심 맛있게 먹고."

혜림과 헤어지고 회사 밖으로 나온 강현 일행은 그의 뜻대로 한식집으로 향했다. 각자 원하는 메뉴를 시키고 식사가 나오기 전까지, 사원들은 한층 들뜬 모습으로 강현에게 질문 공세를 쏟아부었다.

집은 어디냐, 미국에서 근무했던 회사는 어땠느냐, 혜림하고는 어떻게 아는 사이냐, 여자 친구는 있느냐 등등.

그들이 묻는 질문에 대해 대답은 해 주고 있지만, 강현은 자꾸만 머릿속에서 유영하는 정연의 생각에 마음 귀퉁이가 불편했다. 점심이 고작 그 샌드위치 몇 개로 될까, 하다가도 뭔 상관이야, 그렇게 모진 말 듣고도 이런 생각을 하고 싶냐, 이 덜떨어진 놈아, 하고 스스로를 한심스럽게 여기며 정연의 생각을 억지로 밀쳐 내 버렸다.

"맞다. 그런데 다들 그거 들었어요? 어제 저희 회사 주차장에서 있었던 일이요."

"아! 들었어. 광고 팀 윤 대리님 얘기 맞지?"

"완전 소름 끼치지 않아요?"

여사원들이 몸서리까지 치며 하는 대화에도 강현은 정연 생각을 하느라, 듣지 못하고 있었다.

"팀장님은 모르시죠?"

잠시 거두어진 시선이 다시 자신에게로 쏟아지자, 그제야 강현이 깊게 잠겨 있던 상념에서 빠져나왔다.

"어떤 거요?"

"어제 저희 지하 주차장에서 강도가 나타났대요. 그래서 광고 팀 윤 대리님 돈 뺏기고 난리 났었어요."

"보안 팀은요?"

"주차장까지 보안 팀이 내려오진 않아요. 더군다나, 소등한 상태라면 더더욱이요."

"큰일 날 뻔했네요."

"그런데, 팀장님 눈 완전 서클렌즈 낀 것 같지 않아? 어쩜, 저렇게 눈동자가 투명에 가까운 다갈색이지?"

주제는 너무 단순하게 잠시 멈춰 있던 강현에게로 다시 돌아갔다.

"그러니까. 눈 색깔 너무 예쁘시지 않아?"

"사실, 피부도 나보다 더 좋으신 것 같아⋯⋯."

강현은 마지막 밥숟가락을 떠서 먹는 순간까지도 자신을 향한 관심에 심한 부담감을 느끼며 점심 식사를 끝냈다.

식사를 끝내고 회사로 돌아온 강현의 시선이 가장 먼저 향한 곳은 정연의 사무실이었다. 그녀는 전혀 흐트러짐 없이 계속 똑같은 자세를 유지하고 있었다.

"양 팀장님. 이사님께 무슨 볼일이라도 있으신 거예요?"

언제 뒤에서 다가왔는지, 임 비서가 커피를 탄 컵을 들고서는 상냥하게 물어 왔다.

"네? 아닙니다."

"식사는 맛있게 하셨어요?"

"네. 맛있게 먹었습니다. 임 비서님께선 식사하셨어요?"

"네. 저도 맛있게 먹었습니다. 그럼……."

임 비서가 가볍게 묵례를 취하고 강현을 지나쳐 이사실로 향해 몇 걸음 옮기던 참이었다.

"임 비서님."

담백한 강현의 목소리가 그녀의 걸음을 멈춰 세웠다.

"네. 뭐 필요하신 거라도 있으세요?"

의례적인 임 비서의 물음에도 강현은 그녀의 어깨 너머로 보이는 정연에게로 잠시 시선을 옮겼다.

"식사하셨어요?"

강현의 시선을 따라 뒤를 살핀 임 비서가 정연의 모습을 확인한 후, 고개를 내저었다.

"샌드위치 드셨어요."

"매일 그렇게 샌드위치만 드십니까?"

"네. 주로 샌드위치 드세요."

매일 밀가루 종류만 먹으면 정말 건강에 좋지 않을 텐데…….

"양 팀장님."

"네."

"혹시나 해서 물어보는 건데, 지금 이사님 걱정 하시는 거예요?"

머릿속으로 그 말을 되새김질하며 본의 아니게 침묵을 그리고 있던 강현에게 임 비서가 제법 반갑게 물어 왔다. 강현은 급하게 부정하며 변명했다.

"그런 건 아닙니다. 저는 다만……."

"임 비서."

강현이 말을 다 마무리도 짓기 전에 이사실 문이 열리고 정연이 임 비서를 불렀다.

"네. 이사님."

두 사람이 마주 보고 대화를 나누고 있다는 것을 은근히 의심쩍게 바라보던 정연은 곧, 관심 없다는 듯한 얼굴로 임 비서에게 말했다.

"올라올 때, 내가 이전에 부탁했던 자료도 좀 같이 부탁해."

"네. 알겠습니다."

이사실 문이 닫히고 정연이 안으로 몸을 감추었다. 임 비서가 더 이상 대화를 할 수 없을 것 같다는 의미로 난감한 얼굴을 지어 보이자, 강현이 길을 내주었다. 임 비서가 지나쳐 가고 강현이 무심결에 다시 한번 이사실을 올려다보았다.

"……."

여태 자신을 지켜보고 있던 모양이었는지, 정연의 시선이 느긋하게 강현에게서 서류로 넘어갔다. 하지만 여전히 그 곱지 못한 시선에 강현의 한숨은 더욱 깊어져 갔다.

"변 이사님."

화장실을 가기 위해 사무실을 막 빠져나온 정연은 이 층에서는 들리지 말아야 할 전혀 달갑지 않은 목소리에 주변을 두리번거렸다. 오늘따라 유난히도 화사해 보이는 혜림이 지척으로 다가와 멈춰 섰다.

"권 이사가 여긴 어쩐 일이에요?"

"양 선배 만나러 왔어요. 아, 회사에서는 팀장이라고 불러야 하는데 이놈의 습관이……. 양강현 팀장이요. 오늘 저녁 같이 먹기로 했거든요."

"아……. 그럼, 맛있게 먹어요."

별로 궁금하지도 않았던 것까지 자세히 말해 주는 쓸데없이 친절한 혜림을 뒤로하고 화장실 쪽으로 방향을 돌렸을 때였다. 사무실 문이 열리고 강현이 나왔다.

"선배."

"어. 오래 기다렸어?"

"아니. 나도 지금 막 왔어. 가자. 내가 진짜 괜찮은 일식집 예약해 놨어. 선배 일식 좋아하잖아."

"어. 그래. 잠깐만."

뒤에서 혜림과 대화를 나누던 강현이 급하게 이쪽으로 뛰어오는 소리가 들렸다. 그리고 막 복도 코너를 꺾는 정연의 앞을 가로막았다. 정연의 건조한 눈빛이 뭐야? 하고 묻는 듯 강현에게 가 닿았다.

"상사에게 퇴근 인사는 하고 가야죠."

"······."

"수고하셨습니다. 이사님. 내일 뵙겠습니다."

다른 사람과 다르긴 확실히 달랐다. 퇴근 시간쯤엔, 다른 사원들은 오히려 정연이 자리에서 비켜 주기를 은근히 기대했다. 짤막하게 하는 인사조차도 하기 싫고 줄일 수 있다면 정연과 부딪히는 일을 최대한 줄이고 싶다는 뜻이었다. 그런데, 강현은 참 꼿꼿하게 인사를 하고 간다. 없는 상사를 굳이 찾아서까지.

그것이 억지처럼 느껴지는 탓에 기분이 썩 유쾌하지만은 않지만······.

정연은 무심결에 잠시 뒤를 돌아봤다.

뭐가 그리도 좋은지 강현의 옆에 착 달라붙어서 재잘재잘 떠드는 혜림과 표정을 전혀 알 수 없는 뒷모습을 한 강현이 시야에서 천천히 멀어져 갔다. 정확하게 무엇이라 정의할 수 없는 묘한 기분이 들었다.

한편, 회사를 빠져나온 강현은 오후쯤에 미리 예약을 해 놨다는 혜림을 따라 근처 고급 일식집으로 향했다. 자리에 앉아 얼마 되지 않아 주문한 식사가 나왔다.

"그런데 어떻게 선배는 나한테 말 한마디도 안 해 주고 한국에 귀국할 수 있어? 우리, 대학 시절 때 나름 친하다고 생각했는데······. 뭐야, 나 혼자만의 착각인 거였어?"

장난스럽게 묻는 혜림에게 강현은 그 상황에 대해 설명할 생각도 하지 않고 싱싱한 회 한 점을 먹으며 실없이 웃었다.

"잘 먹는 거 보니까, 입맛에 맞나 보다. 다행이야."

혜림이 가장 맛있는 부위들을 쏙쏙 집어 들어 강현의 접시 위에 올려 주었다.

"내가 먹을게. 너 먹어."

"맞다. 선배 이런 거 별로 안 좋아했지? 부담스럽다고 싫어했잖아."

"너는 별로 안 부담스러워. 난 원래 이 부위 별로 안 좋아해."

강현은 혜림이 덜어 주었던 부위를 집어 들어 혜림의 접시 위에 얹혀 주었다.

"너 먹어."

"고마워. 난 이 부위가 제일 맛있다고 생각했는데, 잘 먹을게."

"별거 아니니까, 너무 감동받지는 말고."

"이미 감동받았는데."

"받았어? 이미?"

"하지만 걱정하지 마. 다른 여자애들처럼 이런 거 가지고 선배가 나 좋아한다는 착각 안 할 테니까."

강현은 대학 때 확실히 고친 버릇이 하나 있다. 그건 바로 깊은 친절함이었다. 사람을 대할 때는, 언제나 친절하고 진심을 다하라는 엄마의 말에 따라 그렇게 대했다가 본의 아니게, 많은 여자들을 울려 버린 냉정하고 나쁜 놈으로 각인되고 말았다. 자신에게 관심을 보이는 여자들에게는 그 친절함이 매혹적인 독이 되어 착각이라는 늪으로 등을 떠밀고 사랑을 구걸하게 만든 것이다.

의례적인, 누구나 다 할 수 있는 친절함은 베풀어도 상대방이 오해할 만한 친절함은 베풀지 말자, 라는 철칙을 얻게 되었다.

"우리 짠 하자. 선배."

건배한 소주를 강현은 한입에 털어 넣었다.

"대학 동기들이 엄청 화내겠다. 나 막 싫다고 할 것 같아."

"왜?"

"내가 선배랑 이렇게 단둘이 술을 마시고 있다는 걸 안다면."

"아……."

별로 흥미 있는 주제가 아니었던 터라, 강현은 별 감흥 없이 대답을 하며 빈 잔에 술을 채웠다.

"변 이사님이랑 같이 일하는 거 힘들지 않아? 가방 파트 디자이너들은 늘 그런 하소연 하던데."

애써 떠올리고 있지 않았던 정연의 생각이 혜림의 말 한마디로 방아쇠를 당긴 것처럼 떠올랐다. 가장 보고 싶었던 건 자신을 향해 환하게 미소를 짓던 모습이었는데, 어제도 오늘도 웃기는커녕 소나무 잎을 갉아 먹으며 농작물에 큰 피해를 주는 송충이 취급뿐이었다. 자존심이 상해 화가 나다가도 자존심 없는 놈처럼 서운하고 속상하기도 했다.

"선배. 내 말 듣고 있어?"

"어?"

"아니, 변 이사님 말이야. 같이 일하기 힘들 거라고."

"아직 얼마 해 보지도 않았는데 뭘."

"그 팀. 말이 좀 많아. 변 이사님 때문에 힘들다고. 오죽하면 변 이사님 별명이 메두사겠어."

"메두사?"

"응. 한번 마주치면 굳어 버릴 정도로 살벌하다고 해서 별명이 메두사야."

"그렇구나. 그 정도는 아닌데. 배울 게 많은 사람인 것 같아. 이런저런 면에서."

"변 이사님이 배울 면이 많긴 하시지. 그래도 워낙 까다로운 편이라서, 힘들 거야."

'고객들은 같은 디자인 재탕했다는 소리를 하며 아무르 디자이너들은 꿀 빤다는 소리나 발로 디자인하냐는 소리를 했을 거고, 그 말이 회사의 귀까지 들리면, 우리 가방 디자인 팀은 비웃음을 받겠지. 나한텐 절대 용납될 수 없는 일이야.'

자존심이 강한 사람이었다. 하지만 그녀가 저렇게 악착같이 하는 것은 단순히 자신의 자존심 때문만은 아니라는 것을, 강현은 느낄 수 있었다. 그 방법이 조금은 극단적이고 독하지만, 그녀는 분명 모두의 자존심을 지켜 주고 싶은 것이다. 회사로부터, 고객들로부터, 자신의 팀, 가방 디자이너들의 자존심을.

"짊어져야 할 짐이 무거우면 무거울수록, 책임감은 커져 가고 그 무거운 책임감을 지키려면 강해져야 하는 거니까. 그 사람은 자기가 강하다는 걸 보여 주고 싶은 거야. 다른 쪽에서는 몰라도 가방 디자이너로서는 진짜 강하기도 한 사람이고."

혜림은 술잔을 들어 입술을 축이며 잔잔히 흐르는 강현의 목소리에 온 신경을 기울였다.

"내가 가방 디자인 팀의 팀장으로서 하고 싶은 건, 그 무거운 책임감을 덜어서 같이 짊어져 주고 싶은 거야."

"그런데 선배. 다른 쪽에서는 몰라도, 는 무슨 뜻이야?"

혜림의 질문에 강현은 자신이 그런 말을 내뱉었는지조차 모르고 있었다. 하지만 그 말을 내뱉었을 때의 자신을 돌아보면, 머릿속에 자리 잡고 있는 정연이라는 사람은 직급을 가지고 있는 단순한 상사가 아닌, 자신이 품고 있던 짙은 그리움을 남긴 첫사랑, 여자 정연이 서 있었다.

"별 뜻 아니야."

"어! 짠 하고 같이 마셔."

말을 이으며 혼자 술잔을 드는 강현을 혜림이 급하게 잡고는 자신의 잔을 가져다 댔다. 강현은 마치, 첫사랑의 정연이 더는 자신의 곁에 머물지 않고 함께 사라져 버리길 바라는 심정으로 술을 단숨에 집어삼켰다. 아니, 어쩌면 그 반대일지도 모른다. 독한 상사는 사라지고 첫사랑 정연만 남아 있길 바라는 것일지도.

정연만 생각하면 모든 감정이 엉망진창이 되어 버린다. 강현은 자신이 좋아하고 그리워하던 첫사랑 정연과 자신을 무시하는 직장상사 정연의 경계선에서 정착하지 못하는 제 감정이 혼란스러웠다.

"아무튼 난 선배랑 같은 회사에서 일하게 돼서 너무 기뻐."

"그래."

"대답이 그게 뭐야. 선배는 하나도 안 기뻐?"

강현은 끝까지 대답을 하지 않고 작게 미소만 지어 보일 뿐이었다.

휴대전화를 사무실에 두고 왔다는 것을 알아차린 것은, 식사를 끝내고 대리운전을 부른 혜림의 차에 올라타기 직전이었다.

"나 회사 좀 들렀다가 가야겠다. 먼저 가."

"회사? 회사는 왜?"

"휴대전화를 두고 온 것 같아."

"뭐하러 그래. 기다릴게. 천천히 가지고 나와."

강현은 급하게 회사로 돌아갔다. 모두가 퇴근한 회사는 고요하다 못해, 을씨년스럽기까지 했다.

"수고하십니다."

로비에 있는 보안 사원에게 인사를 건넸다.

"가방 디자인 팀 양 팀장님 아니십니까? 그런데 무슨 일로 이 시간에 회사를 다 오셨어요? 이제 곧, 소등할 시간인데요."

"휴대전화를 두고 와서요. 죄송합니다. 금방 가지고 내려올게요."

보안 사원에게 양해를 구하고 올라와 사무실 문을 열고 들어온 강현은 위에서 느껴지는 사람의 인기척에 의아해하며 조심스레 걸음을 옮겼다. 정연이 아직까지 퇴근을 하지 않고 자리를 지키고 있었다. 벌써 밤 10시가 훌쩍 넘어가 있는 시간이었다.

"……"

그녀는 자신이 빈 사무실에 들어온 것도 알아차리지 못할 만큼, 고도의 집중을 하고 있었다.

"저녁은 먹고 하는 거야? 점심도 대충 먹더니……."

들리지 않게 내뱉어진 걱정스러운 혼잣말이 미적지근한 공기 중으로 흩어져 사라졌다. 강현은 이사실로 향하는 계단으로 한 걸음 내딛다가 다시 물러섰다.

"됐다. 또 뭔 소리를 들으려고……."

발걸음을 돌려 자신의 자리로 돌아온 강현은 책상 위에 놓여 있는 휴대전화를 집어 들고 다시 사무실을 나섰다.

로비를 가로질러 정문을 열고 나와 혜림이 대기하고 있던 차 앞까지 다가왔을 때였다. 분명 자신의 몸은 앞으로, 앞으로 줄곧 걸어가고 있었지만 신경은 자꾸만 뒤로, 또 뒤로 향한 듯 여전히 사무실 안에 머물러 있는 것 같았다.

'어제 저희 지하 주차장에서 강도가 나타났대요. 그래서 광고 팀 윤 대리님 돈 뺏기고 난리 났었어요.'

강현은 자신을 위해 혜림이 열어 준 뒷좌석 문을 다시 닫았다.

"선배."

그러고는 반쯤 열린 창문으로 상체를 비스듬히 내려 혜림에게 말했다.

"기다리게 해서 미안한데, 너 먼저 가. 오늘 잘 먹었다. 내일 보자."

"선배!"

자신을 애타게 부르는 혜림의 목소리에 뒤도 한 번 돌아보지 않고 곧장 회사 안으로 다시 들어왔다. 방금 전 내렸던 승강기를 다시 타고 올라가 사무실에 도착한 강현은 막, 문을 열고 들어가려다 말고 안에 있는 정연의 모습에 손잡이에서 손을 뗐다.

정연은 퇴근 준비를 한 상태에서 사원들 자리를 둘러보며 밖으로 튀어나와 있는 의자 하나하나를 반듯하게 집어넣어 주고 있었다. 때때로는 삐뚤어져 있는 이름표를 반듯하게 정돈해 주기도 했다. 그 손끝이 만져 보지 않아도 따뜻하게 느껴졌고, 사원들의 자리를 바라보는 눈빛은 다정하기까지 했다.

그 모습에 강현은 자신도 모르게 안도의 한숨을 내쉬었다. 그녀를 바라보면 여전히 기분이 뭐라 정의할 수 없게 묘했다. 뭔가 꽉 막힌 가슴이 쓸어 넘겨지는 것 같은 기분이기도 했고, 꽁꽁 얼어붙은 몸이 따스한 이불 안으로 들어가 녹아내리는 것 같기도 했다.

정리를 다 하고 사무실 밖으로 나온 정연은 자신의 앞으로 드리워진 그림자에 흠칫 놀라다 그것이 강현이라는 것을 알고 안심하는 눈치였다.

"어휴. 깜짝이야. 사람 놀라게 왜 그러고 서 있어?"

"놀라셨다니, 의외네요."

"무슨 뜻이지?"

강현은 대답 대신, 어깨를 살짝 들썩이며 입가에 작은 미소만 띠울 뿐이었다.

"그건 그렇고, 이 시간에 웬일이야? 아까 퇴근한 사람이."

"뭘 좀 두고 가서요."

"그래? 그럼 빨리 챙겨 가지고 가. 곧 소등할 시간이야."

강현은 자신의 곁을 그대로 지나가려는 정연의 손목을 잡아 세웠다.

"잠깐만요."

갑작스러운 강현의 스킨십에 정연이 당황해하며 가볍게 손을 뿌리쳤다.

"뭐 하는 거야?"

"잠깐만 기다려요. 같이 가게."

"내가 양 팀장이랑 같이 갈 이유 없으니까, 안 기다려."

돌아서는 정연의 옆으로 강현이 따라붙었다.

"왜 그냥 와? 뭐 두고 왔다면서."

"생각해 보니까, 별로 중요하지 않은 것 같아서요."

"하⋯⋯. 별로 중요하지도 않은 걸 가지러 이 시간에 회사를 다시 왔다고? 술 냄새 나는 거 보니까, 양 팀장 지금 취했어?"

"그런가? 나, 취했나?"

당연히 취하지 않았다고 대답할 줄 알았기에 정연의 의아한 눈길이 강현에게로 향했다. 전부터 계속 정연을 바라보고 있었던 모양인지, 강현의 시야가 그대로 정연을 흡수했다.

"그거 알아요?"

"뭘."

"여자는 자신을 좋아하는 남자가 취했을 때, 같이 있으면 더 위험한 거."

"뭐?"

"취한 남자가 좋아하는 여자 앞에서 이성의 끈을 잡고 있는 건, 평소보다 더 힘들거든요. 특히, 눈에 보이는 이거 때문에."

강현은 도톰하고 붉은 자신의 입술을 검지로 톡톡, 치며 싱긋 웃었다.

"뭐, 뭐라고?"

"반응 봐."

"……."

"왜 당황해해요? 난 분명 남자가 좋. 아. 하. 는. 여자 앞이라고 말한 거 같은데."

의미 없이 관자놀이를 긁적이며 중얼거리는 강현의 목소리에는 장난기가 다분했다. 정연은 순간, 강현이 별 뜻으로 한 말이 아닌 것에 과민 반응을 하며 당황한 모습을 보인 것이 창피해져 서둘러 승강기로 몸을 실었다.

밀폐된 공간에 들어오니, 방금 전 강현이 했던 말과 행동이 더욱더 자극적으로 느껴졌다. 너무 오래도록 남자를 두지 않았던 탓일까. 강현이 제 입술을 톡톡 치며 말을 이어 나갈 때, 정연은 다른 여사원들이 떠들어 대던 것처럼 그 입술이 참 부드럽고 달콤하게 생겼다는 생각이 들었다.

작위적이지 않게 밝고 붉은빛이 감도는 입술은 마시멜로처럼 도톰하고 푹신해 보였다.

미쳤지…….

정연은 잠시, 이성을 잃고 그렇게 생각한 제 자신이 쪽팔려서 얼굴이 달아오르고 있음을 느꼈다.

"오늘 하루 종일 내가 이사님 때문에 당황해서, 저도 이사님이 당황해하는 모습 한번 보고 싶어서 장난친 거예요. 너무 깊게 생각하지 마세요."

사실 지금 이 상황에서 퇴근을 하니까, 상사가 상사처럼 안 보이냐며 불같이 화를 내야 하는 것이 정상이었지만, 정연은 잠시나마 자신이 상상했던 엉큼함에 양심이 찔려 그럴 수도 없었다.

"다른 생각 중이니까 오버하지 말고 층수나 눌러."

"지하 주차장에 강도 나타났었대요. 어제."

임 비서에게 들어서 알고 있었지만, 일을 보느라 깜빡하고 있었다. 아무리 제 별명이 메두사라고 하더라도 정연 역시 야근을 끝내고 내려가는 주차장은 지나치게 을씨년스러워서 소름 끼치게 섬뜩하고 무서웠다.

"지하 주차장까지 데려다 드릴 테니까, 지상까지만 태워다 주세요."

"지금 나하고 딜을 하자는 거야? 됐어."

"그게 그렇게 힘들어요? 같이 일하는 부하 사원 가는 길에 내려 주는 건데?"

아까 혼자 한 착각에 정연은 잠시라도 강현이 자신의 곁에 머무르는 것이 불편하게 느껴졌다.

"어. 잠깐이라도 불편한 건 싫어."

"제가 불편해요?"

"그럼, 양 팀장은 내가 편해?"

"아니요."

한 치의 망설임도 없이 단호하게 대답하는 강현의 말에 정연은 실소를 터트렸다. 강현은 '상사'에 대한 예의를 지키는 듯, 지키지 않는 듯, 위태로운 외줄 타기를 하는 듯했다. 그리고 그것이 매우, 능숙해 보였다.

"알았어요, 그럼. 태워다 주지 말아요."

그렇게 말하고 자신이 갈 층수를 누를 줄 알았던 강현은 여전히 꼼짝없이 정연의 옆에 머물렀다.

"그냥, 데려다주기만 할게요."

"됐다니까."

"저도 불편한 건 싫어요."

"……."

"차 타고 무사히 가시는 거 못 보면 제 마음이 더 불편할 것 같다고요. 행여나 이사님한테 무슨 일 나면 안 되잖아요. 우리 가방 디자인 팀 기둥이신데."

강현의 눈이 곡선을 그리며 영롱한 반달보다 더 예쁘게 휘었다. 순간, 웃는 모습이 참 예쁘다는 생각을 하는 자신에게 놀란 정연이 얼른 고개를 돌렸다.

예쁘긴 뭐가 예뻐. 입만 열면 한 마디도 안 지고 따박따박 말대꾸하는 낙하산이.

승강기 문이 열리고 두 사람이 주차장을 향해 나란히 내렸다. 극심하게 예민해져 스치는 바람에도 깜짝, 깜짝 놀랄 만큼 정연은 이 주차장을 싫어했다. 하지만 집이 멀고 워낙 짐이 많아 차를 가지고 오지 않을 수도 없는 입장이기에, 그 두려움을 억지로 꾹꾹 담고 다녔다. 그런데 오늘은 이 넓고 을씨년스러운 주차장이 다르게 느껴졌다.

"많이 으스스하긴 하네."

뒤에서 들려오는 강현의 목소리가 정연을 그렇게 토닥여 주고 있었던 것이다.

"들어가세요, 그럼."

정연이 무사히 차에 타고 시동을 걸어 출구 쪽으로 방향을 돌리자, 강현이 상체를 살짝 내려 인사를 하고 물러섰다. 그때 소등이 되었는지, 승강기 쪽의 전등이 꺼져 버렸다. 그러자 정연이 창문을 내려 고개를 내밀고 강현을 불러 세웠다.

"양 팀장. 지상까지 데려다줄게. 소등 시간 지나서 승강기 작동 안 될 거야, 아마."

말을 하며 조수석에 올려놓았던 가방으로 손을 뻗었을 때 차 문이 열렸다. 반대쪽 꽤 먼 거리에 있었던 강현이 너무 빨리 조수석 문을 연 탓에 정연이 살짝 당황해했다.

"왜요?"

당황해하는 정연을 보며 강현이 넌지시 물었다.

"너무 빨리 와서 좀 당황했어."

"혹여나, 마음 바꾸실까 봐요."

"그 정도로 변덕 심한 사람은 아니거든?"

정연이 제법 무거운 가방이랑 서류들을 끙끙거리며 들자 강현이 상체를 반쯤 밀어 넣어 정연의 손에 달린 것들을 가볍게 들어 뒷좌석에 올려놓았다. 뒷좌석은 온갖 옷과 서류들, 심지어는 자신의 짝을 잃은 구두 한 짝씩으로 너저분했다.

"차에서 살림하세요?"

지저분한 것을 콕 집어 얘기하는 강현의 말에 정연이 민망해져 눈을 새치름하게 떴다.

"그냥 걸어서 올라갈래?"

"아니요."

강현은 재빨리 비워져 있는 조수석에 올라탔다. 하루 종일 돌아다녀 사라질 법도 할 텐데, 강현의 몸에서는 여전히 향긋한 샴푸 냄새가 났다. 정연은 귀엽게 생긴 얼굴하고 참 잘 어울리는 냄새라고 생각했다. 차 곳곳에 그 향긋함이 스며들 것 같았다.

"배 안 고프세요? 점심 대충 드시는 것 같던데."

확실히 강현은 여느 사원들과는 다르다. 어떻게 해서든 자신과 함께하는 자리를 피하기 위해 애를 쓰거나 함께 있더라도 최대한 없는 듯 움츠려 있기 마련인데, 강현은 굳이 그러지 않았다.

첫 출근을 하던 그날부터 말을 시키는 것도 달랐다. 딱딱하고 최소한의 예의만 갖추며 대화를 이어 나가지 않으려 단답형 대답만 하는 사원들과 다르게, 강현은 일부러 더 자신에게 말을 걸어왔다.

그것도 지극히 담백하면서도 다정한 말투로.

그것은 마치, 난 당신과 많은 대화를 나누고 싶어요, 라고 하는 것처럼 느껴졌다.

"어. 별로 안 고파."

꼬르르르—

말이 끝나기가 무섭게 정연의 마른 뱃가죽에서 원초적인 소리가 크게 들려왔다.

"몸은 거짓말을 안 하네요."

"양 팀장한테서 나는 소리 아니었어?"

"창피해하지 않아도 돼요. 누구한테나 나는 소리니까."

보통의 사원들과 다른 것이 하나 더 있다면, 강현은 자신의 허를 깊이 찌르는 기분이 들 만큼, 말을 묘하게 잘한다는 거였다. 정연은 배가 고픈 것도, 자신이 창피해하는 것도 강현에게 모두 들켜 버린 것 같은 민망함에 입을 다물었다.

"뭐라도 먹고 갈래요?"

강현이 물어 온 것은 지하 2층에 위치했던 정연의 차가 코너를 몇 번 꺾으며 지상으로 막 올라왔을 때였다.

"아니. 됐어."

"왜요. 나랑 같이 먹는 거 불편해서?"

"양 팀장. 은근히 말이 짧아."

강현이 '죄송합니다, 이사님' 또박또박 억지 쓰듯 말했다. 그런 강현의 모습이 어째 이상하다고 느껴질 만큼 익숙하면서도 귀여웠다. 낯가림을 워낙에 많이 하는 정연으로서는 잠깐이었지만 강현에게 느끼는 이 익숙함이 의아했다.

정연을 빤히 바라보며 대답을 기다리고 있던 강현이 의자 등받이에 깊숙이 기대고 있던 몸을 일으켰다.

"나도 출출해서 그래요. 이 앞에 포장마차에서 파는 국수가 진짜 맛있다던데, 혼자 들어가서 먹기에는 좀 뭐하니까 같이 좀 먹어 줘요."

"뭐 먹고 온 거 아니었어?"

"원래 술 먹으면 더 출출해져요."

"나랑 있는 거 불편하다면서 어떻게 먹게."

"괜찮아요. 맛있는 거 앞에 있으면."

강현이 말을 하곤 입술 끝을 예쁘게 올리며 화사하게 웃는다.

사실, 정연은 집에 가서 무언가를 차려 먹을 기운조차 없을 정도로 배가 많이 고팠기에 포장마차에서 국수를 먹자는 강현의 말은 꽤 혹한 제안이었다. 오늘 그렇게 독한 소리를 들었으면 기분이 상해서라도 마주치지 않으려고 하는 것이 당연한 건데, 마치 아무 일도 없었다는 것처럼 살갑게 구려는 강현의 노력을 상사로서, 또한 인생을 오래 산 선배로서 무시할 수도 없는 노릇이었다.

그래서 함께 국수를 먹자고 대답하려던 그 순간이었다. 강현의 어깨 너머 창문 밖으로 혜림이 나타났다.

똑똑— 작게 노크하는 소리에 정연을 바라보고 있던 강현의 눈길도 뒤로 돌아갔다.

"선배."

꽉 닫혀 있는 창문 때문인지, 혜림의 목소리가 이명처럼 들려왔다. 혜림은 정연을 보며 가볍게 묵례를 취하고 강현에게 어서 나오라는 손짓을 보였다.

"세 사람이서 같이 먹자는 소리였어?"

혜림과 사이가 그다지 좋지 않은 정연의 목소리는 어느새, 경계가 잔뜩 서려 있었다.

"아니에요."

"아니긴, 뭐가 아니야. 아까 둘이 같이 나갔는데, 아직도 권 이사가 있는 걸 보니 그런 게 맞고만."

정연을 바라보는 강현의 눈빛엔 난감함이 가득했다.

"난, 권 이사하고는 별로 안 친해서 일분일초도 같이 있고 싶어 하지 않아 해. 권 이사도 그럴 거고. 그러니까, 내려. 국수는 둘이 먹고."

"이사님."

"내리라니까? 권 이사가 기다리잖아."

기분이 확 상해 버린다. 강현에게 딱히 마음 상할 연유는 없으면서도 정연은 자신도 모르게 까칠하게 강현을 몰아세웠다. 강현은 나지막하게 한숨을 내쉬고는 차에서 내렸다.

"그럼, 조심히 들어……."

강현의 인사가 다 끝나기도 전에 정연의 차가 쌩하게 그곳을 벗어났다. 강현은 마지막 순간, 차갑게 굳어 버린 정연의 얼굴 때문에 불편한 마음을 끌어안고 이미 사라져 보이지도 않는 정연의 차를 눈길로 좇았다.

"선배. 무슨 일이야? 선배가 왜 변 이사님 차를 타고 같이 나와?"

뒤에서 들려오는 혜림의 목소리에 강현이 굳은 얼굴로 돌아보았다.

"그럴 만한 일이 있었어. 왜 아직 안 갔어?"

강현의 건조한 목소리에도 혜림은 세상을 다 가진 듯한 환한 미소로 응답했다.

"아무리 불러도 정신없이 회사로 들어가는 선배 보면서 무슨 안 좋은 일이 생겼나, 걱정이 돼서 못 가겠더라고. 그런데 별일 없었던 것 같네. 다행이야. 집까지 데려다줄게."

"아니야. 괜찮아. 나 택시 타고 가면 돼."

"뭐하러 번거롭게 그래. 그냥 내 차 타고 가."

"집 방향도 반대고 택시가 더 편할 것 같아. 가자. 차까지 데려다줄게."

"내가 한 번 더 고집 피우면 정색할 거지?"

"응. 아마 그럴 것 같아."

강현의 입술 끝이 억지로 올라갔다.

"알았어, 그럼. 차까지만 데려다줘."

혜림의 차가 세워진 곳까지 걸어가면서도 강현의 시선은 여전히 정연의 차가 사라진 어둠으로 자욱한 도로의 끝에 머물러 있었다.

두 사람은 세워 둔 차에 도착했고 뒷좌석으로 혜림이 올라탔다.

"선배. 오늘 너무 즐거웠어. 조심히 들어가."

강현이 낮게 고개를 끄덕이며 차 문을 닫아 주었다. 천천히 출발하는 차 안에서 혜림은 뒤를 돌아 혼자 남겨진 강현을 바라보았다. 자신의 차가 출발하자마자 바로 택시를 잡아 올라타는 그의 모습이 보였다.

"변 이사 차는 사라질 때까지 쳐다보더니……."

대학 시절 내내, 다른 여학생들과 다를 바 없이 혜림 역시 강현을 남몰래 짝사랑해 왔다. 여자들이 그리는 모든 이상을 가지고 있는 강현은 숨소리마저도 매력적인 남자였다. 특히, 다사로운 햇살이 가로질러 들어오는 나른한 오후 수업에 턱을 괴고 무료한 듯한 얼굴로 수업을 듣는 강현의 모습은 뭇 여학생들이 저도 모르게 사진을 찍을 정도였다.

하지만 짝사랑 티를 내고 직접 고백을 하는 것은 아주 위험한 짓이라는 것을 깨닫는 데는 그다지 많은 시간이 허비되지 않았다. 주변 친구들이 차례대로 그 역경의 모습을 보여 준 것이다. 선불리 고백을 하는 여자들을 강현은 대놓고 피하며 멀리했다.

그의 곁에 오래도록 머물고 싶어서라도 혜림은 가슴이 터질 듯이 벅찼던 마음을 억지로 꾹꾹 눌러 담아야 했다. 그는 아무에게도 쉽게 마음을 열지 않았고, 그런 그를 옆에서 좋은 동생인 척하며 지켜보는 것이 혜림에겐 고난의 시간이었다.

대학을 졸업하고도 그의 곁에서 머물고 싶은 마음에, 그가 취업한 J—come에 몇 번이고 이력서를 넣었지만 떨어졌다. 방황하는 딸의 사정을 딱하게 여긴 아빠의 성화로 결국 혜림은 한국으로 귀국해 아무르의 팀장으로 입사하였다. 태풍에도 흔들리지 않을 거라는 거대한 낙하산이라는 이름을 달고.

한국에 돌아와서도 강현을 잊지 못한 혜림은 은근히 아빠에게 그를 스카우트해 올 것을 부탁했다. 혜림의 아버지 권 회장은 딸의 부탁을 성심성의껏 들어주었다. 일단, 실력도 실력이지만 강현이 가장 존경한다는 상사 석호를 먼저 영입했고 그에게 은근히 강현이라는 인물을 데리고 오기를 권유했다.

그리고 그 결과는 완벽하게 성공했다. 드디어 그가 한국으로 들어와 아무르에서 일하겠다는 의지를 밝힌 것이다.

얼마나 돌고 돌아 힘들게 다시 곁에 두게 된 사람인데……. 얼마나 간절하게 원하는 사람인데…….

강현을 다른 여자의 옆자리에 잠시라도 머물게 만들고 싶지 않았다. 전에 일했던 분야의 슈즈가 아닌 가방으로 간 것도 짜증 나 죽겠는데, 오늘 정연의 옆자리에 강현이 척 앉아 있는 것을 보니, 소리를 지르고 싶을 만큼 짜증이 치솟았다.

더군다나 정연은 뭐 하나 마음에 드는 구석을 하나도 찾아볼 수 없는, 그저 제 앞길을 막고 알짱거리기만 하는 장애물 같은 여자였다. 회장인 자신의 아버지도 개인적으로는 오냐오냐하며 자신을 끔찍이도 생각해 주지만 일적으로는 자신보다 정연을 더 믿는 눈치였다. 이사진들 역시, 정연의 능력을 훨씬 높게 사며 훗날 그녀를 전문 CEO인 부사장직에 앉혀 놓고 싶어 은근히 안달을 내고 있었다.

오랫동안 알고 봐 왔던 정연의 성격상 먼저 강현에게 차에 올라타라고 했을 리는 만무했다. 그렇다면, 강현이 정연의 차에 올라타겠다고 한 것밖엔 안 되는데……. 하지만 강현 또한 여자와 단둘이 있는 상황을 극도로 꺼려 하는 성격이었다. 특히 만난 지 얼마 되지 않은 관계라면 더더욱…….

"짜증 나."

둘이 왜 같이 있게 되었는지에 대한 궁금증은 풀리지 않았지만, 한 가지 혜림의 머릿속에 떠오르는 것이 있었다.

"이번엔 절대, 안 뺏겨. 변정연이라면 더더욱!"

두 번 다시는 정연의 곁에 그를 두지 않게 하는 방법.

그 방법을 떠올렸다. 자존심. 그녀의 자존심을 조금만 긁어 주면 끝낼 수 있는 그 간단하지만 위험한 방법이 혜림의 머릿속에 그득하게 번져 나갔다.

⚜

'친환경과 미(美)' 라는 주제로 세계에서 주목하는 김찬희 디자이너와의 협업쇼를 위해 각 파트의 임원들이 대회의실로 모였다.

이번 협업쇼에는 특별한 조건이 붙어 있었다. 파트의 모든 상품들이 전부 협업쇼에 올라갈 수는 없고 김찬희 디자이너의 마음에 드는 파트 하나만이 올라갈 수 있었다. 김찬희 디자이너의 협업쇼가 진행된다면 세계 각지에서 기자들이 몰려들기에 아무르를 알리기 더욱 좋은 기회였다.

정연은 이번 협업쇼를 통해 아무르를 가방으로 더 크게 알리겠다는 굳은 결의를 하며 회의실에 도착했다.

임 비서가 말해 준 시간보다 훨씬 넉넉하게 왔음에도 불구하고 회의실 안에서는 벌써 사람들의 대화 소리가 들려왔다. 문을 열고 안으로 들어가니, 슈즈 파트의 혜림과 파인 쥬얼리 파트의 신 이사가 와 있었다.

"변 이사님 오셨어요?"

정연은 두 사람에게 인사를 하고 혜림과 최대한 멀리 떨어진 자리에 앉았다.

"변 이사는 좋겠어!"

신 이사의 주어 없는 말에 정연이 무슨 뜻이냐고 물어보자, 그는 호탕하게 웃으며 말을 이어 갔다.

"핫 스타가 들어갔더만? 그 있잖아, 양강현 팀장. 우리 팀 여자 사원들도 난리야. 양 팀장 멋있다고. 어디 그거뿐이야? 디자인 쪽에서 일한다면 누구나 가고 싶은 꿈의 직장, J—come에서 실력 제대로 인증한 경력으로도 다들 자지러지더라고."

요즘, 어딜 가나 양 팀장 말을 많이 듣는다. 오늘 출근길에 주차장에서 마주친 본부장부터 시작해서 모든 파트의 이사들과 회장님까지. 강현에 대한 호감과 궁금증은 일일이 대답해 주는 것이 벅찰 정도였다.

"권 이사하고는 대학 선후배 사이라며?"

"아, 네. 맞아요."

선배, 선배 했던 이유가 거기 있었군…….

"양 팀장. 대학 때도 인기 많았지?"

"네. 안 그래도 그거 때문에 참 걱정이에요."

협업쇼 기획서를 보고 있던 정연은 급작스럽게 낮아진 혜림의 목소리에 집중이 분산되었다.

"뭐가 걱정인데?"

"사람이 워낙 착해서 모두에게 좀 친절한 성격이거든요. 거절도 잘 못 하고……. 대학교 때 그런 거 때문에 많은 여자들이 오해를 했었죠. 그래서 제가 예전부터 아무한테나 막 친절하게 대하지 말라고 그랬거든요. 상대방은 자신을 좋아한다고 오해할 수도 있다고."

"아……. 그럴 수 있겠네. 하긴, 우리 여사원들도 지들이 인사할 때, 양 팀장이 웃으면서 나를 봤네, 하며 은근히 다투더라고."

"거봐요. 자기 좋아해서 그랬나 보다, 하고 그 착각으로 고백을 했는데 차이면 얼마나 불쌍해져요. 제가 대학교 때 그런 경우 많이 봤거든요."

기획서에 시선을 두고 있었지만 정연은 은근히 혜림의 시선이 자신을 노골적으로 비웃으며 훑는 것이 느껴졌다. 정연은 다 읽지도 않은 기획서를 넘겼다. 관심 없고 자신과는 전혀 상관도 없는 이야기라는 것을 보여 주고 싶어서였다.

"양 팀장이 여자들 오해하게 하고 다니면 안 되지."

"선배는 또 그런 게 아니거든요. 자기한테 살갑게 인사하는데, 무뚝뚝하게 모른 척하고 지나가는 그런 성격이 못 돼요. 선배가 어느 정도로 착하고 좋은 사람인 줄 아세요? 떠도는 개를 봐도 그냥 못 지나쳐요. 근처 슈퍼에 가서 소시지 같은 거라도 사서 먹이고 가고, 길거리에서 할머니들이 야채 팔고 있으면 사비 다 털어서 사고."

"마음이 여린 사람이구만. 양 팀장이."

"불의를 보거나 자신의 도움이 필요한 상황을 못 지나치는 그런 성격이에요. 남들이 다 싫어하는 사람, 불쌍해서 혼자라도 지켜 주려고 하고……."

"그래?"

"네. 대학 다닐 때도 혼자 다니던 선배가 하나 있었거든요. 불쌍하다고 선배가 같이 다녀 줬어요. 그런 친절한 성격을 제멋대로 해석하는 여자들이 너무 많아서 옆에서 보기에 안타깝고 짜증도 나고 그래요. 선배도 그런 걸 참, 불편하다고 말하더라고요."

'지하 주차장에 강도 나타났었대요. 어제.'

자신을 걱정해서 데려다준 강현에게 마지막에 언성을 높인 것이 마음에 걸려서 오늘 점심이라도 사려고 했던 정연은 그대로 마음을 접었다. 혜림의 말을 듣고 나니, 고작 지하 주차장에 데려다준 걸로 좋은 레스토랑을 예약까지 해서 점심을 사려고 했던 자신이 너무 오버하고 있다는 생각에 한심해졌다.

곧 비어 있던 회의실 자리가 하나둘씩 채워져 갔고 회의가 시작되었다.

두 시간 정도의 짧은 회의를 끝내고 올라온 정연은 사무실 문을 열자마자 강현을 찾았다.

"양 팀장. 잠깐 나 좀 봐."

정연의 부름에 업무를 보고 있던 강현이 자리에서 일어나 이사실로 향했다.

자리에 앉은 정연은 자신의 등 뒤에서 역광으로 비추어 들어온 햇살로 화사하게 빛나는 강현을 올려다보았다. 청아하다고 느껴질 정도로 투명한 다갈색 눈동자가 다정하게 정연을 응시하고 있었다.

"어제는 들어가셔서 식사하셨어요?"

"쓸데없는 소리 하지 말고 이거나 받아."

정연은 강현의 눈동자에 들어차 있는 제 모습을 외면하며 오늘 회의에서 나온 최종적인 기획서를 건넸다.

"팀원들에게 내가 전에 지시해 놓은 디자인들 제출하라고 하고 그중에 양 팀장이 괜찮은 걸로 직접 골라서 빠른 시일 내에 샘플 만들어서 보고해. 만들어진 샘플, 결점 있는지 없는지 제대로 체크하고. 이번에 양 팀장 안목이 어느 정도인지 평가해 볼 거니까, 신중을 가하도록 해. 얼마 정도 시간 주면 될 것 같아?"

"2주 정도면 충분할 것 같습니다."

강현이 온화하게 웃으며 대답했다.

그래, 저 웃음에 안 넘어갈 여자가 어디 있을까. 저 목소리에 안 넘어갈 여자는 또 어디에 있고……. 선천적으로 상대방에게 쓴소리 못 하고 퉁명스럽게 대하지 못하는 성격, 그저 친절이 몸에 밴 성격이라…….

상처받지 않으려면, 절대 혼자 김칫국 마셨다는 망신을 당하지 않으려면, 여자가 가장 조심해야 할 남자이다. 물론, 정연이 자신보다 훨씬 어린 강현에게 이성적인 호감을 느낄 리는 없다. 하지만 그럼에도 조심해야 할 것이다. 괜히 그의 작은 친절에 오해를 해서 이상한 소문의 원인이 될 수도 있으니 말이다.

기획서를 받아 든 강현이 몸을 돌려 문 쪽으로 향하던 걸음을 멈춰 세웠다. 그의 뒷모습을 바라보며 상념에 잠겨 있던 정연이 뒤를 돌려는 강현의 움직임에 얼른 시선을 PC로 돌렸다.

"이사님."

돌아선 강현이 멀어졌던 정연과의 거리를 단 한 걸음으로 좁혔다. 방금 PC에 돌렸던 시선을 무심하게 강현에게로 꽂았다.

"왜."

"오늘 점심에 따로 약속 없으시죠?"

"왜. 무슨 일인데?"

"같이 점심 먹고 싶어서요."

'남들이 다 싫어하는 사람, 불쌍해서 혼자라도 지켜 주려고 하고⋯⋯.'

혜림의 말이 막 자려고 누운 침대 곁을 떠도는 모기처럼 윙윙거렸다. 신경이 날카롭게 곤두섰다. 자신을 저격해서 말한 혜림도, 혜림이 자신을 저격하게 만든 원인을 제공한 강현도 똑같이 괘씸하게 느껴졌다.

정연은 어느 순간부터 자신이 누군가의 호의를 단순하게 받아들이지 못하고 있다는 것을 깨달았다.

아무르에 들어오기 7년 전, 근무하던 회사에서의 일이었다. 자신을 향해 항상 웃어 주고, 자신이 하는 일에 항상 응원을 보내 주던 남자가 있었다. 커피를 챙겨 주고 가끔, 단둘이 저녁도 함께 먹곤 했다. 주말에 만나 영화도 보고 놀이동산도 가고, 손도 잡고⋯⋯. 키스까지 나누었던 그 사람을 마음속 깊이, 결혼까지 생각할 정도로 사랑했다.

하지만 그 진심을 향해 돌아온 건 쓰디쓴 배신일 뿐이었다.

정연의 디자인을 몰래 훔쳐 승진을 한 남자는, 결국 정연이 눈엣가시 같은 존재라 여겨 온갖 모욕과 오해를 얹어 그녀를 회사에서 내쫓아 버렸다. 그날 이후 절실하게 믿었던 사람들에게 몇 번이고 찍힌 발등의 상처가 누군가에게 다가가려고 발을 내디딜 때마다, 경고하듯 욱신거렸다.

그래서 의심은 많아지고 그 의심은 결국, 자존심을 지키는 방어 장치가 되어 다가오는 사람마저 떠밀어 버리게 만들었다. 누군가에게 받는 동정은 결코 달가운 것이 아니었다. 그런 걸 받을 만큼 부족한 사람이 아니라는 건, 정연 스스로가 더 잘 알고 있는 일이었다.

평소에 점심 먹으러 잘 가지도 않던 자신이 강현과 함께 간다면, 혜림이 말한 '남들이 다 싫어하는 사람'과 '불쌍한 사람'이라는 것을 동시에 인증하는 것과 다를 것 없었다. 더군다나, 강현과 함께하면 혜림과 계속 부딪치게 되는 상황도 싫었다. 다른 사람도 아니고 혜림에게서 자신의 이야기가 나오는 건, 죽기보다 싫었다.

"양 팀장은 여유롭게 점심 먹을 시간이 있나 봐. 내가 만약 그딴 실력을 가지고 있었다면 잠자는 시간, 화장실 가는 시간까지 쪼개서 일을 할 텐데 말이야."

자신을 향한 시선을 그대로 거두며 냉담하게 반응하는 정연에게 강현은 일시적으로 숨통이 막혔다. 그리고 사라질 기미를 보이지 않는 강현의 그림자에 정연은 잠시 닫고 있던 입술을 다시 떼어 냈다.

"언제까지 그러고 서 있을 거야? 양 팀장 스스로의 시간을 낭비하는 건 좋은데, 남의 시간까지 허비하게 만들진 말지?"

"그렇게 말씀하지 마세요. 마음 안 편하신 거 다 알아요."

"양 팀장이 뭔데 날 아는 척해? 아니, 알면 제발 좀 잘해 줄래? 나도 편하고 양 팀장도 좀 편하게."

"점심 한 끼 먹자는 소리가……. 그렇게 잘못한 거예요?"

강현은 또다시 날카롭게 발톱을 추켜세우며 저를 밀어붙이는 정연을 향해 다소 낮은 목소리로 물었다. 그 목소리에는 서러움이 스며들어 있는 것 같기도 했다. 하지만 그녀의 입술 밖으로 나오는 말은 전과 다른 것이 없었다.

"솔직하게 말해 줄까?"

"……."

"낙하산으로 우리 부서로 들어온 거 자체가 양 팀장은 잘못된 거야. 그러니까, 웬만하면 내 눈에 거슬리는 행동 보이지 마."

그 도톰하고 붉은 예쁜 입술에서는 여전히 강현을 밀쳐 내는 쌀쌀맞은 말만이 흘러나왔다.

한 소리 제대로 듣고 이사실에서 나온 강현은 자신의 책상 위로 기획서를 까칠하게 집어 던지고 사무실을 빠져나왔다. 사무실에 있는 모두의 시선이 자신을 집요하게 따라오는 것도 알아차리지 못한 채 밖으로 나온 강현은 느릿하게 움직이는 승강기에 속이 터져, 비상구로 향했다.

목을 꽉 조이는 넥타이를 거칠게 풀며 성큼성큼 계단을 밟고 올라갔다. 도착한 옥상 문을 발로 차 버리듯 밀고 들어갔다. 피부로 확, 몰아닥친 미적지근한 바람은 뒤통수를 가격당한 것 같은 얼얼함을 식히고 싶은 강현의 바람을 충족시키지는 못했다.

"하……."

옥상 난간에 몸을 기대고는 속을 뭉그러트리는 한숨 내쉬었다.

'낙하산으로 우리 부서로 들어온 거 자체가 넌 잘못된 거야.'

"그놈의 낙하산, 낙하산!"

처음부터 자신을 마음에 들어 하지 않던 정연이였다. 마음 제대로 먹고 내쫓을 생각으로 저렇게 모질게 굴고 있다면, 그건 밑 빠진 독에 물 붓는 격처럼 헛수고로 힘 빼고 있는 거다. 겁도 없이 사람 잘못 건드린 것은, 자신이 아니라 정연이다.

자신을 보며 환하게 웃어 주던 정연 누나는 더 이상 존재하지 않는다. 그저 자신을 못 잡아먹어 안달이 나 있는 상사 변정연만 존재할 뿐이다. 강현은 앞으로 자신의 이름조차도 기억하지 못하는 여자에게 베풀 옛 추억에 대한 모든 감정을 잠시 배제시킬 거라 단언했다.

변정연.

당신이 지금 누굴 건드렸는지, 자신이 매일 말하며 무시했던 낙하산이 아님을 확실하게, 뼈저리게 느끼게 해 줄 것이다.

✤

일주일이라는 시간이 흘러갔다. 강현은 협업쇼 진행을 위해 점심도 거르고 매일 야근을 하며 열의를 다했다. 그런 강현을 정연은 먼발치에서 지켜보며 저렇게 열과 성의를 다해서 진행하는 협업쇼에 대한 기대감이 커져 갔다.

다만, 눈에 먼지가 낀 것처럼 거슬리는 것이 하나 있다면, 그의 변해 버린 태도였다. 예전에는 무슨 일만 있어도 환하게 웃으며 스스럼없이 말을 건네던 강현이 이제는 상사에게 대해야 할 지극히도 의례적인 것을 제외하고는 쳐다보지도 않았다.

계속 신경이 쓰였지만, 정연은 다른 쪽으로 생각을 돌렸다. 지나치게 살갑게 구는 것도 귀찮았고 자신을 은근히 의식하는 듯한 혜림의 시답지 않은 관심에서도 벗어나는 것 같아 오히려 잘됐다 싶었다. 그러므로 앞으로도 일적인 것을 제외하고는 절대 개인적으로는 강현과 얽히지 않기만을 바랄 뿐이었다.

그래, 그렇게 바랐건만 정연은 정확히 제게 와 닿아 있는 강현의 눈동자를 마주 보며 참 어처구니가 없었다.

주말 오후, 해 먹을 만한 것들과 간식거리가 떨어져 근처 대형 마트에 온 정연은 하필이면 이곳에서 마주친 강현과의 만남에 기가 찼다. 평소 입고 다니던 말끔한 정장 차림이 아닌, 편하지만 훈훈한 대학생 오빠 스타일의 강현은 자기를 닮은, 보기만 해도 싱그러운 과일 바구니를 들고 있었다.

하지만 주변의 여자들이 힐끔거리며 호감을 보일 만큼 싱그럽고 출중한 외모엔 웃음기 하나 없었다.

"여기서 다 뵙네요. 이사님."

강현의 건조한 인사에 순간, 정연은 제 추리한 몰골이 낯부끄러워졌다. 동네라 별 부담 없이 대충 맨발에 슬리퍼를 질질 끌고 왔는데, 하필이면 아래 사원을 만날 게 뭐람. 없어 보이게…….

그건 그렇고 양 팀장도 이 동네에 살았나?

궁금했지만, 딱히 그런 걸 물어볼 사이가 아니라고 단언하며 정연은 말을 아꼈다.

"그러게."

정연은 대충 그리 대답하며 자신도 모르게 다리를 꼬아 슬리퍼를 가렸다.

"그럼, 회사에서 뵙겠습니다."

정말 인사가 끝이었다. 만났을 때 하는 인사, 헤어질 때 하는 인사. 강현은 그렇게 짧은 인사만 건네고 정연을 지나쳐 갔다.

"불만이 있으면 말로 하지, 왜 저렇게 뚱……해 가지고."

금세 사라져 버린 강현의 뒷모습에 대고 낮게 중얼거린 정연은 잠시 멈춰 세웠던 카트를 다시 힘차게 끌고 마트를 돌아다녔다. 평소 즐겨 먹는 탄산수 한 박스를 카트에 싣고 보기만 해도 흐뭇한 간식거리들도 샀다.

계산을 다 끝내고 주차장으로 온 정연은 차 바로 옆에다가 카트를 세워 두고는 트렁크를 열었다. 두 봉지나 되는 간식거리들을 집어넣고 마지막 남은 탄산수 한 박스를 향해 손을 뻗었다.

"으!"

힘을 주어 들었지만 생각보다 무거워 쉽지가 않았다.

"으윽!"

길바닥에 돌아다니는 찌그러진 깡통만큼이나 잔뜩 얼굴 근육을 찌그러트려 봤지만, 무거운 탄산수는 도통 들릴 생각을 보이지 않았다. 사원에게 도움이라도 청할 생각에 주변을 두리번거리던 정연은 옆에 세워져 있는 차에서 누군가가 내리는 것이 보였다. 그리고 하필이면 그 누군가가, 강현이라는 것을 발견하고는 당황해했다.

강현은 소리 없이 정연의 옆으로 다가와 끙끙거렸던 것이 민망할 정도로 탄산수 박스를 가볍게 들어 트렁크 안에 넣어 주었다.

"안 도와줘도 됐었어."

"이사님이 막고 서 계시는 바람에 제 차가 나오질 못하는 상황이라서요."

정연이 대답 대신, 강현의 차 앞에서 얼른 한 걸음 물러섰을 때였다. 고맙다는 말을 하기 위해서 입술을 달싹인 정연의 시야로 강현의 차 조수석 창문이 열리더니 누군가가 고개를 빠끔히 내밀었다.

"어머. 변 이사님 아니세요? 이 동네에 사시는구나. 옷차림을 보니까, 딱 그러네요."

혜림이었다. 순간, 찬물이 확 끼얹어진 것처럼 기분이 잡쳐 버렸다.

"변 이사님이 혼자 할 수 있는 걸, 선배가 또 굳이 도와줘 가지고……. 변 이사님 원래 그런 거 싫어하시잖아요. 우리 선배가 아직 변 이사님을 잘 몰라서 그런 거니까 그냥 그러려니 하세요."

분명 상냥하게 웃고 있지만, 잔뜩 비아냥거리는 말투가 확실했다. 그 와중에도 운전석 앞에 서서 자신을 바라보고 있는 강현의 시선이 느껴졌다. 정연은 잔뜩 상해 버린 기분에 굳어진 얼굴로 강현을 바라보았다. 강현은 마트 안에서 봤던 건조한 얼굴을 하고서는 인사도 없이 그대로 차에 올라탔다.

"그럼 저희 가 볼게요. 월요일 날 봬요."

시동이 걸리고 제법 거칠게 차가 빠져나왔다. 더듬거리는 것 하나 없이 미끄러지듯 방향을 잡은 차는 순식간에 정연의 옆자리를 비우고 사라졌다.

깐죽거리는 혜림 때문인지, 아니면 자신을 보고 전혀 웃지 않는 무표정한 강현 때문인지, 정연은 차가 사라진 방향을 노려보며 속에서 차오르는 답답함을 한숨으로 거침없이 토해 냈다.

"선배. 왜 그래?"

"뭐가."

강현은 말을 시켜 오는 혜림을 보지도 않고 냉랭한 목소리로 대답했다.

"마트에 다녀오고 나서부터 표정이 내내 안 좋아 보여서."

"피곤해서 그래."

의기소침해진 혜림의 모습에도 강현은 전혀 신경 쓸 여유가 없었다. 분명 자신은 지금 이곳에 있는데도 여전히 정연과 있던 그곳에 머물러 있는 기분이었다.

혜림은 할 일이 많다는 자신에게 어제저녁부터 전화를 걸어 와 귀찮을 정도로 설득하여 대학 동창의 집들이를 참여하게 했다. 빈손으로는 갈 수 없어 선물이라도 살 생각으로 들른 마트에서 정연과 마주쳤다. 멀리서도 한눈에 띄었다. 마주쳐 봤자 그녀가 반가워해 주지 않을 것이란 걸 잘 알았지만, 강현의 걸음과 눈동자는 본능적으로 그녀에게 이끌렸다.

하지만 강현의 예감은 야속하게도 전혀 빗나가지 않았다. 그녀는 정말 자신을 반겨 주지 않았지만, 그래도 강현은 싫지 않았다. 주말이라 볼 수 없을 거라고 생각했던 그녀에 대한 반가운 감정은 멍청한 짓이라고 아무리 채찍질해 봐도 소용이 없었다.

일주일 전 복수의 칼을 갈고 지나온 일주일 동안 곰곰이 생각을 해 봤다.

자신을 잘못 보고 판단하여 막말하는 정연의 코를 반드시 깔아 뭉개겠다는 결의는, 단지 그 상황에서 욱해서 나온 충동적인 결심일 뿐이었다. 그 뒤로도 강현의 온 신경은 그녀에게서 한순간도 거두어진 적이 없었다. 자신의 인사만 받고 차갑게 돌아서는 그녀의 뒷모습이 사라질 때까지 바라볼 정도로, 강현은 그녀를 보며 하루가 멀다 하고 심한 갈증에 시달렸다.

지독한 짝사랑, 정연앓이 중이었던 것이다.

아무리 자신에게 차갑게 대해도 강현은 불가항력적으로 어릴 적 자신에게 친절하게 대해 주었던 정연을 지울 수가 없었다. 그녀를 보면 미운 것보다 설렘이 더 크다는 것을 인정하지 않을 수 없었기에 마음대로 좋아하는 마음을 버릴 수도 없었다.

어쩌면 강현이 그녀에게 간절하게 인정받고 싶은 것은, 회사에서는 낙하산이 아닌 출중한 능력을 가진 팀장, 밖에서는 그녀의 마음을 온통 쏠리게 만드는 남자……의 모습이었다.

그런 믿음을 주기 위해 앞으로 얼마나 더 많은 노력과 시간을 공들여야 하는지 도통 감이 오지 않아 답답하기만 했다.

"선배. 무슨 생각을 그렇게 깊게 해?"

있는지도 몰랐던 혜림의 목소리에 강현이 여태 깊게 잠겨 있던 사념을 잠시 거두고, 혜림에게로 시선을 돌렸다.

"변 이사님 너무 신경 쓰지 마."

"내 감정은 내가 알아서 해."

칼날처럼 첨예함이 잔뜩 도사려 있는 강현의 대답에 혜림이 당황함을 감추지 못했다.

"아니, 나는 그런 뜻으로 한 말이 아닌데……."

시무룩해져서는 말을 얼버무리는 혜림을 보며 강현은 자신이 너무 날카롭게 굴었다는 것을 인지하고 미안해졌다.

"짜증 낸 건 아닌데, 상처받았다면 미안하다. 근데 요즘 협업쇼 때문에 신경이 좀 많이 날카로워졌어. 피곤하기도 하고."

"알아. 우리 팀원들도 다 그러거든. 그건 그렇고 오늘 너무 기대된다. 이렇게 다 같이 만나는 건 정말 오랜만이잖아."

혜림이 금세 입술 끝에 미소를 걸치고서는 재잘거리며 수다를 떨었다. 혜림의 말이 한 귀로 들어와 한 귀로 새어 나간다.

다른 것은 들어갈 빈틈도 없이 머리와 마음을 가득 채우고 있는 여자.

정연 때문에.

3

"아휴, 이게 왜 안 돼!"

정연의 신경질 섞인 고함 소리가 밀폐된 자동차 안을 가득 채웠다. 그도 그럴 것이, 출근을 해야 하는데 벌써 몇 분째 제너레이터가 힘없이 돌아가기만 할 뿐 시동이 걸리지 않았다.

"배터리가 방전됐나? 정말, 월요일 아침부터 가지가지로 한다! 얼마나 험난한 일주일이 되려고!"

오늘 아침 샤워를 하고 나오는 길에 바닥에 샴푸가 다 닦이지 않았던 모양인지, 한 번도 해 보지 않은 다리 찢기를 하며 보기 좋게 넘어졌다. 크게 다치지는 않았지만, 기분이 썩 좋지 않았다. 그런데 이제, 하다 하다 차가 다 말썽이라니!

시간을 보니, 서두르지 않으면 영락없이 지각을 하게 생겼다. 긴급 출동을 부를 여유도 없이 키를 뽑아 차에서 내린 정연은 서둘러 지상으로 올라와 택시를 잡아탔다. 그제야 정연은 한숨을 몰아쉬었다. 그러고는 회사로 향하는 잠깐의 틈에도 쉬지 않고 서류를 살폈다.

"도착했습니다."

요금을 지불하고 택시에서 내린 정연이 여전히 손에 쥐어진 서류들을 힐끔거리며 회사 방향으로 부지런히 걸음을 옮겨 가던 그때였다.

"아악!"

갑자기 발 한쪽이 밑으로 쑥 빠지면서 그대로 균형을 잃었다. 그 바람에 손에 들고 있던 서류들을 공중으로 낱낱이 휘날리며 요란하게 바닥으로 자빠지고 말았다.

"아휴, 아후 아파!"

넘어지면서 바닥에 긁힌 무릎에는 스타킹이 흉측하게 찢겨 있었고 까져서 피까지 고여 있었다. 너무 쓰라리고 아팠지만 그것보다 정연을 더욱 괴롭게 만드는 것은 바로 지금 쏟아지고 있는 사람들의 이목 속에서 고스란히 느끼고 있는 창피함이었다. 정연은 손으로 얼굴을 가리곤 자리에서 비틀거리며 일어났다. 하지만 그마저도 한쪽 발이 맨발인 상태라서 쉽게 도망갈 수 있는 처지가 되질 못했다.

정연이 얼굴을 사납게 구기며 주변을 두리번거렸다.

"아휴, 정말!"

발에서 벗겨져 나가며 자신에게 이런 망신을 선사한 하이힐은 맨홀 구멍에 야무지게 끼어 있었다. 정연은 절뚝이며 다가가 하이힐을 손에 쥐고 잡아당겼다. 하지만…….

"어머억!"

단단히 박힌 하이힐이 손에서 미끄러지면서 뒤로 가중되어 있던 힘에 의해 그대로 또 한 번 엉덩방아를 찧고 말았다. 어디선가 이쪽 방향을 보며 큭, 하고 웃음을 참는 소리가 들려왔다. 주변에서 자신의 처지를 비웃으며 보고 있을 수많은 눈동자에 정연은 정말 자리에 주저앉아 울어 버리고 싶을 정도로 엉망진창인 오늘 하루의 일진을 원망했다. 빨리 이곳에서, 이 창피함에서 벗어나고 싶었다.

툭, 하고 건들면 금방이라도 울음을 터트려 버릴 것 같은 얼굴로 하이힐에 다시 한번 손을 뻗을 때였다.

"비켜 봐요."

언제부터 지켜봤는지, 인식하지 못한 사이에 다가온 강현이 자신의 가방을 바닥에 내려놓고 하이힐로 손을 뻗었다.

"됐어!"

'얘는 어디서 나를 계속 지켜보고 있나? 어쩌면 이렇게 어려울 때마다 불쑥불쑥 나와 가지고 도와주지? 아니, 그건 그렇고 하필이면 도와주겠다고 나서는 사람이 또 양 팀장일 게 뭐람!'

다급하게 강현의 도움을 뿌리치려고 했지만, 이미 강현의 손에는 맨홀 구멍에서 뽁! 하고 빠져나온 하이힐이 쥐어져 있었다. 너무 간단하게 빼 버린 바람에 여태 혼자 고군분투했던 것이 민망해질 정도였다. 맨홀 뚜껑에 꽉 껴 있던 하이힐 뒤꿈치 쪽에 정체를 알 수 없는 불쾌한 검은 이물질이 묻어 있었다.

"기다려 봐요."

강현이 자신의 가방에서 손수건을 꺼내 이물질을 닦아 냈다.

"됐다니까, 정말……."

여전히 감도는 창피함에 정연의 목소리가 잔뜩 기어들어 갔다. 하지만 그 속닥거리는 듯한 정연의 목소리가 강현의 귓가에 닿지 않고 그대로 증발되어 버렸다. 사실, 엊그제 마트 사건 때문에 앞으론 강현의 도움은 절대 받지 않으려고 했다. 하지만 지금 이 창피한 상황에서 자신의 방패막이 되어 줄 누군가가 필요했다.

그리고 그 방패막이 되어 준 유일한 사람은 강현뿐이었던 것이다.

정연은 자신의 구두를 닦고 있는 강현의 옆모습을 힐끗 쳐다보았다. 아침인데도 붓기나 피로함을 찾아볼 수 없는 그의 모습은 완벽해 보였다. 어디선가 불어오는 바람에 수수하게 내린 강현의 머릿결이 살짝 흔들리며 좋은 냄새를 풍겨 왔다. 지금 막 감고 나온 듯한, 과일향이 감도는 샴푸 냄새……. 기분은 좋은 냄새였다.

정연은 알고 있었다.

맨홀에 빠진 구두와 낑낑거리며 사투를 벌이고 있는 자신을 발견했음에도 모른 척 그냥 지나가던 같은 팀의 사원들을. 그들은 언제, 어디서나, 무슨 이유로든 정연을 최선을 다해 피해 다녔다.

하지만 강현은 자신을 피하지 않고 스스럼없이 다가와 어려움에 처해 있는 정연에게 먼저 손을 내밀었다. 그것이 혜림이 말한 불쌍한 존재를 보면 '개'라도 못 지나간다는 강현의 고운 천성이든, 드넓은 오지랖이든 고마운 건 고마운 것이었다.

하지만 어제 주차장에서처럼 그 말이 입가에서 맴돌기만 할 뿐, 쉽게 입 밖으로 나오지 않았다. 참 오래도록 받아 보지 못한 친절과 해 보지 못했던 말이라 그런지, 너무 어렵게만 느껴졌다. 어서 고맙다는 말을 하라고 재촉하는 자아와 그 말은 너무 어려우니 다른 말로 대체하라는 자아가 타협하지 못하고 싸우며 정연을 불안하게 만들었다.

그사이에 강현은 이물질이 말끔하게 닦인 구두를 정연의 앞에 내려놓았다.

"일어날 수 있겠어요?"

"다음부터는 도와주지 않아도 돼."

"그냥 고맙다고 한 말씀 하시면 돼요."

마음속으로는 강현에게 고맙다는 말을 하라고 아우성치고 있지만, 머릿속으로는 자꾸만 비아냥거리는 혜림의 모습이 떠돌며 너를 동정하는 이에게 그럴 필요 없다고 소리치고 있었다.

"도와 달라고 한 적 없어. 네가 떨고 싶어서 떤 오지랖에 보답받을 생각 하지 마."

결국, 머릿속에서 소리치는 감정이 터져 나왔다. 정연은 강현과의 자리를 한시라도 빨리 벗어나기 위해 하이힐을 급하게 신었다. 그러고는 다리에 힘을 주고 일어나려는데, 까진 무르팍이 욱신거려 순간 또 몸에 힘이 빠지면서 휘청였다.

"!"

하지만 이번에는 어떤 외적인 고통도 쥐구멍이 있다면 숨고 싶은 간절함이 드는 내적인 고통도 일어나지 않았다. 다만, 혼란스러운 눈동자만이 한곳에 박혀 거두어질 기미를 보이지 못하고 있을 뿐이었다. 정연의 시선은 자신의 허리를 꽉 감싸고 있는 강현의 팔을 바라보고 있었다.

"아, 아."

정연의 놀란 기색을 느꼈는지, 강현 역시 난처해진 얼굴로 정연의 허리에서 얼른 제 손을 떼어 냈다.

방금 전, 제법 위협 있게 했던 경고의 말들이 저만치 날아가 패대기쳐지는 순간이었다. 정연은 얼굴을 제대로 들을 수도 없을 만큼 민망해졌다.

"이거 이사님 거 맞죠?"

그러더니, 바닥에 흐트러져 있는 서류들을 한 장, 한 장 줍기 시작했다. 정연은 그런 강현의 모습을 보며 여전히 온몸에서 감도는 혼란스러움을 정리하려고 애썼다. 아주 순간이었지만, 세상이 멈추고 숨이 멎어 버린 것 같은 아찔한 감정에 넋이 나갔었다. 강현이 끌어안고 있던 허리는 불에 덴 것처럼 화끈거렸다.

그것은 차라리 속 시원하게 자빠져 버려서 받는 창피함이나 상처 따위하고는 비교도 되지 않는 감정이었다.

"걸을 수 있겠어요? 사무실까지 가방이라도 들어 드릴게요."

"됐어. 오버하지 마."

"네. 알겠습니다."

한 번 더 같은 말을 할 줄 알았던 강현이 아무 미련 없이 서류를 정연에게 밀어 내듯 건네주고는 돌아섰다. 그러고는 단 한 번도 뒤를 돌아보지 않고 로비 안 깊숙이 들어가 버렸다.

"……"

자신의 사무실까지 절뚝이는 발로 올라온 정연은 아침부터 이미 녹초가 된 몸을 소파에 깊숙이 눕다시피 앉았다.

머리에는 여전히 방금 전에 있었던, 납득이 되지 않는 감정이 어지럽게 뒤엉켜 있었다. 이제 조금 진정이 되었지만, 분명 강현이 끌어안던 허리는 불에 덴 것처럼 화끈거렸었다. 정연이 고개를 내저으며 목 언저리를 문질렀다. 그러다 곧, 너무 놀라서 극도의 흥분 상태라면 충분히 느낄 수 있었을 감정이라고 결론지었다.

아침부터 되는 일이 없어 짜증이 났고 그래서 열이 많이 나 있는 상태였다. 연속적으로 일어나는 황당한 일에 열들이 분산될 시간도 없이 내제되어 있다가 남의 피부가 닿으니까 나오는 일시적인 증상일 뿐이었다. 그러니까, 한여름 날 뜨겁게 달아올라 있는 몸에 타인의 몸이 닿으면 나타나는 더 뜨거운 증상, 뭐 이런 거.

결론을 내린 정연의 입가엔 비릿한 웃음이 떠올랐다.

"참, 변정연. 너 한가한가 보다. 이런 쓸데없는 생각들이나 하고 있고 말이야."

거의 드러누워 있던 몸을 일으킨 정연은 욱신거리는 무릎을 아차, 싶어 내려다보았다. 흉측하게 찢겨 있는 스타킹을 보며 잠시 거두어 두었던 한숨을 몰아쉬었다. 일단 스타킹을 좀 벗고 까지면서 무릎 주변에 묻은 흙이라도 씻어야겠다는 생각에 사무실에서 빠져나와 화장실 쪽으로 막, 방향을 꺾으려던 참이었다.

"임 비서님!"

복도 귀퉁이에서 임 비서를 부르는 강현의 목소리가 들려왔다. 정연은 가던 걸음을 멈추고 멀찍이 떨어져서는 마주 보고 있는 두 사람을 응시했다.

"네, 팀장님. 뭐 필요한 거라도 있으세요?"

상냥하게 말하는 임 비서에 강현은 비닐봉지 하나를 건넸다.

"이사님한테 좀 전해 주세요."

"이게 뭔데요?"

"약이랑, 스타킹이에요."

예상하지 못한 강현의 대답에 정연은 순간, 하이힐을 맨홀 구멍에서 빼 주던 강현에게 고맙다는 말을 망설인 제 모습을 떠올렸다. 그 모습은 별로 생각하고 싶지 않을 정도로 못나 보였다. 그다음으로 드는 생각은 또 쌓여 버린 고마움이었다.

벌써 몇 개가 되지? 강현에게 말해 줘야 할 고마움이.

"약이랑 스타킹이요? 헉. 정말 저희 이사님 오늘 넘어지셨어요?"

눈치 빠른 임 비서의 물음에 강현이 낮게 고개를 끄덕였다.

"어쩐지, 올라오는 승강기에서 사람들이 죄다 그 소리밖에 안 하던데……."

이런. 벌써 소문이 그렇게 다 났단 말이야?

정연이 속으로 절규했다.

"그런데 왜 이걸 저한테……. 팀장님이 직접 전해 주시지 그러세요."

"아마, 제가 전해 주면 별로 안 좋아하실 거예요. 혹시 어떻게 알고 사 왔냐고 물어보시면 제가 줬다는 말씀 하지 마시고, 임 비서님이 소문 듣고 혹시 몰라서 사 왔다고 말씀해 주세요."

"……."

입가에 옅은 미소 하나를 걸치고 아무렇지도 않게 말하는 강현에게 임 비서는 봉지를 전해 받으며 난처한 미소로 응답했다.

"저, 팀장님."

돌아서는 강현을 임 비서가 불러 세웠다. 정연은 이쪽으로 걸어오는 강현을 피하기 위해 허겁지겁 도망가려다 말고 다시 한번 그들이 있는 방향으로 시선을 돌렸다.

"고맙습니다. 이사님 챙겨 주셔서. 그리고 앞으로도 종종 부탁드릴게요. 제가 보이지 않는 곳에서 어려움에 처한 이사님을 도와주시기를."

강현이 어떤 표정을 짓고 있는지는 뒤를 돌아보고 있는 탓에 보이지 않았다. 그가 다시 이쪽 방향으로 올 움직임을 보이자 정연은 굳이 절뚝이는 발걸음을 서둘러 비상구로 몸을 쏙 감추었다. 비상구 안으로 들어온 정연은 심장이 쏴, 하다고 느껴질 정도로 뜨거워져 있음을 느껴졌다.

"왜 이러지……."

주먹으로 심장을 톡톡 건드려 봤다. 마음속 깊은 곳에서는 뭉클한 무언가가 속수무책으로 제 몸을 키우며 퍼져 있었다. 한참 동안 그 원인을 알 수 없는 감정에 혼란스러워하던 정연은 곧 자신을 찾는 임 비서의 목소리에 비상구 문을 열고 나왔다.

"어디 가셨어요? 회의 가셔야죠."

"어. 어!"

"조심 좀 하시지……. 많이 아프시죠?"

임 비서가 안타까운 얼굴로 정연의 까진 무릎을 걱정했다.

"아니. 괜찮아."

"일단, 이거로 먼저 갈아입고 오세요. 안에 약도 있어요."

강현이 건네준 봉투였다. 봉투를 받아 들고 화장실로 온 정연은 쓰라린 상처에 약을 덜어 발랐다. 비상구에서 느꼈던 그 뜨거움이 아직도 가시지 않은 상태였다. 스타킹까지 갈아 신고 화장실에서 나와 사무실로 다시 돌아온 정연은 제자리에 앉아 업무에 집중하고 있는 강현을 힐끔거리며 이사실로 올라갔다. 회의에 필요한 서류들을 챙겨 들고 정연은 임 비서와 함께 임원 회의를 위해 다시 사무실을 빠져나갔다.

정연이 빠져나가자마자 사원들은 기다렸다는 듯이 모여들었다.

"봤지? 봤지? 독하긴 진짜 독해. 완전 심하게 넘어졌다는데, 아픈 티 하나도 안 내고 절뚝이지도 않아!"

"그러게 말이야."

"너네 메두사 넘어지는 거 못 봤어?"

여사원들의 수다 사이로 굵직한 남자 목소리가 끼어들었다.

"최 과장님은 보셨어요?"

"난 봤지! 맨홀에 하이힐 딱 껴 가지고 아주 그냥 길거리 한복판에서 벌러덩! 하고 나자빠지던 메두사의 모습! 아이고. 그렇게 넘어져서 어쩔 줄 몰라 낑낑거리는데, 어찌나 속이 다 시원하던지."

과한 동작으로 미끄러지는 시늉을 해 보이며 낄낄거리는 최 과장의 행동은 결국, 업무에 집중을 하고 있던 강현의 신경을 긁어 버렸다.

"그러니까, 평소에 마음을 곱게 썼어야지! 내일 또 한 번 그런 기적이 일어났으면 좋겠네. 내일은 계단에서 자빠졌으면 좋겠어. 그럼 며칠 안 볼 수 있을……."

"그만 좀 하시죠."

"어?"

차가운 목소리로 제 말을 자르는 강현에게 최 과장이 당황한 듯 작은 눈을 끔뻑거렸다.

"남의 아픔이 뭐가 그리도 좋은 일이라고 그렇게까지 말씀하시는 겁니까."

"아니, 나는 그냥……."

서늘한 강현의 목소리에 최 과장은 당황함을 감추지 못하고 말을 더듬거렸다. 그러다 이내 사원들에게 도움이라도 청할 요령이 었는지 주변을 급하게 두리번거렸다. 하지만 모든 사원들은 싸늘하게 식어 버린 강현의 모습에 행여나 제게도 불똥이 튈세라 몸서리를 치며 최 과장을 외면했다.

"왜요. 제 말이 틀렸습니까?"

"아, 아니. 난 그런 뜻으로 한 말은 아니었는데, 거슬렸다면 미안해."

강현은 부사장님의 신뢰를 한 몸으로 받는 사원이었다. 더군다나 엄밀히 따지면 자신보다 나이는 어리지만 상사는 상사였다. 최과장은 강현의 심기를 더는 건들지 않기 위해 얼른 꼬리를 내리고서는 자리로 돌아갔다.

남에게 불행이 찾아오길 노골적으로 바라는 최 과장의 말에 화가 났다. 아무리 평소에 싫어하는 상사였다고 하더라도, 어떻게 저따위의 말을 기적이라고 말하며 바랄 수 있을까. 그렇게 말하는 최과장이나, 거기에 토를 달지 않고 같이 웃고 있는 사원들의 잔인함에 강현은 화가 났던 것이다. 그건 상대가 굳이 '정연'이 아니었다고 하더라도 그랬을 것이다.

하지만 솔직히 깊게 생각해 보면 정연이였기에 더 화가 났을지도 모른다.

그녀가 누군가의 안줏거리가 되어 이렇게 무참히 씹히는 것도 상당히 기분 나쁜 일이었다. 심한 배신감에 타격을 받고 무참히 찢겨져 나가 버린 자신도 불만은 항상 속으로만 할 뿐 입 밖으로는 꺼내지 못하는 사람이었다.

그녀를 씹는 건, 자신의 아련한 첫사랑에 대한 모독이었다. 그건 곧, 자신을 욕하는 것과 마찬가지였다. 강현은 지금의 이 욱하는 감정에 밀려 어제까지만 해도 가만두지 않겠다고 속으로 다짐하던 정연의 존재를 잊어버리고 자리에서 일어났다. 모두가 그의 미세한 반응에 움찔하며 이목을 집중했다.

"앞으로 이사님에 대해 함부로들 말씀 안 하셨으면 좋겠습니다."

강현의 대답에 사원들은 의기소침한 모습으로 대답을 했다. 어느새, 사무실은 마치 메두사 정연이 곁에 있는 것처럼 무거운 정적이 내려앉아 있었다.

 눈꺼풀을 무섭게 잡아당기는 피로함을 커피로 떨어트리기 위해 사무실을 나온 정연은 모두가 퇴근을 하고 정적이 흐르는 가운데 어디선가 들려오는 마우스 소리를 찾아 주변을 두리번거렸다. 그리고 정연의 시선 끝을 강현이 차지했다. 강현은 아직 퇴근을 하지 않고 자신의 자리를 굳건히 지키고 있었다.

 사실, 그가 모습을 보이지 않기에 인사도 없이 퇴근을 해 버린 줄 알았다. 괘씸할 것도 새삼스러울 것도 없었다. 그저 강현 역시 자신에게 모진 소리로 상처를 받아 웬만하면 눈에 띄지 말자는 신조로 지내는 다른 사원들과 별반 다르지 않는 사람이 되었다는 것을 깨달았을 뿐이었다.

 하지만 강현은 요 며칠 동안 그랬던 것처럼 아직 퇴근을 하지 않았다. 사소한 것이지만 자신이 그를 잘못 판단했다는 것에 대해 정연은 살짝 당황스러웠다.

 그는 자신을 바라보고 있는 누군가의 시선도 느끼지 못할 만큼 온 신경을 집중시키고 있었다. 점심시간에도 따로 나가지 않고 업무를 보며 가볍게 빵으로 끼니를 때웠다는 것을 알고 있었다. 그뿐 아니라 자신의 입사 환영을 위한 회식을 하자며 내려온 부사장과 적극적으로 동의하는 사원들에게까지 협업쇼 이후에 자리를 갖자며 돌려보냈다. 그러고는 저리도 열심이다. 자신의 말 몇 마디가 그의 자존심을 제대로 건드렸다는 것을 정연은 단언했다.

 여기서 계단 밑으로 한 발자국 내딛는 순간, 그녀의 날카로운 하이힐 소리는 사무실의 고요함을 깨고 강현의 귓전을 때릴 것이다. 강현의 집중을 깨고 싶지는 않았고 피곤하게 말을 섞고 싶지도 않았다. 그래서 커피를 포기하고 다시 사무실로 돌아가려고 몸을 돌리던 정연의 시선으로 무언가가 잘 안 풀리는지 목을 조이고 있던 넥타이를 느슨하게 풀어 헤치며 고개를 갸웃하던 강현의 시선이 무심결에 와 닿았다.

"……."

"……."

두 사람의 시선이 미적지근한 공기에서 반갑지 않게 맞부딪쳤다. 정연을 마주 보고 있는 강현의 연한 다갈색빛 눈동자는 피로함에 젖어 촉촉해 보였다. 두 사람 사이에서 끝날 줄 모르고 유영하는 침묵을 버텨 내지 못한 건 정연이었다. 그녀는 강현의 시선을 외면하며 자신의 사무실로 들어왔다. 들고 있던 빈 컵을 내려놓고 의자에 깊숙이 몸을 기대어 앉았다.

이상하다. 묘하게 신경 쓰인다.

하지만 곧 자신이 신경 쓰는 것은 단순히 강현의 존재가 아니라, 지금 이 시간까지 사무실에 다른 사람과 함께 있다는 것 때문이라고 판단하며 서류로 손을 뻗었을 때였다. 똑똑, 짤막한 노크 소리와 함께 강현의 목소리가 들려왔다.

"잠깐 들어갈게요."

대답도 하지 않았는데 문이 열리고 강현이 들어왔다. 손에는 하얀 김이 모락모락 피어오르고 있는 컵이 들려 있었다. 강현은 군더더기 없는 발걸음으로 단숨에 다가와 자신이 가져온 컵을 정연의 책상 위에 놓아 주었다.

"뭐야?"

"뭐 마시려고 내려오시다가 저 때문에 그냥 올라가신 거 아니었어요?"

"꼭 그런 건 아니야."

"아니면 됐고요."

"……."

"무릎은 좀 괜찮으세요?"

"어."

무뚝뚝하게 되돌아온 정연의 대답에 강현은 더 이상 아무 말도 하지 않고 가볍게 묵례를 취하고 돌아서 나갔다.

요 며칠 동안 한 마디도 안 시키더니 왜 또 저러는지 모르겠다. 하지만 이상하게도 다시 제게 말을 걸어오는 강현을 보며 정연은 안도했다.

정연의 시선이 강현이 가져온 컵으로 지그시 향했다. 고소한 커피 냄새가 슬금슬금 올라와 사무실 안을 가득 채우고 있었다.

얼마 지내보지 않았지만, 강현은 어떤 사람일지 쉽게 가늠이 될 것 같으면서도 쉽게 가늠을 할 수가 없는 어려운 사람 같았다. 마치 완성된 그림을 보며 끼워 맞추는 퍼즐 조각 같은 느낌이었다. 그림만 보면 쉽게 맞출 수 있을 것 같은데, 다 비슷하게 생긴 난무한 조각들 때문에 한참을 끙끙거리며 헤매는 퍼즐 조각. 얼른 완성시켜 보고 싶은 퍼즐 조각…….

"참……."

그러다 정연은 쓸데없는 감정에 시간을 허비하고 있다고 생각하며 모든 것을 떨쳐 내고 업무에 집중했다.

시간이 얼마나 흘렀을까. 찌뿌드드한 몸을 풀며 시간을 확인하니 소등할 시간이 얼마 남지 않았다. 정연은 서둘러 퇴근 준비를 하고 이사실을 빠져나왔다. 마침, 강현도 밑에서 퇴근 준비가 한창이었다. 정연의 하이힐 소리에 강현이 반사적으로 고개를 돌렸다.

"수고하셨습니다."

"그래. 양 팀장도……."

차마 오늘 아침에 있었던 일에 대해 고맙다는 말도 안 나오고 놓쳐 버린 타이밍에 수고를 했다는 말도 할 수가 없게 되었다. 정연은 대신, 괜찮다면 자신의 차를 타고 가라고 말하려다가 아차, 싶었다. 오늘 차를 가지고 오지 않았던 것이다. 그 머뭇거리고 있음을 알 턱이 없는 강현은 퇴근 준비를 끝내고 그대로 정연을 지나쳐 사무실을 빠져나갔다.

"……."

승강기를 기다리는 잠깐의 시간 동안에도 강현은 서류를 보고 있었다. 그 옆에 선 정연은 승강기로 반사되어 보이는 강현을 바라보았다. 앞머리로 이마를 가리고 있어서 그런지, 가뜩이나 작은 얼굴이 정말 주먹만 해 보였다.

뒤늦게 도착한 승강기에 두 사람은 몸을 실었다.

정연은 일전에 살짝 취기가 있는 얼굴로 장난스럽게 제게 말을 건네 오던 강현의 모습이 떠올랐다. 정연이 다시 승강기 문에 비치는 강현을 바라보았다. 그는 정연을 아예 없는 사람 취급 하며 온 신경을 서류에 쏟아붓고 있었다.

로비로 나오자 멀찍이서 희미하게 빗소리가 들려왔다. 자세히 보니 한 치 앞도 볼 수 없을 만큼 엄청난 비가 쏟아붓고 있었다.

정연은 비를 보자 불안한 마음이 넘실거렸다. 우산을 가져오지 않은 정연의 얼굴이 금세 난감함으로 물들어졌다. 밖으로 나와서 확인해 보니, 쏟아지는 비의 위력은 더욱 크게 느껴졌다. 손바닥이 아플 정도로 굵게 떨어지는 빗줄기에 정연은 콜택시라도 불러야겠다는 생각으로 휴대전화를 꺼내 들었다. 그런데 그 옆으로 검은색 우산 하나가 건네졌다.

"쓰고 가세요."

강현이 무표정한 얼굴로 정연에게 우산을 건네고 있었다.

"아니. 나 콜택시 부르면 돼."

"네. 그럼 그렇게 하세요."

펼친 우산을 그대로 하늘 방향으로 올려 쓰고는 빗속으로 들어가는 강현의 뒷모습을 멀거니 바라보던 정연은 갑자기 뒤에서 소등이 되는 건물 때문에 으스스함을 느꼈다. 불안한 마음은 이제 그 감정을 훨씬 넘어 두려움으로 다가오기 시작했다.

가지 말라고 해 볼까……. 미안한데, 택시가 올 때까지만 좀 기다려 달라고 해 볼까…….

하지만 그 말이 쉽사리 입 밖으로 나오지 않고 안에서만 맴돌았다. 그때, 갑자기 하늘에선 은색빛을 띠며 우르르 쾅쾅 엄청난 소리로 천둥 번개가 쳤다. 정연이 제발 일어나지 않길 바라던 일이었고 여태 우려했던 일이기도 했다.

"엄마야!"

정연은 너무 놀라 자신도 모르게 비명을 내지르며 귀를 막고 그대로 바닥에 주저앉았다. 천둥은 정연의 아픈 기억을 되새김질하게 만드는 두려운 존재였다.

열여덟 살 때 학교에서 떠난 수학여행에서 진행하게 된 담력 훈련.

정연은 함께 무리로 가던 친구들보다 훨씬 뒤처져서 걷고 있었다. 하필이면 그날 터져 버린 생리 때문에 컨디션이 지나치게 안좋은 탓이었다. 그렇게 한참을 친구들의 뒤를 어렵게 따라가며 걷던 정연은 어느 순간부터 선생님들이 미리 표시해 놓았다는 '하얀 리본'을 발견하지 못했다.

어설프게 묶어 놓았던 리본이 바람으로 인해 날아가 버렸던 것이다. 깊은 산속에 혼자 남겨졌다는 두려움은 상상 이상으로 컸다. 그래서 차라리 이 모든 상황들이 따뜻한 집에서 꾸고 있는 악몽이길 간절히 바랐다. 정연은 산란하게 주위를 둘러보았다. 살결을 날카롭게 파고드는 공포에 꿈이 아니라는 것을 깨달으며 천천히 걸음을 옮겼다.

'거, 거기 누구 없어요?'

미세하게 떨려 오는 정연의 목소리가 누구에게도 닿지 않고 어둠 속으로 잠식되어 버렸다. 여기가 어디인지, 내가 또 어디로 가야 하는지조차 알지 못했다. 극한 공포가 온몸에 스며들기 시작했다.

부스럭거리는 작은 소리조차도 온몸에 좁쌀만 한 소름이 솟아오를 만큼 극하게 섬뜩했고 두려웠다. 하아, 깊고 진한 입김이 구름처럼 새어 나온다. 공포에 젖어 버린 몸이 으슬으슬 추워 왔다. 어둠과 검은색 물감으로 칠해 놓은 산은 정연의 모든 시야를 덮쳐 버릴 것처럼 아마득했다. 긴장을 한 탓에 호흡은 가빠지고 옷은 땀으로 흠뻑 적셔 갔다. 공포에 일렁여서 더 이상 한 발자국도 못 딛겠다.

엎친 데 덮친 격으로 예기치도 못했던 소나기까지 쏟아지기 시작했다. 가뜩이나 겁에 잔뜩 질려 있던 몸이 차게 식어 갔다.

'무서워. 나 너무 무서워. 거기 누구 없어요? 제발, 나 좀 살려 주세요! 제발요!'

은색빛을 띠며 내려치는 벼락과 동시에 놀란 정연이 그대로 바닥에 주저앉아 버리면서 미끄러운 낙엽을 밟고 아래로 추락했다.

그 잊고 싶던 악몽이 정연의 머리를 아프게 조여 왔다. 잔뜩 젖어 있고, 추락하면서 어딘가에 부딪혔는지 극심한 고통과 함께 꼼짝도 하지 않는 몸.

별 하나 없는 암흑에 물들어진 밤하늘에서는 여전히 무서운 기세로 비를 쏟아붓고 있었다. 드러누워 그 차가운 비를 온몸으로 맞으며 정연은 죽어 가는 제 의식을 어떻게든 잡으려 애를 썼다.

'누가……. 누가 나 좀…….'

살고 싶다.

두려움과 괴로움에 발버둥 치던 자신의 모습까지 떠올라 버린 정연은 금방이라도 숨이 멎을 것처럼 갑갑해져 왔다. 눈앞이 깜깜했고 제대로 숨을 내쉬기가 곤란해져 갈 무렵이었다.

"이사님."

위에서 들려오는 강현의 걱정스러운 한마디가 지우지 못한 지난 두려운 과거의 늪으로 빠져들려는 정연을 잡아당겼다. 정연이 천천히 고개를 올려 강현을 마주 봤다. 걱정이 잔뜩 서려 있는 그의 다갈색 눈동자는 천천히 아래로 내려와 정연을 직선에서 마주 봤다.

"괜찮으세요?"

자신의 착각일지도 모르겠지만, 강현은 다른 사람과는 확연히 달라 보였다. 천둥 번개를 무서워하는 자신을 언제나 한심하게 바라보던 사람들과의 눈빛과는 확연히 다른 느낌이었다.

정말, 자신의 두려움을 알고 있는 듯한 그 눈빛에선 따뜻한 온기가 느껴졌다.

많이 무섭고 많이 두려우냐고. 하지만 괜찮다고. 주변을 둘러서 봐 보라고. 당신 곁에 무서워할 것은 하나도 없다고. 모든 것이 다 괜찮다고.

강현의 눈빛은 놀라 움찔거리는 정연의 등을 부드럽게 쓸어 넘겨 주며 달래 주고 위로하는 듯 따뜻하게 느껴졌다.

"어⋯⋯."

정연은 한숨에 가까운 대답을 하며 흐트러진 머리를 여전히 진정이 되지 않는 손길로 간신히 쓸어 넘겼다.

"물이라도 좀 사다 드릴까요?"

"아니. 괜찮아."

정연의 대답에 강현의 반응은 잠잠했다.

굵은 물줄기들이 사방을 노크하듯, 똑똑 소리를 내며 떨어졌다. 지척에 서 있는 강현의 곱고 일정한 숨소리가 그 빗줄기를 뚫고 살며시 정연의 귓가를 스쳤다. 그 일정한 숨소리에 거짓말처럼 불안함에 거침없이 뛰던 마음이 천천히 가라앉았다. 추운 겨울날, 길을 잃어버려 한참을 헤매다가 겨우 찾아 돌아오게 된 집의 포근한 이불 안처럼 안온하고 평안해졌다.

"일어나실 수 있겠어요?"

강현의 숨소리를 들으며 주차해 놓은 차들의 유리창에 차락거리는 빗줄기를 바라보며 마음의 안정을 찾고 있던 정연이 아차, 싶어 자리에서 일어섰다. 꽁꽁 숨겨 놓았던 치부를 들킨 것처럼 정연은 민망한 마음에 강현을 바라볼 수가 없었다. 그래서 시선을 최대한 멀리 던져 놓고 괜스레 의미 없이 머리만 쓸어 넘겼다.

정연과 시선을 마주하고 있느라 앉아 있던 강현이 자리에서 천천히 일어났다.

어둠에 굴복하지 않고 형형색색으로 빛나고 있는 강현의 눈동자가 단 한 순간도 정연을 놓지 않는 상태였기에 정연은 더욱 당황할 수밖에 없었다.

"아직 콜택시 안 부르셨죠?"

"내가 부를게."

"저도 택시 타고 가려고요. 제 거 부르는 김에 이사님 거도 부를게요."

더는 일축할 수가 없었다. 강현은 콜택시에 전화를 걸어 위치를 설명했다.

"10분 정도 걸린대요."

"그래……."

비는 그칠 기미를 보이지 않고 내렸다. 어디선가 비에 젖은 흙 비린내가 슬슬 주변을 맴돌고 있을 때였다.

"왜 안 물어봐?"

천둥만 보면 두려워서 어쩔 줄 몰라 하는 자신의 곁에 있던 사람들은 전부 다 그 이유에 대해서 꼬치꼬치 캐물었다. 싫은 얘기를 억지로 말해 주고 나면 결국 돌아오는 것은 위로를 가장한 비웃음 뿐이었다.

사람들은 뒤에서 수군덕거렸다. 아무리 그래도 어린애도 아니고, 라면서 놀라던 정연을 더욱 과장해서 따라 하며 농락했다. 그

비아냥거리는 소리는 정연에겐 큰 상처로 와 닿았고 그 뒤로는 사람들에게 그 트라우마를 최대한 들키지 않으려 노력했다. 그래서 아무도 없는 곳에서 혼자 무서워하고 두려움에 떨곤 했다.

그랬기에 어느 정도 걱정을 하고 있었다. 그것을 물어볼 강현과 답을 듣는 순간 어떤 반응을 보일지 모를 강현의 태도에 대해서.

하지만 전혀 관심도 없다는 식의 반응을 보이는 강현을 보며 정연은 많이 의아해했다. 그리고 그 의아함은 여전히 가시지 못한 감정의 조각들에 밀려 섣불리 입술 사이로 튀어나와 버린 것이다.

"아픈 이야기인 것 같아서요."

정연의 질문에 강현은 느슨하게 눈을 감았다가 뜨며 덤덤하게 말했다.

"원해서 하는 아픈 이야기는 들어 줄 의향이 있지만, 원하지 않는 이야기를 굳이 끄집어내어 그 아픔을 다시 느끼게 하고 싶진 않아서요."

참 배려 깊은 말이었다. 그 배려 깊은 말을 듣고 나니 문득, 어렸을 적 동네에 함께 살던 동생이 떠올랐다. 비오는 날, 버려진 강아지에게 우산을 씌워 주며 비를 흠뻑 맞고 있던 그 아이. 혼자 두고 갈 수는 없다며 강아지를 품에 끌어안고 눈물을 쏟아 내던 그 아이. 그 아이의 이름이 무엇이었더라?

기억이 잘 나지 않는다.

엄마가 돌아가시기 전의 기억들은 엄마가 돌아가신 이후의 충격 때문인지, 잘 기억이 나질 않았다. 아무래도 엄마에 대한 기억을 잊지 않으려고 무던히도 애쓰다 보니, 정말 엄마의 기억만 남겨진 기분이었다.

정연은 엄마가 돌아가시게 된 것도 전부 자신의 탓 같은 죄책감이라는 울타리에서 아직 벗어나지 못한 상태였다. 정연이 산속을 헤매고 있던 그때, 소식을 전해 들은 엄마는 평소 앓고 있던 고혈압으로 인해 뇌출혈을 일으키며 쓰러지셨다. 그리고 얼마 가지 않아 돌아가시고 말았다.

그렇게 많은 것들을 잃은 자신의 기억 속 저편에서 떠오른 그 아이의 희미한 모습에 정연은 어쩐지 마음이 뭉클해져 왔다.

강아지를 안고 콧물, 눈물을 다 빼며 엉엉 울어 재끼던 아이의 모습을 떠올리니, 정연의 입가엔 어느새 작은 미소가 떠올라 있었다.

"왜 웃으세요?"

이제야 조금 웃는 정연의 모습에 안심이 된다는 듯 강현이 좀 전과는 달리 담백한 목소리로 넌지시 물어 왔다.

"잠깐, 누가 좀 생각나서."

"좋아했던 사람이에요?"

"응?"

"아니, 그냥……. 생각났을 때 미소를 짓게 만드는 사람이라면…… 어쨌든 좋은 기억을 심어 준 사람이잖아요."

"그러네. 뭐……. 잘 기억은 안 나지만, 나쁜 기억을 준 사람은 아니니까."

무심결에 잠깐 스친 강현의 눈빛은 서러움과 고독함이 뒤섞여 있었다.

정연은 묻고 싶었다. 왜 그런 눈빛으로 날 바라보는 거야?

"그 사람은 좋겠다."

"뭐?"

"누군가의 기억 속에서 좋은 사람으로 남아 있다는 게, 너무 부러워져서요."

"……."

"저도 그런 사람이 있거든요. 언제 어디서든 생각나고, 그냥 생각만 해도 미소 짓게 했던 사람……. 매일 애간장이 타고 갈증이 날 만큼 보고 싶었던 사람……. 그래서 난 그저……."

강현의 말이 끝맺음 없이 흐지부지하게 빗소리에 파묻혀 버렸다. 정면을 보고 있던 정연은 천천히 고개를 돌려 옆에 서 있는 강현을 바라보았다. 강현은 손을 앞으로 뻗어 굵직한 빗방울을 느끼고 있었다.

"그 사람한테도 내가 그런 존재이길 바랐던 건데……. 너무 큰 욕심이었나 봐요."

그 상대방이 누군지는 몰라도 강현은 크게 서운해하는 모습이었다. 강현의 목소리에는 들릴 듯 말 듯 한 깊은 한숨 소리와 씁쓸함이 짙게 스며들어 있었다. 평소 같았으면 그러려니 하고 말았을 문제였다. 하지만 지금의 정연은 어쩐지, 강현과의 대화를 멈추고 싶지가 않았다.

"설마, 양 팀장 어울리지 않게 짝사랑 중이야?"

"안 어울려요?"

"응. 안 어울려."

"왜요?"

"양 팀장 인기 많다며. 그렇게 인기 많은 사람이 짝사랑 중이라니. 나 말고도 아무도 못 믿을걸? 고백은 해 봤어?"

"아니요."

강현이 대답과 함께 아쉬움이 잔뜩 묻은 미소를 지어 보였다.

"고백도 안 해 봤어? 의외로 사랑 앞에서는 숙맥이구나?"

"그것도 안 어울려요?"

122

"응. 양 팀장도 보면 은근히 자기 할 말 다 하면서 사는 사람 같은데, 좋아하는 여자 앞에서는 숙맥이라니, 정말 직접 보지 않는 이상은 못 믿겠어. 그래도 뭐 그럴 만한 이유가 있겠지 싶어."

정연의 말에 잠시 침묵이 흘렀다. 그녀가 의아해하며 바라보자, 하늘을 향해 있는 강현의 눈빛이 무언가를 깊게 회상하는 듯, 초점이 일렁이고 있었다.

"네. 그 사람은 절 기억 못 하거든요."

한참 후에야 돌아온 의외의 대답에 정연이 고개를 갸웃했다.

"기억을 못 해?"

"네."

"양 팀장이 딱히 기억을 못 할 흔한 얼굴은 아닌데."

"그러니까요. 그런데도 그 사람은 아무것도 몰라요. 내가 자기를 좋아하는지……. 내가 누구인지도……. 아니, 따지고 보면 이름도 모르는 것 같아요. 나에 대해서는 아무것도 몰라요, 그 사람은. 그래서 아무것도 못 하겠어요."

정연이 전혀 이해를 하지 못하는 모습을 보였지만, 강현은 거기에 대해 더 이상의 부연 설명은 하지 않았다. 다만, 신비로울 정도로 다채로운 다갈색 눈동자 안으로 정연을 가득 담아냈다.

"그런데 그게 어울리지 않는다면, 한번 해 볼까요? 고백."

그 다갈색 눈동자 안에 알 수 없는 수많은 감정들이 배어 있는 듯싶었다. 혼란스러움과 설렘, 서러움과 기대감이 잔뜩 뒤엉켜 공존하고 있었다.

"그건 양 팀장 마음이지."

금방이라도 빨려 들어가 버릴 것 같은 강현의 눈동자는 오래도록 마주 보기 힘든 것이었다. 정연은 애써 시선을 돌렸고, 마침 두

대의 택시가 어둠 속에서 헤드라이트 켜며 달려오고 있었다.

"택시 왔다."

강현도 더는 말을 이어 가지 않았다. 택시가 두 사람을 보고 가까이 다가왔지만 건물과의 거리가 상당했다. 강현이 들고 있던 우산을 펴서는 정연에게 씌워 주고는 뒷좌석 문을 열어 주었다. 정연이 눈짓으로 멋쩍게 웃으며 올라탔다.

"내일 뵙겠습니다. 이사님."

"그래."

강현의 손에 의해 뒷문이 채 닫히기도 전에 정연이 급하게 강현을 불렀다.

"오늘……."

문틈 사이로는 여전히 그칠 기미를 보이지 않는 빗줄기가 강현의 신발코를 적시고 있었다. 정연은 오늘 하루 종일 강현에게 했어야 할 말을 어렵게 입술 밖으로 밀어 냈다.

"여러모로 고마워. 그리고……. 어쩌면 그 사람이 지금은 양 팀장을 기억하고 있지 못해도, 나중에 기억이 났을 때의 양 팀장은 참 좋은 사람일 거야."

"……."

"양 팀장. 진짜 좋은 사람 같아."

순식간에 강현의 얼굴에는 웃음꽃이 활짝 피어났다. 그의 미소를 보고 있자니, 정연은 마치 명치를 꽉 막고 있던 체기가 내려가는 듯한 홀가분한 기분이 들었다.

"조심히 들어가세요."

"양 팀장도."

문이 닫히고 택시가 천천히 출발했다. 무슨 이유 때문인지, 정연은 자신도 모르게 몸을 돌려 뒤에 있을 강현을 살폈다.

"……."

당연히 문을 닫자마자 자신의 택시에 올라탔을 줄 알았던 강현이 여전히 빗속에서 우산을 쓴 채로 멀어져 가는 정연의 택시를 바라보고 있었다. 그렇게 한참을……. 정연의 시야에서 새끼손톱만 해져서는 완전히 사라질 때까지도 강현은 그 자리를 떠나지 않아 주었다.

오피스텔에 도착한 정연은 집이라는 안도감 때문인지 급격하게 몰려드는 피로함에 목을 돌리며 승강기에서 내렸다. 길게 뻗은 복도를 자근자근 밟으며 집 앞에 도착한 정연의 걸음이 갑작스럽게 빨라졌다.

"이모!"

이모가 벽에 몸을 기대고 쭈그려 앉아 꾸벅꾸벅 졸고 있었던 것이다.

"왔어?"

정연의 부름에 부스스하니 깨어난 이모는 옆에 두었던 상당한 양의 짐을 들어 올렸다.

"오셨으면 연락을 좀 주시지 그러셨어요……. 대체, 얼마나 기다리신 거예요?"

"괜히 일하는 너 방해하고 싶지 않았어. 그리고 얼마 안 기다렸어. 신경 쓰지 마."

이모가 인자하게 웃으며 미안해하는 정연을 달랬다.

"안에 먼저 들어가 있으시기라도 좀 하시지……."

"비밀번호를 깜빡했지 뭐니? 내가 요즘 이렇게 정신이 없어."

엄마가 돌아가시고 난 후부터 정연은 이모의 집으로 들어가 살았다. 이모는 자신의 자식들과 다를 것 없는 똑같은 사랑으로 정연을 키웠다. 독립해서 사는 자식들에게 그러는 것처럼, 이모는 한 달에 한 번 반찬을 싸 들고 정연의 집을 방문했다.

"저녁 안 먹었지?"

"네."

"씻고 나와. 이모가 금방 차려 줄게."

"먼 길 오시느라 힘드셨을 텐데, 쉬세요. 밥은 제가 차릴게요. 이모도 식사 안 하셨죠?"

"성규 집에서 실컷 자고 와서 별로 안 피곤해. 그러니까, 얼른 씻고 와."

떠밀리다시피 방으로 들어온 정연은 어쩔 수 없다는 듯 속옷을 챙겨 욕실로 들어갔다. 따뜻한 물로 피로를 풀고 나오니, 집 안 가득 군침을 돌게 만드는 김치찌개 냄새가 자욱했다.

"돼지고기 넣고 끓였어. 예전에 엄청 좋아했잖아."

"매번 너무 감사드려요. 이모."

"감사는 내가 드리지. 해 준 것도 없는데, 용돈 제일 많이 주시는 조카님. 그런데 정연아. 이 이모는 이젠 늙어서 쓸 곳도 없어. 그러니까, 내 용돈 반으로 줄이고 너 노후 대책이나 더 단단하게 해 놔."

이모가 김치찌개를 덜어 식탁 위에 내려놓았다. 식탁 위는 벌써, 이모가 싸 온 몇 가지의 반찬들로 꽉 차 있었다.

"얼른 앉아."

"네. 와, 맛있겠다."

정연은 모락모락 김이 피어오르는 먹음직스러운 김치찌개로 숟가락을 뻗었다. 칼칼하고 매콤하니, 먹자마자 언 몸을 사르르 녹여 주는 것 같았다.

"너무 맛있어요!"

"많이 먹어."

"네. 잘 먹겠습니다. 전부 다 이모가 차리신 거지만, 이모도 많이 드세요."

"반찬 해 왔어. 이것도 먹어 봐. 너 어렸을 때부터 어묵 조림 좋아했잖아."

이모가 내민 반찬을 보던 정연은 눈에 띄는 주황색빛에 저도 모르게 인상을 찌푸렸다.

당근이다. 당근.

이상하게도 어렸을 적부터 싫어했던 당근. 어른이 된 지금도 당근은 참 싫다. 하지만 어린애처럼 티를 낼 수도 없는 노릇이니, 정연은 최대한 당근이 붙어 있지 않은 어묵을 집어 먹었다.

"음. 역시 이모표 어묵 조림이 최고예요. 이거 하나만 있어도 전 밥 한 그릇 그냥 다 먹을 수 있어요."

정연은 한 번도 쉬지 않고 밥 한 그릇을 금세 뚝딱 해치웠다.

"차 한잔 드릴게요."

이번엔 이모가 일어나기 전에 정연이 먼저 부산을 떨었다. 좋은 컵에다가 뜨거운 물을 끓여 붓고 허브티를 타서 가져왔다.

"잘 먹었어요. 이모."

"그래. 잘 먹었다니, 다행이네. 반찬 넉넉하게 가져왔으니까, 웬만하면 밥 굶지 말고 먹어."

"네. 정말 매번 너무 감사해요……."

정연의 말에 고운 미소를 짓는 이모는 할 말이 있는 사람처럼 무언가를 자꾸만 망설이는 눈치였다.

"무슨 하실 말씀이라도 있으세요?"

"다름이 아니라……. 내가 이번 주에 결혼정보회사를 다녀왔어."

"결혼정보회사요?"

"너도 슬슬, 결혼해야지."

"……."

생각지도 못한 말이었다. 하지만 언젠가는 나올 말이라는 것을 예감했기에 정연은 꽤 덤덤한 얼굴로 고개를 끄덕였다.

"너 결혼해서 행복한 가정 꾸리고 사는 거 보고 죽는 게, 이 이모 소원이다. 그리고 가야 내가 내 동생한테 정말 떳떳할 것 같아서."

"네."

엄마의 생각에 자꾸만 눈시울이 뜨거워지려는 것을 참아 내기 위해 정연은 잔을 들어 입술을 축였다.

"네가 나이가 많다고 하더라. 그래도 능력도 있고 외모도 나이에 비해서는 괜찮아서 등급이 높더라고. 좋은 남자 만날 수 있을 거야. 그리고 돈은 걱정하지 마라. 네가 여태 넉넉하게 준 용돈 모아서 회원비 냈으니까."

"그걸 왜 또 이모가 내셨어요……. 그러지 마세요. 그 돈으로 더 좋은 옷, 더 좋은 음식, 더 좋은 곳 돌아다니시면서 쓰세요."

"지금도 충분히 그러고 있어. 그리고 지금 내가 제일 원하는 건, 좋은 조카사위 얻는 거다."

정연에게 결혼이란 정의는 그다지 좋은 것이 아니었다. 가정에 치여 자신이 진짜 하고 싶은 일을 하지 못하는 것, 그래서 결국 자신이 좋아하는 일을 포기해야 하는 것이었다. 여태 회사를 다니면서 결혼을 한 여사원들을 보며 느낀 것은 그것 하나밖에 없었다.

하지만 정연은 난생처음 듣는 이모의 부탁을 쉽게 거절할 수 없었다. 이모의 바람과 행복이 그것이라면, 무조건 해 줘야 한다는 것이 정연의 철칙이기도 했다.

"네. 선볼게요. 대신, 이번에 진행하게 되는 협업쇼만 끝나고 나면 바로 선보러 다닐게요."

"나 때문에 억지로 보는 거니?"

"그런 거 아니에요. 저도 이제 슬슬 시집가야겠다고 생각은 하고 있었어요."

정연의 선의의 거짓말로 이모는 안도를 하며 미소 지었다.

이모와 정연은 오랜만에 이런저런 대화를 나누었다. 차를 다 마시고 잔에 바닥이 보일 때쯤, 이모가 자리에서 일어났다.

"설거지를 하고 가야 하는데……."

"아니에요, 이모. 설거지는 당연히 집주인이 해야죠. 모셔다드릴게요."

말을 하다가도 차가 고장 난 것에 대해 아차, 싶었다.

"성규가 이 근처에서 회식을 한다고 같이 만나서 가기로 했어. 신경 쓰지 마."

"성규는 잘 있죠?"

"응. 요즘 회사 생활 때문에 바쁜지 정신없이 지내고는 있지만, 잘 있어. 이번에 지 회사 근처로 동료랑 같이 이사 가. 아무래도 월세가 좀 부담스러워서 동료랑 같이 살기로 했나 봐."

성규는 이모의 늦둥이 막내아들이었다. 정연보다 나이가 훨씬 어리지만, 사고 한 번 치지 않고 대학을 졸업하자마자 대기업에 들어가 착실히 제 일을 해내 가는 철든 사촌 동생이다.

"다행이네요."

정연은 이모를 오피스텔 밖까지 배웅을 하고서는 들어왔다. 식탁 위에 어질러져 있는 것들은 내일 치우겠다고 미루고서는 무거운 몸을 이끌고 침실로 향했다.

이불 속 안으로 깊이 파고들었다. 노곤함에 뻑뻑해진 눈을 살포시 감고는 포근한 이불의 감촉을 연신 느끼며 나른한 정신이 까무룩 잠에 빠지려던 찰나였다. 머릿속에 강현이 떠올랐다.

"……."

하지만 강현의 생각을 거부할 틈도 없이 정연은 잠이라는 나락에 빠져들고 말았다. 정연의 입가에는 희미한 미소가 벚꽃 위에 나비가 내려앉듯 살포시 걸쳐져 있었다.

⚜

'오늘. 여러모로 고마워.'

가만히 눈을 감고 샤워기 물줄기 밑에서 얼굴을 맞대고 있던 강현이 또 한 번 웃음을 터트렸다. 정연의 성격상 그 말을 꺼내기까지의 과정이 참 어려웠음을 알고 있다. 그래서 그 말이 더없이 반갑게 들렸고 더 과장해서 말하자면 소중하기까지 했다.

'양 팀장. 참 좋은 사람 같아.'

강현의 웃음소리가 더 커졌다.

고작, 그 두 마디에 여태 자신을 못 알아보던 정연에 대한 서운함을 전부 보상받고 고단했던 하루를 위로받는 느낌이었다.

아무리 모른 척하고 아무리 외면하려고 해도 그럴 수가 없었다. 그래서 자신의 도움을 거부하는 그녀를 두고 갈 수가 없었다. 이건 감히, 스스로의 힘으로는 조절할 수 없는 불가항력 같은 것이라고 강현은 이제 뼈저리게 인정을 해야 할 일이었다.

하지만 여전히 그녀가 자신에게 가지고 있는 '낙하산' 편견을 없애는 일에 대해서는 포기할 생각이 없다.

'오늘. 여러모로 고마워.'

"참…… . 듣기 좋은 목소리야."

씻고 나와 젖은 머리를 말리면서도 잠옷을 입고 침대 위에 드러누워 잠이 드는 순간까지도 정연의 청량한 목소리가 귓가를 맴돈다. 자장가처럼 들려오는 그녀의 목소리를 잊지 않으려 몇 번이고 되뇌고, 되뇌던 강현의 밤도 점점 깊어져 가고 있었다.

✤

다음 날.

점심시간을 5분 정도 남겨 놓은 시점에서 사무실 문이 열리고 부사장 석호가 들어왔다. 사원들은 자신의 사무실에 갑자기 등장한 부사장의 존재에 일순 당황해서는 어쩔 줄을 몰라 했다.

"어, 다들 나 신경 쓰지 말고 일 봐요. 위에 변 이사님 계시죠?"

임 비서가 그렇다고 상냥하게 대답을 하자, 석호는 군더더기 없는 발걸음으로 단박에 이사실로 올라갔다.

"부사장님이 웬일이시지?"

"그러게 말이야."

사원들 사이에서 답이 나오기도 전에 이사실 문이 열리고 정연과 석호가 나란히 나왔다.

"양 팀장. 점심 먹으러 가자."

석호가 능청맞게 웃으며 강현에게 사무실 밖을 손짓해 보였다. 강현은 가만히 석호의 뒤를 따르고 있는 정연에게로 시선을 돌렸다.

"얼른 나와."

그녀가 건조한 말을 남겨 놓고 석호와 먼저 사무실을 빠져나갔다.

순간, 강현은 오늘 아침 석호와 나누었던 전화 내용을 떠올렸다. 함께 점심을 먹자는 석호를 강현은 자신의 상사 정연은 점심까지 건너뛰며 일의 열정을 불태우고 있는데, 한참 부족한 자신이 점심을 꼬박꼬박 다 챙겨 먹을 순 없다며 최대한 정중하게 사양한 것이다.

사실, 그것은 핑계 아닌 핑계였다. 모두가 나간 사무실에서 샌드위치를 사다가 그녀와 단둘이 먹을 생각이었는데……. 그걸 눈치 없는 석호가 그르쳐 놓은 것이다. 그것도 모르고 석호는 승강기에 올라타서는 연신 강현의 어깨를 툭툭 치며 싱글벙글 웃어 댔다.

"사거리 건너서 JH일보 뒤편에 진짜 괜찮은 한식집 예약해 놨어. 그 집이 말이야 맛이 깔끔하고, 분위기가 고급스러운 게……."

횡단보도 앞에서 신호를 기다리면서 신나게 위치를 설명하는 석호의 목소리가 강현의 귀에는 전혀 들어오지 않았다. 석호를 가운데 두고 반대쪽에서 팔짱을 끼고 묵묵히 신호를 기다리고 있는 정연에게 집중되어 기울어진 강현의 신경은 아무도 빼앗아 갈 수가 없었다.

강현은 신호가 바뀌어 횡단보도를 건너 방향을 틀면서 은근슬쩍 정연의 옆으로 향했다.

"예전에 네가 한인 식당에서 먹……. 엥?"

강현이 당연히 옆에 있을 줄 알고 열심히 떠들어 대던 석호는 옆에 텅 빈 자리에 어리둥절했지만, 강현은 전혀 개의치 않았다. 그저 정연의 일정한 발걸음 속도에 맞춰 걸으며 강현은 자꾸만 비집고 터져 나오려는 웃음을 감추고 또 감추었다.

한식집은 석호가 입술에 침이 마르도록 칭찬한 것에 걸맞은 모습을 지니고 있었다. 과하지 않을 정도의 고급스러운 인테리어와 아직 애피타이저인 죽과 곤약 샐러드밖엔 안 먹었지만 음식들도 자극적이지 않고 담백하면서도 깔끔했다.

"이번 김찬희 디자이너 협업쇼 때문에 신경들을 많이 쓰고 있는 것 같아서, 힘 좀 내라는 차원에서 내 사비로 사 주는 점심이니까, 실컷 먹도록 해."

석호가 나란히 앉아 있는 정연과 강현을 번갈아 보며 사람 좋게 웃었다.

"우리 양 팀장 일하는 거 어때, 변 이사. 많이 부족하지?"

"네. 아직은요."

너무 솔직한 정연의 대답에 민망해진 건 석호뿐이었다. 강현은 이미 여러 차례 '낙하산'이며 '미꾸라지'란 말로 마음의 상처가 어느 정도 단련이 되어 있었다.

"하하! 지금은 좀 헤매고 있어도 분명히 제 능력을 발휘할 때가 올 거라고 믿어. 변 이사도 조금만 기다려 봐. 양 팀장, 애 보통 아니야."

석호의 너스레가 끝나자마자 룸 문이 열리고 직원이 들어왔다. 메인 요리인 불고기와 잡채, 그리고 떡갈비 등이 푸짐하게 세팅되었다.

일순간, 정연의 미간이 확 찌푸려졌다. 유난히도 눈에 띄는 밝은 색깔 때문이었다. 불고기와 잡채, 급기야 떡갈비의 소스까지 자리를 잡고 있는 채 썬 당근이 정연의 식욕을 저하시켰다.

"자, 다들 맛있게 먹자고!"

하지만 언제나 그렇듯, 사람들 앞에서는 티를 낼 수 없기에 정연은 최대한 당근이 묻지 않은 부분들을 가져오려고 남몰래 애를 쓰고 있었다. 그런데 그때였다. 다른 집게 하나가 그릇 위로 포개지더니 당근들을 거두어 내고 큰 고깃덩어리 하나를 정연의 접시로 옮겨 주었다.

정연이 놀라서 보름달만 해진 눈을 하고서는 강현을 바라보았다. 최대한 티 내지 않으려고 무던히도 애썼는데, 너무 쉽게 들켜버린 것 같은 민망함도 슬글슬금 올라오기 시작했다.

"제가 당근 먹어도 되죠? 저 당근 되게 좋아해서요."

"양 팀장은 이렇게 맛있는 음식들 두고 웬 당근에만 집착을 하고 있는 거야?"

"저 당근 좋아해요."

석호가 어이없다는 듯 핀잔을 두었지만, 강현은 아랑곳하지 않고 정연이 거두어 냈던 당근을 가져가 먹었다. 사실, 자신으로 하여금 접시에 당근이 수북이 남겨져 있었다면 아주 많이 민망했을 상황이었다. 하지만 당근을 좋아하는 강현이 전부 먹어 주는 바람에 정연의 마음은 누그러졌고 식사 자리가 한결 편안해졌다.

이런저런 대화를 나누다 후식이 나올 때쯤, 석호는 급하게 손님이 찾아왔다며 먼저 자리에서 일어났다. 밀폐된 룸 안에는 후식으로 나온 커피의 진하고 고소한 향과 살짝 어색한 공기, 그리고 둘만이 존재하고 있었다.

"혹시 아까 눈치챈 거 맞지?"

"뭐요?"

"당근……."

"아. 네."

"일부러 그런 거야?"

"아니요. 진짜 당근 좋아해서 먹은 거예요."

"사실, 다 큰 어른이 편식한다고 하면 한심스럽게 쳐다보는 사람들이 참 많아."

"그런 거지 같은 편견에 마음 쓰지 마세요. 남의 시선 때문에 싫어하는 걸 억지로 먹을 필요는 없으니까. 그게 무언가를 꼭 책임을 져야 하는 막중한 임무라든지, 남한테 피해를 주는 것도 아닌데."

"듣고 보니, 진짜 맞는 말이네. 내가 당근 못 먹는다고 뭐 피해 준 거 있나? 왜 한심스럽게 바라보는데?"

정연은 강현의 말에 심하게 공감하며 여태 쌓인 울분을 토해 내듯 중얼거렸다.

"이제 어디 가든 당당하게 말해요. 나 당근 못 먹는다! 근데 왜 그렇게 보느냐? 내가 당근 못 먹는데, 뭐 너한테 피해 준 거 있냐?"

"피해 준 거 있냐? 완전 시비존데?"

"시비는 상대방이 먼저 걸었죠. 한심스러운 눈빛으로."

"그러네!"

"그래도 싸우시면 안 돼요. 최대한 이성적으로."

"양 팀장 눈에는 내가 막, 이성을 잃고 상대방에게 덤비는 사람처럼 보여?"

강현은 딱히 부정을 하지 않았다.

"어허?"

두 사람 사이에서 감돌던 어색한 공기는 어느새 같은 얼굴로 까르르 웃는 웃음소리에 희석되어 사라졌다.

후식을 다 먹고 한식집에서 나온 정연과 강현은 느긋하게 불어오는 따뜻한 바람을 맞으며 아까 온 길을 되돌아갔다.

양버즘나무가 있는 도로를 지나 사거리 횡단보도 앞에 멈춰 섰다. 빨간 신호등은 얼마 되지 않아 파란 신호로 바뀌었다. 정연이 건너기 위해 발을 내딛는 순간, 오토바이 한 대가 속력을 멈추지 않고 무서운 속도로 다가왔다. 몸이 일시적으로 굳어져 아무 태세도 갖추지 못하던 정연의 손목을 강현이 부드럽지만 강렬하게 낚아채 제 품으로 끌어당겼다.

강하게 끌려 안긴 강현의 품 안으로 몸이 완전히 포개어졌다. 그 바람에 그의 심장 소리가 귓가에 고스란히 들려왔고 와이셔츠 안에 숨겨진 단단한 근육이 박힌 살결이 노골적으로 느껴졌다.

"괜찮아요?"

"어? 어. 괜찮아."

정연이 어색하게 대답을 하며 아직까지도 제 손목을 그러쥐고 있는 강현의 손을 내려다보았다. 정연의 당황한 시선을 느꼈는지, 강현이 얼른 손을 놓아주었다.

오랜만에 안겨 보는 남자의 품은 스스로가 앙큼하다고 느껴질 정도로 관능적이어서 한동안 잠자고 있던 모든 감각을 깨우는 것 같았다. 잠깐 느껴 본 그 단단한 근육들을 직접 만져 보고 싶다는 충동적인 생각과 동시에 직접 보면 어떤 모양일까, 하는 음험한 호기심이 생겼다.

그러다 이내, 정연은 자신에게 선의를 베푼 강현을 상대로 이런 발칙한 상상을 하고 있는 스스로가 너무 추하다는 생각이 들었다. 그래서 더욱 걸음을 재촉하며 뒤에서 따라오는 강현과 최대한 거리를 두었다.

사무실로 돌아와서도 정연은 여전히 손목에 남아 있는 강현의 온기에 당황했다. 손목이 데인 것처럼 뜨거웠다. 아니, 아까 횡단보도 앞에서의 상황을 상기시킬수록 손목이 아닌 온몸이 뜨거워지는 기분이었다. 그 원인을 찾기 힘든 뜨거움을 식히려 정연은 한동안 혼자 애를 먹어야 했다.

어느덧 시간은 흘러 벌써 퇴근 시간이 다가왔지만, 전혀 퇴근할 생각이 없어 보이는 강현에게 사원들이 슬슬 눈치를 살피고 있을 때였다. 이사실 문이 열리고 웬일로 야근 여왕 정연이 퇴근 준비를 끝낸 상태로 내려오고 있었다.

그녀는 내려오자마자 임 비서에게로 다가가 짧은 말을 주고받았다. 임 비서가 자리에서 일어나 자신의 상사에게 예의 바르게 인사를 하자, 아직 퇴근을 하지 않은 나머지 사원들도 자리에서 일어나 그녀에게 인사를 했다.

"이사님. 수고하셨습니다!"

"수고하셨습니다!"

메아리처럼 울려 퍼지는 인사에 그제야, 업무에 집중을 하고 있던 강현도 시선을 떼고 그녀를 바라보았다. 문득, 점심시간에 있었던 일이 떠올랐고 그것에 민감하게 반응하듯, 몸이 갑자기 뜨거워졌다. 하지만 제 품에서 서서히 사라지는 그녀의 흔적과 향긋했던 장미꽃 향기에 강현은 은근한 아쉬움이 감돌았다.

느끼고 싶을 때마다 수시로 느낄 수 있게 다시 한번 제 품에 그녀의 흔적을 깊고 진하게 남기고 싶었다. 그런 아찔하고 위험한 상상이 조심성도 없이 강현의 머리를 빼곡히 채우고 있었다.

"수고하셨습니다."

제 인사에 눈길을 주는 듯 마는 듯 하는 정연의 무심한 행동이 못내, 강현의 마음을 서운하게 만들었다.

"그래. 다들 내일 봐."

정연이 짤막한 인사와 함께 미련 없이 사무실을 빠져나가자, 눈치를 보던 사원들도 하나둘씩 일어나기 시작했다.

"저희 먼저 퇴근해 보겠습니다."

"내일 뵙겠습니다. 팀장님."

"네. 수고들 했어요."

사원들이 빠져나가자 순식간에 찾아온 적막 속에서 아주 작은 타이핑 소리가 들려왔다. 강현이 허리를 빳빳하게 들고 소리가 나는 쪽으로 방향을 돌리자, 아직 퇴근을 하지 않은 임 비서의 모습이 보였다.

"임 비서님은 퇴근 안 하세요?"

"아, 저는 아직 잔업이 좀 남아서요."

습관인 듯한 상냥한 임 비서의 목소리에 강현이 나지막하게 웃었다.

"양 팀장님께서는 퇴근 안 하세요?"

"저도 할 일이 너무 많이 남아서요."

"요즘 엄청 열심이세요."

"결과가 좋게 나와야 할 텐데 말이죠."

"좋게 나올 것 같아요. 전 예감이 되게 좋아요."

"말씀만이라도 감사합니다."

임 비서와 몇 마디를 더 나누던 강현은 찌뿌드드한 몸을 간단한 스트레칭으로 풀어 준 후, 잠시 멈췄던 업무에 집중하기 시작했다. 재활용을 할 수 있는 물건들을 수집하여 집에서 대충 만들어 본 가방 샘플들의 허점을 다듬고 사원들이 제출한 디자인들을 수정하며 한참 일에 몰두했다.

"이거 드시면서 하세요."

강현의 옆으로 먹음직스러운 샌드위치와 진한 커피가 놓여졌다.

"어? 고맙습니다."

"사실, 아까 이사님께서 부탁하고 가셨거든요. 양 팀장님 늦게까지 야근하는 것 같은데, 뭐라도 하나 사다 주라고. 그러니 저한테는 너무 고마워하시지 않으셔도 돼요."

"……."

"그럼 먼저 퇴근해 보겠습니다. 수고하세요. 팀장님."

임 비서의 말에 강현의 마음속 깊은 곳에서 따뜻한 무언가가 왈칵, 하고 치밀어 올랐다. 강현은 비로소 완전히 혼자가 되어 버린 사무실에서 샌드위치와 커피를 애틋한 손길로 만지며 나지막하게 중얼거렸다.

"이렇게 감동을 다 주냐……. 어떻게 감당하라고."

그 목소리에는 짙은 웃음기가 잔뜩 스며들어 있었다.

4

정연의 손이 보고서를 넘기고, 눈이 앞에 있는 샘플을 향해 움직일 때마다 긴장감에 정적이 흐르는 회의실 안에서는 간간히 누군가의 침 넘어가는 소리만 들려올 뿐이었다.

하지만 적어도 그 긴장에 몸을 싣고 있는 사람이 강현은 아니었다. 강현은 그녀가 트집 잡을 수 있는 것은 단 한 개도 없다고 단언하며 담담하다 못해 당당한 얼굴로 정연의 손짓 하나, 하나를 집요하게 바라보고 있었다.

반면, 정연은 보고서를 넘기며 나온 샘플을 볼 때마다 은근한 놀라움을 감추기 위해 무던히도 애썼다. 2주 만의 성과라고 하기엔 완벽하다 못해 훌륭하기까지 한 작품들이 수두룩했다.

일단 가장 마음에 드는 건 종이, 가죽, 스틸 등 부자재로 100% 재활용을 이용해 만든 여러 종류의 가방이었다. 이번 김찬희 디자이너가 정한 콘셉트에 너무나 적절한 가방이었다. 가벼우면서도 실용성뿐만이 아니라 클러치백의 디자인도 한몫했다. 음료수 캔의 고리를 금색으로 페인팅한 후, 사슬처럼 엮어서 낸 모양도 꽤 고급스러워 보였다.

그리고 다음으로 주목한 디자인은 가방 바깥쪽에 달려 있는 시계였다. 얼핏 보면 장식품 정도로 보이는 시계가 달린 가방은 독특하면서도 기발했다. 그 뒤로도 여러 개의 작품들이 정연의 눈길을 사로잡았다.

"이건 무슨 가방이지?"

겉으로 봐서는 아무 특색이 없어 보이는 가방을 들어 보이자, 여사원 민정이 살며시 손을 들며 자신감이 하락한 목소리로 말했다.

"방수가 됩니다."

"방수가 된다고?"

"네. 요즘 비가 자주 오잖아요. 그래서 자꾸만 가방이 젖는 게 마음이 아파서 만들어 본 제품입니다. 그 방수는 재활용으로 쓸 수 있는 우비로 만들었어요."

말이 끝남과 동시에 정연이 아무 거리낌 없이 가방에 물을 들이부었다. 가방이 젖지 않고 방울이 되어 바닥으로 톡톡 떨어졌다. 정연의 눈이 반짝였다.

"오. 좋은 아이디어네. 잠깐, 이건 너무 야하잖아."

마음에 드는 작품이 너무 많다 보니, 어느새 풀어져 버린 경계에 정연의 입술 밖으로는 평소엔 들도 보도 못한 장난 서린 목소리가 흘러나왔다. 사원들은 모두 적응을 하지 못하고 두 눈만 끔뻑이며 서로 눈짓을 주고받았다.

"누구 디자인이야?"

정연의 물음에 옆에서 시종일관 여유로운 모습을 보이고 있는 강현이 손을 들었다. 정연의 눈이 얇게 떠지며 강현을 밉지 않게 흘겨보았다.

"엉큼하네."

강현이 디자인했다는 가방은 종이백을 대신해서 사용하길 권하는 백이었는데, 하필이면 그 손잡이를 여자의 비키니로 표현했다. 비키니의 밑으로는 여자의 몸을 표현한 것처럼 살색으로 홀쭉하게 천을 늘어트려 놓았다.

"섹시하잖아요."

능청맞은 강현의 대답에 사원들이 잠시 긴장감을 풀고 키득거렸다.

정연은 들고 있던 보고서를 책상 위에서 탁탁 소리가 나게 정리를 해서는 한 손에 쥐고 일어났다. 정연과 함께 일한 이후, 처음으로 작동하지 않은 분쇄기. 사원들은 믿을 수 없다는 눈으로 그런 정연을 올려다보았다.

"다들 몰골이 장난 아니네."

틀린 말은 아니었다. 사원들에게 지난 2주는 정연과 함께할 때와는 또 다른 지옥 체험이었다. 이번 협업쇼에 혈안이 되어 있는 상사 강현에게 끌려다니며 이리 시달리고 저리 시달렸다. 야근은 기본에 새벽에 잠을 자다가도 압박감에 시달려 여러 번 잠에서 깨기도 했다. 그래도 이렇게 정연에게 쓴소리를 듣지 않고 제법 좋은 결과를 얻으니, 그 모든 노력들이 달콤한 열매처럼 느껴졌다.

"이번 협업쇼 끝나고 회식 한번 하자. 청담동에 있는 제일 비싼 소고기집에서. 2차는 스카이라운지 BAR로."

"와아!"

"대박! 대박!"

사원들의 행복에 겨운 비명들이 난무하는 회의실 밖으로 정연이 나왔고 그 뒤를 강현이 따라나섰다. 뒤에서 느껴지는 인기척에 정연이 걸음을 멈칫했다.

"왜 따라 나와?"

"잠깐만요."

강현은 정연에게 무언가를 줄 생각인지, 자신의 자리로 돌아가더니 곧 쇼핑백 하나를 들고 왔다.

"만드는 김에 재미 삼아 한번 만들어 봤어요."

"뭔데?"

"미리 말해 주면 재미없잖아요. 올라가서 직접 보세요."

"너 지금 나한테 지시 내리는 거야?"

정연이 여전히 입가에 웃음을 머금은 채 물었고 강현이 괜스레 어깨를 으쓱해 보일 때, 회의실 안의 웅성거림이 곧 어수선함으로 바뀌었다. 곧, 사원들이 우르르 나올 것을 예감한 정연은 강현이 내민 쇼핑백을 얼른 받아 들고는 이사실로 들어왔다.

"뭐지?"

쇼핑백을 열어 보니 삼단 우산 하나가 들어가 있었다. 그 위에는 작은 메모가 적혀 있는 쪽지가 붙어 있었다.

[마음이 편안해지는 그림이래요.]

묶여 있는 우산을 풀어 펴 보았다. 우산 안쪽에는 강현이 직접 그린 듯한 그림이 있었다. 흐무러진 벚꽃 나무와 그 사방으로 해끗해끗 눈발처럼 흐트러지는 연분홍의 벚꽃 잎들. 그 밑에서 평온하게 책을 읽고 있는 소녀와 밑으로 잔잔하게 흘러가는 시냇물. 하늘을 날아다니는 새들의 지저귐이 들리는 착각에 이르고 에메랄드빛을 띠고 있는 하늘엔 솜사탕처럼 하얀 구름이 뭉게뭉게 떠다니고 있었다.

그 그림을 본 순간 가장 먼저 든 생각은 평온함이었다. 정연은 마치, 자신이 그림 속의 소녀가 된 것처럼, 나른해져 왔다. 아무리 거센 천둥과 번개가 친다고 해도 이 우산을 쓴 채로 그림을 보고 있다면 전혀 두렵지 않을지도 모른다는 우스운 생각이 들었다.

그렇게 한참 동안 우산을 이리 돌려 보고 저리 돌려 보며, 보고 또 봤다. 그래도 질리지 않는 그림에 신기해하면서도 묘한 분위기에 사로잡혀 있던 정연이 커피와 함께 들어오는 임 비서를 보곤 허겁지겁 우산을 접었다.

"오늘 비 온대요?"

임 비서의 물음에 정연은 괜히 당황해서는 허둥거렸다.

"아니. 비 온대? 몰라. 난."

"그죠? 전 오늘 비 온다는 소리를 못 들어서요. 우산 들고 계시길래 물어본 거예요."

"아……."

여전히 당황해하고 있는 정연의 앞으로 임 비서가 커피를 놓아 주었다.

"이번에 새로 원두를 바꿨는데, 전 거 보다 훨씬 나은 것 같아요. 한번 드셔 보세요. 입맛에 안 맞는다고 하시면 전에 걸로 다시 주문할게요."

임 비서의 말에 정연이 커피가 든 잔을 들었다. 코끝에서부터 느껴지는 진한 고소함은 곧 입 안에서 퍼지며 자신의 짙은 향을

144

남겼다.

"음. 좋다. 전에 마시던 것보다 나은 것 같은데?"

"다행이네요. 보고서는 마음에 드세요?"

"생각보다 너무 좋아서 놀랐어."

"그럴 만도 하죠."

"그게 무슨 뜻이야?"

"양 팀장님께서 밤낮 가리지 않고 그렇게 뛰어드셨으니, 결과가 생각 이상으로 좋을 것 같았거든요."

임 비서는 상냥하면서도 얼굴에 환한 미소를 지으며 사근사근 말을 이어 나갔다.

"쌓은 경력은 슈즈 파트시라는데, 이번에 이사님의 기대에 충족 시킨 것을 보면 실력뿐만이 아니라, 재능 자체가 엄청난 분이신가 봐요. 거기다가 노력까지 하시니, 능력 효과가 껑충 뛰어오른 거구 요."

평소 같았으면 당연한 것이라고 되받아쳤을 정연이었지만, 이 세상에 딱 하나 존재할 것만 같은 선물을 받은 고마움에 오늘은 그저 작은 미소로 대답을 대신했다.

"필요하신 거 있으시면 말씀하세요."

임 비서가 가볍게 묵례를 취하고 문을 여는 순간, 아래가 꽤 시 끌벅적했다. 무심결에 바라본 시선에는 강현이 여사원들에게 둘러 싸여서는 대화를 주고받고 있었다. 초승달처럼 예쁘게 말아 올라 간 입술 끝과 벌들이 떼로 몰려들 만큼 달콤해 보이는 눈웃음을 짓고 있는 강현의 모습은 임 비서가 문을 닫는 순간, 정연의 눈앞 에서 꿈처럼 사라져 버렸다. 정연은 깨고 싶지 않은 꿈에서 깨어나 이르는 아쉬움에 마음이 허허롭기까지 했다. 그러다 금방 다시 정신을 가다듬고 사원들이 올린 보고서로 시선을 돌렸다.

이리 보고 저리 봐도 참 마음에 드는 디자인들이었다. 모든 일들이 이렇게 순조롭게 진행되고 있다는 것이 정연을 더없이 행복하고 뿌듯하게 만들고 있었다. 그리고 그들의 노력을 이젠 자신이 보상을 해 줘야겠다는 결심과 책임감에 정연은 더 빠르게 움직였다.

그렇게 척척 모든 상황들이 진행되어 가고 있는 가방 파트와는 다르게 아무르의 다른 파트들은 제대로 된 디자인들이 나오지 않아 모두 비상상태에 빠져 있었다. 그중 가장 심각한 파트는 바로 슈즈였다.

슈즈의 이사 혜림은 불안하고 초조한 마음을 감출 수가 없었다. 몇 번의 회의를 진행했지만, 이번 김찬희 디자이너의 협업쇼에 제출할 수 있을 만한 마땅한 디자인이 나오질 않았다.

전 세계에서 주목하고 있는 이번 쇼에 협업을 하게 된 브랜드는 총 8개. 의류부터 시작하여 가방과 쥬얼리, 신발, 등 경쟁이 치열했다. 그중, 김찬희 디자이너가 가장 기대를 걸고 있는 곳은 '아무르' 라고 했다. 하지만 그 기대 때문에 처음부터 한 가지 파트만 올라가기로 한 것을 번복할 수도 없다는 말을 덧붙였다.

그 말은 즉, 아무리 아무르라고 하더라도 자신의 쇼에 올라갈 수 있는 파트는 딱, 하나뿐이라는 뜻이었다.

기회였다. '아무르' 의 구두를 알리고 자신이 아버지와 사원들에게 인정받고 건방진 정연을 깔아뭉갤 수 있는 기회. 그런데 이놈의 염병할 디자이너들이 뒤통수를 한 대 얻어맞은 것처럼 획기적이고 파격적인 디자인을 도통 내놓을 생각을 하지 않았다.

촉박한 시간 때문에 애간장이 타들어 가는 와중에도 불난 집에 냅다 기름이라도 들이붓는 격인지 회사에는 기분 나쁜 소문까지 돌고 있었다. 다름이 아니라, 가방 파트 양 팀장과 메두사 변정연의 관계가 심상치 않다는 소문이었다.

두 사람이 밤늦게까지 유일하게 야근을 하는 이유에 대해서 사람들은 국정원이라도 된 기세로 파헤쳤고, 어떤 사람은 두 사람이 우산을 쓰고 다정하게 걸어가는 것을 봤다고 했다. 헛소문이라는 것을 알면서도 감히 무시할 수가 없었던 건, 혜림 역시 이전에 강현이 정연의 차에 타고 있는 것을 직접 봤기 때문이었다. 그러면서도 마음 한구석에서는 양 팀장이 뭐가 부족해서 그런 여자를 마음에 두냐는 반발의 목소리가 있었기에 그나마 위로가 되었다.

혜림은 가방 파트가 어느 정도 진행이 되었는지 알아보고 강현의 얼굴도 볼 겸 아래로 내려왔다. 사무실 문을 열고 들어가려 할 때, 때마침 임 비서가 나왔다. 임 비서는 앞에 서 있는 혜림과 그 뒤에 있는 혜림의 비서를 보며 싱긋 웃어 보였다. 어쩐지, 그 웃음이 가식 같아 보이는 건 단순히 혜림의 기분 탓만은 아닐 거였다.

"권 이사님께서 여기까지 무슨 일로 오셨어요?"

"내가 못 올 때라도 왔나요?"

"아니요. 그런 뜻으로 말씀드린 건 아닙니다. 저는 단지, 저희 이사님께 볼일이 있으셔서 내려오셨다면, 미리 보고를 드려야 할 것 같아서 말씀드린 겁니다."

목소리는 분명 친절하다. 얼굴도 분명 웃고 있는데, 언제나 그렇듯 혜림은 임 비서를 마주 보고 있으면 못내 찝찝한 마음을 감출 수가 없었다. 저 상냥한 대답도 어째, 한 마디도 지지 않고 따박따박 말대꾸를 하는 것처럼 들렸다. 그 모습이 마치, 지 상사이자 혜림이 싫어하는 정연의 모습과 오버랩 되었다.

"이사님께 볼일 있어 온 건 아니에요."

"그러시구나. 그럼 볼일 보세요."

임 비서가 가볍게 묵례를 취하고 혜림을 지나치더니, 곧 뒤에 있는 박 비서 앞에 멈춰 섰다.

"박 비서는 좋겠어."

"네?"

임 비서는 여전히 상냥함이 묻어 있는 목소리였다.

"차암 한가해서."

"네?"

"좀 억울하기까지 하려고 해. 비슷한 돈 받는데 하는 일은 이렇게도 차이가 크니."

가시가 단단히 박혀 있는 한마디에 혜림은 뒤통수를 세게 얻어맞은 기분이었다. 기분이 나빠 가자미눈을 하고서는 뒤를 돌아 임 비서를 쩨려봤지만, 그녀는 전혀 의식하지 않고 제 갈 길을 갔다. 불러 세워 한마디 하려고 입을 벌린 혜림은 뒤에서 들려오는 강현의 목소리에 얼른 표정을 감추고 돌아보았다.

"네가 이 시간에 여기 웬일이야?"

"어? 선배?"

방금 전까지만 해도 붉으락푸르락하며 눈에 보이는 모든 물건들을 집어 던질 기세로 화를 내던 혜림은 언제 그랬냐는 듯 생글방글 웃고 있었다.

"선배 보러 왔지."

"회사가 놀이터도 아니고, 믿는 거 있다고 너무 열심히 안 하는 거 아니야?"

"무슨 말을 또 그렇게 해? 나도 여태 일하다가 왔단 말이야."

혜림이 앙탈 아닌 앙탈을 부리며 자연스럽게 강현에게 팔을 둘렀다.

"아래 카페 가서 커피 한잔 하자. 내가 살게."

"미안하지만, 난 월급쟁이라서 일해야 돼. 월급값을 해야 되거든."

"잠깐도 안 돼?"

"응. 이래저래 바빠서. 화장실도 참다 참다 나왔다."

제 팔에 둘려 있는 혜림의 팔을 떼어 낸 강현이 화장실 쪽으로 방향을 틀어 걸었다. 자신을 따라오려는 눈치 없는 박 비서를 제지시킨 후, 그 뒤를 혜림이 배알도 없는 여자처럼 쪼르르 따라나섰다.

"오늘 저녁에는 시간 좀 있지? 같이 밥 먹자. 그때 갔던 일식집 예약해 놓을게."

"시간 없다고 말했잖아."

"저녁 먹을 시간도 없어?"

정말 성가신 혜림의 동행에 강현은 마침내, 걸음을 멈추고 그녀를 마주 봤다. 아까와는 다르게 살짝 굳어 있는 강현의 얼굴을 보며 혜림은 좋은 소리를 듣지 못할 거라 단언했다.

"넌 불안하지도 않아?"

"응?"

"협업쇼 말이야. 준비 다 끝난 거야?"

"……."

"리더가 이래도 되는 거야? 다른 사원들은 그래도 리더인 너를 믿고 따라갈 준비를 하고 있을 텐데, 방향을 잘 잡아 줘야지. 이렇게 방황하고 다니면 어떡해?"

"아니, 나는 단지……."

"들리는 소문이겠지 생각하고는 있는데, 너희 파트 아직 제대로 된 샘플 하나 안 나왔다며."

단순히 소문이 아니라, 있는 사실이었기에 혜림은 아무 대답도 할 수가 없었다.

"이제 협업쇼 최종 보고일까지 딱 이틀 남았어. 알고는 있어?"

자신과 정연을 비교하고 있는 것이 확실했다. 삐뚤어진 심술의 잣대가 괜히 이 자리에 없는 정연에게로 향했다. 혜림은 강현이 자신에게 이리 말하는 것이 전부 정연 때문인 것 같은 짜증감에 금방이라도 노여움이 폭발할 것 같았다. 하지만 그 모든 것들을 그저 오래도록 유지해 온 '착한 후배'라는 가면 뒤로 철저하게 숨긴 혜림은 멋쩍은 듯 웃어 보였다.

"당연히 알고 있지. 나도 최선을 다해서 하고 있다고……."

"확정 날 때까지 긴장을 놓으면 안 될 것 같다. 우리 팀이나, 너희 팀이나."

"어. 그럼 협업쇼 끝나고 나면 나한테 시간 내 주는 거지?"

"그때 봐서."

"……."

"나 바빠서 금방 볼일 보고 들어가야 될 것 같아. 올라가라."

강현이 화장실로 들어가고 아쉬움에 혜림은 붉은 립스틱이 발린 입술을 삐죽거리며 사무실로 올라가기 위해 승강기에 올라탔다. 그리고 그 옆을 박 비서가 채웠다.

"가방 파트 협업쇼 진행, 어디까지 됐나 한번 알아봐 봐."

"네. 알겠습니다."

강현이 자신과 정연을 비교했다는 것이 찜찜해 인상을 찌푸리고 있던 혜림의 얼굴에 갑자기 오싹할 정도로 묘한 웃음이 차올랐다. 그러더니 자신의 사무실에 도착한 승강기에서 내릴 생각을 하지 않고 박 비서에게 눈짓을 해 보였다.

"먼저 내려. 나 잠깐 갈 곳이 생겼어."

그녀의 눈이 무섭게 웃고 있었다.

협업쇼 준비 때문에 바빴던 강현은 긴장이 좀 풀리자 이곳저곳이 찌뿌드드했다. 그도 그럴 것이 디자인을 준비하기도 바빠 죽겠는데, 거기다 정연의 우산까지 만들어 주느라, 피로함은 몇 배로 쌓여 있었다. 그래도 아까 정연이 이사실에서 우산을 활짝 펼쳐 들고 그림을 보며 미소 짓는 것을 보자, 그 피로함은 입 안에 넣은 솜사탕처럼 금세 녹아내려 버렸다.

디자인을 준비하면서 이것저것 자료를 찾아보던 강현은 우연히 '마음이 편안해지는 그림'이라는 제목을 단 그림을 접하게 되었다. 그것을 보자마자 이상하게도 천둥 번개가 몰아치던 그날, 두 귀를 틀어막은 채 두려움에 떨고 있는 정연의 모습이 떠올랐다.

그런데 그 그림만 덜렁 그려서 주는 것이 좀 뭐해서 마침, 재활용으로 쓰려던 우산을 뜯어 새롭게 만든 것이었다. 그것을 만드는 내내, 고단함이 암석처럼 몸을 짓이겼지만 마음만은 설렘으로 가득 차 있었다.

강현은 오늘 퇴근을 하자마자 서둘러 집으로 돌아가 따뜻한 물로 몸을 풀고 푹 자야겠다는 생각으로 이제 10분 정도 남은 퇴근시간을 애타게 기다렸다.

"양 팀장님 이사님께서 부르십니다."

임 비서의 말에 강현이 바위처럼 무겁게 짓누르는 피로함을 거두어 내고 이사실로 단숨에 올라갔다. 노크를 하고 안에서 들려오는 정연의 목소리에 문을 열고 들어갔다.

"부르셨어요?"

"최종적으로 올릴 디자인 정했어. 나도 확인은 해 봤지만, 그래도 이번 업무에 가장 공들였던 양 팀장이 최종으로 한 번 더 확인해 봐."

"네."

"확인하고 괜찮으면, 관리 팀에 제출하도록 해. 다른 파트 샘플들도 같이 모아서 한꺼번에 택배로 보낼 계획인 듯싶으니까."

"네. 알겠습니다."

받은 우산에 대해 한마디라도 해 주길 바랐지만, 정연은 업무적인 이야기를 끝내고는 곧장 강현에게서 시선을 거두었다. 강현은 자꾸만 몰려드려는 서운함을 억지로 밀어 내며 서둘러 샘플을 챙겼다.

"양 팀장."

문을 열고 나가려던 강현이 정연의 부름에 즉각적으로 반응했다. 그것은 본능적으로 그녀를 향해 곤두서 있는 촉수가 보이는 반사적인 반응이었다.

"우산 잘 쓸게."

자신에게 눈길조차 주지 않고 흘려버리 듯이 한 말이지만, 강현의 입술 끝은 포물선처럼 굴곡 없이 올라가 있었다. 살짝 고개를 숙이고 서류를 보고 있는 정연을 강현은 지그시 내려다보았다.

그러고 보니, 그때의 얼굴이 많이 남아 있는 듯싶다. 선함과 세련됨이 묘하게 섞여 있는 외모는 여태껏 강현이 봤던 어떤 여자의 외모보다 매력적이었다.

정연이 이상한 낌새를 느끼고 눈썹을 꿈틀거리며 고개를 들어 올릴 기미를 보이지 않았다면, 강현은 시간 가는 줄 모르고 그녀를 바라봤을 것이다. 강현은 자신의 시선을 행여나 그녀가 불쾌해하거나 불편하게 느꼈을까 싶어 잊고 있던 대답을 덧붙였다.

"네."

그렇게 강현이 나가자 정연은 눈에 들어오지도 않던 서류를 옆으로 밀어 내고 길을 잃어 방황하는 아이처럼 눈자위를 굴렸다.

쳐다보지 않았지만 느껴졌다. 자신의 몸 곳곳을 집요하게 바라보고 있던 그의 눈빛을. 하지만 그 눈빛은 흔히 변태적인 마음을 품고 바라보는 다른 남자들처럼 혐오스럽거나 거북하진 않았다.

그의 눈빛이 옮겨 가는 자리에 뜨거운 물을 냅다 들이부운 것처럼 뜨거웠고, 마치 부드러운 무언가로 살결을 쓰다듬는 것처럼 야릇하면서도 끈적였다. 농도가 짙은 그의 눈빛은 자신보다 나이가 훨씬 어린데도 불구하고 꽤 관능적이었다.

이사실에는 강현이 얼마 머물러 있지 않았음에도 불구하고 곳곳에 그의 향이 배어 있는 듯했다. 기분이 참 이상하다. 여전히 그의 존재가 호의적이지는 않지만 확실히 전과는 다른 무언가가 있었다. 묘한 안정감과 동시에 심장은 몹시도 소란스러웠다.

그를 마주 볼 때마다 자꾸만 그날 일이 떠오른다.

비 오는 날, 두려움에 떨고 있는 자신을 바라보던 그의 눈빛, 택시를 타고 가는 자신을 향해 끝까지 시선을 놓지 않았던 그의 모습.

정연은 크게 고개를 내저었다. 누구에게나 친절을 베푸는 남자라고 그렇게도 혜림이 입술에 침이 마를 때까지 퍼붓지 않았던가.

하지만 그래도 느껴지는 이 낯선 감정에 대한 분석을 정연은 쉽게 관둘 수가 없었다.

"냄새 때문인가?"

그에게 나는 특유의 냄새가 있다. 아기 같은 비누 냄새는 가뜩이나 항상 몸이 노곤해 있는 정연에게 나른함을 선사했다. 이제야 겨우 소강상태로 접어든 심장을 전혀 이해하지 못하는 눈빛으로 내려다보았다.

오늘은 급기야, 우산을 건네주며 잠시 닿았던 강현의 손끝의 살결이 참 부드러워 더 만져 보고 싶다는, 일시적이지만 참 위험한 생각이 들었고, 웃음이 예뻐 보이기까지 했다.

강현의 생각을 하니, 잠시 식어 있던 몸이 다시 후끈해지는 기분이었다.

"아휴, 아휴!"

그를 생각할 때마다 몸이 왜 이따위로 반응을 하는지 아무리 생각해 봐도 도통 납득이 되는 건 하나도 없었다. 머리와 마음속에 단단히 자리 잡은 혼란스러움은 그렇게 정연의 안에 더 깊숙이 박혀서는 제 흔적을 여기저기에 가차 없이 남기고 있었다.

⚜

그로부터 이틀의 시간이 흘렀다. 오늘은 협업쇼에 올라가게 될 디자인들이 본격적으로 김찬희 디자이너의 평가를 받는 날이기도 했다. 강현은 출근을 하자마자 민정의 자리로 향했다.

"샘플이 잘 도착했는지, 김찬희 디자이너 측에 확인 좀 부탁드릴게요."

"네. 알겠습니다. 팀장님."

나긋나긋하게 대답하곤 전화를 걸던 민정의 목소리와 표정이 시간이 지날수록 점점 어둡게 굳어 가기 시작했다. 그러더니 곧, 하얗게 질린 얼굴로 다급하게 강현의 자리로 뛰어왔다. 사무실에서 이제 막 업무를 시작하려던 사원들의 눈빛이 그녀의 뒤꽁무니를 쫓아갔다.

"어떡해요, 팀장님! 어떡해요!"

주어 없이 금방이라도 울어 버릴 얼굴로 방방 뛰는 민정의 모습에 강현의 얼굴도 사납게 굳어지기 시작했다.

"왜 그래요. 민정 씨."

"샘플이……. 아무르에서 저희 샘플만 빠져 있대요!"

"그게 무슨 소리야?"

뒤에서 들려오는 정연의 서늘한 목소리에 사원들은 모두 요지부동 자세로 곧 몰아닥칠 피바람에 몸을 떨었다.

"다들 못 들었어? 지금 그게 무슨 말이냐고 물었잖아!"

"제가 관리 팀에 내려가서 다시 한번 확인하고 오겠습니다."

강현이 얼른 자리에서 일어나 문 쪽으로 향했지만 곧, 정연에게 붙잡히고 말았다.

"그날 샘플 가지고 관리 팀 내려가서 박스에 넣는 거 확인 안 하고 올라왔어?"

정연과 마지막 샘플 점검을 한 강현은 관리 팀에 가는 길에 자신이 제출을 하겠다는 민정에게 샘플을 건네줬던 터였다. 하지만 자신의 뒤에서 몸을 벌벌 떨며 눈물을 훌쩍이는 민정에게 책임을 전가할 수도 없는 일이었다.

"죄송합니다."

"일을 왜 그따위로 하는 거야! 그 디자인들 양 팀장뿐만이 아니라, 여기 있는 모든 사원들이 밤낮 가리지 않고 피땀 흘리면서 만든 거야! 어떻게 그걸 이렇게 어처구니없는 처사로 망쳐 놔!"

"죄송합니다. 지금 당장 내려가서 확인하겠습니다."

"만약 이번 일 양 팀장 때문에 잘못된다면 사표까지 쓸 각오, 해야 할 거야."

분명 며칠 전까지만 해도 자신을 바라보는 그녀의 눈빛이 달라졌다고 생각했다. 언제나 '낙하산'이라는 단어를 운운하며 냉랭하게 바라보던 그녀의 눈빛이 고작해야 봄바람에 부는 미풍 정도로 바뀌었지만, 그래도 그 미세한 변화가 자신을 향해 강고하게 박혀 있던 고정 관념을 깨고 좀 더 다가갈 수 있는 기회라는 희망을 심어 주었다.

하지만 지금 이 순간 그 모든 것들이 무너져 버리고 말았다. 자신을 바라보는 그녀의 눈빛은 냉랭함을 넘어서 원망과 분노로 포화 상태에 이르러 있었다. 마음이 저려 왔다. 욕심 내지 말자고 스스로를 다독여 봤고 곁에 머물면서 천천히 다가가자고 자꾸만 조급하게 굴려던 자신의 감정을 충분히 억누르며 지내 왔다고 생각했다.

하지만 지금 이 상황은 그렇게 억누른 감정에 대한 배신이었다. 너무 허망해서 한숨을 내쉴 틈도 없었다.

간신히 천천히 다가가 서로를 향해 있는 간격을 줄였다고 여겼던 그녀가 저만치 멀어져 버린 것이다. 더 멀어지는 것을 지켜만 보고 있을 순 없었다. 강현은 정연을 지나쳐 급하게 사무실을 빠져나왔다.

"어? 선배!"

승강기 문이 열리고 안에서 혜림이 반갑게 인사를 건네다 심상치 않은 강현의 표정을 발견하고는 곧장 심란해졌다.

"무슨 일 있어?"

혜림의 질문에도 강현은 아무 대답 없이 깊은 한숨만 내리쉬며 도톰하고 여린 입술을 이로 지그시 깨물 뿐이었다. 강현의 다갈색 눈동자는 절망과 수심이 가득 들어차 있었다.

"선배?"

혜림에게 인사를 할 겨를도 없이 승강기에서 내린 강현은 관리팀의 문을 급하게 열고 안으로 들어갔다.

"이번 협업쇼 샘플 보내기로 했던 담당자 누굽니까?"

다짜고짜 들어와서는 아무나 붙잡고 묻는 강현의 태도에 사원은 얼떨결에 담당자를 가르쳐 주었다.

"뭐 좀 확인해 보겠습니다."

검은 그림자를 드리우며 다가온 강현을 보고 사원이 깜짝 놀라다가 이내 금방 마음을 추슬렀다.

"네."

"이번 저희 가방 파트 샘플이 빠졌다는데 어떻게 된 겁니까?"

"그게 빠졌을 리가 없는데. 정확하게 제출한 거 맞으세요?"

"네. 확인 좀 한번 부탁드릴게요."

"잠시만요."

담당자는 정갈하게 꽂혀 있는 서류 파일 중에 하나를 꺼내서는 몇 장을 넘겨 안에 있는 종이를 빼냈다. 차분하게 내용을 확인하는 강현과 담당자의 시선이 한곳에 머물렀다. 가방 파트 부분에 샘플을 받았다고 표시를 한 부분이었다.

"어? 그러게요. 제출을 하셨네요? 그런데 그쪽에서 가방 파트 샘플이 없다고 그랬다고요?"

담당자는 이해를 할 수 없다는 듯이 물었다.

"어떻게 그런 일이 있지?"

관리 팀에서 확인을 끝내고 다시 급하게 사무실로 올라온 강현은 김찬희 디자이너 담당자에게 전화를 걸었다. 다시 한번 제대로 확인을 해 달라고 요청했지만 돌아오는 대답은 똑같았다.

"어떻게 됐어?"

이사실 문이 열리고 정연이 한겨울 날, 산 중턱에서 맞는 칼바람처럼 매섭게 물어 왔다. 강현의 주변에 둘러싸여 있던 사원들은 자신들의 방향으로 걸어오는 정연의 모습이 흡사, 죽음을 심판하러 온 저승사자 같은 위압감에 몸을 움츠렸다.

"제가 직접 가서 해결 보겠습니다."

전화를 부둥키고 있어 봤자 아무 해결이 나지 않을 거라 판단한 강현이 재킷과 지갑을 챙겨 들었다.

"분명히 말했어."

정연을 지나치던 강현이 잠시 걸음을 멈칫했다. 자신에게 등을 보이고 서 있는 강현을 향해 정연은 경고하듯, 한 단어, 한 단어 힘을 실어 말했다.

"이번 일 해결 제대로 못 하면 사표 쓸 준비 하라고."

강현은 아무 대답도 하지 않았다. 다만, 재킷을 쥐고 있는 손에 청색의 힘줄들이 선명하게 올라올 정도로 꽉 움켜쥐고는 군더더기 없는 발걸음으로 사무실을 빠져나갔다.

김찬희 디자이너 사무실로 온 강현은 제출하기로 했던 샘플들을 그린 디자인을 보여 주고 앞뒤 사정을 전부 이야기하며 부탁했다.

"안 됩니다. 아무리 사정이 그렇다고 해도 편의를 봐 드릴 순 없어요. 공정성에 어긋나는 행위입니다."

담당자는 단호하게 강현의 사정을 일축시켰다. 딱 하루의 시간만 더 준다면 반드시 샘플을 다시 만들어 제출을 하겠다는 거였지만, 담당자는 더 이상 말을 하지 말라는 듯 자리를 털고 일어났다.

"부탁드립니다."

쓰고 있는 안경이 양옆으로 벌어질 만큼 살집이 있는 담당자의 가뜩이나 거친 외모가 험상궂게 굳어졌다. 하지만 강현은 전혀 기죽는 기색 없이 담당자를 마주 보며 부탁했다. 자신뿐만이 아니라, 팀원들의 노력과 정연의 자존심까지도 달려 있는 문제였다. 이대로 쉽게 물러날 수 있는 일이 아니었다.

"안 된다고 몇 번 말씀드립니까?"

"김찬희 디자이너님께서 아무르의 가방 파트를 가장 기대하고 있다는 인터뷰를 하신 잡지를 봤습니다. 디자이너님께서 가방 파트가 빠져 있다면 실망을 많이 하실 거라고 단언합니다. 그리고 저희 디자인을 보시면 이번 협업쇼의 취지에 맞게 너무……."

결국 참다못한 남자는 강현이 내민 디자인들을 거칠게 뿌리쳤다. 그 바람에 사원들의 피와 땀이 섞여 있는 디자인들이 처참하게 바닥으로 패대기쳐졌다.

하지만 다른 방도는 없었다. 오늘 도착한 디자인들을 내일 당장 검토할 수 없을 거였다. 더군다나 내일은 주말이었다. 김찬희 디자이너는 주말이니만큼 더욱 여유를 가지고 검토를 하거나 아니면 아예 평일에 검토를 할지도 모르는 거였다. 그 희망을 버리지 않고 강현은 바닥에 패대기쳐진 디자인들을 다시 주워 담았다.

그때, 강현의 시야로 바쁘게 움직이는 여러 개의 손들이 보였다.

그것은 뽀얗고 마디가 얇은 여자들의 손이었는데, 그 손들은 빠른 동작들로 바닥에 흐트러진 디자인들을 주워 강현에게 건넸다.

강현이 처음 사무실에 들어왔을 때부터 큰 호감을 갖고 눈여겨 봤던 여사원들이었다. 여사원들은 입사 이후, 처음으로 사무실에서 빛이 난다며 호들갑을 떨고 좋아하기도 했다.

"그러지 말고 시간을 좀 드리는 게 어때요?"

"그러니까, 곽 대리. 그때 자기도 실수로 보고서 빠트렸다가 업체 사람한테 사정사정해서 다음 날 제출했던 거 기억 안 나?"

여사원들의 지적에 담당자는 금세 얼굴이 붉어져서는 괜스레 강현을 원망하듯 쏘아보았다.

"사람이 너무 그렇게 개구리 올챙이 시절 까먹고 그러면 못써."

붉은 립스틱이 유난히도 부담스러운 여자는 담당자를 나무라고 비아냥거리던 웃음을 상냥하게 바꾸며 강현을 마주했다.

"아무르 가방 파트에서 오신 거 맞으시죠?"

"네."

"맞아요. 아까 그쪽 말처럼, 저희 디자이너님께서는 아무르 가방 파트를 가장 기대하고 계셨어요. 그런데 거기가 다른 이유도 아니고 그런 이유로 후보에서 제외된다면 디자이너님도 상심과 실망이 적지 않으실 거라고 생각해요."

여자는 말을 잇는 내내, 강현의 얼굴을 요모조모 훑어보며 탐스럽다는 듯이 웃었다. 그런 여자의 사심이 잔뜩 들어간 웃음에 신경 쓸 겨를도 없이 강현은 오롯이 여자의 말에만 신경이 기울어질 뿐이었다.

"단 한 번의 기회만 주시면 됩니다. 디자이너님을 실망시키는 일도, 이런 기회를 다시 주신 담당자님을 곤란하게 하는 일도 없게 만들겠습니다."

"좋아요. 대신, 완벽히 하루는 못 드려요."

여자의 긍정적인 서두에 긴장감으로 굳어 있던 강현의 얼굴에 한 줄기의 빛이 서렸다.

"내일 디자이너님께서 오전 9시 조금 지나서 귀국할 예정이시거든요. 회사에 도착하시면 한 11시 정도 되겠네요. 샘플들을 전부 챙겨서 댁으로 가져가기로 하셨어요. 그 이후에 가져오시면 저희도 어쩔 수가 없어요. 저희가 디자이너님 댁으로 가서 샘플을 몰래 두고 올 수 있는 것도 아니니까. 할 수 있겠어요? 내일 오전 11시 전까지. 그 샘플 만들어 오는 거."

여자의 말이 이어질 때마다 강현은 자신의 손에 쥐어진 소중한 희망 자락에 감사하며 안도의 한숨을 내리쉬었다.

"감사합니다. 정말 감사합니다. 반드시 내일 오전 11시 전까지 샘플 들고 오겠습니다."

"커피 한잔 하고 가요."

"호의는 감사하지만, 시간이 넉넉지 않을 것 같아서요. 커피는 다음에 하겠습니다."

"어머. 다음에요? 다음에 언제요? 다음에 하시려면 전화번호라도 좀 알려 주고 가세요!"

여자의 안달 난 소리에도 강현은 돌아보지 않고 곧장 그곳을 빠져나왔다.

지금 시간은 오후 2시. 강현은 당장 회사로 가서 제출하기로 한 샘플 다섯 개를 만들 것이다. 일주일에 걸쳐 만들 때에도 거의 밤을 샐 정도였기에, 어쩌면 가망성이 없을지도 모를 일이었지만 강현은 절대 이 기회를 놓치지 않을 거라 결심했다.

아침과 점심을 모두 건너뛴 강현이였지만 전혀 허기짐을 느끼지 못했다.

1분 1초가 아까운 순간이었다.

아무래도 마음이 편편찮았다.

임 비서에게 현재 양 팀장이 가져온 기회에 대해 모든 상황을 전해 들었지만, 정연은 의식도 하지 않고 평소보다 훨씬 더 일찍 퇴근했다. 사무실을 나오는 순간 귀퉁이에 마련되어 있는 작은 작업실에는 강현 혼자만 남아 있었다. 자신이 저지른 일이니, 그 정도의 대가는 충분히 치러야 한다고 생각했다.

그런데, 분명히 그렇게 생각하는데, 왜 그 모습이 자꾸만 눈에 이물질이 낀 것처럼 거슬리고 아른거리는지 모르겠다. 혼자서 그 샘플을 다 만든다는 건, 가능성이 전혀 희박한 일이었다. 각지에서 유명한 히어로들이 모이지 않는 이상, 절대 내일 오전 11시 전까지 끝낼 수 있는 작업이 아니었다.

그거 하나 야무지게 하지 못하고 여수투수의 모습을 보여 정연의 기분을 매우 언짢게 만든 건 사실이지만, 어쨌든 한배를 탄 사람이었다. 키의 방향을 잘못 잡았다고 함께 노를 젓지 않으면 배는 절대로 원하는 종착지에 도착하지 못할 거였다.

정연은 차를 돌려 다시 회사로 향했다. 회사 근처에 있는 카페로 가서 샌드위치를 사려다가 문득, 임 비서에게 강현이 하루 종일 굶었다는 이야기를 들은 것이 떠올랐다.

"빈속에 밀가루 먹으면 속 아픈데……."

정연은 카페에서 나와 주변을 두리번거렸다. 근처에 회사가 많아 이 시간대에는 가게 대부분이 닫혀 있었다. 정연은 회사 뒤쪽으로 걸음을 옮겼다. 작은 도시락 집 하나가 반갑게도 불을 밝히고 있었다. 정연은 안으로 들어가 도시락 두 개를 포장해서는 다시 회사로 돌아왔다. 강현이 경비원에게 미리 양해를 구했는지, 소등에 대한 말을 하지 않았다.

지금 막, 나온 도시락에서는 맛있는 냄새가 솔솔 올라왔다. 양손에 꽤 무게가 나가는 도시락을 들고 올라가는 승강기의 번호판을 바라보며 은근한 긴장감을 느꼈다.

오늘 그 일이 터지고 나서 내내 쌀쌀맞게 굴었는데, 갑자기 도시락을 들고 나타나서는 도와준다고 설쳐 대면 변덕 심한 여자로 보겠지? 어쩌면 미친 여자로 볼지도 몰라…….

그 시답지 않은 고민을 머릿속에 헝클어뜨리며 승강기 밖으로 막, 발을 내디뎠을 때였다. 조용할 줄 알았던 안이 시끌시끌하다.

"……"

정연이 까치발을 들고 조용히 사무실 안을 들여다보았다. 금요일 저녁. 모두가 설레고 들떠 있을 그 불타고 즐거운 밤에, 아무르 가방 디자이너들은 단 한 명도 빠짐없이 야근을 하며 내일 제출해야 할 샘플들을 만드느라 분주함을 떨고 있었다.

어딘가 모르게 정연의 마음속 깊은 곳에서 뜨거운 무언가가 울컥, 하고 올라왔다. 사원들의 모습이 뿌듯해 보이기도 했고 뒤통수를 얻어맞은 것처럼 괜한 배신감에 얼얼하기도 했다. '야근'이라는 단어만 나와도 한숨을 푹푹 쉬어 대며 불만 아닌 불만을 토해 내던 그들의 얼굴엔 어디에도 짜증 내는 구석 하나 보이지 않았다.

"어? 이사님?"

갑작스럽게 뒤에서 들려오는 민정의 목소리에 정연이 어깨가 심하게 들썩일 정도로 움찔했다. 몰래 숨어서 지켜보다가 들킨 꼴이 되어 버린 정연은 민망함과 창피함에 얼굴을 돌릴 수가 없었다. 특히, 이 양손에 들고 있는 두 개의 도시락이 정연의 창피함을 더욱 키워 냈다.

"사실, 드릴 말씀이 있어요. 이사님……."

그런 마음을 아는지 모르는지, 민정은 정연의 뒤통수에 대고 뜬금없이 고백을 하기 시작했다.

"어. 말해 봐."

"사실 이번 샘플 사건, 그거 양 팀장님 때문 아니에요. 제가 가져다 놓은 거예요. 그 담당자분께서 책상 위에 놓고 가라고 말씀하셔서 그냥 표시만 하고 책상 위에 놓고 왔어요. 제가 끝까지 확인을 하고 나왔어야 했는데, 정말 죄송합니다."

창피함에 찌그러져 있던 정연의 얼굴이 서서히 펴지며 제자리로 돌아왔다. 그 사건이 터졌을 때, 강현에게 사납게 몰아붙이던 자신의 모습이 떠올랐다. 자신만큼이나 많이 화가 나고 어이없었을 강현에게.

"아까 그 자리에서 바로 말씀드렸어야 했는데, 저도 너무 놀라서……. 그런데, 팀장님께서 자꾸만 괜찮다고 저를 오히려 달래 주시더라고요. 그게 너무 죄송해서……. 만약, 이번 일 잘못 틀어지게 되면 팀장님이 아니라 제가 모든 책임을 지도록 하겠습니다."

"당연히 그래야지."

마침내, 평소에 지니고 있던 포커페이스를 되찾은 정연이 천천히 뒤를 돌아 민정을 마주했다. 민정은 여전히 놀라움과 죄스러움이 가시지 못했는지 훌쩍이고 있었다.

"진작 말씀드렸어야 했는데, 그것도 죄송해요."

"됐고 이제 들어가 봐. 정규직 단 지 한 달도 안 돼서 정말 사표 내고 싶지 않으면."

"네!"

"그리고."

"……."

"밥들은 먹고 하는 거야?"

"네? 아, 네. 저희는 먹었는데. 팀장님께서는 아직……."

정연이 강현에게 주려던 도시락 봉지를 민정에게 내밀었다.

"너무 죄송해서 네가 샀다고 그래."

"아, 네."

"나 봤다는 소리 절대 하지 말고."

"네! 들어가세요. 이사님!"

민정의 인사를 받으며 승강기에 올라탄 정연은 갑자기 자기 자신이 매우 작고 초라해지는 기분이 들었다. 샘플이 도착하지 않았다는 이야기를 들었을 때, 강현은 바로 그 자리에서 민정에게 책임을 따져 물을 수도 있었다. 하지만 그러지 않았다. 어쩌면 정연이 한참 뒤에 깨달은 것을 강현은 이미 그때 생각했는지도 모른다.

한배에 탔고, 방향이 어떻게 틀어지든 함께 노를 저어 나가야 한다는 것을.

한배를 탄 사원들은 선장이 휘두르는 채찍질이 두려워서 노를 저을 수 있을지는 몰라도, 언젠가는 그 선장에게 채찍이 사라진다면 노를 젓지 않을 것이었다. 하지만, 노를 젓는 법을 알려 주고 자신들을 살리기 위해 함께 노를 젓는 선장이라면 그들 역시, 함께 할 수밖에 없을 것이다.

자신보다 배려도 이해도 생각도 더 깊고 큰 강현에게 정연은 크게 패배한 느낌을 저버릴 수가 없었다.

작업의 마무리를 짓던 강현의 눈이 빠르게 벽에 걸린 시계를 확인했다. 몇 시간 전까지만 해도 시끌벅적했던 사무실에선 강현의 일정한 숨소리만 들려올 뿐이었다. 몇몇의 사원들은 새벽 늦게까지 도와주다가 퇴근했고 또 나머지 사원들은 첫차 시간 때, 퇴근을 했다. 마무리는 자신이 지을 테니, 그만 퇴근해 보라는 강현의 배려 때문이었다.

모두가 함께 달려들어 부지런히 만든 덕에 기적처럼 모든 샘플들이 완성되었다. 마무리를 끝낸 강현은 그제야 오래도록 구부리고 있던 상체를 폈다. 하지만 그 저린 허리를 다독일 틈도 없이 강현은 모든 샘플들을 박스에 담고 급하게 사무실을 빠져나왔다.

시간을 확인했다. 10시가 조금 넘어간 시간이었다. 서두르지 않으면 안 될 촉박한 시간이었다. 지하철역까지 가려면 뛰어도 5분 이상이 소요되고, 도착해서는 무려 10분을 기다려야 열차가 왔다. 더군다나, 두 번이나 갈아타야 했기 때문에 실질적으로 너무 많은 시간이 허비된다. 버스도 상황은 마찬가지였다.

강현은 주말이라 그런지 유난히도 한산한 도로 위에서 택시를 잡았다. 하지만 주말 아침이다 보니, 택시가 잘 보이지 않아 강현의 애를 태우고 있던 그때였다. 익숙한 차 한 대가 강현의 앞에 멈춰 섰다.

"다 된 밥에 재 뿌릴 생각이야?"

조수석 창문이 열리고 그 안에서 저를 향해 고함을 내지르고 있는 건 정연이었다. 강현이 조수석 문을 열고 올라탔다.

"안전벨트 매고."

"네."

강현은 행여나 망가질세라, 샘플을 품에 안고 안전벨트를 맸다. 정연이 액셀을 지그시 밟으며 속도를 높였다. 이 속도를 유지하고 간다면 생각보다 훨씬 더 여유롭고 넉넉하게 도착할 것 같았다. 하지만 누군가가 쳐 놓은 짓궂은 덫일까, 얄미운 장난인 걸까. 잘만 나가던 차가 어느 순간 막히기 시작하면서 도통 움직일 기미를 보이지 않았다.

"앞에 사고 났나?"

정연과 강현이 초조한 눈길로 앞쪽을 살폈지만 원인을 알 수는 없었다. 차로 한 15분 정도만 더 가면 되는 거리였다. 두 사람의 마음이 발이 닿지 않는 호수에 빠진 것처럼 갑갑했다.

그때, 마치 생명의 동아줄처럼 강현의 시야로 무언가가 들어왔다. 필사적으로 헤엄을 쳐서 올라오고 싶었다. 강현이 벨트를 풀고 조수석에서 그대로 내렸다.

정연은 의아한 눈길로 강현의 움직임을 좇았다. 그는 자전거 대여점으로 들어가더니, 곧 자전거를 빌려 가지고 나왔다. 자전거 앞에 달린 바구니에 상자를 내려놓고는 정연에게 눈짓으로 인사를 건네고 페달을 깊고 빠르게 밟으며 출발했다. 순식간에 정연의 시야에서 강현이 사라졌다.

강현이 자전거를 타고 간 후에도 한참 동안 차들이 정체되어 있던 도로가 어느 순간부터 슬슬 뚫리기 시작했다. 정연은 한참 뒤에야 그곳에 도착할 수 있었다. 전면이 창문으로 되어 있는 사무실 안에는 사원들과 김찬희 디자이너가 대화를 나누고 있을 뿐, 강현의 모습은 보이지 않았다.

"벌써 전해 주고 간 건가?"

정연이 휴대전화를 들어 강현에게 전화를 걸었다. 신호는 얼마 가지 않아 강현의 목소리로 바뀌었다.

— 네. 이사님.

고저 없는 무덤덤하면서도 담백한 목소리였다.

"어떻게 됐어?"

— 샘플 전해 줬습니다.

"아, 그래? 다행이다. 그런데 넌 지금 어디 있는 거야?"

주변을 기웃거리고 있던 정연의 시선이 무심결에 반대쪽으로 향했다. 버스 정류장에 설치되어 있는 벤치에 강현이 앉아 있었다.

— 전……. 다시 회사로 가고 있는 중입니다.

그런데 앉아 있는 강현의 상태가 심상치가 않았다. 바닥에 아무렇게나 널브러져 있는 자전거의 찌그러진 형태도 마찬가지였다. 정연은 차에서 내려 강현에게 급하게 다가갔다.

"……."

갑작스러운 정연의 등장에 강현은 얼른 자리에서 일어났다. 아무렇지 않은 척하며 버티고 서 있었지만 살짝 찌푸려진 눈썹이 그의 고통을 대신 말해 주고 있는 것 같았다. 강현의 바지는 처참하게 찢겨 있었고 강인할 것만 같던 살결에선 아직 멈추지 못한 피가 흐르고 있었다.

"너, 넘어졌어?"

정연이 놀라서 상처를 보려고 했지만 강현이 한 걸음 뒤로 물러서며 제지시켰다.

"별거 아니에요."

"별거 아니긴 뭐가 별거 아니야! 옷이 다 찢어질 정도면 심각한 건데!"

"⋯⋯."

강현의 심정이 얼마나 급박했는지가 고스란히 느껴져서 더욱 속상했다. 아래 사원의 실수에 이렇게 고군분투하며 책임이라는 짐을 끝까지 짊어지고 가려는 강현이 너무 바보처럼 느껴져서 정연은 견딜 수가 없었다.

"어린애도 아니고, 어떻게 자전거를 타다가 넘어지니?!"

"안 아파요. 그러니까, 신경 안 쓰셔도 돼요."

정연의 나무람에도 강현은 매정하다고 느껴질 정도의 냉랭한 목소리로 대답을 하고서는 너부러져 있는 자전거를 일으켜 세웠다.

"월요일 날 뵙겠습니다."

자전거를 들고 돌아서는 강현을 정연이 급하게 불러 세웠다.

"그리고 어딜 가겠다는 거야!"

"⋯⋯."

막아서는 정연을 강현은 옆으로 가볍게 비켜 다시 제 갈 길을 가기 위해 걸음을 내디뎠다.

"너 그 꼴 하고 가는 거 그냥 보내고 나면 내 마음이 편하겠니?"

속에서 자꾸만 맴돌던 말을 그만 내뱉어 버리고 말았다. 그러다 아차, 싶었던 정연이 얼른 다음 말을 덧붙였다.

"네가 뭔데 날 그렇게 정 없고 못된 사람으로 만들어?"

마음이 이상하다 못해 기괴했다. 그냥 신경을 꺼 버리고 갈 수도 있겠지만, 마음에 사슬이 묶인 것처럼 움직이질 않았다.

"그깟 자전거 그냥 물어 주면 되니까, 버리고 따라와."

정연이 자전거 손잡이를 쥐고 있는 강현의 손목을 잡고 자신의 차가 세워진 곳으로 이끌었지만 단 한 발자국도 움직이지 못했다. 강현이 꼼짝도 하지 않고 자신의 손목을 잡고 있는 정연의 손을 넌지시 내려다보았다. 무슨 생각을 하고 있는지, 전혀 감이 오지 않는 건조한 눈빛이었다.

"일단 가. 약국 가서 약을 바르든지, 병원에 가서 치료를 하든지. 일단 가자고."

"됐다니까요. 괜찮다고 했잖아요."

정연의 손에서 강현이 가만히 자신의 손목을 빼냈다.

"어제, 왜 제 도시락 사다 주셨어요?"

말하지 말라고 그렇게 신신당부를 했건만, 결국엔 말해 버렸군.

"그건……. 그래, 쿠폰이 생겨서. 그런데 야근하는 너 저녁 안 먹었다고 하기에, 쿠폰도 쓸 겸……."

"그래도 다음부터는 그러지 마세요."

"뭐?"

"다른 사람한테는 다 잘해 주셔도 저한테는 잘해 주지 마세요."

"……."

"저한테 여지 같은 거, 주지 마시라고요."

절대 화가 난 얼굴은 아니었다. 강현이 흘려 낸 한숨은 짧지만 깊었다. 한숨과 함께 끊어진 대화 속으로 무거운 침묵이 대신 자리를 했다. 미적지근한 공기 중에서 갈 길을 잃고 헤매던 강현의 눈동자가 한참 후에야 비로소 제 앞에 서 있는 정연을 담았다.

"어차피 이사님은 저 싫어하시잖아요. 이번 일로 더 싫어지셨을 테고. 싫은 사람한테 억지로 그런 동정 하실 필요 없다는 거 말씀드리는 거예요."

강현은 아무 대답 없이 저를 올려다보는 정연에게서 등을 돌렸다. 뒤에서는 그녀의 작은 숨소리조차 들려오지 않았다.

강현은 이번 일로 많은 것을 깨달았다. 가장 먼저 느낀 것은 자기 자신에 대한 괘씸함이었다. 마지막 순간에 돌아선 건 자신이면서 또 정연이 자신을 붙잡아 주길 바란 욕심을 품는 것이 괘씸했다.

자기가 좋아하니까, 자꾸만 상대방에게도 그 정도의 보상을 바라는 거다. 그건 여태 강현이 생각해 왔던 사랑이 아닌, 만용이고 추태에 더 가까운 행위일 뿐이었다. 이번 일도 그랬다. 정연이 일 처리를 똑바로 해내지 못한 자신에게 차갑게 구는 것은 당연한 일이었다.

서운해할 것도 마음이 어그러질 이유도 없었다. 그러면서도 여전히 마음속 한편에서 드는 서운함에 강현은 깊은 한숨을 내쉬었다.

확실히 정연은 달라졌다.

경계를 잔뜩 세우던 그녀가 요 며칠 사이 자신에게만 그 경계선이 살짝 느슨해졌다는 것을 알 수 있었다. 자신을 대하는 다소 편안해진 미소와 말투, 더 이상 자신을 칭하며 부르지 않는 '낙하산'이라는 말. 다른 사람은 전혀 느낄 수 없는 그녀의 미세한 변화들을 강현은 온몸으로 느낄 수 있었다.

그래서일까. 그래서 너무 들떠 버리고 오만하게 군 것일까.

그녀의 아주 작은 변화를 큰 호의로 받아들이고 혼자 착각의 늪에 빠져 더 많은 것을 바라고 원하는 자신의 모습은 정말 추악해 보이기까지 했다. 그래서 물러섰다. 그래서 이번엔 자신이 선을 그은 것이다.

자신에게 잘해 주는 그녀를 제멋대로 믿고는 나중에는 제멋대로 그녀를 원망하고 사랑을 구걸하다가 결국, 그녀가 자신에게서 완전히 달아나 버릴까 봐 두려웠다. 더군다나, 아까 그녀는 자신을 싫어한다는 말에 딱히 부정을 하지 않았다.

그런 그녀의 의견 따위는 상관없이 무조건 자신을 좋아하고 안달 나게 만들고 싶다는 욕망도 일었다. 자신을 싫어하는 그녀가 품고 있는 그 감정을 모두 파괴시켜 버리고 싶었다.

오래도록 마음으로 품었던 애틋한 짝사랑이 집착이 될까, 무서웠다. 그저, 자신이 그은 그 선에서 더는 다가가지도 그렇다고 뒤로 물러서지도 않은 채, 그녀를 지켜보는 것으로 만족하며 살자고 스스로를 타일렀다. 마음 한편에서 그녀가 보고 싶다고 아우성치는 감정들을 억누르고 또 억눌렀다.

뭐라 확실히 정의할 수 없는 감정들이 얇은 실타래처럼 제멋대로 뒤엉킨 것 같았다. 조심스럽게 풀지 않으면 금방이라도 끊어져 버릴 것 같은 그 위태로움에 감히, 손을 쓸 엄두조차 나지 않았다.

집으로 돌아온 강현은 곧장 욕실로 향했다. 욕조에 뜨거운 물이 차오를 때까지 기다리던 강현은 점점 수증기로 뿌예지는 거울을 보며 중얼거렸다.

"솔직해져 봐. 양강현."

그래, 모든 걸 다 떠나서 그냥 심술이 났다. 자신은 정연을 너무나 좋아하는데, 매일 그렇게 자신을 막 대하는 정연에게 화가 났다. 이번 일이 잘못되면 잘라 버린다고 냉랭하게 굴던 그녀가 자신의 상처를 걱정할 때, 다시 좋다고 저도 모르게 또 한 번 기대를 거는 것도 싫었다.

그런데 그 기대가 결국 짓밟힐 쓸데없는 짓이라는 걸 매번 깨달게 되니까, 그만큼의 상처를 또 감당해야 한다는 게 자존심이 상했다. 그 실망스러운 감정들이 샘플 사건이 잘 해결되고 나니 풀어진 긴장감 속에서 불쑥 고개를 쳐든 것이다.

하지만 그녀에게 그렇게 대할 것까진 없었다. 얼마나 당황스러웠을까…….

연거푸 몰려오는 후회 속에서 강현의 한숨은 밤하늘의 그것처럼 짙어져 갔다.

5

"축하해. 변 이사."

"김찬희 디자이너가 직접 본사에 전화를 걸어 왔다며? 변 이사 그 능력도 참 대단해!"

회의를 끝내고 회의실을 나가는 각 파트의 이사들이 여전히 자리에서 서류들을 정리하고 있는 정연에게 한 마디씩 던졌다. 정연은 웃음을 애써 감추며 별거 아니라고 손사래를 쳐 보였다.

"축하드립니다. 변 이사님. 참 좋으시겠어요."

좋은 기분에 갑자기 찬물을 냅다 들이붓는 목소리가 들려왔다. 상냥한 목소리였지만 얼굴은 전혀 웃고 있지 않은 혜림이 정연의 지척으로 다가왔다.

"능력 있는 사원들과 일하시는 게, 참 복이에요. 부러워요."

혜림의 말에 날카로운 가시가 박혀 있었다. 혜림이 품고 있는 가시는 '너는 한 거 하나 없는데 사원들의 능력으로 이번 일의 성

174

과를 거두었다'를 뜻하고 있었다. 하지만 정연은 그 날카로운 가시에 전혀 굴복하지 않고 오히려 여유로움을 보였다.

"그러게요. 그런데 권 이사도 알 거 아니에요. 사원들의 능력을 찾고 그것을 마음껏 펼칠 수 있게 도와주는 것도 리더의 능력이라는 거. 리더가 능력이 없으면 아무리 아랫사람들이 능력이 좋아도 그 기회라는 거 자체를 잡기가 힘든 법이니까."

혜림의 얼굴이 순식간에 사납게 굳어졌다가 펴졌다. 애써 마음을 추스르는 듯했지만 그게 뜻대로 되지 않는 모양이었다. 그 자존심 상해 하고 열 받아 하는 모습만 봐도 정연의 속이 다 후련했다.

"맞는 말씀이시네요."

"그럼 수고해요."

통쾌함에 춤이라도 추고 싶은 마음으로 정연이 회의실을 나왔다. 이사들이 한차례 올라간 승강기 앞은 한산했다.

"어디, 쪼끄만 게 언니 무서운 줄 모르고 매번 저렇게 기어오르려고 하지?"

정연은 반사되는 승강기의 거울로 얼굴을 정리하며 중얼거렸다. 요 며칠 제대로 스트레스를 받았더니 얼굴이 엉망진창이다. 정연은 유난히도 거슬리는 턱의 작은 뾰루지로 손을 뻗었다.

"이놈의 뾰루……."

오만상을 찌푸리며 있는 힘을 다해 뾰루지에 손힘을 가했을 때였다. 승강기 문이 열리더니.

"……."

하필이면 그 안에 타고 있던 강현과 눈이 마주치고 말았다. 요 며칠 정연에게 제대로 스트레스 준 요지의 인물이기도 하다. 그날 이후, 강현에게 그다지 큰 변화는 없었다. 협업쇼 준비를 하기 전

175

의 강현으로, 상사에게 갖춰야 할 예의를 제외하고는 쳐다보지도
않았다.

어쩌면 그것이 지극히 평범하고 당연한 것인데, 그게 왜 그렇게
도 정연의 마음에 거슬리는지 모르겠다. 정연이 강현의 눈치를 살
피며 천천히 승강기 안으로 들어갔다.

"턱에서 피 나세요."

무감한 강현의 목소리에 정연은 흠칫 놀라며 손으로 턱을 가렸
다. 강현의 시선이 정연이 들고 있는 보고서로 향해 있었다.

"아 참, 우리 최종 결과 나왔어. 김찬희 디자이너 협업쇼 무대
에 올라갈 파트, 우리야."

"잘됐네요."

하지만 목소리는 잘된 이 상황을 좋아하는 목소리가 전혀 아니
었다.

"그렇지. 다들 고생해서 한 거니까."

"다들 좋아하겠어요."

"오늘 회식하자."

"네."

"애들한테는 네가 전달해 줘."

"네."

어색한 감정들이 두 사람 사이를 조심성도 없이 유영했다. 반사
되는 문으로 힐끔, 강현을 바라보았다. 강현은 아무 생각 없어 보
이는 얼굴로 번호판을 올려다보고 있었다. 무언가 하고 싶은 말이
있었지만, 머릿속에서 전혀 정리가 되질 않아서 섣불리 말을 꺼낼
수가 없었다.

승강기에서 내리고 앞서 걸어가는 정연의 뒤로 강현이 일정한

간격을 유지하며 걸어왔다. 사무실 문을 밀고 들어가자, 사원들이 회의에서 나온 결과를 잔뜩 기대하는 눈빛으로 정연을 바라보았다.

"회의에서 나온 결과, 얘기해 줄게."

이사실로 올라가는 계단 중간에서 서두를 연 정연의 시선은 무의식중에 제자리로 돌아가 앉는 강현의 옆모습을 좇고 있었다. 그는 정연 쪽은 아예 쳐다볼 생각도 없이 PC를 켜고 그 화면에 시선을 고정시키고 있었다.

"이번 김찬희 디자이너 협업쇼에 우리 파트가 올라가기로 했어."

"대박!"

S극에 끌리는 N극처럼 자꾸만 정연의 시선이 강현에게로 향했다.

"꺄아악!"

사원들이 기쁜 마음을 숨기지 못하고 자리에서 서로를 껴안으며 환호성을 내질렀다. 좋아하는 사원들을 보며 자꾸만 입가에 흐뭇한 미소가 지어지려는 것을 참고 정연은 이사실로 올라왔다.

문을 닫는 순간, 회식에 대해서 말을 할 모양인지 자리에서 일어나는 강현의 모습이 보였다. 잠시 후, 또 한 번 사원들의 환호성 소리가 이명처럼 들려왔다.

사원들이 하루 종일 설레는 마음으로 기다린 퇴근 시간을 10분 정도 남겨 놓은 시각. 정연은 퇴근 준비를 끝내고 이사실을 나왔다.

"다들 퇴근 준비 하고 요 뒤에 있는 소고기집으로 와."

"네! 아싸, 소고기!"

사무실을 나가는 정연의 뒤를 임 비서가 따라나섰다.

"짧게 인사만 하고 가야지."

"왜요. 식사하고 가시죠."

"애들 먹다가 체할라. 그래도 이번엔 엄청 고생들 했는데."

"……."

"왜 부정 안 해 줘?"

임 비서가 멋쩍게 웃어 보이며 입술을 떼어 냈다.

"다른 데 가서 저녁 같이 먹고 들어가요. 이사님. 전 절대 안 체해요."

정연은 도착한 소고기집에 미리 주문을 하고, 이따 사원들이 오면 바로 먹을 수 있게 세팅까지 부탁했다. 그리고 세팅이 거의 다 끝날 때쯤, 문 쪽이 시끌벅적하더니, 팀원들이 몰려 들어왔다.

미어캣처럼 허리를 꼿꼿하게 세우고 문 쪽을 기웃거리는 정연을 옆에 앉은 임 비서가 의미심장하게 바라보았다. 사실, 임 비서는 요 며칠 전부터 정연에게 보이는 작은 행동 변화에 온 촉각을 기울이고 있었다. 처음에는 은근히 닿는 듯했던 정연의 시선이 어느 순간부터 대놓고 강현을 향해 있었다. 이사실로 올라가는 계단에 서부터 문을 닫는 순간까지도 그녀의 눈동자를 가득 채우고 있는 건 강현이었다.

그건 오래도록 정연을 모셔 왔던 임 비서가 난생처음 보는 모습이었지만 확신할 수 있었다. 언제나 업무에만 열정적으로 타오르던 그녀의 눈빛이 그를 향해 있을 때 보이는 감정은 '관심'과 '호감'이었다. 임 비서는 소리 없이 정연을 보며 웃었다.

"양 팀장은?"

마지막 팀원이 들어오고 닫힌 문이 더는 열릴 생각을 하지 않자, 정연은 꼿꼿하게 세웠던 허리에 힘을 풀며 물었다.

"양 팀장님께서는 나오기 직전에 권혜림 이사님이 잠깐 내려오셔서 말씀 좀 나누시다가 오신대요."

"아, 그래?"

대체, 두 사람은 얼마나 친한 거야? 과연, 두 사람은 무슨 대화를 할까? 설마, 권 이사 눈치 없이 남의 파트 회식 자리에까지 들러붙는 건 아니겠지?

자신이 인식을 하지 못하는 사이에 정연의 뇌 구조는 온통 강현으로 채워져 있었다. 그러는 와중에 팀원들은 생고기를 철판 위에 올리고 부지런히 빈 잔을 술로 채운 후, 정연의 말을 기다렸다. 하지만 정연은 깊은 사념에 빠진 채, 아무 반응도 보이지 않고 있었다.

임 비서가 조심스럽게 정연의 귀에 입술을 가져다 대고 속삭였다.

"이사님. 한마디 하시죠. 다들 기다려요."

그제야, 정연은 아릴 정도로 제 머리를 가득 채우고 있던 강현의 생각을 잠시 밀어 냈다.

"양 팀장 오면, 그때 할게. 일단 다들 먹어."

정연의 말이 떨어지기가 무섭게 팀원들은 소고기를 향해 며칠은 굶은 아기 맹수들처럼 전투적으로 달려들었다. 소고기는 덜 익혀 먹어도 괜찮다며 거의 생고기 수준으로 서슴지 않고 먹는 사원들도 있었다. 강현의 모습은 여전히 보이지 않았다.

"나 잠깐 화장실 좀 다녀올게."

자리에서 일어나 화장실로 가는 동안에도 정연의 시선은 여전히 문 쪽을 향해 있었다. 그때, 투명한 문 너머로 저만치에서 걸어오는 강현의 모습이 보였다. 정연이 냉큼 화장실 안으로 뛰어 들어갔다.

"왜 저렇게 늦게 와? 뭐 그리도 중요한 대화를 나눴기에?"

거울을 보며 옷매무시를 정리하고 나오자, 룸 안이 말랑말랑한 여사원들의 목소리로 시끌시끌했다.

"팀장님! 제 옆에 앉으세요!"

"아니요! 여기 앉으세요! 저희 옆에!"

"이리 오세요. 팀장님! 이리!"

"헐. 거기 이사님 옆자린데?"

마지막에 들려오는 여사원 목소리에 정연은 강현이 제 옆자리에 앉았다는 것을 쉽게 파악할 수 있었다. 안으로 들어서자, 강현의 투명한 다갈색 눈이 정연에게 잠시 머물렀다가 거두어졌다. 정연은 모든 여사원들의 은근한 질투와 부러움을 한 몸에 받으며 강현의 옆인 제자리에 앉았다.

"양 팀장 왔으니까, 이제 한 잔씩 해야지."

정연이 앞에 놓인 술잔을 공중으로 들어 올리자, 팀원들이 기다렸다는 듯이 술잔을 향해 손을 뻗었다. 뒤늦게 와 술잔이 빈 강현에겐 앞에 앉아 있는 여사원이 사심을 잔뜩 담은 얼굴을 하고서는 술을 따라 주고 있었다.

술을 채운 강현의 잔이 정연의 잔 옆으로 다가왔다. 그런데 정연은 마치 강현이 곁으로 가까이 다가와 완전히 닿은 것처럼 몸이 찌릿했다. 그리고 일순간 제 몸에서 보인 반응에 당황했다.

'뭐야. 내가 왜 이러지?'

"한 말씀 하시죠. 이사님."

호탕한 목소리로 재촉하는 과장의 말에도 여전히 정연의 신경은 온통 강현에게 기울어져 있는 상태로 말을 이어 나갔다.

"모두들 수고했고. 다음에도 이런 좋은 기회 잡을 수 있도록 더욱 노력하자. 건배."

"건배에!"

정연은 제 술을 들이켜며 옆에 앉은 강현을 굉장히 의식했다. 술을 넘기면서 꾸물꾸물하게 움직이는 그의 목울대는 다른 남자하고 확연히 다른 분위기를 소유하고 있었다. 아래로 느슨하게 깔고 있는 시선도 남다르게 보였다.

"팀장님 이거 드셔 보세요! 너무 맛있어요!"

강현이 빈 술잔을 내려놓자마자 언제 쌌는지, 여사원 한 명이 앙증맞은 쌈 하나를 강현에게 수줍게 내밀었다.

"제가 먹을게요. 나영 씨 드세요."

"팀장님도 참……. 저 손 너무 민망해요!"

코에 무언가가 막힌 듯, 모기처럼 앵앵거리는 나영의 목소리에 정연의 심기가 굉장히 불편해져 왔다. 그 불편한 심기는 고스란히 얼굴에 드러났다. 정연의 얼굴이 많이 굳어져 있었지만, 이미 모두의 관심은 강현에게로 쏠려 있었기 때문에 아무도 눈치를 차리진 못했다.

정연은 상추에 고기를 올려놓고 젓가락으로 쌈장을 찍다가 그만 툭, 하고 바닥에 흘려 버리고 말았다.

"어머."

들릴 듯 말 듯 한 정연의 목소리에 반응하듯, 옆으로 물티슈 하나가 내밀어졌다. 시종일관 제게 아무 신경도 안 쓰고 있을 줄 알았던 강현의 손이었다.

"양 팀장! 나영 씨 손 민망하겠다. 그냥 한 번 먹어 줘."

정연이 물티슈를 가져가자마자 눈치 없는 과장이 말을 덧붙였다. 사람들은 과장의 말에 적극적으로 호응을 하기 시작했다.

"먹어 줘! 먹어 줘!"

"나영 씨 거 먹고 나면, 다음엔 내 거어!"

아주, 신들 났구만. 신들 났어?

정연은 고기를 고무 씹어 먹듯 먹으며 사원들은 못마땅한 눈길로 훑어보았다.

사람들이 그렇게 적극적으로 호응하니, 어쩔 수 없다고 생각한 강현이 나영에게로 손을 뻗었다.

"손 말구요. 직접 받아먹어 주세요!"

"직접! 직접! 직접!"

가지가지들 해라. 정연은 제 빈 잔에 스스로 술을 따라 한 번 더 쭉 들이켜고는 빈 잔을 거칠게 탁! 내려놓았다. 순식간에 분위기가 찬물을 끼얹은 것처럼 살벌해졌다.

"난 우리 팀이 이렇게 단합이 잘되는 팀이라는 걸 이번에 새삼 몇 번씩 깨달아. 이 단합을 모두 양 팀장이 만들어 준 것 같아서, 참 고맙기도 해."

칭찬인 내용과는 다르게 어조는 굉장히 까칠하고 강했다. 사원들은 모두 정연의 눈치를 살피며 침묵자들이 되어 소고기를 뒤집고 술을 마셨다. 방 안에는 소고기가 구워지고 술을 마시는 소리만 넘실댈 뿐이었다.

옆에서 임 비서가 낮게 헛기침을 해 보였다. 그만, 일어나자는 무언의 뜻이었다.

어쩐지, 일어나고 싶지 않지만 일어나야 할 상황이라는 것을 깨달은 정연이 무거운 엉덩이를 들고 일어났다.

"내가 이쯤에서 빠져 주는 것이 좋겠지?"

다들 말로는 아니요! 더 같이 있다 가세요. 이사님! 하면서도 눈빛과 입가에 은근히 미소를 지으며 좋아하는 것을 정연은 마주쳐 버리고 말았다.

"많이 먹어도 상관은 없어. 대신, 내일 일에는 지장 없을 정도로만 먹고, 마시도록."

"네!"

"계산은 넉넉하게 하고 갈 텐데, 그 이후에 나오는 것들은……. 양 팀장."

"네."

강현이 살포시 고개를 들어 서 있는 정연을 마주 봤다. 항상 올려다보던 강현을 위에서 내려다보니, 느낌이 달랐다. 아무리 부정하려고 해도 너무 귀여워 보여 자꾸만 어루만지고 싶은 충동이 몇 번이고 정연을 위협했다.

"양 팀장 법인 카드로 계산하도록 해."

"네. 알겠습니다."

"그럼, 다들 내일 보자."

"네! 조심히 들어가세요. 이사님!"

임 비서와 함께 가게를 빠져나왔다. 안이 워낙 후끈해서 그런지, 미적지근한 바람도 시원하게 느껴졌다. 정연이 나오자마자 분위기는 금세 달아오르는 거 같았다. 사람들은 왁자지껄 떠들며 기쁨을 만끽하느라 여념들이 없었다.

정연은 그 소리에 가만히 집중을 해 보았다. 간간히 강현의 목소리가 들려오는 것 같기도 했고, 아닌 것 같기도 했다.

"뭐 먹을까요. 이사님?"

유일하게 제 옆에 언제나 있어 주는 임 비서의 물음에 정연은 조금 떨어져 있는 가게를 손짓했다.

"오랜만에 먹고 싶네."

"오, 저 순댓국 진짜 좋아하는 건 또 어떻게 아셔 가지고. 순댓국에 가볍게 한잔, 괜찮으시죠?"

"응. 좋아. 그게 가벼워질지는 모르겠다만."

"내일 업무에 지장 없을 정도로만 마시면 될 것 같습니다."

장난스러운 임 비서의 말에 정연이 실없이 웃었다.

"그런데, 임 비서는 집에 안 들어가 봐도 돼? 시어머니 오셨다고 그랬잖아."

"네. 남편이 10시 전까지만 들어오래요. 이런 일 별로 흔치 않았잖아요. 그리고 저희 시어머니 고지식한 분 아니세요. 회사 생활한다고 며느리를 얼마나 아끼시는데요."

"좋은 분 만난 거야. 임 비서 인복 많잖아."

"그러게요. 제가 인복 하나는 끝내주죠. 이렇게 카리스마 넘치고 능력 있는 리더를 모시는 것 자체가, 제겐 큰 인복이니까."

"오글거리게……."

싫지 않게 툴툴거리는 정연을 임 비서는 따뜻한 눈빛으로 바라보았다. 그런 임 비서의 시선이 느껴졌는지, 정연이 머쓱해져서는 왜, 하고 무심하게 물었다.

"근데 이사님."

"응. 말해 봐."

"저……."

"……."

"모둠 순대도 하나 시켜도 되나요?"

"뭐?"

진지한 무언가를 말할 줄 알았던 임 비서의 조심스러운 질문에 정연은 어이가 없어 크게 웃음을 터트리고 말았다.

"그래. 시켜라. 시켜."

"소(小) 말고 중(中)짜리로. 괜찮아요?"

"그래. 시켜. 시켜. 먹고 싶은 거 다 시켜!"

소고기집에서 꽤 떨어져 있는 순댓국집으로 들어가기 직전, 정연의 고개가 여태 자신이 걸어온 방향으로 향했다. 무언가를 두고 온 것처럼, 마음이 못내 불안하고 불편했다.

안 보려고 무던히도 애썼다. 자기가 좋아했던 그 얼굴을 그대로 하고 있는 그녀를 피해 다니기는 여간 힘든 것이 아니었다.

모두 헛짓거리라는 것을 알면서도 강현은 필사적으로 제 본능을 눌러 담으며 참고 또 참았다. 지나가다 몸이 잠깐만 스쳐도 즉각적으로 반응하는 두근거림과 묘한 감정 속에서 부풀어 오르는 그녀를 향한 마음들은 금방이라도 폭발해 버릴 것만 같았다.

대화를 하다 보면 계속해서 더 대화를 나누고 싶고, 얼굴을 바라보고만 있어도 좋았다. 다른 여자들에게서는 느낄 수 없는 노련하면서도 성숙한 모습, 그러면서도 은근히 보이는 허당 기질은 귀엽기까지 했다.

옆에 두고 싶었던 간절한 욕구와 욕망은 전혀 가시지 않았고 시간이 지날수록 더욱 짙어지고 있었다. 하지만 쉽게 다가갈 수는 없었다. 그날의 조각들이 어색한 감정으로 두 사람 사이를 자꾸만 갈

라놓는 기분이었다. 아직도 그날, 자신을 싫어하지 않느냐는 말에 부정을 하지 않았던 것이 간간이 떠올랐다.

강현은 자신이 이렇게 '소심한' 심장을 가지고 있다는 것을 이번에 처음 깨달았다.

"팀장님. 저희랑 2차 가셔야죠!"

그녀가 떠나 강현에게는 전혀 의미 없는 자리가 되어 버렸기에 회식의 연장을 갈 필요가 없었다.

"전 됐습니다."

"아, 왜요! 팀장님! 같이 가세요오!"

나이가 어려서 그런가, 상대방의 기분은 전혀 아랑곳하지 않고 달라붙어서 징징거리는 여직원들에게 강현은 슬슬 짜증이 몰려오기 시작했다.

그러다가 문득, 자신과 정연의 관계를 상기시켰다. 섣불리 마음을 고백했다가는 그녀 또한 자신을 딱, 이 정도의 존재로만 인식할 것 같았다. 복잡하게 엉켜 있는 실타래는 전혀 풀릴 기미 없이 다시 한번 제 몸들을 꽜다.

"많이 피곤하네요. 2차는 여러분들끼리 가세요."

강현이 법인 카드를 과장에게 건네주자, 여사원들의 서운한 한숨이 여기저기에서 터져 나왔다.

"이사님 말씀대로, 내일 일에 지장이 없을 정도로만 드시고 조심히 집에 들어가시길 바랍니다."

다시 한 번 더 생각해 보라는 여사원들의 아우성을 뒤로하고 강현은 걸음을 재촉했다.

살짝 취기가 올라오는 몸을 달래기 위해 강현은 조금 걷기로 했다. 오래도록 꺼내지 않아 손에서 감기는 게 어색한 이어폰을 풀어 휴대전화에 연결하고 귀에 꽂았다. Family Of The Year의 'Hero'가 강현의 귓가에 기분 좋게 퍼져 갔다.

공터를 나와 시내에 접어든 강현은 귓가에 퍼지는 팝을 들으며 천천히 걸음을 내디뎠다. 서로 어깨동무를 하며 뭐라 고함을 지르고 있는 회사원들을 지나, 붉어진 얼굴을 하고 펀치 기계 앞에 서서 웃고 떠드는 대학생들을 지나, 지친 기색이 역력한 모습으로 어깨를 두들기고 있는 주방복을 입은 남자를 지나, 테이크아웃 컵을 들고 담배를 피우고 있는 사람을 지나, 서로 헤어지기 싫어 끌어안고 있는 커플들을 막 지나치고 있을 때였다.

문득, 귀에서 잔잔하게 퍼지던 노랫소리가 끊기고 진동이 울렸다. 액정을 보니, 회식 자리에서 정연과 먼저 나갔던 임 비서였다.

— 어머, 팀장님. 지금 어디세요?

강현이 전화를 받자마자 임 비서가 다급하게 물어 왔다.

"이제 소고기집에서 나와 집에 가는 길입니다. 무슨 일 있으세요?"

— 다름이 아니라, 저랑 이사님이 소고기집에서 나와 한잔했는데……. 생각보다 좀 많이 마셔서요. 아, 일단 결론은 그게 아니고 제가 화장실을 갔다 온 사이에 이사님이 사라지셨어요. 저 혼자 찾기는 좀 무리인 것 같고 다른 사람이나 경찰서에 신고를 하기…….

"어딥니까. 거기?"

임 비서의 말을 차분하게 듣고 있을 수가 없었다. 강현은 놀란 마음을 추스를 여유도 없이 급박하게 몸을 틀어 임 비서가 말해 준 장소로 달렸다.

꽤 거리가 있는 곳으로 단숨에 뛰어온 강현의 이마엔 굵은 땀방울이 맺혀 있었다. 거친 숨을 몰아쉬며 도착한 강현은 주변을 애타는 마음으로 둘러보았다.

"팀장님! 여기요. 여기!"

고층 빌딩들 사이에 마련되어 있는 작은 공원에서 익숙한 목소리가 들려왔다. 임 비서가 술에 취해 벤치에 앉아 까무룩 잠이 들어 있는 정연을 붙잡고 서 있었다.

"어떻게 된 겁니까?"

"다행히도 제가 찾았습니다."

술 취한 정연이 사라졌다는 말을 듣자마자, 심장이 벼랑 끝으로 곤두박질쳐진 기분이었다. 마음이 뭉그러져 내렸던 강현은 안도의 한숨을 내쉬며 취해서 제 몸도 제대로 못 가누고 있는 정연을 지그시 내려다보았다.

"여자가 몸도 가누지 못할 만큼 술을 마시면 어떡합니까? 옆에서 안 말리시고 뭐 하셨어요?"

"죄송합니다. 이게 다 저의 불찰이죠, 뭐."

"……."

"그래도 전 기분이 좀 묘하네요. 이사님 없어지셨다고 하니까, 팀장님께서 이렇게 땀까지 흘리면서 뛰어오시는 걸 보니 말이에요."

임 비서가 뜻을 알 수 없는 의미심장한 미소를 지어 보였다.

"아, 참. 중요한 말을 잊었네. 그런데 제가 한 번 더 불찰을 저질러야 할 것 같습니다, 팀장님."

"……."

"비서로서 이사님을 직접 택시도 태워서 보내 드리고 해야 하는데, 지금 남편이 빨리 들어오라고 너무! 재촉하고 있고 또 시어머니도 와 계셔서……. 아, 그러니까 제 말은……. 혹시 괜찮으시면 팀장님께서 이사님 댁까지 좀 바래다주실 수 있으신가요?'

그건 위험한 제안이었다. 멀찍이 피해 다녀도 스스로가 꽤씸할 정도로 그녀에 대해 위험한 상상을 하는 자신인데, 알코올에 취해 이성이라는 끈이 조금 느슨해진 지금, 그녀와 단둘이 있게 된다는 건, 맹수에게 초식 동물을 맡기는 것과 마찬가지였다.

강현이 잠시 머뭇거리자, 임 비서가 굉장히 안타깝다는 듯 한숨을 크게 여러 번 내쉬었다.

"아휴우! 뭐, 팀장님께서 좀 곤란하시다면 이렇게 많이 취. 하. 신. 이사님을 그냥 혼자 택시에 태울 수밖에 없겠군요."

"……."

"이렇게나 많이 취하셔서 몸도 제대로 가누지 못하는 우리 이사님을! 혼자 보내야 한다고 생각하니, 제 마음이 참 불. 안. 하네요. 그래도 팀장님께서 안 된다면 어쩔 수 없죠."

임 비서가 있는 힘을 다해 정연을 일으켜 세웠지만 역부족인 듯 낑낑거렸다. 그러다 이내, 다리에 힘이 풀려 버렸는지 부축하고 있는 상황에서도 휘청거렸다. 그 바람에 물에 젖은 솜덩어리처럼 처져 있는 정연의 몸도 한쪽으로 위태롭게 기울어졌다. 강현이 반사적으로 벤치 위에서 떨어질 뻔한 정연의 몸을 팔로 받쳐 안았다.

"어머. 우리 이사님 큰일 날 뻔했다."

아까부터 계속 어색하게 들려오는 임 비서의 호들갑에도 강현은 신경 쓸 겨를이 없었다. 강현의 모든 신경은 제 품에 안겨 들어 세상모르게 자고 있는 그녀에게 전부 기울어져 있었다.

"아……. 과장님한테 연락을 좀 해 볼까."

"제가 집까지 모셔다드리겠습니다."

"어머! 정말 감사합니다. 팀장님!"

임 비서가 기다렸다는 듯이 옆에 두고 있던 가방을 챙겨 들었다.

"그럼, 전 막차를 타 봐야 해서 먼저 들어가 보겠습니다! 조심히 잘 모셔다 주세요!"

뒤 한 번 돌아보지 않을 기세로 뛰어가던 임 비서가 별안간 갑자기 확 돌아서서는 강현에게 소리쳤다.

"많은 건 아닌데, 저희 이사님이 술 취하시면 주사가 하나 있어요."

"……."

"되게 솔직해지거든요. 장난도 많이 치시고. 아마, 이사님이 취해서 하시는 말씀은, 다 믿으셔도 될 거예요."

싱긋 웃어 보이며 다시 제 갈 길로 뛰어간 임 비서는 막 도착한 버스에 허겁지겁 올라타서는 완전히 사라져 버렸다.

이젠 정말 단둘만 남았다.

한산한 주변이 만들어 낸 침묵 속에서 그녀의 낮은 일정한 숨소리는 강현의 품 안에서 잠재되어 있던 모든 세포들을 하나씩 깨우기 시작했다. 코끝으로 몰려오는 자극적이지 않은 그녀의 은은한 장미향은 지극히도 유혹적이었다. 심장은 평소 그녀를 마주할 때보다 훨씬 더 큰 반응을 보이기 시작했다. 도마 위에 올라 생사를 위해 마지막 발악을 하는 물고기처럼 맹렬했고, 거세며 치열했다.

속에서 넘실거리는 본색을 드러내려는 충동적인 욕망을 버텨 내기가 버거웠다. 강현은 가만히 손을 뻗어 자신을 좋아하는 남자가 옆에 있다는 게 얼마나 무서운 줄도 모르고 술에 취해 잠들어 있는 정연에게로 향했다.

그의 손이 닿은 것은 정연의 뺨이었다. 손끝에 보드라운 살결이 닿자, 강현은 자신이 현재 억누르고 있는 모든 것들을 놔 버리고 싶다는 생각이 절절했다.

"넌……. 대체, 너 싫다는 여자가 뭐 그리도 좋다고……."

혼잣말로 중얼거리는 강현의 낮은 목소리가 미적지근한 공기 중으로 흔적도 없이 흩어졌다. 그러다 갑자기 정연이 번뜩, 하고 눈을 뜨며 강현의 어깨 부근을 확 밀어 버렸다.

"만지지 마세요!"

"이사님."

"어? 양 팀장?"

방금 전까지만 해도 잔뜩 경계를 취하던 정연이 취기가 다 가시지 않은 모습으로 배시시, 웃어 보이며 안도한다.

"어. 양 팀장……."

그러다 다시, 몸을 비틀거렸고 옆에 있던 강현이 얼른 그녀를 받쳤다.

"다행이다……. 양 팀장이라서……."

"이사님?"

더 이상 그녀에게서 돌아오는 대답은 없었다.

"뭐가 다행이라는 거야……."

"……."

"정연 누나."

대답 없이 굳게 닫혀 있는 정연의 입술을 두 눈동자에 가득 담으며 강현은 오래전부터 그토록 불러 보고 싶었던 그 이름을 다시 한번 지그시 불러 본다.

"정연…… 누나."

누군가가 찬물을 냅다 들이부운 것처럼, 번쩍하고 제정신이 돌아왔을 때, 정연의 시야로 가장 먼저 들어온 것은 매일 출퇴근길에 보는 제 오피스텔 앞 편의점이었다. 그리고 다음으로 들어온 것은 그 편의점 안에 낯설지 않다 못해 극히 익숙하지만, 평범 이상의 외모를 소유하고 있어 인생을 살면서 꽤 피곤할 것 같아 보이는 강현의 모습이었다.

하지만 술기운이 완전히 달아난 것은 아닌 상태로 머리가 아주 조금 몽롱하고 기분은 은근히 들떠 있었다.

강현은 음료수 두 캔을 손에 들고 편의점을 나와, 정연의 곁으로 다가왔다.

"이제 정신이 좀 들어요?"

"네가 왜 여기 있어?"

"집 앞까지 데려다준 사람한테 그게 할 말이에요? 섭섭하게."

"……."

"우리 집이랑은 완전 반대 방향이구만……."

"큰 인심 썼다."

강현이 건넨 음료수를 받으려던 정연은 다시 뒤로 빠지는 음료수에 미간을 찌푸리며 강현을 바라보았다. 언제나 느끼는 바지만, 묘한 분위기가 드는 투명한 다갈색 눈동자는 오늘따라 유난히도 하고 싶은 말이 많아 보이는 눈빛을 하고 있었다.

"뭐."

정연이 유치할 정도로 퉁명스럽게 묻자, 강현이 굳게 다문 입술에 힘을 한번 주더니 살포시 떼어 낸다.

"끝이에요?"

"뭐가."

"큰 인심 썼다. 그리고 또 할 말 없냐고요."

강현이 무슨 말을 원하고 있는지 잘 알았지만, 이놈의 주둥이는 매일 꿀을 발라 놓은 것처럼 잘 떨어지질 않았다.

"그래요. 제가 이사님께 뭘 바라겠습니까."

뒤로 뺐던 음료가 다시 정연에게로 다가왔다. 정연은 음료를 받아 들고는 눈을 얇게 뜨고선 강현을 째려봤다.

"너 그 말, 은근히 비아냥거리는 것 같다?"

"잘못 아셨습니다."

"비아냥거린 건 아니야?"

"아니요. 은근히가 아니라, 대놓고 비아냥거린 거예요."

"너 회사 아니다, 이거지 지금?"

"회사 아니다, 이거면……. 다른 거 더 해도 되는 거예요?"

"안 돼. 절대. 그래도 한 번 상사는 영원한 상사지."

"이사님은……. 저한테 영원히 상사로 남겨지고 싶으세요?"

고요한 밤에 잘 어울리는 담백한 목소리였다.

"뭐?"

하지만 마주 보고 있는 강현의 눈빛은 결코 담백하고 담담한 감정을 담고 있는 것은 아니었다. 피로함이 찾아와 붉은빛으로 살짝 충혈이 되어 있는 그의 다갈색 눈동자는 아까부터 자신을 향해 무언가를 격렬하게 갈망하고 있는 듯했다.

"이사님이 그러고 싶으시다면, 그렇게 해 드릴게요."

"너 그게 무슨 뜻이야?"

"그냥요. 세상에 '영원한' 것은 없잖아요. 사람 일은 모르는 거니까······."

"······."

"이사님이 영원히 저를 싫어하지 않을 수도 있고······. 이사님이
제게 상사가 아닌 다른 존재가 될 수도 있고······."

잔잔하게 말을 이어 가던 강현은 만 개의 벚꽃 잎을 흩트려 놓
은 것처럼 작지만 화사한 별들이 박혀 있는 검은 하늘을 올려다보
며 깊은 숨을 들이켰다.

"내가 상사가 될 수도 있고."

여태, 잔잔하게 귓가에 퍼지던 강현의 말을 가만히 듣고 있던
정연이 마지막 말에 허탈해져서는 실없이 웃어 보였다.

"그럼, 그러고 싶으시면 그렇게 해 드린다는 뜻은 뭐야? 일부러
나 짓밟고 올라갈 수 있는 기회가 와도 대놓고 물리겠다는 거야?"

"원하신다면."

"야! 넌 나를 뭐로 보고!"

정연이 괜히 발끈해서 벌떡 일어나 허리에 손까지 올리고는 인
상을 찌푸렸다. 그러다 이내.

"그렇게 해 주면 고맙지. 나 사장 될 때까지 그럼 잘 부탁해."

배시시, 웃어 보이며 다시 자리에 폴싹 앉는다. 강현은 문득 임
비서가 가기 직전에 제게 했던 말이 떠올랐다.

'많은 건 아닌데, 저희 이사님이 술 취하시면 주사가 하나 있
어요. 되게 솔직해지거든요. 장난도 많이 치시고. 아마, 이사님이
취해서 하시는 말씀은, 다 믿으셔도 될 거예요.'

"양 팀장."

"네."

"고마워. 데려다줘서. 평소 싫어하던 상사 꼴라 되면 얄미워서
라도 이때다 싶어서, 버리고 갔을 수도 있었을 텐데. 이렇게 데려
다주고 음료수도 사다 주고……. 고마워. 진짜."

정연은 강현이 사다 준 음료로 버석하게 마른 입술을 적시고는
계속해서 말을 이어 나갔다.

"난 미안하다는 말이나 고맙다는 말 잘 안 해. 그건 뭔가 상대
방에게 꼭 지고 있다는 느낌이 들어서. 내가 살면서 배운 건 하나
야. 사람이 너무 순하면 모두가 등신으로 알고 무시하는 거. 그래
서 난 사람들한테 쉽게 내 약점 잘 안 보여. 그리고 사람의 최대
약점이 나는 '감정'이라고 생각해. 감정은 어떤 사람에게나 쉽게
절제가 될 수 없는 건데, 그 감정을 악용하는 사람들이 참, 많으니
까."

정연이 남들에게 약점을 보이지 않고 강해지기로 마음을 먹었던
건, 엄마가 뇌출혈로 쓰러져 혼수상태에 빠져 있을 때였다. 엄마가
쓰러지고 나서 정연의 생활에도 꽤 많은 타격이 왔다. 아무리 엄마
의 부재에 대해 티를 내지 않으려고 해도 엄마가 있는 애하고는
확연히 차이가 났다.

허술한 도시락, 제대로 세탁되지 않은 옷, 부모님 참관 수업에
오지 않는 엄마, 떨어져 가는 용돈…….

그러던 어느 날 학급에서 돈이 없어졌고 모두가 정연을 의심했
다. 아무리 아니라고 변명을 해도 사람들은 별로 믿어 주는 눈치가
아니었다. 그 뒤로 소문은 왜곡되어 정연은 도둑년이라는 별명까
지 얻게 되었다. 일부 학부모들은 그런 정연과 자신의 자식들이 어
울리는 것을 극토록 꺼려 했고 아이들은 부모의 영향을 받아 정연

을 무시했다.

그렇게 정연은 때로는 도둑년, 때로는 도시락도 제대로 싸 오지 못하는 거지년이 되어 있었다.

당시 이모는 남편의 사업으로 베트남에서 정리할 것이 있어 쉽게 돌아오지 못하고 있는 상태였다. 정연은 아이들이 그렇게 놀리면 매일 눈물을 글썽이며 도망쳤다. 하지만 그럴수록 아이들의 놀림은 더 심해졌다. 서러움과 분노는 언제나 그 주변을 배회하며 쉽게 떨어져 나가질 않았다.

매일 자신에게 물었다. 무시를 받지 않을 수 있는 것이 무엇이 있을까, 자신을 거지라고 도둑이라고 조롱하는 것들의 주둥이를 어떻게 하면 다물게 만들 수 있을까. 그 당시, 학생이 할 수 있는 방법은 몇 개 되지 않았다.

공부.

그리고 울지 않기로 했다. 아무리 놀려도 꿈쩍하지 않기로, 강해지기로 했다. 어느 방면에서든.

정연은 악착같이 공부했고 악착같이 눈물을 참아 냈다. 그리고 기적같이 전교 1등이라는 성적표를 받을 수 있었다. 그러고 나서 자신을 놀리는 아이들에게 말했다.

거지한테 진 니들은 뭐냐고. 왜, 이 성적도 훔쳐 갔다고 소문내고 다녀 보시지, 라고 당당하게 소리 질렀다. 그 뒤로도 성적은 1등에서 절대 내려오지 않았고, 나중에 귀국한 이모를 따라 다른 곳으로 전학을 가게 되었다.

다른 학교에서도 정연은 약점을 보이지 않고 강해지겠다는 결심을 버린 적이 없었다.

"그런데 오늘은 마음껏 보이고 싶다. 이상하게도. 그날도 고마

196

웠어. 나 맨홀에 구두 끼어서 스타킹 찢어진 날. 임 비서한테 사다
줬다고 말하라면서 약이랑 스타킹 챙겨 준 거. 아, 그것도 고맙다.
마트에서도 모른 척하고 갈 수 있는데…… 짐 들어 주고. 오늘은
물티슈도 챙겨 주고……. 우산도 만들어 주고……. 비오는 날 같
이 있어 주고……. 아, 그리고 보니까 나 양 팀장한테 고마운 거
진짜 많다. 많아. 고맙다는 말 잘 안 한다면서, 뭐 이렇게 고맙다
는 말을 남발하고 있냐. 진짜 이상하게."

정연이 살며시 웃으며 강현을 따뜻하게 바라보았다. 두 사람의
시선이 잠시 허공에서 맞닿은 채, 멈춰 있었다. 미적지근한 바람이
불어와 머리카락을 간지럽게 살랑일 때쯤, 굳게 다물어져 있던 강
현의 입술을 떨어졌다.

"그런 눈빛으로 바라보지 마세요."

"뭐?"

"이사님이 저에 대해서 모르시는 게 아주 많아요."

"……."

"그러니까, 저한테 함부로 여지 같은 거 주지 마세요. 자꾸 기
대하게 되니까……. 이사님이라면 자꾸만 착각하게 되니까."

"뭘 착각하게 되는데?"

"그냥 다요. 나 싫어하시면서……."

"아, 맞아! 그날! 너 그날 나한테 왜 그랬니?"

정연이 갑자기 무언가가 떠올랐는지, 허벅지를 탁! 치며 강현의
말을 가로막았다. 술에 취한 정연은 평소와는 다르게 너무 산만했
다. 그녀의 변화가 마냥 귀여우면서 웃긴 강현이 실소를 터트리며
물었다.

"언제요?"

"자전거 타다가 넘어져서 무릎 까진 날!"

별안간, 갑자기 격분한 정연의 목소리가 한 톤 커졌다.

"뭐? 이사님은 저 싫어하시잖아요?"

"……."

강현은 의미 없이 캔의 단면을 손바닥으로 문지르며 정연의 다음 말을 기다렸다.

"양강현 팀장님."

정연의 부름에 강현이 천천히 고개를 들어 다시 한번 그녀를 마주했다. 그녀는 여전히 자신이 경고했던 그 따뜻한 눈빛으로 강현을 바라보고 있었다.

"나 너 안 싫어해."

그 한마디가, 여태 복잡하게 엉켜 있다고 생각했던 강현의 실타래를 한순간에 풀어 주는 기분이었다.

"나한테 그렇게 잘해 주는데, 싫어할 이유가 없잖아. 난, 감정을 쉽게 들키는 것이 두려운 거지 감정이 없는 사람은…… 아니야."

아무 반응을 보이지 않는 강현에게 정연이 한 마디, 한 마디 힘을 주어 다시 한번 강조했다.

"진짜야. 나, 양 팀장 안 싫어해. 오히려 좋은 감정들이 훨씬 더 많아. 며칠 전, 그 일 때문에 양 팀장이 나한테 데면데면하게 대할 때도 자꾸만 신경이 쓰였거든. 좋은 사람 잃어버리는 거 아닌가, 걱정도 됐고. 모르겠어. 근데, 그냥 내 성격이 그래. 항상 표현하는 거에 서툴고……. 괜히 잘못 표현했다가 상처만 받지 않을까, 걱정되고."

참을 수가 없었다. 자신을 바라보고 있는 다정한 눈빛도, 자신을 향해 부드럽게 말을 건네고 있는 붉고 도톰한 입술을 계속 바라만 보고 있는 것도.

견딜 수가 없었다.

더 이상은 스스로를 자제할 수가 없었다. 끊어져 버린 실타래처럼 여태 정연을 향해 있던 복잡한 감정과 함께 제 이성도 끊어진 듯싶었다.

"다시 한번 물어볼게요. 이사님은 저한테 영원히 상사로만 남겨지고 싶으세요?"

정연은 순간 제 심장이 거칠게 뛰고 있음을 느꼈다. 자신의 귓가가 울릴 정도로 크게 뛰는 심장 소리가 행여나 그에게까지 들릴세라, 조바심에 초조해져 왔다.

"대답해 줘요."

"그걸 꼭 대답해야 돼?"

"네."

"왜?"

"그래야 내가 지금 키스를 할지, 안 할지, 결정할 수 있으니까."

강현의 입술 밖으로 나온 예기치 못한 '키스'라는 노골적인 단어에 정연은 가슴 어딘가가 불이 난 것처럼 뜨거워졌다.

하지만 더 예기치 못한 것은 제 반응이었다. 뭐라고 말이라도 해야 하는데, 머릿속 어디에선가 이 상황에 얽매이지 말고 뿌리치라고 강요를 하고 있는데, 몸이 말을 듣지 않았다. 그 아우성이 점점 수그러들더니 어느 순간 아예 사라져 버리고 말았다.

그리고 그 틈을 강현이 거침없이 파고들었다.

"내가 방금 말했죠?"

여전히 수그러지지 않은 그의 갈망 어린 시선이 뜨겁게 제 입술을 훑고 있다는 것이 느껴졌다.

"응? 뭘?"

강현은 아직도 어안이 벙벙해져 있는 정연의 입술을 향해, 상체를 깊숙이 기울였다.

"나한테……."

"……."

그러고는 좁혀진 간격에 살짝 당황해하는 그녀의 허리를 팔로 힘껏 두르고는 제 품 안으로 더욱 세게 끌어당겨.

"여지 같은 거 주지 말라고."

그녀의 달콤한 입술에 제 입술을 포개었다.

⚜

다사로운 햇살이 창문을 가린 커튼 틈 사이로 들어와 정연의 얼굴 위로 배려도 없이 퍼져 갔다.

두 눈을 번쩍.

평소에는 진득하게 들러붙는 눈꺼풀을 떼는 데 버거움을 느끼던 정연의 눈이 오늘 아침엔 보름달처럼 크게 부풀어 올랐다.

"아니야……. 아니야!"

꿈이라고 생각했던 어제의 일을 부정하면 할수록 그 기억들은 제 형상들을 더욱 확장해 나갔다. 그것도 아주 선명하게. 민망할 정도로 과도하게 자리매김한 어제의 기억으로 인해, 머릿속엔 혼란스러움이 포화 상태에 이르렀다. 아무리 외면을 하려 해도 자꾸만 떠오르는 건, 서로의 입술을 거침없이 탐하던 자신과 강현의 모습이었다.

"미쳤다. 변정연! 너 진짜 제대로 미친 거야! 거기서 밀쳤어야

200

지! 거기서! 아후!"

발을 동동 구르며 제 머리를 쥐어뜯어 보아도 이미 엎질러 버린 물이요, 받아들여야 하는 잔인한 현실이었다. 충동적인 실수가 이렇게 치명적으로 정연을 배신할 줄은 전혀 몰랐다.

"오늘 당장, 양 팀장을 어떻게 보냐구!"

아직 잠에서 덜 벗어난 쉰 목소리로 내지르는 절규가 메아리처럼 방 안에서 몇 번이나 울려 퍼졌다.

이 와중에 정연을 더욱 괴롭게 하는 건, 주책없이 어제의 일을 상기시키며 즉각적인 반응을 보이고 있는 몸이었다. 정연은 여전히 강현의 온기가 남아 있는 것 같은 입술을 손끝으로 쓰다듬어 보았다.

버석하게 메말랐던 제 입술에 촉촉한 강현의 입술이 닿는 순간, 그 감촉이 너무 좋고 달콤해서 정연은 쉽게 뿌리칠 수가 없었다. 아니, 그 달콤함에 이성이 전부 녹아 사라져 버린 기분이었다.

부드럽고 능숙하게 제 입술을 벌리고 안으로 들어온 그는 이곳저곳에 제 흔적을 남겼다. 포악하고 저돌적으로 달려들다가도 소중한 무언가를 아끼듯 부드럽게 쓸어 주기도 했다. 놀랄 정도로 능숙한 그의 놀림은 금세 정연을 흥분이라는 감정으로 떠밀어 버리며 한동안 잠들어 있던 모든 감각들을 일깨울 만큼 짜릿했다.

황폐한 토지에서 완전히 말라비틀어져 죽어 버린 줄 알았는데, 키스라는 맑은 빗줄기를 뿌려 주자 살아나 버린 옥시토신이라는 발칙한 호르몬이 그날의 정연에게 쓸데없는 용기를 준 것이다.

나중에는 강현보다 더욱 적극적으로 키스를 하며 밀어붙이던 제 모습을 떠올리니 정연은 지금 당장 혀를 깨물고 죽어 버리고 싶은 심정이 간절했다.

하지만 그럴 수 없는 현실에 낙담하며 정연은 자꾸만 늘어지려는 몸을 간신히 일으켜 세웠다.

어제 마신 술의 여파로 머리가 지그시 아파 왔던 정연은 차를 두고 오랜만에 대중교통을 이용했다. 그리고 출근을 하는 동안 내내 불안했던 마음은 회사 로비에서 절정으로 치솟더니 결국, 폭발해 버리고 말았다.

승강기를 기다리고 있는데, 자신을 둘러싼 공기가 유난히도 싸한 느낌이 들어 주변을 두리번거리니, 멀찍이서 자신을 발견하고는 반갑게 달려오고 있는 강현이 보였다.

"헉."

강현이 조심성도 없이 자신이 우려했던 감정을 그대로 드러내자 정연은 아직도 내려오지 않고 있는 승강기를 초조하게 바라보았다.

"제발, 제발 빨리 좀. 빨리 좀!"

사원증으로 게이트를 찍고 점점 자신과의 간격을 좁혀 오는 강현의 눈치를 살피며 정연은 발을 동동 굴렀다. 언젠가는 마주쳐야 할 강현이지만 지금 당장은 마음의 준비가 되지 않은 상태였다. 더군다나, 주변에 너무나 많은 사원들이 둘러싸고 있어 난감함은 한층 더 깊었다.

하지만 그 마음을 아는지 모르는지, 강현의 군더더기 없는 빠른 발걸음은 단박에 정연의 옆으로 다가와 멈췄다.

"이사님."

"어, 어! 양 팀장!"

강현을 똑바로 쳐다보지 않고 오롯이 정면만 응시한 채, 정연은 어색한 목소리로 대답했다.

"저 어제 잘 들어갔다고 전화했는데, 왜 안 받으셨어요?"

강현의 말에 주변 사람들의 이목이 집중되고 있음이 절실하게 느껴졌다. 정연은 어제의 그 폭탄적인 사건이 행여나 강현의 입을 통해 가뜩이나 이쪽으로 관심을 보이고 있는 주변 사람들에게까지 퍼질까 싶어 조마조마한 마음으로 어색하게 미소 지었다.

"아, 그래? 아, 그랬구나. 꼭 그런 거 전화로 보고할 필요는 없는데."

"이사님이 하라고 하셨잖아요."

저건 분명 일부러 그러는 거다.

표정 어딘가에서 슬그머니 드러난 장난스러운 미소만 봐도 정연은 단박에 눈치챌 수 있었다. 정연은 어딘가 모르게 자신을 놀리는 강현이 괘씸했지만, 일단 주변에서 쏟아지는 사람들의 시선을 분산시키는 것이 우선이었다.

정연이 능청맞게 손바닥을 마주치며 거짓말을 하기 위해 머리를 쥐어짰다.

"내가? 아, 그래! 우리 팀 어제 회식했는데, 우리 양 팀장이 너무 취해서 내가 너무 걱정이 돼서 그랬지!"

정연의 허둥거림을 지그시 바라보던 강현이 실소를 터트렸다. 그러다가 이내, 입술 끝을 살포시 위로 끌어당겨 미소 지으며 담백한 목소리로 말했다.

"근데 아까부터 왜 자꾸 제 시선을 피하세요?"

"어? 내가?"

당황해서 어쩔 줄 몰라 하는 정연에게 가만히 상체를 기울인 그는 귀에 입술을 가져다 대고 낮게 속닥였다.

"어제 일 때문에 부끄러워서 그러세요?"

귀에 자극적으로 들려오는 목소리와 뜨거운 온도의 입김에 정연의 귀는 금세 붉게 물들어져 버렸다. 정연이 아무 조치도 취하지 못하고 그대로 멈칫, 했고 곧이어 승강기가 도착했다.

사람들은 사납기 그지없는 메두사 정연이 당황해하는 모습에 전혀 적응하지 못하는 얼굴과 호기심 어린 눈빛으로 승강기에 올라탔다.

"뭐 하는 거야?"

승강기가 닫히고 주변에 둘만 남은 것을 확인한 정연은 저를 마주 보고 서 있는 강현을 향해 사납게 물었다.

"뭐가요?"

그가 전혀 모르겠다는 말간 얼굴로 되물었다.

"뭐가요? 다른 사원들 다 보는 앞에서 상사한테 귓속말이나 해 대고. 그게 무슨 짓이냐고."

"그럼 대놓고 할 걸 그랬나 봐요."

"뭐, 뭐?"

정연은 이렇게 누구와 대화를 나눌 때, 말문이 막혀 본 적이 없었다. 당황한 적은 더더욱 없었고!

"그걸 원하시는 거예요?"

"양 팀장!"

또한 심장 부근이 욱신거리고, 온몸이 뜨거워진 적도 없었다! 아무래도 어제의 키스 여파가 세긴 센 모양이었다.

"그리고 맨날 그놈의 상사 타령……."

"저기, 양 팀장!"

"알겠습니다. 그럼 존경하는 상사님께 뭐 하나만 물어보죠."

그의 억지가 딱히 좋은 의미로 받아들여지지는 않았다. 정연은 잔뜩 긴장한 얼굴로 강현의 말을 기다렸다. 제발, 어제의 일과는 전혀 상관없는 말이 나오길 바라며.

"우리 관계가 밖에서도 계속해서 상사와 부하 사원 관계가 되는 겁니까?"

"뭐, 뭐?"

당황해서 나오는 말이라고는 아까부터 계속 양 팀장만 불러 대고 뭐밖에 없는 자신이 정연은 답답했다.

누구 앞에서도 쉽게 당황하지 않는 자신인데, 얼마 되지 않는 시간 동안 몇십 번은 저를 당황시키는 강현의 존재가 의문스럽다가도 원망스러웠다.

"왜요. 설마, 저랑 키스까지 하시고는 요즘 애들 말로 그냥 쌩 까려고 하신 건 아니죠?"

상체를 기울여 정연의 눈동자를 마주하고 있는 강현의 우수에 찬 다갈색 눈동자가 화사해 보일 정도로 반짝였다.

"그러면 저 매우 섭섭합니다. 이사님."

아무도 없는 주변을 정연은 괜스레 다시 한 번 더 두리번거렸다.

"실수 아니었어?"

"절대 아니에요. 실수로 입술 막 그렇게 가볍게 굴리는 남자 아닙니다. 절 뭐로 보시고……."

"……."

"이거, 비싼 입술이에요."

강현이 제 입술을 살포시 내밀고서는 손가락으로 톡톡 쳤다.

젠장, 그 모습이 지독히도 섹시하면서 귀엽게 느껴졌다.

사실, 할 수 있다면 최선을 다해 모른 척하려고 했다. 무조건 우기려고 했다. 그런 일은 절대 없었다고. 하지만 그런 어설픈 우김이 강현에게 절대 통할 것 같지는 않았다.

"이사님과 저의 앞으로의 관계 여부에 대해 합당한 조치를 취해 주실 거라 믿고 기다리고 있겠습니다. 그리고⋯⋯."

주변을 너무 의식하는 정연을 따라 강현이 주변을 의식하는 척하며 손으로 입술을 막고 다시 정연의 귀에 작게 속삭였다.

"한 번으로 끝내기엔 아쉽지 않았어요?"

"뭐어?!"

당황해서 펄쩍 뛰는 정연에게 강현은 여유로운 미소를 지어 보이며 승강기 안으로 몸을 싣고서는 도톰한 혀로 제 입술을 관능적으로 훑어 보인다. 탄력 있는 그의 입술이 번들해지자, 정연은 문득 어젯밤 일을 떠올리며 몸이 뜨거워지고 있음을 느꼈다.

"내가 이사님을 원하는 것만큼, 이사님도 날 원한다는 대답, 기다릴게요."

제 2부

메두사, 큐피드 화살을 맞다

1

　그날 이후, 정연의 모든 감각 기관들은 강현을 향해 편벽되어 다른 것은 안중에도 없어 보였다.

　이사실에 앉아 있다가 강현의 목소리가 조금이라도 들리면 자리에서 벌떡, 일어나 밖의 동태를 살피는 척하며 강현을 몰래 바라보고 있었다. 그것도 몰래 볼 수밖에 없는 것이 마주치기만 하면 심장이 두근거리는 바람에 당황함을 감출 수 없었기 때문이었다. 그걸 아는지 모르는지, 강현의 행동은 전보다 더욱 적극적이게 느껴졌다.

　점심시간이 되면 샌드위치와 커피를 들고 올라와서는 함께 먹자는 둥, 회의가 끝나고 나면 드릴 말씀이 있다며 붙잡아 두고는 왜 대답을 여태 해 주지 않느냐는 둥, 야근을 끝내고 같이 저녁을 먹자고 기다리는 둥, 시도 때도 없이 틈만 나면 정연을 붙잡으며 곤란하게 만들었다.

바쁜 시기니까 쓸데없는 것에 힘 빼지 말자고 나무라며 돌아섰지만, 정연은 그에 대해 꽤 진지하게 고민을 하고 있었다.

강현에게 쏟아지는 감정이 싫은 것보다 좋은 것이 더 많았지만 고작 단 한 번의 키스로 너무 충동적인 선택을 하게 되는 건 아닐까, 하는 걱정이 있었다. 더군다나, 공사 구분이 뚜렷해야 하는 회사에서 그 본질을 흐리게 만들까 봐 신경 쓰였다. 그래서 정연에겐 강현과의 관계에 대해서 좀 더 진지하게 고민해야 할 시간이 필요했다.

그리고 그로부터 며칠 뒤, 모두가 기다렸던 김찬희 디자이너의 협업쇼가 열리는 금요일 저녁이 되었다. 꽤 오랜 시간 동안 공들였던 김찬희 디자이너의 협업쇼가 진행되는 곳은 청계천이었다. 세계가 주목하는 디자이너의 수상 위에서 펼쳐지는 이색적인 패션쇼는 수많은 취재진들과 인파들이 관심을 갖고 모여들 만큼 큰 규모의 행사였다.

아무르 대표로 오게 된 정연과 강현, 그리고 몇몇의 직원들은 이번 협업쇼를 맡은 해당 브랜드 담당자들과 가볍게 인사를 나누었다.

"아무르 변정연 이사님 아니신가요?"

정신없이 사람들과 인사를 나누던 정연을 유난히도 반가워한 사람은 이번 쇼에서 슈즈를 맡게 된 JOY 브랜드의 대표였다. 그가 특별하게 정연에게 호의를 표현하는 데는 또 다른 이유가 있기도 하다. 이번에 새로 개설하게 될 가방 파트에 현재의 조건에서 3배라는 파격적인 제안으로 몇 번이고 정연을 스카우트하려 했던 장본인이었기 때문이다.

"아, 네. 안녕하세요."

"그렇게 특출한 능력에 이렇게 변화도 없이 언제나 아름다운 외모를 유지하기도 참 힘드실 텐데. 대단하십니다!"

남자가 악수를 청하기 위해 손을 내밀었다. 정연 역시 아무 감정 없이 악수를 하기 위해 손을 뻗는 순간, 어디선가 따가운 시선이 느껴졌다. 의아해하며 주변을 둘러보던 정연의 시야로 얼마 되지 않는 거리에 서서는 이쪽 방향을 사납게 노려보고 있는 강현이 들어왔다.

기다리겠다고 통보 아닌 통보를 하던 그날 이후, 남자들하고만서 있으면 늘 저런 표정이었다.

하지만, 중요한 건.

"팀장님. 이거 드세요."

어디서 챙겨 온 건지 강현에게 수줍게 음료를 건네는 젊고 예쁜 여직원을 보면서, 정연 또한 마음이 묘하게 짜증이 나고 전혀 덤덤한 표정을 지을 수 없다는 거였다.

그렇게 서로에게 거리를 두고 은근히 묘한 감정을 드러내고 있을 때, 곧 쇼가 시작될 예정이니 자리에 착석해 달라는 안내 방송이 들려왔다. 다른 사람들과 인사와 소소한 대화를 나누고 있던 관계자들은 쇼의 차트가 적혀 있는 팸플릿을 들고 서둘러 무대 뒤에서 밖으로 나왔다.

"벌써 사람이 이렇게나 꽉 찼네?"

강현에게 음료를 건네던 여직원이 미리 자리를 확보해 놓지 못한 것에 대해 뒤에 있는 정연의 눈치를 살폈다. 어쩌면 아무리 찾아봐도 빈자리 하나가 보이질 않는다.

"건너가셔야 될 것 같은데……."

여직원이 소심한 목소리로 청계천 돌다리를 가리켰다. 정연의

얼굴에 설핏, 난처함이 드리웠다가 사라졌다. 사실, 오늘 많은 브
랜드의 담당자들이 참석하는 자리이니만큼 정연은 평소보다 훨씬
더 각별히 신경을 쓰고 나왔다. 평소에 아끼던 원피스를 입고 예쁘
지만 너무 높고 살짝 커서 잘 신지 않았던 구두까지 신고 나왔다.

평지를 걸을 때도 아찔한 구두를 신고 울퉁불퉁한 돌다리를 건
너려니 덜컥 겁이 났던 것이다.

하지만 돌다리를 꼭 건너야만 하는 상황이었다. 지금 서 있는
자리엔 특히 취재진들로 넘쳐 나서 자칫 잘못했다가는 밀려 넘어
지는 대형 사고가 일어날지도 몰랐고, 서서 보기엔 다리가 시작도
하기 전에 너무 저려 왔다. 그런 정연의 고충을 아는지 모르는지,
직원들은 폴짝폴짝 돌다리를 건너가기 시작했다.

"왜 그래요?"

돌다리 앞에서 주춤거리고 있는 정연의 뒤에 선 강현이 지그시
물어 왔다.

"어? 아니야."

대답은 덤덤하게 했지만, 높은 하이힐을 신은 발이 쉽게 돌다리
위로 떨어지질 않았다. 하필이면 강현이 뒤에 있는 것도 신경 쓰였
다.

그렇게 아슬아슬 건너고 있는 돌다리 옆으로는 정연이 싫어하는
시냇물이 흐르고 있었다. 운동화를 신었다면 가뿐히 건넜을 돌다
리를 이놈의 하이힐 때문에 중심을 잡는 것조차 버거웠다.

그때, 울퉁불퉁한 돌계단의 파인 부분을 밟았는지, 정연이 비틀
거렸다.

"엄마야!"

넘어지려고 비틀거리던 정연의 허리 위로 강한 손길이 와 닿았

다. 정연은 순간 제 허리를 잡아 주는 강현의 손길 때문에 또 한 번 고함 소리를 내지를 뻔한 것을 가까스로 참아 냈다.

"괜찮아요?"

"어? 어……. 어. 괜찮아."

어색하게 대답하며 다시 걸음을 옮기자, 허리를 감싸 주던 강현의 손길이 떨어졌다. 하지만 그 감각은 여전히 선명하게 살아 있어서 그곳이 마치 불에 데인 것처럼 뜨거웠다. 자칫 잘못하면 시냇물에 빠져 버리고 마는 아찔한 돌다리 위에서 자꾸만 뒤에 있는 강현을 신경 쓰던 정연은 정신을 차리려고 고개를 내젓는 순간 또 한 번 균형을 잃고 비틀거렸다.

"엄마야앗!"

뒤에서 팔로 다시 한번 허리를 끌어안아 잡아 준 강현 덕분에 물에 빠지는 참담한 상황은 일어나지 않았지만, 구두 한 짝이 벗겨져서는 시냇물 줄기를 따라 흘러 내려가고 있었다.

"어머, 이사님 구두 어떡……. 팀장님!"

순식간의 일이었다. 한 치의 망설임도 없이 강현이 시냇물에 발을 담그고 물줄기를 가로질러 흘러가고 있는 구두로 향했다.

"됐어! 양 팀장! 얼른 나와!"

정연의 아우성에도 강현은 걸음을 멈추지 않고 돌에 걸려 있는 구두를 집어 들어 돌아왔다. 그의 바지와 구두가 전부 젖어 있는 상태였다.

"일단 한쪽 구두도 벗고 돌다리를 건너요. 내가 여기서 잡아 줄게요."

강현이 돌다리에 올라오지 않고 여전히 시냇물에 발을 담근 채, 정연을 향해 손을 내밀었다.

"너 그러다가 감기 걸려. 얼른 올라와."

"이 정도로 감기 안 걸려요."

"사람 미안해지게 왜 그래?"

"이제 곧 쇼 시작하겠어요."

더 고집을 피워 봤자 강현에겐 아무것도 먹히지 않을 거라고 깨달은 정연은 신고 있던 나머지 구두를 벗어 제게 내민 강현의 손을 잡았다. 흔들리지 않는 강인한 힘과 저의 손을 만져 주는 부드러운 촉감이 돌다리 위에서 정연이 한없이 느꼈던 불안감을 사그리 없애 주었다. 이 손이 있다면, 그리고 곁에 강현이 있다면 돌다리가 아니라 어디든 건널 수 있을 것처럼 안도감이 들었다.

그렇게 정연은 맨발로 무사히 돌다리를 건너왔다.

"혹시 휴지 있어요?"

돌다리를 다 건너온 강현은 자신의 젖은 바지엔 전혀 신경 쓰지 않고 직원에게 받은 휴지로 물이 묻은 정연의 구두를 닦아 주었다.

"이리 줘! 내가 닦을게!"

"다 닦았어요."

그러면서도 구두 안까지 꼼꼼히 물기를 제거한 강현이 바닥에 한쪽 무릎을 꿇고 앉아서는 정연에게 그것을 내밀었다.

극진한 대우를 받는 느낌이었다. 그것은 상사를 대하는 예의가 아닌, 단순히 남자가 여자를 대하는 것도 아닌, 여자에게 깊은 감정이 있어야만 보이는 남자의 행동이었다. 아무리 자신이 상사라고 하더라도 다른 직원이었다면 떠내려가는 구두를 보며 안타까워만 했을 것이다. 그것이 결코 잘못되었다는 것을 말하려는 건 아니다.

단지, 누구나 당연히 그랬을 행동에 강현만이 특별하게 나서 준 것에 정연의 마음이 뭉클해져 왔다.

"고마워."

정연의 말에 강현이 옅은 미소를 지어 보였다. 그 미소가 마치 봄 햇살의 그것처럼 따뜻하고 평온했다.

쇼의 시작을 알리는 화려한 조명보다 더 빛나는 강현의 눈동자엔, 그만큼이나 환하게 웃고 있는 정연의 모습이 고스란히 담겨 있었다.

쇼가 진행되는 내내, 강현의 젖은 바지가 마음에 걸렸던 정연은 협업쇼에 참여한 브랜드 대표들, 그리고 김찬희 디자이너와 함께 무대 위로 올라가 인사를 하고 서둘러 내려왔다. 그러고는 가볍게 한잔하자는 여직원들 사이에 둘러싸여 있는 강현에게로 향했다.

정연이 곁으로 다가오자 여직원들은 예의상으로 같이 가자고 말했지만, 행여나 그녀가 정말 술자리에 따라간다고 할까 봐 은근히 초조해하는 눈치였다. 정연은 예전 같았으면 괘씸했을 그 모습이 이제는 워낙 익숙해져서 별 신경도 쓰이지 않았다.

"난 오늘 약속이 있어서 못 갈 것 같고, 너희들끼리 마셔. 그런데 가기 전에 양 팀장은 잠깐 나하고 어디 좀 들르자."

그렇게 강현과 함께 향한 곳은 청계천에서 조금만 걸어가면 있는 동대문이었다.

"여긴 왜요?"

"그러고 술 마시러 가려고?"

패션몰로 들어와 남성복 층으로 앞장서서 걷던 정연이 지그시 강현의 젖은 바지를 눈짓하며 말했다.

"어차피 안 가려고 했어요."

"그리고 집에 가는 것도 무리지."

"상관없는데."

"상관없기는 뭐가 없어. 그러다가 감기라도 걸리면 어쩌려고?"

"내가 자꾸만 신경 쓰여요?"

정연은 반박할 수 없는 강현의 물음에 제 마음이 들킨 것 같아 마주 보고 있던 시선을 얼른 거두었다.

"쓸데없는 소리는……."

말을 흘리며 도착한 남성복 코너에서 정연은 바지 종류가 가장 많아 보이는 가게 안으로 들어갔다.

"뭐가 마음에 들어?"

"이사님은 어떤 바지를 입은 남자가 멋있어 보일 것 같은데요?"

"아무거나 골라 입어."

"어차피 내가 입으면 다 멋있어 보일 거니까?"

"아까부터 계속 그렇게 쓸데없는 소리 할래?"

"이런 내 쓸데없는 소리가 싫지는 않은가 봐요."

"뭐?"

"지금 자꾸 웃고 있잖아요. 이사님."

"……."

그제야, 정연은 자신도 모르는 사이에 강현을 마주 보며 웃고 있다는 것을 인지했다. 인지하는 순간, 웃는 것이 민망해져 정색을 했지만 이미 늦어 버렸다는 것은 스스로도 잘 알고 있었다.

"정색하지 말아요. 웃는 모습 보고 싶어서 더 쓸데없는 소리 하고 싶어지니까."

구석에 앉아서 밥을 먹던 직원이 두 사람의 대화를 듣고 서둘러 나왔다.

"어서 오세요! 뭐 찾는 옷 있으신 거예요?"

직원의 인사에 정연과 강현의 고개가 그에게로 돌아갔다. 직원은 정연과 함께 바지를 고르고 있는 강현을 보며 격하게 감탄을 해 대기 시작했다.

"와, 형! 내가 여기서 몇 년을 일해 봤지만 형처럼 이렇게 핏 제대로인 남자 손님은 처음이에요. 얼굴은 또 왜 이렇게 작고? 혹시 모델 일 하세요?"

직원이 호들갑을 떨며 강현을 바라보던 호감 어린 눈으로 옆에 멀뚱히 서 있는 정연에게 시선을 돌렸다. 그러다 곧, 살짝 혼란스러움이 깔린 얼굴로 두 사람의 관계를 정리하는 듯 보였다.

애인 관계는 아니고, 그렇다고 조카와 이모 관계도 아닌 듯싶은데……

"이거 어때요?"

직원의 시선이 신경 쓰이던 차에 마침 옆에서 바지 하나를 들고 물어 오는 강현을 바라보았다. 바지는 지극히도 평범한 것이었다. 복숭아뼈가 도드라지는 잘 빠진 핏의 청바지.

"괜찮네. 그럼 이거 사."

"근데, 진짜 이렇게까지 신경 써 주시면 나 또 심하게 감동받는데."

"네가 아니었어도 누구라도 날 위해서 바지가 젖었다면 이렇게 해 줬을 거야."

"거짓말."

"거짓말 아니야. 그리고 말 짧게 하지 마."

"그럼 약속해요. 다른 남자가 그렇게 해 줬어도 절대 사 주지 않기로. 아니다. 차라리 그런 일이 생기면 무조건 나만 부르기로."

"내가 왜 너랑 그런 약속을 해야 되는데?"

"나만 이사님한테 특별한 사람이고 싶으니까. 나한테 이사님이 그렇듯."

예전부터 느낀 것이지만, 강현의 눈동자는 묘한 마력 같은 것이 있는 듯싶다. 청량하다고 느껴질 정도의 투명하고 우수에 찬 다갈색 눈동자를 마주 보고 있으면 걷잡을 수 없을 만큼 혼이 빨려 들어가는 기분이었다.

"이거 못 입을 거 같아요."

그런 혼동 속에서 수십 번은 더 흔들린 정연을 아는지 모르는지, 강현은 말간 얼굴로 청바지를 소중하게 껴안고서는 중얼거렸다. 그 모습이 마치, 산타 할아버지에게 처음으로 선물을 받은 아이처럼 귀여워 정연은 자신도 모르게 실없이 웃어 버리고 말았다.

"왜?"

"아까워서 어떻게 입어요. 이사님이 사 준 건데."

"계속 그렇게 입에 발린 소리 하지 말고 가서 갈아입고 와."

"기다려 주실 거죠?"

"아니. 갈 건데."

"왜 그러세요?"

강현이 정색을 하며 탈의실로 가기 위해 틀었던 몸을 다시 정연에게로 똑바로 돌려 말했다.

"뭐가."

"나 그럼 그냥 여기서 갈아입어요?"

입고 있던 바지 버클로 손을 가져다 대는 강현을 보며 정연이 급하게 손사래를 쳤다.

"알았어. 기다릴 테니까 갈아입고 나와."

강현은 탈의실로 가는 내내, 자꾸만 뒤를 힐끔 돌아보며 정연의 위치를 살폈다.

"똑바로 보고 가. 그러다가 너 부딪혀서 코 깨진다."

강현이 개구진 얼굴로 코를 부여잡으며 탈의실로 사라졌다. 계산을 하는 동안에도 직원의 눈빛엔 여전히 강현과 정연의 관계에 대한 호기심 어린 질문이 남아 있었다.

정연은 가게에서 조금 벗어난 곳에 서서 강현을 기다렸다. 잠시 뒤, 탈의실 문이 열리고 강현이 나왔다.

"어때요?"

평범했다고 생각했던 청바지는 그의 몸에 걸쳐지는 순간, 고급스러운 옷으로 바뀌어 있었다. 옷이 날개가 아니라, 양강현이 날개라는 비유가 더욱 적절해 보일 정도로.

"어울리네."

"잘 입을게요."

좋아하는 강현을 보며 괜히 정연의 마음도 뿌듯해졌다. 두 사람은 에스컬레이터를 타고 아래로 내려와 출입문으로 향했다.

"어? 잠깐만요."

옆에서 나란히 걷던 강현이 문득 걸음을 멈추더니, 아무렇지도 않게 정연의 손목을 잡고 안쪽으로 이끌었다.

"이리 와 봐요."

"어?"

얼떨결에 강현의 손목에 붙들려 간 곳은 화려한 물건들로 배치되어 있는 아기자기한 액세서리점이었다.

"뭐가 예뻐요?"

"나 이런 거 잘 안 해."

돌아서 가려는 정연을 강현이 다시 잡아끌었다.

"이거 예쁘다."

고급스러운 나비 모양에 화사한 큐빅이 박혀 있는 머리핀을 집어 든 강현이 정연의 머리 옆에 살짝 가져다 댔다.

"어울린다."

"됐어. 나 이런 거 잘 안 하고 다닌다니까."

"그럼 집에서라도 하고 있어요. 세수할 때나. 이것도 예쁘네."

이번엔 꽃 모양을 꺼내 정연의 머리에 대 보았다.

"머리핀이 확 죽네."

능청맞은 강현의 말에 정연이 못 말린다며 실소를 터트렸다. 그런 두 사람의 대화를 잠잠히 듣고 있던 직원의 눈빛이 아까 옷가게에서의 직원처럼 호기심에 가득 물들어져 있었다. 하지만 액세서리점 직원은 옷가게의 직원처럼 그 호기심을 억누르지 못하고 기어코 밖으로 끄집어내고 말았다.

"애인 사이신가 봐요."

직원의 질문에 강현과 정연이 살짝 당황해하며 서로를 마주 봤다. 그러다 곧 계속 당황해하고 있는 정연과 달리, 강현의 얼굴엔 희미한 미소가 서렸다.

"아니요. 아직은 저만 좋아해서 쫓아다니고 있는 사이예요."

강현의 덤덤하고 차분한 대답에 직원은 떨떠름하게 웃으며 건넨 돈을 받았다. 여자들이 생각하는 최고의 무기가 '나이'인데, 자신보다 훨씬 나이가 많아 보이는 여자에게 저런 멋진 남자가 쫓아다닌다는 것에 대한 일시적인 질투처럼 보였다.

계산을 하고 나온 강현이 머리핀이 두 개나 들어 있는 작은 쇼핑백을 정연에게 건넸다.

"고마워. 잘 쓸게. 근데 넌 마음에도 없는 소리 하지 마."

"오늘 하루 종일 마음에도 없는 소리 한 적 한 번도 없는데."

정연은 빠져나온 쇼핑몰을 눈짓해 보였다.

"방금."

"진심에서 우러나온 말이에요."

"웃기네."

"이사님."

시종 장난스러움이 담겨 있던 강현의 목소리가 일순간 고저 없는 깊은 목소리로 바뀌었을 때, 정연은 더 이상 가볍게 웃으면서 상황을 회피할 수가 없었다.

"이사님은 절대 가벼운 사람 아니에요. 그러니까 자꾸 이사님을 좋아하는 내 마음도 그렇게 가벼운 존재로 만들지 말아요."

"……."

오롯이 자신만을 담고 있는 강현의 투명한 다갈색 눈동자는 조금의 흔들림도 없이 완강해 보였다.

마치, 나의 세상은 당신 이외 아무것도 담을 수 없다는 듯.

그렇게 그녀를 끝없이 갈망하고 원하는 뜨거우면서도 애틋한 눈빛이 한동안 정연을 붙잡고 놓아주지 않았다.

"그리고 뭐 하나만 물어볼게요."

"뭔데?"

"정말 내가 아니었어도, 다른 사람이 그랬어도 이렇게 따로 데리고 와서 바지 사 줬을 거예요?"

다른 사람이었다면, 이런 상황 자체가 없었을 터였다. 정연은 강현이 어떤 대답을 원하고 있는지 알고 있었다. 갑자기 이런 생각이 든 자신을 이해할 수 없었지만, 정연은 강현이 원하는 대답을 들려주고 그의 화사하고 달콤한 미소가 보고 싶어졌다.

그래서 어색한 목소리로 어렵게 꺼내 보았다.

"아니. 안 그랬을 것 같아."

"됐다. 그거면 됐어요."

그의 얼굴 가득 짙고 화사한 미소가 서서히 퍼져 가기 시작했다.

마주하고 있으면 자신의 기분마저도 좋아지는 그의 환한 미소가.

집으로 돌아오자마자, 강현은 정연이 사 준 바지를 단독으로 빨아 널었다. 드레스룸 중앙을 차지하고 있는, 향긋한 섬유 유연제 향이 가득한 바지를 쳐다보는 강현의 입꼬리가 한없이 위로 휘어 올라가기 시작했다. 그 흔한 청바지가 이제, 세상에서 하나밖에 없는 가장 소중한 청바지가 되었다.

청바지의 단면을 매만지던 강현은 문득, 돌다리 위에서 제 손을 잡던 정연을 떠올렸다. 자신의 커다란 손에 들어온 그녀의 작은 손은 너무 여리고 부드러워서 세게 잡으면 행여나 부서질까 조심스러울 수밖에 없었다.

돌다리 위에서 비틀거리며 두려움에 제 손을 더욱 꽉 쥐던 그녀를 보며, 강현은 처음으로 강한 보호 본능이 일었다.

그녀를 지켜 주고 싶었다.

어디서든, 언제든지.

제 손에서 거두어지는 게 아쉬워 몇 번이고 다시 잡아 버리고 싶은 충동을 참기 위해 강현은 그 긴 쇼가 진행되는 동안 무던히도 애를 썼다.

그녀가 자신의 이런 마음을 알기나 할까.

좋아하는 여자의 곁에서 모든 세포를 지배하고 있는 남자의 본능이자, 강현에겐 절실해져 버린 욕구를 참는 게 얼마나 힘든 일인지. 이성과 얼마나 치열한 사투를 벌이고 있는지.

머릿속을 가득 차지해 단 한 순간도 사라지지 않는 정연을 떠올리며 드레스룸에서 나온 강현은 갈증이 나는 목을 축이기 위해 주방으로 몸을 틀었다.

그러다 갑자기 거실에 길게 울려 퍼지는 인터폰 소리에 깜짝 놀라 돌아섰다. 이 늦은 시간에 인터폰을 누르고 찾아올 만한 이가 없었기에 강현은 의아해하며 버튼을 눌렀다.

그리고 그 화면을 가득 채운 사람은 더욱 깊은 의아함을 갖게 만드는 인물이었다.

"권혜림?"

"선배……."

혜림은 취해 있었다. 독한 술 냄새를 풍기며 벽에 몸을 기대고 서서는 간신히 중심을 잡고 있었다. 늦은 시간이었고 온다는 연락도 없었다. 올 만한 연고는 더욱 없었다. 이 시간에 멋대로 자신의 휴식 시간을 방해한 혜림의 모습이 강현에겐 더없이 괘씸하게 보였다.

"전화 한 통도 없이 예의 없게 이게 무슨 짓이야?"

"놀러 온 후배한테 꼭 그렇게 말해야 돼?"

혜림이 금방이라도 울어 버릴 것 같은 얼굴을 하고서는 술에 절어서 어눌한 말투로 말했다. 하지만 이미 상식적으로 이해가 되지 않는 이 상황에서 기분이 상할 대로 상해 버린 강현에겐 혜림의 그런 모습 따위는 전혀 눈에 들어오지 않았다.

"몸도 제대로 못 추스를 정도로 취했으면서 이게 놀자고 온 거야? 술주정하러 온 거지."

"……."

"그리고 너랑 내가 이렇게 늦은 밤에 술 취해서 집에 찾아올 만큼 각별한 사이는 아니지 않나?"

"각별한 사이…… 아니었어? 난, 선배랑 내가 꽤 친하고 각별한 사이라고 생각 했는데."

혜림의 커다란 눈동자엔 어느새 투명한 눈물이 차오르고 있었다. 불규칙적인 호흡은 금방이라도 눈물을 터트려 버릴 것처럼 아슬아슬해 보이기도 했다.

"시간이 늦었다. 돌아가는 게 좋을 것 같아."

"선배 나한테 이러면 안 돼!"

혜림이 두 주먹을 불끈 쥐고 목에 퍼런 핏대를 세우며 강현을 향해 갑자기 고함을 내질렀다. 원망이 잔뜩 깔려 있는 목소리였다.

"권혜림."

"내가 선배를 얼마나 좋아했는데! 나한테 이렇게 잔인하게 굴면 안 된다고! 나를 이런 식으로 대하면……. 난 정말!"

오피스텔 복도에 울려 퍼지는 혜림의 목소리는 지나치게 고요한 주변의 평온함을 짓밟는 무법자처럼 느껴졌다.

"권혜림."

"다른 여자도 아니고, 왜 하필이면 그 여자야! 왜 하필이면!"

"그만해."

말리면 말릴수록 더욱 흥분해서 날뛰는 혜림의 입을 틀어막았을 때, 고이 닫혀 있던 옆집 문이 열리고 아주머니와 남자가 나왔다.

"시끄럽게 해서 죄송합니다."

강현의 사과에 아주머니와 남자는 멋쩍은 표정을 지으며 문을 잠그고 승강기로 향했다. 여전히 제 몸을 추스르지 못하고 비틀거리던 혜림이 강현의 방향으로 쓰러졌다.

　"선배. 제발…… 날…… 이렇게 힘들게 만들지 마."

　얼떨결에 혜림을 붙잡은 강현은 어정쩡한 자세로 여전히 이쪽을 바라보고 있는 아주머니와 남자의 눈치를 살피고 있었다.

　"일단 들어와."

　혜림을 이렇게 방치했다가는 주변을 더욱 소란스럽게 만들 수도 있다는 생각에 강현은 일단, 그녀를 데리고 집 안으로 들어왔다. 강현은 비틀거리며 자꾸만 제 몸에 밀착되는 혜림을 최대한 멀리하며 소파에 앉혔다. 혜림이 소파에 앉으면서 의자 귀퉁이에 손을 부딪혔다.

　"앗."

　들고 있던 가방이 바닥으로 떨어져 버리면서 안에 있는 내용물들이 전부 쏟아졌다. 혜림은 그것을 주울 여유도 없이 소파에 널브러져 있었다.

　"물 좀 마셔."

　강현은 주방으로 가서 시원한 물 한 잔을 가지고 돌아와 굶주린 좀비 자세로 소파에 얌전히 앉아 있는 혜림에게 건넸다.

　"선배……."

　"그래. 난 네 선배지, 친구가 아니야."

　강현이 건넨 시원한 물을 단숨에 들이켠 혜림은 여전히 술에 잔뜩 꼬여 버린 혀로 어눌하게 말을 이어 가기 시작했다.

　"친구는 아니지. 그렇지. 친구는 아니지. 우리 사이가."

　강현은 바닥에 여전히 널브러져 있는 혜림의 물건들을 주웠다.

파우더, 휴대전화, 지갑, 차 키……. 그리고 명함으로 향해 손을 뻗으려 할 때, 언제 내려온 건지 혜림이 명함을 낚아챘다.

"내가 정리할게."

"진작 그러지 그랬어."

"화 많이 났지?"

"너 같으면 화 안 나겠어?"

"……."

"이렇게 제멋대로 구는 사람들……."

"변 이사한테는 안 그랬잖아."

"뭐?"

예고도 없이 등장한 말에 강현이 민감하게 반응했다.

"변 이사한테는 안 그러잖아! 선배, 변 이사한테는 친절하잖아. 이번 회식 때 변 이사 취했다고 집까지 데려다줬다면서! 오늘은 물에 빠진 구두까지 건져 주고! 왜 그 여자한테는 그렇게 친절하면서 나한테는 이러는 건데!"

"이사님이 네 친구야?"

매정하다고 느껴질 정도로 냉랭하게 제 말을 끊어 버리는 강현의 말에 혜림은 놀란 듯, 생떼 같은 투정을 멈췄다.

"네가 그렇게 막 대해도 되는 사람 아니야."

쐐기를 박는 듯한, 강현의 단호함에 혜림은 또 한 번의 충격을 받은 얼굴이었다.

"그리고 설마 너, 내 뒷조사 하고 다니냐?"

"그런 거 아니야! 그런 건 아니라구! 그냥 우연치 않게 들은 것들이야. 오늘도 협업쇼 끝나고 난 선배가 그 술자리에 있을 줄 알고 갔는데…… 없어서. 그날 회식 일도 임 비서한테 들은 거야. 임 비서한테."

아무리 변명을 해도 질린다는 감정이 실린 강현의 얼굴엔 아무런 변화가 없었다. 혜림은 속이 뭉개지고 타들어 가는 고통을 속으로 호소했다.

"선배. 아니지? 설마, 아니지?"

주어 없는 말에도 무슨 의미를 담고 있는지 눈치챈 강현은 굳이 부정하지 않았다.

"그 사람. 상사 이상으로 생각하는 거야?"

"왜. 그러면 안 돼?"

"선배!"

"그러니까, 앞으로 신경 써서 조심해. 누구든지, 이사님을 함부로 대하는 사람이 있으면 내가 가만있지 않을 거니까."

"알면서도 모른 척한 거지?"

혜림은 술기운을 빌려 생긴 쓸데없는 용기에 마음을 단단히 먹고 그대로 폭발시켰다. 강현은 대답 대신, 사나운 눈빛으로 혜림을 응시했다.

"내가 선배 좋아하는 거! 알면서 모른 척한 거지!"

"아는 척할 이유가 없잖아. 어차피 받아 줄 마음도 아니었는데."

"난 선배를 오래전부터 좋아했어. 그 오랜 시간을 선배 곁에서 머물면서 매일 애태우고 마음 아파하고! 내가 얼마나 힘들었는지 알아? 그러면서도 웃는 얼굴 한 번 보면 눈 녹듯 녹아 버리고……. 그러면서 또 애타고."

"아니. 내 마음이 먼저였어."

얼이 빠진 얼굴로 자신을 눈물과 함께 바라보고 있는 혜림을 향해 강현은 흔들림 없는 냉정함으로 일축시켰다. 그 말이 얼마나 차갑고 완강한지, 반박하고 부정할 수 있는 틈조차 보이지 않았다.

"이사님을 좋아했던 내 마음이, 훨씬 먼저였다고. 넌 나하고 감히 비교도 안 돼. 그러니까 그만 까불어."

강현은 콜택시만 달랑 불러 주고서는 그 짧은 거리인 오피스텔 밑에까지도 내려와 주지 않았다. 혜림은 아쉬움과 서글픔이 가득한 눈으로 강현의 집을 올려다보다 택시에 올라탔다.

여태 비틀거리며 중심을 잡지 못했던 몸이 택시에 올라타자마자 바로 세워졌다. 그러고는 사나운 눈빛으로 멀어져 가는 강현의 집을 노려보았다.

이번 김찬희 다자이너의 협업쇼에는 아무르의 회장이자 자신의 아버지가 기대를 많이 했던 쇼였다. 그랬기에 혜림 나름대로 신경을 썼지만 결국, 좋은 결과는 언제나 그렇듯 정연에게로 돌아갔다.

아버지는 실망감을 감추지 않았고, 난생처음 혜림의 면전에 대고 정연과의 실력을 비교했다. 거기에 상처와 분노를 느낀 혜림은 오늘 가기로 했던 협업쇼의 일정도 미루고 술을 마셨다. 그러다 가방 파트 직원들이 협업쇼가 끝나고 술을 마신다는 소식을 들었고, 강현을 볼 수 있을까 싶어 그곳에 나가게 된 것이다.

하지만 그곳에서 절대 듣지 말았어야 할 강현에 대한 뜻밖의 이야기들을 전해 들었다. 강현이 시냇물에 구두가 빠진 정연을 위해 직접 물속으로 들어갔다는 이야기였다. 가뜩이나 정연의 일에 항상 적극적으로 나서는 강현이 마음이 걸렸던 혜림은 그 이야기를 접하는 순간 참을 수 없는 분개가 터져 버렸다.

그래서 찾아온 강현의 집에서 결국 세상에서 제일 듣고 싶지 않고, 부정하고 싶었던 말을 들어 버리게 된 것이다.

"말도 안 돼······. 왜, 왜 하필 변정연 그 여자냐고!"

택시 안이라는 것도 망각한 채, 혜림을 끓어오르는 감정을 터트렸다.

예쁘지도 않고 나이만 먹고 매일 못된 말만 하는 그 여자가! 대체, 왜 좋다는 거야, 왜!

정연을 말할 때, 담고 있던 강현의 진심 어린 눈빛이 혜림을 또한 번 짜증으로 몸부림치게 만들었다. 그 눈빛으로 정연을 바라보고 달콤한 말을 속삭일 강현과 그의 행동으로 인해 정연이 행복할 생각을 하니, 배알이 뒤틀려 왔다.

혜림은 자신이 이런 더러운 기분에 휩싸인 것이 모두 정연의 탓으로 느껴졌다. 그래서 견딜 수가 없었고 자신이 느끼고 있는 이 더러운 기분을 정연에게도 고스란히 느끼게 해 주고 싶었다.

어떻게 해서든.

2

이모의 연락을 받은 건, 꽤 늦은 시간에 일어나 거실 소파에 앉아 TV에서 흘러나오는 개그맨들의 음성을 무의미하게 들으며 어제 강현이 사 준 핀을 만지작거리고 있을 때였다.

'오늘 맞선 보는 날인 거 안 잊었지?'

이모는 여유도 없이 협업쇼가 끝나는 바로 다음 날인 주말에 맞선 자리를 만들어 놓으셨다. 당연히 잊지 않았다고 담담하게 대답을 했지만, 정연은 전화를 끊자마자 허둥지둥 준비를 하고 가까스로 시간에 맞춰 나와야 했다.

[양강현 팀장]

준비를 하고 약속 장소로 오는 동안 정신이 없어서 확인하지 못했던 부재중 전화 두 통과 문자 한 통은 전부 강현이었다.

[많이 바빠요? 오늘 날씨도 좋은데 가까운 공원에라도 놀러 갈래요?]

답장을 보내려고 했지만 벌써 한 시간이나 지난 문자였고, 일단 맞선이라는 자리가 잡혀 있으니 쉽게 대답해 줄 수 없는 상황이었다. 정연은 답장을 하지 않고 휴대전화를 가방 안으로 집어넣었다.

그러고는 여전히 코빼기도 보이지 않는 맞선남을 기다리며 주변을 두리번거렸다.

창가로 오후의 햇살이 부드럽게 비춰 들어오는 호텔 커피숍 안에는 유달리도 어색한 공기들이 이곳저곳에서 흐르고 있었다. 억지스러운 미소, 한층 신경 쓴 목소리, 보기만 해도 몸이 저릴 정도로 불편해 보이는 자세를 하고 있는 사람들이 보였다. 정연은 주변에 자리를 차지하고 있는 대부분의 남녀가 오늘 자신과 같은 처지로 이곳에 앉아 있다는 것을 금세 눈치챌 수 있었다.

정연은 황금 같은 주말에 쉬지도 못하고 별 관심도 없는 '결혼' 때문에 낯선 남자와 시간을 보내려고 하니 벌써부터 몸이 근질근질해져 왔다.

시작도 하지 않은 맞선 자리가 벌써부터 지루해진 정연은 기다리는 시간이 길어지는 것 같은 기분에 시계를 바라보았다. 이미 약속 시간은 지났는데, 남자의 모습은 보이지 않았다. 시간을 엄격하게 준수하는 편인 정연에게는 남자의 첫인상부터가 탐탁지 않았다.

남자를 기다리는 따분한 시간 속에 정연은 우중충한 제 마음과는 달리 화창한 창밖의 날씨를 살폈다.

"……"

[많이 바빠요? 오늘 날씨도 좋은데 가까운 공원에라도 놀러 갈

231

래요?]

방금 전에 읽고 외면했던 강현의 문자가 자꾸만 신경을 간지럽힌다. 마음 같아서는 당장 이 답답한 커피숍에서 뛰쳐나가고 싶었다. 그러곤 강현과 화창한 날씨의 기운을 느끼며 한산한 공원을 거닐고 싶었다. 정말, 그러고 싶었다.

하지만 그럴 수 없다는 현실의 벽을 넘지 못하고 정연은 우울한 얼굴로 창밖만 바라보았다. 호텔 건너편 도로에 몇 명의 남자들이 자전거를 떼로 몰고 지나가는 모습이 보였다. 불현듯, 처음 출근할 때 자전거를 타고 왔던 강현이 떠올랐다.

긴 다리로 페달을 미끄럽게 밟던 그의 모습. 그 뒤에 타면 어떤 기분일까.

강현의 허리를 꽉 끌어안고 그의 등에 살포시 얼굴을 기댄 채로 시원한 바람을 만끽한다. 그에게서 나는 향긋한 비누 냄새에 조용히 미소를 짓는 자신의 모습을 한참 동안 상상하던 정연은 갑자기 제 얼굴로 드리워지는 검은 그림자에 번뜩 정신을 차렸다.

"변정연 씨?"

남자는 정확히 약속 시간 30분 뒤에 모습을 드러냈다.

"아, 네. 안녕하세요."

"주말이라 그런지 생각보다 차가 많이 막혔네요. 많이 기다렸어요?"

"아니요. 얼마 안 기다렸습니다."

"다행이네요."

남자는 자신이 맞선에 늦은 것에 대해 미안한 기색이 하나도 없어 보였다. 하지만 이상하게도 별 신경조차 쓰이지 않았다.

"아무르 명품 브랜드에서 일하신다고 들었어요. 직급이 이사 정도 되면 연봉은 얼마인 거예요?"

앉자마자 돈 얘기라니. 처음 나와 본 맞선 자리에 대한 기대도 없었지만, 지금 이 기분은 정말 최악이었다.

"벌 만큼 벌어요."

"아무리 벌 만큼 벌어도 시집을 간다면 전 당연히 집안일만 해야 된다고 생각합니다. 저희 집이 못 사는 것도 아니고, 또 제 일이 힘든 만큼 아내가 내조를 제대로 해 줬으면 싶거든요."

"아, 네."

대답을 하면서도 정연의 머릿속에서는 강현의 모습이 떠나질 않았다. 자신이 사 준 바지를 들고 좋아하던, 가장 선명한 어제의 모습부터 맨홀에 빠진 구두를 꺼내 주던 모습, 비오는 날 무서워하는 제 곁을 지켜 주던 모습, 그리고 오피스텔 앞에서 키스를 나누던 모습까지…….

그 모습에 잠시 생각을 머문 정연의 귓불이 금세 붉게 타오르기 시작했다. 마음이 걷잡을 수 없이 뛰고 몸 어딘가가 간질간질하기도 했다.

"요리는 잘해요?"

"……."

정연은 강현의 생각에 푹 잠겨 있느라, 맞선남의 말을 듣지 못했다.

"이봐요. 변정연 씨."

참을성 없는 맞선남이 정연 쪽 테이블을 노크하며 불렀다.

"네?"

"요리는 잘하냐고요. 아시다시피, 제 직업이 판사이다 보니까 하루 종일 일하고 집에 들어오면 허기가 많이 지는 편이거든요. 전

삼시 세끼 꼬박꼬박 챙겨 먹는 타입이에요. 저희 어머니 정도는 아니어도 웬만하면 요리를 좀 잘하셨으면 싶은데."

"저 요리 잘 못 해요."

"아, 이런. 요리를 잘 못 한다면 좀⋯⋯."

남자는 그 나이 먹도록 요리 하나 제대로 안 배우고 뭘 했냐는 눈빛으로 정연을 훑어보았다. 갈수록 가관이었다.

하지만 그의 겉모습만 보면 이모가 친조카를 위해 꽤 신경을 쓰셨다는 것을 확실히 알 수 있었다. 직업은 판사에 아버지가 중소기업 대표여서 돈에 대한 걱정은 전혀 없을 것이다. 그리고 남자는 나이에 비해서 외모도 꽤 괜찮았다. 머리도 빠지지 않았고, 뱃살도 없고⋯⋯.

"정연 씨 나이가 서른넷이라고 하셨죠?"

"네."

"사실, 그 나이면 결혼을 하시기엔 너무 지나치게⋯⋯."

남자는 무슨 말을 하려다가 잠시 머뭇거렸다.

"애매한 나이인 건 아시죠?"

남자의 말은 내가 그런 당신과 어느 정도 결혼할 생각을 하고 있으니, 영광으로 알아라, 뭐 이런 뜻인가?

"결혼하면 그냥 전 저희 부모님 살뜰히 모시고 집안일만 착실히 잘해 주셨으면 싶어요. 뭐, 고작 그 가방 만드는 일쯤이야⋯⋯. 뭐, 나중에 정 하고 싶으면 부업 같은 거로도 할 수 있지 않나요?"

남자는 확실히 정연의 직업을 업신여기는 말투였다. 자신의 젊은 날을 투자하고 피와 땀을 흘리며 쌓아 온 모든 것들이 무시당하는 것 같아 기분이 상했지만 정연은 참았다.

이모의 체면이 있었기 때문이었다.

넌 우리 이모만 아니었으면 내 손에 반절 죽었어.

정연은 속으로 이모를 떠올리며 불나는 마음을 식히기 위해 이미 식을 대로 식어 맛도 없어져 버린 커피를 향해 손을 뻗었다.

그때, 익숙한 손이 다가와 커피 잔에 닿아 있는 정연의 손등 위를 살포시 덮었다. 정연이 놀라서 올려다보니, 거짓말처럼 강현이 서 있었다.

샤워를 한 지 얼마 되지 않은 모양인지, 그에게서는 평소보다 향긋한 비누 냄새가 더욱 진하게 풍겨 왔다.

"더 맛있는 커피 사 줄게요. 마시지 말아요."

"양 팀장……."

여전히 놀란 마음에 휘둥그레진 정연의 눈이 제자리로 돌아오질 못했다.

"가요. 이 자리하고 이사님 별로 어울리지 않아요."

강현이 정연의 손을 잡고 이끌었다. 하지만 정연은 곧, 정신을 바짝 차리고 자신을 감싸고 있는 강현의 손을 뿌리쳤다. 이모가 자신을 생각해서 마련해 준 맞선 자리를 이런 식으로 망치고 싶지는 않았다.

"상관하지 말고 가."

"왜 그런 말 들으면서도 가만히 있어요? 가방이 이사님한테 어떤 존재인데."

"상관하지 말고 가라고 했어."

"싫어요. 안 가요."

"양 팀장."

"내가 좋아하는 여자가 맞선을 보고 있는데, 가라 한다고 네, 알겠습니다, 가 볼게요, 하고 가는 남자가 어디 있어요! 있어도 난 아니에요. 난 그런 등신 인증 하는 취미 없다고요.”

“양 팀장!”

말은 그렇게 하면서도 정연은 한편으로는 강현이 제 곁에 있어 주는 것이 듬직하기만 했다. 어쩐지, 앞에서 시시콜콜 저를 무시하는 남자의 얼굴이 묘하게 찌그러져 갈 때마다 통쾌함에 속이 다 시원했다.

맞선남은 감히 범접할 수 없는 훤칠한 외모와 체격을 소유한 젊은 남자가, 자신이 여태 무시했던 정연을 향해 절절하면서도 대담한 고백을 하는 모습에 충격을 받은 것 같았다.

“양 팀장. 그만하고 가.”

“그리고 키스까지 한 사이인데, 이 정도는 상관해도 되는 거 아닙니까?”

터져 나온 발언에 급기야 남자는 입을 쩍 벌리고서는 정연과 강현을 번갈아 쳐다보았다.

“죄송합니다. 그런데 저 이 사람 다른 남자한테 시집 못 보내요. 아니, 절대 안 보내요. 그러니까 오늘 맞선은 없던 일로 해 주세요. 정말 죄송합니다.”

강현은 자신을 뿌리쳤던 정연의 손을 다시 잡고서는 앞에 있는 맞선남을 향해 정중히, 그러나 절대 대적할 수 없는 사나운 위압감으로 당돌하게 말했다.

“일어나요.”

그러고는 앉아 있는 정연의 손을 더욱 꽉 잡았다. 절대 놓지 않겠다는 듯.

“알았어. 잠깐만.”

정연은 그런 강현의 손을 이번엔 뿌리치지 않았다. 이미 머리는

지끈거릴 정도로 아파 왔다. 이모에게 이 상황에 대해서 어떻게 제대로 설명해야 할지 몰라 복잡했지만, 자신의 손을 잡고 있는 강현의 손이 너무 따뜻하고 좋아서 그런 복잡함 정도는 충분히 이겨낼 수 있을 것 같았다. 충동적인 선택이었다고 나중에 후회하게 되더라도 상관없을 것 같았다.

정연은 남자를 똑바로 응시하며 입가에 살며시 미소를 지었다. 그 미소가 어쩐 살벌하다고 느껴진 남자가 움찔했다.

"제가 결혼하기에는 좀 애매한 나이라고 하셨죠?"

"네? 네. 뭐……."

남자는 저를 무표정한 얼굴로 내려다보고 있는 강현의 위압감에 잔뜩 눌려 기가 죽은 모습으로 정연에게 얼버무렸다.

"애매한 나이이기는 한 것 같아요. 전 아직 상대방의 인격을 아무 배려 없이 무시하는 결혼보다는, 그래도 아직은 뜨겁게 사랑받는다는 것이 느껴지는 연애를 더 하고 싶은 나이거든요."

정연이 한쪽 손에는 핸드백을 챙겨 들고 다른 한쪽 손으로는 강현의 손을 꽉 잡은 채, 자리에서 일어나 당당한 발걸음으로 미련 없이 커피숍을 빠져나왔다.

강현과 함께 커피숍을 나온 정연은 앞에 펼쳐진 광경에 살짝 당황해했다.

"제 친구들이에요."

자전거를 타고 정연을 향해 인사하는 남자들은 아까 맞선남을 기다리면서 창밖으로 봤던 그 자전거 무리들이었다.

"안녕하세요!"

강현의 친구들은 너도나도 살가운 모습으로 정연에게 인사를 건넸다. 그러다 갑자기 웃음기 가득한 얼굴로 서로 눈치를 살피더니,

페달을 밟고 자전거를 슬슬 뒤로 빼기 시작했다.

"그럼 저희는 가 보겠습니다! 강현아! 좀 이따가 전화할게."

강현의 친구들이 금세 사라지고 그 자리엔 강현의 자전거만 덩그러니 남아 있었다.

"집에 있는데, 친구들이 자전거 타러 가자고 놀러 왔었거든요."

"아……."

"근데 진짜 내 전화 안 받은 이유가 맞선 때문이었던 거예요?"

"늦어서 허둥지둥 준비하느라."

정연은 자신의 짧은 변명에 강현의 굳은 얼굴이 펴지지 않는 것이 못내 마음에 걸렸다.

"내가 보고 싶어서 본 맞선 아니야. 이모 부탁으로 보게 된 거지……. 나도 별로 나오고 싶진 않았어."

정연은 어느새 자신이 강현을 굉장히 의식하며 변명하고 있다는 것을 인지했다. 자신이 왜 이렇게 급하고 자세하게 변명을 늘어놓고 있는지 모르겠다만, 굳어 있던 그의 얼굴이 서서히 펴지는 것을 보니 마음이 놓였다.

"밥 먹었어요?"

"아니. 아직. 너는?"

"저도 아직이요. 배 안 고파요?"

"조금 배고프려고 해."

"그럼 우리 밥 먹으러 가요."

"친구들한테 가 봐야 하는 거 아니야?"

"이사님이 옆에 있는데 제가 어딜 가요."

정연은 자전거를 이끄는 강현과 천천히 거리를 걸었다. 햇살이 쏟아지고, 산산한 바람이 불어오고, 이름을 알 수 없는 꽃잎들이 춤을 추는 듯 분분하게 날리는 거리를.

주말, 나른함이 몰려오는 이른 오후 시간에 강현과 단둘이 걷게 될 날이 올 줄은 상상조차 하지 못했던 일이었다. 하지만 더욱 상상하지 못했던 일은 자신의 맞선 자리에 나타난 강현의 존재였을지도 모른다.

"생각해 보면 너무 민망해."

"뭐가요?"

"아까 네가 대놓고 말한 거."

"키스?"

"또 대놓고 말하네."

"대놓고 말해야 다른 남자들이 껄떡거리지 않죠."

"굳이 대놓고 말 안 해도 다른 남자들이 전혀 껄떡거리지 않을걸?"

"왜요? 아까 그 남자도 눈빛이 장난 아니더만."

"대체 어딜 봐서?"

"그것도 못 느꼈어요? 큰일 날 여자네."

"……."

"남자는 남자를 잘 아는데, 분명히 느꼈어요. 아주 그 음흉한 눈동자."

아무리 되짚어 생각해 봐도 이해할 수 없는 부분이었다. 아무래도 사랑이라는 감정에 씌어 버린 콩깍지가 만들어 낸 무용한 질투에서 보인 허상임을 정연은 확신했다.

그래도 그것이 한심스러워 보이거나 싫지 않았다. 오히려 자신을 높게 사 주고 누구에게든 관심을 받을 수 있을 만한 사랑스러운 여자라는 것을 알려 주는 것 같아 기분이 좋았다.

"날씨 참, 좋다."

포근한 이불을 연상케 하는 새하얀 뭉게구름을 올려다보며 중얼거렸다.

"그런데, 저 이사님한테 물어보고 싶은 거 있어요."

여태 정연의 느린 걸음에 맞춰 나란히 걷던 강현이 멈춰 섰다.

"뭔데?"

딱 한 걸음 정도의 간격을 두고 정연이 강현을 마주 봤다.

"아까 이사님이 그 남자한테 한 말 있잖아요."

"어떤 거?"

강현을 바라보고 있는 이 시간이 좋았다. 마치 방금 전, 남자와 함께했던 지루한 시간을 꾹꾹 참아 낸 것에 대한 보상이라도 되는 것처럼, 주변을 떠도는 미적지근한 공기마저 좋게 느껴질 만큼, 정연은 지금 이 시간이 너무 좋았다.

자신의 시간에 그가 존재하고,

그의 시간에 자신이 존재하는 지금, 이 순간.

"그래도 아직은 뜨겁게 사랑받는다는 것이 느껴지는 연애를 더 하고 싶은 나이거든요, 라고 말했던 거요."

잔잔히 들려오는 강현의 목소리는 지독히도 담백했다. 정연은 그가 만들어 낸 잠깐의 침묵에 보채지 않고 가만히 기다려 주었다.

"그거 혹시, 내가 전에 물어봤던 질문의 대답이에요?"

"……."

강현이 갈망 서린 눈빛으로 제자리에 자전거를 세워 두고 정연과의 간격을 좁혀 왔다. 정연은 제 지척에 와 있는 강현을 천천히 올려다보았다.

"대답해 주세요. 이사님, 저랑 연애하고 싶으신 거죠?"

천천히 올라간 강현의 팔이 부드럽게 정연의 어깨를 쓸어 만졌다.

"나한테 사랑받고 싶은 거죠? 그것도……."

정연의 어깨 부근을 매만지던 강현의 손가락이 느긋이 다가와 정연의 도톰하고 붉은 입술을 야릇하게 쓸었다.

"아주 뜨겁게."

"……."

"난 그래 줄 자신 있는데. 언제까지라도 그래 줄 수 있는데. 그러니까, 이제 확실히 대답해 줘요. 내 속 좀 그만 애태우고."

쉽게 거부할 수 없는 달콤한 고백이었다. 그러면서도 자신을 바라보고 있는 다갈색 눈빛은 너무 진지해서 더욱 외면하기가 버거웠다. 아니, 사실 더욱 외면하기 버거운 것은 자신의 마음이었는지도 모른다.

"난 하루에도 몇 번씩 낯선 나랑 마주쳐요. 내가 이렇게 소심했었던가 싶기도 하고, 내가 이렇게 질투가 많았었나, 내가 이렇게 별일 아닌 것에 웃었던가, 내가 이렇게 누군가 때문에 땅이 꺼진 것처럼 슬프고 절망적이었던 때가 있었던가? 내가 내 감정을 조절하지 못할 때가 많아요. 그런데 이제 알았어요. 그게 전부 다, 이사님 때문이에요. 이사님을 좋아하니까, 이사님이 다른 남자와 대화하고 있으면 너무 질투가 나고, 이사님이 좋으니까, 작은 말에도 상처받아 소심해지고……. 그러면서도 이사님의 한마디에 웃고 미소 한 번에 그냥 녹아내리고……."

항상 지루하기만 했던 시간들이 어느 순간부터 그로 인해서 즐거워졌다. 자신을 위해서 우산을 만들어 주고, 자신을 위해서 시냇물에 발을 담그고, 택시를 타고 사라지는 자신을 끝까지 지켜봐 주는 남자. 자신의 행동 하나하나에 신경을 기울이며 지켜 주고 보듬어 주는 남자.

이 남자를 보며 한동안 죽어 있다고 생각했던 심장이 설렘과 행복으로 가득 차서는 걷잡을 수 없을 만큼 크게 뛰었다. 다른 여자와 마주 보고 있으면 이해할 수 없을 정도로 짜증이 몰려왔고, 자신을 외면하는 순간에는 마음이 저려 오기까지 했다. 그로 인해 뛰었던 심장은 때때로 그로 인해 다시 죽어 버리기도 했다. 그의 진심을 따지고 재기도 전에 그에게 심하게 쏠리는 자신의 마음을 더는 주체할 여유가 없었다.

억지로 미루고 싶지 않았고, 지금 당장 곁으로 다가온 그로 인해 만들어진 즐거움과 행복을 놓치고 싶지 않았다. 그 누구에게도 그를 양보하고 싶지 않다.

정연은 여전히 제 어깨에 머물러 있는 강현의 손등을 살포시 매만지며 다른 한 손으로는 그의 보드라운 뺨을 쓰다듬었다.

"나도 네가 좋다."

자신의 말 한마디에 세상의 온 상처를 다 받은 것 같다가도, 자신의 말 한마디에 세상의 온 행복을 다 얻은 것처럼 기뻐하는 강현을 보며, 정연은 느꼈다. 지금 자신의 가장 큰 기쁨과 행복은 바로.

양강현.

양강현뿐이라고.

"진짜예요?"

강현이 믿을 수 없다는 듯, 그러나 한편으론 만연하게 피어나는 기쁨을 감당할 수 없다는 얼굴로 정연을 바라보았다.

"그럼. 진짜지."

242

"그럼 우리 진짜 연애하는 거예요?"

"몰라. 부끄러워."

정연이 잠시 멈춰 있던 걸음을 옮겨 다시 걸어가기 시작했다. 그 뒤를 강현이 바짝 따라갔다.

"우리 진짜 연애하는 거 맞죠?"

그의 목소리는 더운 여름날 달콤하고 시원한 아이스크림을 먹는 아이처럼 잔뜩 들떠 있었다. 정연은 대답 대신, 자신이 할 수 있는 최대치의 친절한 미소를 지으며 강현을 바라보았다.

"보여 줄 거 있어요."

"보여 줄 거?"

힘차게 고개를 끄덕이는 강현에겐 웃음 꽃잎이 뚝뚝 떨어져 나오는 기분이었다.

강현이 정연을 이끈 곳은 다름 아닌, 자신의 집이었다. 특출한 센스가 느껴질 정도로 세련되게 꾸며진 강현의 공간은 먼지 하나 보이지 않을 정도로 깔끔했다.

정연은 처음 와 보는 강현의 낯선 공간에 어디에도 쉽게 정착하지 못하고 어정쩡하게 거실 한가운데에서 서성거렸다. 그러다 이곳에서 혼자 생활을 하는 강현의 일상을 떠올렸다.

거실 한가운데에 있는 소파에 반쯤 누워 TV를 보고 있는 강현, 주방에서 요리를 해 먹는 강현, 베란다에서 까만 밤하늘을 올려다보고 있는 강현, 살짝 열린 문틈 사이로 보이는 드레스룸에서 옷을 갈아입고 있는 강현.

"이리 와요."

창고로 쓰는 듯한 방에 자전거를 고정시키고 나온 강현은 정연의 손을 가볍게 잡고 소파 쪽으로 걸음을 옮겼다. 강현은 제 옆에 정연을 앉히고서는 상체를 서랍 쪽으로 기울여 뭔가를 꺼내 들었다.

"일단, 너무 놀라면 안 돼요."

"뭔데 그래?"

정연은 강현이 뒤집어서 가지고 있는 사진을 물끄러미 내려다보며 물었다.

"진작 말했어야 했는데, 타이밍이 좀 그랬어요. 그러니까, 그것에 대해서 실망을 한다든지 서운해하지도 않았으면 좋겠어요."

"대체 뭔데 이렇게 서론이 긴 거야?"

강현이 손에 쥐고 있던 사진을 아주 천천히 돌려 정연에게 건네주었다. 그 사진 속엔 정연이 오래도록 잊고 있었던 지난날의 어린 자신의 모습이 찍혀 있었다. 그리고 그 옆에는 어깨동무를 한 상태에서 자신을 힐끔 올려다보고 있는 앳된 남자 아이가 함께하고 있었다. 도복을 입고 있는 그 아이의 검은 띠엔 '양강현'이라는 이름이 자수로 선명하게 새겨져 있었다.

예상치도 못했던 상황이었기에 정연의 마음은 놀라움과 당황함으로 물들어졌다.

"이, 이 사진…… 이 사진 속의 꼬마가……."

정연은 사진과 제 앞에 있는 강현을 번갈아 쳐다보았다.

"저예요, 저……."

이제야 자욱한 안개에 감춰져 있던 그날들의 추억들이 살며시 제 모습을 드러냈다. 모든 것이 다 기억나지는 않지만, 자신이 지우고자 했던 그 추억에 이 아이가 있었던 것이 떠올랐다.

이날은 강현이 검은 띠를 땄다고 좋아서는 기념을 하겠다고 피자 파티를 열었던 날이었다. 검은 띠를 매고 두 주먹을 꽉 쥐며 자세를 취하던 강현은 '내가, 누나를 지켜 줄게'라는 귀여운 말로 정연을 웃게 만들기도 했다. 강현의 누나인 세정이 '네 몸이나 지켜라' 하며 뒤통수를 때려 결국 울려 버리고 말았지만…….

울던 모습도 생각난다. 입을 삐죽거리며 눈꼬리가 처지고 숨이 심하게 가빠 올라서는 와앙, 하고 큰 소리로 눈물을 터트려 버렸던 강현. 그런 강현이 안쓰럽다가도 귀여워서 달래 주며 한참을 웃곤 했던 자신의 모습까지.

자기가 줄넘기를 백 개나 할 줄 안다고 자랑하던 강현, 자신의 무릎을 베고 새근새근 잠든 강현, 세정에게 덤볐다가 코피까지 흘리며 나뒹굴던 강현까지. 잊고 지냈던 지난날의 어린 강현이 정연의 머릿속 안을 가득 채우기 시작했다.

왜, 기억해 내지 못했을까. 왜, 그를 잊어버린 걸까.

그 아이가 벌써 이렇게나 커서 자신의 앞에 있다. 그 어리고 아이 같던 강현이 벌써 이렇게 자신을 지켜 주고도 남을 정도로 듬직하게 커 있었다. 기분이 묘하고 마음이 이상해져 왔다. 지금 되찾은 건, 잊고 지냈던 지난날의 강현의 모습뿐만 아니라, 순수하고 정말 기쁨이 마음에서 우러나와 웃던 자신의 그리웠던 모습이었다.

그땐, 참 별거 아닌 것에 그렇게 행복을 느끼며 잘 웃곤 했는데…….

"이건 기억해요?"

강현이 이번에 내민 것은 강원도행 버스 티켓이었다.

"이게 뭐야?"

"기억 못 해요? 예전에 이거 누구한테 준 적 있지 않아요?"

그 말에 정연의 미간이 조금씩 구겨지기 시작했다.

강원도 티켓. 혼자 바람이라도 쐴 겸 올라탔던 버스 창문 너머로, 무슨 일이 생겼는지 어쩔 줄 몰라 하며 방황하던 군인을 본 적이 있었다. 버스에 올라타 사람들에게 사정을 이야기하던 모습도 조금씩 기억이 나기 시작했다.

"아, 근데 이걸 왜 네가……."

말을 이어 가다가 지금 제 눈앞에 있는 강현의 얼굴과 오버랩되면서 그 군인의 얼굴이 선명하게 떠올랐다.

"혹시……."

"맞아요. 그거 나예요."

"……."

"사실 미국에 있었을 때 누나를 잊고 지냈었는데, 다시 떠오르게 만들었어요. 커서 결혼한다고 해 놓고 잊고 지냈던 게 꽤씸했나? 그렇게 불쑥 나타나 버린 누나는 그 뒤로도 자주, 틈틈이 제 머릿속에 나타났어요. 마치, 어렸을 때의 추억처럼 지금 당장 함께하고 있는 것만 같아서 설레고……. 보고 싶고……. 그랬어요."

"……."

무거운 침묵을 만들며 적적한 눈길로 사진을 바라보고 있는 정연을 보며 강현은 나지막하게 한숨을 내쉬었다.

"내 첫사랑이었어요. 이사님은."

"……."

"하지만 일부러 감추려고 했던 건 아니에요. 정말이에요. 그냥, 타이밍이라는 게……."

"그럴 만도 하지."

여태 사진에 고정시키고 있던 정연의 시선이 촉촉하게 젖어서는 강현에게로 향했다.

"이사님……."

"그냥, 옛 생각 하니까 마음이 좀 묘하다."

사실, 자신들의 과거를 고백할 때 보이게 될 정연의 반응이 걱정되었던 강현은 밝히는 것을 몇 번이고 망설였다. 그러나 끝까지 숨길 수 없는 일이었고, 언젠가는 말해야 할 일이라는 것을 인지하고 있었다.

그리고 오늘, 더는 미룰 수 없다는 것을 깨달았다. 그녀의 마음이 온전히 자신을 믿는다고 생각해 버린 순간, 어떤 작은 거짓말로라도 그녀의 그 믿음을 깨트리고 싶지 않았다.

하지만 강현이 걱정할 만한 그녀의 반응은 없었다. 왜 여태 감추었냐고 실망하거나 화를 낼 줄 알았던 그녀는 오히려 자신의 반응에 불안해하는 그를 달래듯 아주 부드러운 목소리로 말했다.

"많이 놀라긴 했어. 네가 그 아이일 거라고는 정말, 꿈에도 생각 못 했던 일이거든."

"그러셨을 것 같아요."

"그래도 충분히 이해는 돼."

강현이 대답 대신, 그윽한 눈으로 그녀를 마주 보았다.

"나 같았어도 모른 척했을 거야. 난 너무 많이 변했으니까. 너 처음 오자마자 네 디자인을 분쇄기에다가 갈아 버리고 낙하산이니, 물 흐리게 하는 미꾸라지니 하면서 독설을 퍼부었는데, 거기다 대고 당신이 내 첫사랑이라고 말하고 싶지 않았겠지. 충분히 이해해. 그리고 그런 거 섭섭하다고 따지고 들 만큼, 어린 나이도 아니고. 또, 난 태생이 워낙 쿨하니까."

그녀가 어깨를 으쓱이면서 능청스럽게 말하는 것을 보자, 그제야 안도가 되었던 강현이 실소를 터트렸다.

"너 상처 많이 받았겠다."

사진을 바라보고 있는 강현의 뺨 위로 보드랍고 따뜻한 정연의 손이 와 닿았다.

"그렇지? 이렇게나 멋지게 컸는데, 내가 몰라봐 줘서 상처 많이 받았지?"

"괜찮아요. 이제 마음껏 사랑하고."

자신의 뺨을 어루만져 주고 있는 정연의 손을 제 입술로 가져와 가볍게 입을 맞춘 강현이 온유한 미소를 지었다.

"마음껏 사랑받을 수 있으니까."

"넌 내가 왜 좋았어?"

"네?"

"첫사랑이었다며. 난 그때 어땠어?"

"너무 예뻤죠. 처음엔, 악마 양세정 때문에 매일 괴로운 날 위해 하늘에서 내려 준 천사인 줄 알았어요."

"과하다."

"정말이에요. 먹고 싶은 떡볶이도 만들어 주고, 별로 재미도 없는 브루마블도 해 주고, 내가 최고라고 해 주고, 이름도 다정하게 불러 주고, 낮잠 자고 있을 때 와서 조용히 이불을 덮어 주고 가는 것도 좋았어요."

"자는 척했던 거야?"

"뽀뽀라도 해 줄까 봐."

"으이고."

앙큼한 강현의 대답에 정연이 작은 주먹으로 어깨를 콩, 하고 쥐어박았다.

"지금의 나하고는 진짜 많이 다르네. 그렇게 달라진 지금의 내가 넌 왜 좋은데?"

"여전히 예쁘잖아요. 여기서부터 여기까지 전부 다."

강현이 손가락 하나로 정연의 이마에서부터 쭉 아래로 쓸고 내려와 발끝에 닿았다.

"또. 또 좋은 이유 없어?"

"그냥 다 좋아요."

앞으로 향해 있던 몸을 정연에게로 완전히 틀어 버린 강현이 상체를 앞으로 기울여 그녀와의 간격을 좁혔다. 정연은 그런 강현을 피하지 않고 받아들이 듯, 그 자세를 유지했다.

"난 당신 숨소리마저도 너무 좋아."

더욱 가까이 다가온 강현의 이마가 정연의 이마에 맞닿았다. 뜨뜻미지근한 두 사람의 온도가 만나 금세 뜨거워졌다. 강현이 콧잔등으로 정연의 콧잔등을 간지럽게 비볐다.

"간지러워."

강현은 수줍음에 몸부림치는 정연의 허리를 꽉 감싸고 제 쪽으로 끌어당겼다. 그러고는 긴장감에 미세하게 떨고 있는 정연의 붉은 입술에 아주 가볍게 제 입술을 맞췄다. 다시 입술을 떼어 내고 서로 이마를 맞닿은 채로 정연은 강현의 볼을 부드럽게 매만졌다.

"잘 컸네. 정말, 잘 컸어. 떡볶이도 물에 씻어 먹던 녀석이……."

정연의 혼잣말을 흡수하듯, 강현이 다시 한번 그녀의 입술에 제 입술을 포개었다.

세상의 모든 것들이 바뀐 것 같았다. 평소 익숙하게 봐 왔던 길조차도 오늘따라 형형색색으로 피어나 있는 꽃들의 아름다움이 고스란히 느껴지는 상쾌한 기분이었다. 제주도의 푸른 바다처럼 에메랄드빛을 띠고 있는 청량한 하늘에 괜스레 마음이 들떠서는 자꾸만 웃음이 새어 나왔다.

아름다운 세상이야!

라며 크게 외치고 싶은 충동을 몇 번이고 참아 내며 회사에 도착한 정연은 지하 주차장에서 승강기를 기다리며 주변을 두리번거렸다.

"이사님 안 타세요?"

먼저 승강기에 올라탄 직원의 물음에 정연은 멋쩍게 웃어 보였다.

"아 참! 나 차에 뭘 두고 왔네? 먼저 올라가."

주차장 출입구까지 기웃거리던 정연의 시야로 반갑고 익숙한 차 한 대가 들어왔다. 정연은 승강기에 비춘 자신의 매무시를 다시 한 번 확인했다.

"아무래도 어색해……."

처음 꽂아 본 블링블링한 머리핀을 어색하게 바라보며 정연이 나지막하게 중얼거렸다. 강현이 사 줘서 해 봤다마는 아무리 봐도 어울리지 않는 것 같아 머리에서 떼어 냈다. 그러고는 급하게 주차장 가운데로 들어온 강현의 차로 다가갔다.

"나 기다렸어요?"

강현이 창문을 내리고 반갑게 묻자, 정연이 웃음을 감추지 못하는 얼굴로 으쓱였다.

"내 차 저기 있어. 옆에 자리 있더라."

정연의 차 옆에 나란히 주차를 한 강현이 단숨에 그녀에게로 달려왔다.

"어제 밤새도록 보고 싶어서 한숨도 못 잤어요."

"전혀 잠 못 잔 얼굴이 아닌데?"

어제보다 더욱 훤칠해 보이는 강현의 얼굴을 정연이 꼼꼼히 확인하며 말했다. 그 틈을 놓치지 않고 강현이 제게로 가까이 다가온 정연의 입술에 입을 맞췄다.

"엄마야!"

정연이 놀라서는 황급히 주변을 살폈다. 다행히 아무도 없었지만, 정연은 강현을 새초롬하게 째려보았다.

"누가 보면 어쩌려고! 큰일 나!"

"그러게 왜 가까이 다가와요? 가만 안 둘 거 뻔히 알면서."

"아무튼 내가 진짜 못산다, 못살아."

"승강기에서 한 번 더 진하게 해 볼래요?"

걸으면서 자연스럽게 자신의 허리에 손을 두르는 강현의 팔을 정연이 찰싹찰싹 때렸다.

"어휴, 야! 진짜 누가 보면 큰일 나!"

"근데 아까부터 뭐가 그렇게 큰일 난다고 그러는 거예요?"

"큰일 안 나게 생겼어? 네가 아무르의 천하에 재수 없는 메두사랑 사귀는데? 너 그 좋은 이미지 다 떨어져."

"뭐야, 그게. 그런 말도 안 되는 핑계로 괜히 나 겁주지 말아요. 그런다고 내가 안 할 줄 알고?"

막 열린 승강기 안으로 걸음을 옮기는 정연의 허리를 뒤에서 따뜻하게 끌어안는 강현의 행동에 정연은 싫지 않은 몸부림을 쳤다.

"괜히 하는 소리 아니야. 회사에선 정말 조심해. 너 그러다가 진짜 별거 아닌 놈으로 가치가 하락되면 어떡해."

"괜히 귀찮아질까 봐, 미리 선수 치는 거죠? 그런 이상한 말로."

뒤에서 강현에게 끌어안겨 있던 정연이 몸을 돌려 그를 마주 봤다. 그러고는 살짝 비틀어져 있는 넥타이를 정리해 주었다.

"진짜 그런 거 아니라니까. 너도 알다시피 우리 회사 사람들 다 나 싫어하잖아."

"익숙해져 있는 게, 너무 마음 아프다. 그런 말 하면서 아무렇지도 않아 하는 거……. 진짜, 마음 아파요."

"벌써 몇 년째인데, 뭐. 금방 익숙해지고 인정하지 않으면 내가 더 아프고 괴로워지니까."

"전에도 가만두고 싶지 않았지만, 괜히 오버하는 것 같아서 내버려 뒀는데, 앞으로는 내 여자를 그렇게 함부로 말하는 사람들 가만 안 둘 거예요."

"철없는 소리 하지……."

정연의 말이 끝나기도 전에 띵— 소리와 함께 승강기가 멈췄다.

"보고서 제대로 제출 안 해? 내가 제대로 제출하라고 몇 번을 말했어!"

안으로 올라타려던 직원들은 밀폐된 승강기 안에서 강현의 멱살을 잡고 윽박을 지르고 있는 정연의 모습에 놀라서는 뒤로 슬금슬금 물러섰다. 차마 같이 탈 용기가 나지 않았던 사원들은 그대로 승강기 문이 닫히는 것을 지켜볼 수밖에 없었다.

승강기 문이 닫히자마자 정연이 어쩔 줄 몰라 하며 꽉 쥐고 있던 강현의 구겨진 넥타이를 다시 펴 주었다.

"미안! 괜찮아?"

"몰라요."

"미안. 미안. 나도 모르게 당황해서 그랬어."

"아무리 그래도 남자 친구 멱살을 어떻게 그리 아무렇지도 않게 잡지? 나 막, 섭섭해지려고 하네."

잠깐의 시간이었지만, 강현이 넥타이로 하여금 붉게 올라와 있는 목을 어루만지며 서운함을 표출했다.

"많이 아팠어?"

정연이 그런 강현의 목을 살펴봐야 하는 건지 머뭇거리며 조심스럽게 물었다. 그런 정연을 강현이 지그시 내려다보았다.

"그렇게 미안해요?"

"그래. 미안하게 생각하고 있어."

"그럼 오늘 점심이나 같이 먹든지."

"점심?"

"예전에 사원들이랑 같이 간 이탈리안 레스토랑 하나가 있는데, 너무 맛있어요. 거기로 예약해 둘게요."

정연의 물음에 강현이 이때다 싶었는지, 냉큼 대답했다. 자신과의 점심 약속 하나로 저렇게 기뻐하는 강현을 볼 때마다 정연은 사랑을 받고 있다는 것이 절실히 느껴졌다.

그리고 자신 또한, 더 이상은 혼자 사무실에 남아 샌드위치를 먹으며 업무를 보고 싶지 않았다. 그와 치열하지만 오붓하게 마주 보고 앉아 점심을 먹고 싶었다. 매 순간을 그와 함께하고 싶었다. 그랬기에 딱히 거절할 이유가 없었다.

"그래. 그럼 대신, 웬만하면 사원들이 잘 안 가는 곳으로 가자."

"꼭 그래야 해요?"

"아직은."

정연의 타이름에 강현이 금세 수긍을 하듯 고개를 끄덕였다.

"알았어요."

"점심시간 되면 주차장으로 내려가 있어. 내 차 타고 이동하자."

"네. 근데 진짜 마음에 안 들었나 보네. 내가 사 준 머리핀."

"어?"

"가지고 와도 안 하는 거 보니까, 진짜 마음에 안 들었나 봐요."

"어떻게 알았어? 가지고 온 거?"

"벌어진 가방 안에서 봤어요. 멱살 잡힐 때."

"아니……. 머리핀이 마음에 안 드는 건 아니야. 진짜. 그냥…… 나하고 좀 안 어울리는 것 같아서. 머리핀이 너무 화려하고 귀여워."

"머리핀 줘 봐요."

강현의 제안에 정연이 가방 안에 있는 머리핀을 꺼내 살포시 내밀었다. 강현이 정연의 옆머리를 살짝 뒤로 넘겨서는 그곳에 핀을 꽂아 주었다.

"누가 보면 어쩌려고. 자꾸만 조심성 없이……."

"예쁘다."

"……잘 어울려?"

"뭔들 안 어울릴까요. 이사님한테."

"어이구! 너 능구렁이 몇 마리 사다가 해 먹었어?"

두 사람이 키득거리며 승강기에서 내려 사무실 안으로 들어왔을 때, 유난히도 사무실 분위기가 들떠 있음을 감지했다.

정연은 자신보다 미리 출근해서 자리를 지키고 있는 임 비서를 바라보았다. 임 비서는 묘한 미소를 지으며 강현과 정연을 번갈아 쳐다보더니 자리에서 일어나 예의 바르게 묵례를 취했다.

"이번 주 목요일에 1박 2일로 워크숍 일정이 잡혔습니다."

"워크숍?"

아무르의 워크숍 스케줄은 다른 회사와는 다르게 언제나 주말이 아닌 평일에 잡히곤 했다. 그래서 사원들은 워크숍을 마치 소풍처럼 여기며 항상 좋아했다.

정연은 자신의 사무실로 올라가면서 사원들을 보는 척하며 자신을 바라보고 있는 강현과 시선을 마주했다. 자신에게서 절대 떨어지지 않는 그 뜨겁고도 촉촉한 눈빛을 고스란히 받으며 사무실로 올라온 정연은 갑자기 뒤에서 느껴지는 인기척에 화들짝 놀랐다.

"왜 그러세요?"

자신이 출근하면 임 비서가 뒤따라오는 건, 언제나 있던 일이었다. 그 익숙한 일에 새삼 놀라는 정연을 보며 임 비서가 고개를 갸웃했다.

"어? 아니야. 아무것도. 그건 그렇고 갑자기 웬 워크숍이야?"

정연이 입고 있던 얇은 재킷을 벗어 옷걸이에 걸며 물었다.

"이번 협업쇼 때문에 힘들었을 심신을 위로하라는 차원에서 회장님께서 직접, 디자인 팀에게만 내린 지시라고 해요. 최고급 펜션을 예약했고, 관광버스도 세 대나 대여하시고, 음식도 최고급으로만 준비하라고 하셨대요."

임 비서의 말에 정연은 저도 모르게 콧방귀를 뀌어 버리고 말았다. 말이 좋아 온 직원들의 심신 위로 차원이지, 사실은 실력 없는 자신의 딸이 이번 일로 하여금 받았을 많은 상심을 위로하기 위한 자리임이 틀림없었다.

"그렇구나."

"이번에도 참여 안 하실 거죠?"

"어?"

참여할 생각이었다. 강현이 참여하게 될 워크숍이니까.

"음……. 내가 안 가면 임 비서도 못 가니까. 사실, 임 비서도 입사해서 워크숍 같은 거 가 본 적 없잖아. 이번에 협업쇼 때문에 많이 힘들기도 했고, 그래서 참여해 보려고 하는데, 어때?"

"저야 너무 좋죠. 집 떠나서 1박 2일이라니. 그럼 이번 워크숍 엔 이사님도 동반하는 걸로 알고 있겠습니다."

"응. 아 참, 임 비서."

"네."

"오늘 점심은 따로 샌드위치 안 사다 줘도 될 것 같아."

연한 분홍빛의 임 비서의 입술이 왜요? 라고 묻는 대신, 살며시 미소를 지어 보였다. 물어보지 않는 데는 그만한 이유가 있었다. 말을 이어 가는 정연의 시선이 무의식중으로 강현의 자리에 잠시 머물렀다가 떨어졌기 때문이었다.

"네. 알겠습니다. 그런데 이사님."

"응?"

"머리핀, 진짜 예쁘네요. 너무 잘 어울리세요."

"아, 그래? 정말?"

정연이 자신의 머리에 꽂혀 있는 머리핀을 매만지며 수줍게 웃었다.

"커피는 금방 올려 드리도록 하겠습니다."

"응. 고마워."

서류로 시선을 돌리는 정연을 바라보는 임 비서의 얼굴엔 흐뭇함이 잔뜩 걸려 있었다.

한참 서류를 보던 정연은 제 곁에 놓아두었던 짤막하게 울리는 휴대전화를 확인했다.

[나 먼저 나가 있을게요.]

강현의 문자를 확인한 정연은 업무를 보느라 인지하지 못했던 점심시간이 바짝 다가왔음을 깨닫고 벗어 둔 재킷을 챙겨 들었다. 그러고선 사원들의 눈을 피해 지하 주차장으로 내려왔다.

점심시간의 주차장은 그 어느 때보다 한산했다. 그럼에도 정연은 경계를 풀지 않고 주변을 살피며 자신의 차가 주차되어 있는 곳으로 향했다. 차가 주차되어 있는 장소에 거의 다 도달했을 때, 정연은 이미 강현이 자신의 차에 시동을 걸고 운전석에 앉아 기다리고 있는 것을 발견했다.

"내가 운전한다니까."

"출퇴근할 때 운전하는 것만으로도 힘들잖아요."

정연이 조수석에 올라타자 강현이 기다렸다는 듯이 그녀의 안전벨트를 매 주며 다정하게 말했다.

"그리고 막 이런 멋진 모습도 보여 주고 해야 되니까."

강현이 장난스럽게 팔 한쪽을 조수석 의자 위에 올려놓고 한 손으로 능숙하게 핸들을 움직이며 차를 후진해서 뺐다.

"어때요? 방금 섹시했어요?"

"어이구."

정연이 못 말린다는 얼굴로 고개를 내저었다. 그러면서도 한없이 사랑스럽다는 눈빛으로 강현을 바라보기도 했다.

"어디로 갈까요?"

"뭐 먹고 싶어?"

"전 아무거나 다 잘 먹어요. 이사님이 먹고 싶은 거 먹어요."

"음……. 아까 이탈리안 레스토랑 가고 싶다고 그랬잖아. 파스타 먹으러 갈까? 강남 쪽으로 가자. 지금 애매한 시간이라서 밀리진 않을 거야."

"네."

"점심 한 끼 먹는 데 이렇게까지 해야 되는 게 좀…… 귀찮지?"

회사 주변엔 보는 눈이 많아 점심 한 끼를 먹으려고 해도 이렇게까지 고군분투해야 한다는 것이 번거로웠지만, 두 사람 머릿속에는 오직.

"그래도 이렇게 둘이 있으니까, 너무 좋아요."

"나도. 좋아."

단둘이서만 할 수 있는, 서로에게만 집중할 수 있는 시간이 존재한다는 것만으로도 충분히 만족스럽고 행복했다.

제 3부

메두사, 큐피드와 사랑에 빠지다

1

가는 날이 장날이라더니, 하필이면 워크숍 당일의 하늘은 금방
이라도 비를 쏟아부울 기세처럼 짙은 회색빛으로 물들어져 있었
다.

정연은 그런 하늘을 근심 가득한 얼굴로 올려다보았다. 어딘가
를 갈 때, 비가 오는 건 질색이었다. 그나마 나아진 것은 예전에
강현이 선물해 준 우산이 곁에 있다는 것뿐이었다. 그러면서도 완
벽하게 떨어트리지 못한 불안감을 안고 차를 운전해서 도착한 회
사엔 대절한 관광버스가 즐비하게 늘어져 있었다.

직원들은 모두 한층 들뜬 얼굴로 버스에 속속히 올라타고 있었
다. 정연이 차에서 내려 산만한 주변을 연신 두리번거렸다. 이번
워크숍에 동반하게 될 석호와 함께 회사에 미리 도착했다는 강현
을 찾기 위해서인데 도통 보이질 않았다.

"이사님."

옆으로 임 비서가 조용히 다가왔다.

"어? 임 비서. 어떻게 이동할 거야? 나 차 가지고 왔는데, 같이 이동하자."

"아, 전 다른 비서들이랑 같이 버스 타고 이동하려고요. 워크숍 처음이라, 그런 분위기를 좀 느껴 보고 싶어서…… 괜찮으시죠?"

임 비서의 말에 정연은 괜스레 미안해졌다. 그녀가 다른 비서들과 비슷한 월급을 받으면서도 엄청난 업무량과 고지식한 상사 때문에 그 흔한 워크숍 한번 제대로 참여하지 못했기 때문이었다. 오늘따라 유난히도 화사한 옷차림과 들뜬 미소가 여태 얼마나 이 순간을 기다렸는지 대변해 주고 있었다.

"어? 어. 그럼, 괜찮지. 거기 가서 보자."

"네. 그럼 이사님도 운전 조심해서 오시구요."

정연은 미리 버스 앞에서 기다리고 있던 비서들에게 달려가는 임 비서의 뒷모습을 흐뭇하게 바라보았다.

"변 이사님."

임 비서가 가고 여전히 보이지 않는 강현을 찾는 데 집중하고 있던 정연은 뒤에서 들려오는 혜림의 목소리에 멈칫했다.

"워크숍에 다 동참하시고, 웬일이세요?"

"이번 협업쇼에 신경을 많이 쓴 우리 팀 직원들의 활력을 좀 돋워 주기 위해서 참여하게 됐습니다."

정연의 말이 끝나자마자 혜림이 푸웁, 하고 그 말을 비웃는 듯한 행동을 취했다.

"아, 죄송해요. 제가 잠깐 다른 생각을 좀 하느라."

하지만 정연은 혜림의 저런 행동이 어떤 것을 의미하고 있는지 금세 눈치챌 수 있었다. 자신을 싫어해서 조금이라도 부딪히지 않으려고 노력하는 사원들이었다. 그런 사원들이 이번 워크숍에서 정연을 반길 리가 만무했다. 그럼에도 직원들의 활력을 돋워 주기 위해 참여하게 되었다는 정연의 말에 혜림은 비웃고 있는 것이 확실했다.

"게임 같은 거 되게 많이 준비했던데, 변 이사님도 참여하실 거예요?"

"할 수 있는 건 해야죠."

"재밌겠다."

어딘가 모르게 사악해 보이는 혜림의 미소를 아니꼽게 바라보던 정연의 시야로 이쪽을 향해 반갑게 달려오고 있는 강현이 보였다. 정연은 자신도 모르게 앞에 혜림이 있다는 것도 망각해 버리고 환하게 웃어 버렸다.

"이사님. 언제 오셨어요?"

정연의 갑작스러운 행동 변화에 의아해하며 돌아보던 혜림을 그대로 지나친 강현이 정연의 앞으로 바짝 다가와 담백한 목소리로 물었다.

"나, 방금."

"워크숍 장소까지 거리가 꽤 된대요. 제가 이사님 차 운전할게요."

"부사장님은?"

"부사장님은 갑자기 중요한 결재 서류가 올라와서 그거 마무리 짓고 따로 움직이신대요."

"선배."

그럼, 그렇게 하라고 대답하려던 정연의 말 대신, 혜림의 부름이 강현의 귀에 먼저 와 닿았다. 강현은 그제야 정연에게 완전히 기울어져 있던 몸을 돌려 혜림을 응시했다.

"그러지 말고 내 차 타고 이동하자."

"내가 왜."

"응?"

"내 직속 상사를 두고 다른 상사 차를 타야 되는데."

말을 꺼냈다가 본전도 못 찾은 혜림은 민망함과 짜증감에 아랫입술을 지그시 깨물며 강현의 뒤에 있는 정연을 원망스럽게 쏘아보았다. 그러든지 말든지 정연은 제 키를 강현에게 건넸다.

"슬슬 이동해도 되는 거 아니야?"

"네. 가요."

등이 따갑게 느껴질 정도로 혜림의 분노에 일그러진 눈총을 받으며 강현과 정연은 나란히 차 안으로 들어왔다.

"방금 내가 왜 내 여자를 두고 다른 여자 차에 타야 되는데, 라고 하고 싶었던 거 간신히 참은 거예요. 잘했죠?"

강현이 차에 앉자마자 정연에게로 바짝 제 얼굴을 들이밀며 말했다. 그 모습이 너무 귀여워서 정연은 자신도 모르게 손으로 강현의 머리를 쓰다듬어 주었다.

"그래. 잘했다. 아이고, 잘했어요."

"개가 된 기분이네요."

"그거 욕이니?"

"아, 강아지. 강아지."

눈을 과하게 깜빡이며 애교를 부리는 강현의 모습에 정연이 함박웃음을 터트렸다.

시동을 건 차가 천천히 미끄러지듯 자리에서 벗어나 도로 위를 달렸다.

"그런데 말이야."

"네."

"권 이사가 너 많이 좋아하는 것 같은 눈치던데."

"그냥 선후배 사이일 뿐이에요……."

"그건 네 개인적인 생각 아니야?"

강현은 정연의 말에 딱히 부정하지 않고 고집스럽게 입술을 다물었다.

"내가 괜한 얘기를 한 건가?"

하지만 자꾸 눈엣가시처럼 신경이 쓰이는 혜림의 존재를 무시할 만큼 정연은 쿨한 성격이 되질 못했다. 더군다나 상대는 다른 여자도 아닌, 자신을 원수로 여겨 은근히 조롱을 해 대는 혜림이었다.

"아니요. 신경 쓰이는 건 당연하죠. 난 좋아하는 사람이 있다고 말했는데, 쉽게 마음 정리가 안 되나 봐요."

"……."

"그래도 절대, 이사님 신경 쓰는 일은 만들지 않을게요. 앞으로 혜림이가 다가올 때마다, 엄하게 할 생각이에요. 그게 그 애한테도 좋은 거니까."

"그래."

출발할 때까지만 해도 화기애애했던 분위기가 갑자기 침체된 것 같아 정연은 마음이 쓰였다. 그래서 분위기를 좀 전환해 보고자, 다른 화젯거리를 생각하려던 정연의 귓가로 강현의 말간 목소리가 들려왔다.

"저렇게 뒤에 짐도 있고 이렇게 운전하고 가니까, 꼭 단둘이 여행 가는 기분이에요."

항상 먼저 손을 내밀어 주는 강현에게 정연은 새삼 고마움을 느끼며 더욱 밝은 목소리를 냈다.

"그러게. 진짜. 날씨가 좋았다면 기분이 더 좋았을걸."

"걱정 말아요. 오늘 하루 종일 옆에 붙어 있어 줄게요. 감히, 번개 따위가 근처에 오지도 못하게."

"고마워."

우중충한 하늘을 올려다보고 있으니, 자꾸만 불안한 마음이 우울함으로 바뀔 것만 같았다. 우울하고 초조해하는 모습을 강현에게 보여 주고 싶지 않아 정연이 하늘에서 시선을 거두었다.

"우리 노래 듣자."

라디오를 켜자, 신나는 댄스 음악이 나왔다. 처음 들어 보는 노래였다.

"누구 노래지? 난 나이가 먹었다고 느껴지는 게, 요즘 아이돌 보면 하나도 모르겠어."

"그건 저도 마찬가지예요."

"근데 양 팀장 지금 몇 년생이지?"

"저 88년생이요."

"88년생?"

"네. 빠른."

88년생이면. 이제 겨우 스물아홉 살.

어쩐지 기분이 이상했다. 앞에 숫자 '3'이 붙어 있는 것과 '2'가 붙어 있는 것이 마치 천지 차이처럼 아마득하게 느껴졌다. 뭘 해도 귀엽고 상큼하게만 느껴지는 이십 대의 싱그러움이 정연은 괜스레 부담스럽게 느껴졌다.

"너랑 나랑 다섯 살이나 차이 나네."

"빠른이니까, 네 살이죠."

"요즘엔 그런 거 안 따지잖아."

"사랑하는 데 나이 같은 것도 안 따져요."

"넌 말을 참 잘해."

정연이 강현의 입술을 톡톡 치며 말했다.

"아마, 말만 잘하는 건 아닐걸요?"

"가면 갈수록 못 하는 말이 없어."

어느새 붉어져 버린 얼굴을 하고서는 핀잔 주는 정연을 강현이 의아하게 바라봤다.

"왜요? 음식도 잘 먹는다고 말하려고 했는데."

"……."

"무슨 생각 했어요?"

강현의 장난에 그대로 당했다는 생각이 들어 부끄러운 마음에 정연은 조용히 눈을 감고 머리를 의자 깊숙이 기대었다.

"도착하면 깨워."

"엉큼한 생각 했구나."

"아, 졸려."

"하긴 내 입술이 상상하기 딱 좋은 입술이긴 하지."

"음……."

"나 보면 자꾸 막 그런 생각이 계속 들어요?"

"어휴! 진짜!"

참다못한 정연이 주먹을 쥐고 강현의 어깨를 아프지 않을 정도로 콩콩 내려쳤다.

"자지 말아요. 나 심심해."

강현이 그리 말하지 않아도 정연 역시 잘 생각은 없었다. 그와 단둘이 함께할 수 있는 시간을 잠이라는 것에 빼앗기고 싶지 않았

267

다. 정연은 몸을 강현에게로 향하게 하고, 그를 두 눈에 빈틈없이 꽉 담아냈다.

"그거 알아?"

"어떤 거요?"

신호가 걸리고 차가 천천히 멈춰 섰다. 운전을 하느라 앞만 보고 있던 강현의 몸이 불가항력적으로 끌리는 N극과 S극의 자석처럼 그녀에게로 기울어졌다.

"너랑 있으면 지나가는 시간이 너무 아까워. 그만큼 너와 함께할 시간이 줄어든다는 거니까."

정연을 바라보고 있던 강현의 촉촉한 눈빛이 불어오는 바람에 물결치는 강물처럼 평정심을 잃고 일렁이다 곧, 제자리로 돌아왔다.

"조금만 더 일찍 올걸. 조금만 더 빨리 다가갈걸."

"이렇게 될 줄 몰랐으니까."

"대신 앞으로 진짜 노력할게요."

"뭘?"

"내가 지나가는 시간을 잡을 순 없겠지만, 서로 함께할 수 없는 시간을 최대한 줄일 수 있도록. 그리고 이사님의 시간에 항상 내가 함께할 수 있게 노력할게요."

비가 오는 날, 이렇게 불안하지 않은 건 엄마가 제 곁에서 떠난 이후로부터 처음이었다. 정연은 오늘따라 유난히도 남자의 진한 분위기를 풍기고 있는 강현을 그윽한 눈으로 바라보았다.

"우리 워크숍 가지 말고 둘이서 그냥 다른 곳으로 가 버릴까?"

"나도 지금 막 그 생각 했는데. 핸들 돌려요?"

드라마를 볼 때, 이렇게 서로 눈을 마주치며 키득거리는 남녀를 볼 때마다 참 꼴값이라고 생각했다.

그런데 지금 누군가가 그 꼴값이 뭐예요? 라고 물어본다면.

이 꼴값의 가격은 여느 것과 비교할 수 없는 행복으로, 세상에서 가장 비싼 값이라고 당당하게 말해 주고 싶다.

너무 행복하다. 더 이상 다른 생각은 할 수 없을 만큼, 정연의 온몸과 머리에는 행복이라는 감정이 꽉꽉 들어차 있었다.

제일 먼저 출발했던 정연과 강현의 차는 워크숍 장소에 제일 마지막으로 도착했다. 그도 그럴 것이, 두 사람은 굳이 들르지 않아도 될 휴게소에서 커피 한잔을 마시고 둘만의 오붓한 시간을 비밀리에 보내며 시간 가는 줄 모르고 수다를 떨었다. 나중에 시간이 너무 흐른 것을 인지하고 서둘렀지만, 더 있고 싶다는 강현을 달래느라 훨씬 더 지체되어 버린 것이다.

"사람들 벌써 다 도착했나 봐!"

이미 도착해서 텅 비어 있는 버스를 보며 정연이 놀라서는 허겁지겁 벨트를 풀었다.

"잠깐만요."

강현이 내리려는 정연을 다시 끌어다 앉히더니, 뒷좌석에 놓아두었던 자신의 작은 캐리어를 가볍게 들어 올렸다.

"이거요."

캐리어에서 그가 꺼낸 것은 비닐에 쌓여 있는 운동복이었다.

"나 운동복 있는데."

"이건 보통 운동복처럼 생겨도 보통 운동복은 아니에요."

강현이 캐리어에서 운동복 하나를 더 펼쳐 들었다. 흔한 디자인으로 보이지만 엄연히 상표가 같은 커플 운동복이었다.

"커플 운동복이에요."

"뭐야. 이런 건 언제 준비한 거야?"

"꼭 이거 입고 나와야 돼요."

"알았어."

잠시 후면 다시 볼 텐데, 조수석을 나오는 순간부터 아쉬워지는 정연이였다. 뒷좌석 문을 열고 올려놓았던 짐을 꺼내 들었다.

"짐 이리 줘요. 내가 방까지 들어 줄게요."

"아니야. 저기 임 비서 온다."

"늦으셨네요?"

독실을 쓰게 될 정연의 키를 미리 받아 둔 임 비서가 다가와 함께 짐을 들어 주며 물었다.

"길을 잘못 들어서서."

변변치 않은 핑계로 대충 둘러대며 정연은 아쉬운 눈길로 강현에게 몰래 인사를 하고는 지정받은 방으로 향했다. 그 뒤를 임 비서가 따르며 오늘 일정을 상세히 보고했다.

"부사장님께서 도착 예정이신 12시부터 간단한 회의를 하고 1시부터는 점심을 먹은 후, 약간의 휴식을 취하고 3시부터 본격적으로 게임을 진행할 예정인가 봐요. 그러고는 7시에 저녁을 먹고 그 이후에 팀별대로 배치받은 공간에서 음주의 시간을 갖게 된다고 하네요."

"그렇군."

"게임은 피구랑 줄다리기, 계주, 단체 줄넘기 등. 체력 소모가 상당한 게임이더라고요. 참여하실 거예요?"

"다른 이사들도 다 참여하지?"

"네. 그런 걸로 알고 있어요."

"그럼 나도 참여해야지, 뭐."

"1등 하면 무려 40만 원 상당의 양주를 두 개나 준대요. 그래서 지금 다들 1등 하려고 혈안이 되어 있어요. 그럼 옷 편안한 걸로 갈아입고 나오세요."

"응."

사원들의 불타오르는 의지에 재 뿌리고 싶지 않은 정연도 오늘 만큼은 모든 것을 내려놓고 최선을 다하리라 크게 결심하며 강현이 준 운동복을 꺼냈다.

"예쁘네."

정말 별거 없는 디자인이었지만, 정연에겐 더없이 예뻐 보이기만 한 운동복이었다.

정연이 입고 있던 옷을 벗고 운동복으로 갈아입었다.

"어머, 몸에 딱 맞아."

핏이 있는 운동복은 몸을 날씬하게 보이게 해 줬다. 몇 번을 봐도 마음에 쏙 드는 운동복을 입고 들뜬 마음으로 방을 나섰다.

펜션 앞 넓은 공간엔 벌써 팀별대로 모여 자리를 잡고 있었다.

그 안에는 자신과 같은 운동복을 입은 강현도 서 있었다. 자신의 빈 옆 공간을 사원들 몰래 가리키고 있는 강현의 곁으로 슬그머니 다가갔다.

"왜 그렇게 뭘 입어도 예뻐요?"

강현이 주변 분위기를 살피며 정연의 귀에 대고 작게 속삭였다. 흔한 디자인의 운동복이라 사원들이 의심은커녕, 신경조차 쓰지 않고 있었지만 도둑이 제 발 저린다고, 정연은 괜히 주변의 눈치를 봤다.

"부사장님 오십니다."

하얀 운동복으로 위아래 깔맞춤해서 입어, 흡사 솜사탕을 연상
케 하는 석호가 등장하자 사원들이 일제히 박수갈채로 환영했다.

사원들의 환영을 받으며 등장한 석호는 이번 협업쇼를 진행했을
당시에 모든 파트의 디자이너들이 제출했던 디자인 하나하나를 설
명했다.

"이번 협업쇼의 결과가 어떻든, 여러분들의 노고에 큰 박수를
보냅니다. 오늘은 모든 것을 내려놓고 놀고, 먹고, 마시면서 즐깁
시다!"

석호의 마지막 말에 사원들은 환호성을 내지르며 점심이 마련되
어 있는 식당으로 신나게 향했다.

강현과 정연은 식당을 향하는 그 짧은 시간에도 서로의 곁에서
떨어지지 않고 붙어서 걸었다. 식당에는 최고급 목살과 각종의 해
산물 구이와 튀김 종류가 거의 뷔페를 연상시켰고, 사원들은 빈 그
릇에 음식을 가득 담아 바쁘게 허기진 배를 채웠다.

"양 팀장 이리로 와서 앉아!"

"어, 거기 변 이사! 변 이사! 이리로 와!"

두 사람이 나란히 앉으려 하던 찰나에 석호가 강현을, 쥬얼리
파트 이사가 정연을 부르는 바람에 두 사람은 하는 수 없이 떨어
져서 밥을 먹어야 했다.

아쉬움에 서로의 눈길을 한없이 좇으며.

그리고 갖게 된 잠깐의 휴식 시간.

정연은 커피 한잔 하자는 쥬얼리 파트 이사의 제의를 공손히 거
절하고 자신의 방으로 돌아와 산만하게 어슬렁거리며 휴대전화와
미동조차 없는 문을 번갈아 쳐다보았다.

"왜 안 오지?"

휴식 시간에 잠시 방으로 오겠다던 강현이 아무리 기다려도 오질 않았다. 정연이 휴대전화 시계를 바라보았다.

"어머. 진짜 오래 기다린 것 같은데, 겨우 5분밖에 안 지났네?"

급해진 성미에 자조하며 들뜬 마음을 달래기 위해 침대 귀퉁이에 걸터앉았을 때였다.

"이사님."

현관문 너머로 강현의 조심스러운 목소리가 정연을 용수철처럼 튀어 오르게 만들었다.

"어서 들어와."

문을 열고 연신 주변을 살폈다. 사람은커녕, 개미 한 마리 보이지 않을 정도로 주변은 지나치게 적막했다. 혹시 몰라, 방을 가장 구석으로 잡아 달라고 한 것이 참 다행이었다.

문이 닫히고 오롯이 두 사람밖에 없다는 것을 인식하자마자 강현은 그녀의 허리를 감싸 제 품 안으로 꽉 끌어안았다.

"신 이사님이랑 밥 먹으니까 그렇게 좋았어요?"

"무슨 소리야? 하나도 안 좋았는데?"

"아까 밥 먹으면서 입 찢어지던데."

"누가? 내가?"

"두 사람 다."

"아니, 그럼, 같은 직급이라 해도 엄연히 나보다 훨씬 선배신데, 시답지 않은 농담에 그냥 정색을 할 수가 있나?"

"그래서 앞으로도 계속 그렇게 외간 남자 앞에서 웃으시겠다?"

강현이 마주 보고 있는 정연의 콧잔등을 자신의 콧잔등으로 간지럽게 비비며 말했다. 강현의 품에 안겨 간지러움에 몸부림치며 뒷걸음질하던 정연이 침대에 다리가 걸려 그대로 드러눕혀졌다.

그러자 그 옆으로 강현이 살포시 다가와 정연의 방향으로 몸을 기울여 누웠다.

"쉬는 시간 얼마나 남았어?"

머리카락을 넘겨 주는 강현의 보드라운 손길을 느끼며 정연이 나른하게 늘어진 목소리로 물었다.

"한 30분 정도요."

"겨우?"

"네. 겨우요."

강현은 자신의 머리를 베고 있던 손을 정연의 목과 침대 사이로 밀어 넣고 다른 한 손으로는 그녀의 허리를 끌어안았다. 정연을 자신의 품에 완벽하게 끌어안고서도 채워지지 않는 결핍과 해소되지 않는 갈증에 강현은 미칠 것만 같았다.

"둘이 놀러 온 거였으면 좋겠다."

"나도."

"그러지 말고, 그럼 주말에 둘이 놀러 갈까요?"

"그럴까?"

"네. 밤낚시 가요."

"낚시 잘해?"

"네. 회도 잘 뜨고 매운탕도 잘 끓여요."

"의외네."

"재밌겠다. 그럼 오늘 가서 낚시 장비 챙기고, 텐트 챙기고……."

"그럼 난 뭘 준비해야 되지?"

"아무 것도 준비 안 해도 돼요. 이사님은 그냥, 몸만 오면 돼요."

색기가 흐르는 미소를 지으며 강현의 촉촉한 다갈색 눈동자가 정연의 몸을 쓰다듬듯 은밀하게 움직였다. 깊은 고요함을 담고 있는 투명한 다갈색 눈동자가 닿는 곳마다 몸이 타들어 가는 것처럼 뜨거웠다. 단지, 바라보는 것만으로도 자신의 모든 감각들을 이렇게 요동치게 만드는 강현의 존재가 정연은 그저 신기하면서도 한편으로는 시도 때도 없이 보이는 반사적인 제 반응에 걱정이 되기도 했다.

자신의 볼을 손등으로 쓸어 넘기는 강현의 행동에 움찔할 정도로 몸이 예민하게 반응을 보였다.

"키스하고 싶은데, 안 할 거예요."

강현이 자꾸만 터져 나오려는 제 본능을 버겁게 억누르며 정연을 눈에 보이지 않게 꽉 끌어안았다.

"왜?"

조금은 아쉬운 마음에 물어보는 정연의 물음에 강현은 깊은 한숨을 내쉬었다.

"키스하면, 아무것도 못 참을 것 같아서요."

묘한 의미가 담겨 있는 강현의 말에 정연의 몸은 이제 빈틈도 없이 전부 붉어져 버렸다. 강현이 제 본능을 참으려고 정연을 끌어안은 것이라면, 정연은 강현에 의해 자극받아 잔뜩 붉어져 버린 몸의 민망함을 감추기 위해 강현의 품으로 더욱 깊숙이 파고들었다.

그렇게 30분이라는 시간이 3초처럼 훌쩍 지나가 버렸다.

"먼저 가."

"같이 더 있고 싶어요."

"나도 그렇긴 하지만, 어쩔 수 없잖아."

"발이 안 떨어져요."

아쉬움에 몇 번이고 방에서 나갔다가 들어왔다를 반복하던 강현이 사람들의 시선을 피해 먼저 나갔다.

그러고는 한참 뒤에 방에서 나온 정연은 마침, 자신을 데리러 오던 임 비서를 만나 게임이 진행될 장소로 향했다. 사원들은 활활 타오르는 의지를 보이며 반드시 이기겠다고 이를 바득바득 갈고 있었다.

임 비서와 정연이 오자, 강현이 점심 이후 처음 본다는 듯 아주 자연스럽게 다가왔다.

"저희 첫 게임 피구예요."

"피구?"

"네. 상대는 슈즈 팀요."

"왜 하필! 슈즈!"

정연은 자신도 모르게 불쾌한 티를 내며 빽, 고함을 내질러 버렸다. 뒤에서 연신 몸을 풀고 있던 슈즈 팀 사원들이 그런 정연을 아니꼽게 바라보았다. 그중에서도 혜림의 시선이 가장 날카롭게 정연을 향해 있었다.

"어떤 식으로 진행되는 피구야?"

사람들의 시선에 무안해진 정연이 괜스레 헛기침을 하며 화제를 돌렸다.

"남자들이 안에 있고 밖에서 여자들이 공격하는 건가 봐요."

"아……."

혹시 그 흔한 보디가드 피구가 아닐까 은근히 기대했던 정연의 얼굴에 실망감이 노골적으로 서렸다.

굳이, 자처해서 피구 경기의 심판을 맡기로 한 석호가 경기의 시작을 알리는 호루라기를 불었다. 남자들이 경계선 안으로 들어가고 여자들이 선 밖에 자리를 잡았다.

정연과 혜림은 그 많은 자리를 놔두고 하필이면 서로의 경계 끝에 나란히 섰다.

"이사님 피구 잘하세요?"

혜림이 아까부터 계속 손목과 발목을 풀며 독기가 가득한 목소리로 물었다.

"아니요. 난 잘 못 해요."

"그러시구나. 안타깝다. 난 피구 무지 잘하는데."

"아, 네."

별 관심 없다는 뉘앙스를 풍기며 정연은 반대쪽에서 사원들과 몸을 풀고 있는 강현을 바라보았다. '파이팅!' 정연이 입 모양으로 살짝 응원을 함과 동시에 공이 공중으로 떠올랐다.

강현의 능숙하고 탁월한 운동 신경으로 공은 가방 팀의 손에 먼저 들어왔다.

"꺄아! 양 팀장님! 파이팅!"

하라는 경기는 안 하고 강현을 향한 열띤 여직원들의 응원 속에 가방 팀의 점수는 눈에 띄게 선전해 나가기 시작했다. 여자라면 누구나 마찬가지겠지만 특히, 정연은 한순간도 강현에게서 눈을 뗄 수가 없었다.

어쩌면 저렇게 황금 비율의 몸으로 이리저리 가볍게 움직이는 모습이 섹시하면서도 사랑스러울까. 저 남자가 내 남자라니. 그 차오르는 벅찬 뿌듯함과 행복함에 혼자 감격을 하고 있을 때였다.

"악!"

상당한 힘이 실린 공이 정연의 뒤통수를 후려갈기고 바닥으로 나동그라졌다. 외마디 비명과 함께 정연의 몸이 앞으로 완전히 꼬꾸라져 버렸다. 모든 사원들이 놀라서는 보름달만 해진 눈을 하고 선 정연을 살폈다.

"어머, 죄송해요. 저희 팀에게 넘긴다는 걸. 실수예요."

전혀 실수가 아니라는 것은 어색한 표정과 말투만 봐도 금방 알아차릴 수 있었다.

이거 진짜 미친 거 아니야?

놀라서 달려오는 강현을 막아 세운 정연은 계속 실수라며 말을 흘리는 혜림을 씩씩거리며 째려보았다.

공은 다시 경기를 위해 누군가 가져갔고, 정연은 혜림의 비겁한 고의를 쿨하게 잊고 게임에 최대한 집중했다. 그리고 자신을 향해 날아오는 공을 받기 위해 펄쩍 뛴 정연의 몸이 둔탁한 무언가에 부딪히며 이번엔 바닥으로 나뒹굴고 말았다.

"우악!"

이번엔 혜림이 온몸을 다해 정연을 밀쳐 내 버린 것이다.

"죄송해요. 공 받으려는 욕심이 좀 과했나 봐요."

바닥에 벌러덩 드러누운 상태에서 자신을 노려보는 정연에게 혜림은 얼굴에 두꺼운 철판을 깔고 얄밉게 대답했다.

"이사님!"

강현이 단숨에 달려와 여전히 누워서 화를 삭이고 있는 정연을 끌어안았다.

"괜찮아요?"

"어. 괜찮아."

주변에 있는 사원들의 눈은 정연의 안위에 대한 걱정보다 그녀가 어떻게 폭발해 버릴지 모를 불안감으로 가득 차 있었다. 정연은 그들에게 자신은 괜찮다며 여유로운 미소를 보여 주었다.

"어디 아픈 데 없어요?"

일어서서 엉덩이에 묻은 흙먼지를 터는 정연을 유일하게 걱정하는 건 강현뿐이었다.

"이사님 괜찮으세요?! 어디 보세요! 어디 까진 거 아니에요?"

아니다. 한 명 더 있다. 임 비서.

"난 정말 괜찮아. 다들 신경 쓰지 말고 게임들 하자고."

임 비서까지 달래고서는 다시 경기를 시작할 준비를 하는 정연의 앞으로 검은 그림자 하나가 드리웠다. 강현이 아직도 제 포지션으로 가지 않고 정연의 곁에 머물러 있었던 것이다.

"권 이사님. 조심 좀 해 주시죠."

혜림을 향한 강현의 목소리는 위압감이 들 정도로 상당히 무겁고 차가웠다.

"일부러 그런 거 아니야! 누가 보면 내가 정말 일부러 그랬는 줄 알겠어. 선배가 날 그렇게 생각하면 나 정말 섭섭해!"

"일부러 그런 게 아니라고요? 누가 봐도 그쪽으로 갈 만한 공이 아닌데!"

심상치 않은 두 사람의 분위기에 주변의 눈치가 보인 정연이 얼른 수습에 나섰다.

"왜 그래, 양 팀장. 권 이사가 실수한 거라잖아. 경기를 하다 보면 그럴 수도 있는 거지."

"자리 바꿔요. 다른 데로."

강현이 혜림에게서 최대한 멀리 떨어져 있는 자리로 정연을 이끌려고 했지만, 그녀는 완강히 거부했다. 가면 지는 거다.

"난 괜찮다는데, 정말 왜 그래. 게임하다 보면 승부욕이 앞서서 그럴 수 있어. 난 괜찮으니까, 얼른 게임하자. 응?"

강현을 간신히 달래고 다시 시작한 피구 경기는 가방 파트의 우세로 완전한 승리를 거두었다.

하지만 정연에겐 아직 끝나지 않은 치열한 경기가 남아 있었다. 쪽지를 잘못 뽑아 선발되어 버린 계주 경기.

정연은 근심 어린 눈으로 제 옆 라인에서 바통을 과격하게 휘두르며 몸을 풀고 있는 혜림을 바라보았다.

이게 무슨 운명의 장난이람. 왜 하필 또, 권혜림이 내 옆이야.

자신이 오늘 선택한 모든 것들이 후회가 되어 눈보라처럼 몰아쳤다. 처음부터 게임에 참여를 한다는 것 자체가 잘못된 선택이었는지도 모른다.

속으로 그리 불평해 봤지만 다른 방도가 없다는 것을 각성하고는 준비 자세를 취했다. 그러자 호루라기 소리와 함께 달리기 준비 자세를 취했던 사람들이 기계 안의 뻥튀기처럼 잽싸게 튕겨 나갔다.

정연도 이를 악다물며 최선을 다해 뛰었다. 바람의 저항에 의해 피부가 뭉개지든 말든 옆에서 비등비등하게 달리고 있는 혜림을 이겨 보겠다고 악착같이 뛰었다. 그렇게 차이가 나지 않을 것 같던 혜림과의 간격이 점점 벌어지고 있을 때였다.

정연의 앞으로 바통 하나가 굴러 들어왔고 그걸 밟아 버린 정연이 자신의 속도를 이기지 못하고 그대로 앞으로 넘어지고 말았다.

"아악!"

개구리처럼 두 팔 두 다리를 쫙 벌린 상태에서 넘어져 버린 정연은 아픔보다는 몰려오는 창피함에 고개를 들 수조차 없었다.

"어머. 죄송해요. 제 손에서 바통이 미끄러져서."

이번에도 너냐?

위에서 들려오는 혜림의 목소리에 정연이 바득바득 이를 갈았다.

"이사님!"

마지막 주자로 대기하고 있던 강현이 언제 여기까지 뛰어왔는지, 넘어져 있는 정연을 일으켰다.

"권혜림!"

이미 반쯤 이성을 잃은 강현의 고함 소리에 혜림이 반사적으로 변명의 고함을 내질렀다.

"미끄러졌어. 바통이 미끄러졌다구!"

"그게 말이 돼? 오른손으로 잡고 있던 바통이 하필 미끄러져도 이사님이 계신 왼쪽으로 미끄러지는 게 말이 되냐고! 일부러 그쪽 방향으로 내버리지 않는 이상, 그게 어떻게 가능하냐고!"

주변에 몰려든 사원들은 아무도 신경 쓰지 않는 정연의 일에 대해 과도하게 예민한 반응을 보이고 있는 강현을 의아하게 바라보았다. 그들의 범상치 않은 시선에 커질 뒷일을 우려하며 정연이 자리에서 일어났다. 피구를 했을 때와는 다르게 제대로 넘어졌는지 강현이 사 준 소중한 운동복이 찢어지고 안에는 살이 까져 피가 흘러나오고 있었다.

"됐어. 둘 다 그만해. 오히려 잘됐어. 하기 싫은 운동 안 해도 돼서. 난 그만 가서 좀 쉬어야겠다."

임 비서가 얼른 뛰어와 정연을 부축했다.

"괜찮으세요?"

"아니. 사실, 너무 아파."

"아파 보이세요……."

정연보다 키도 아담하고 몸무게도 훨씬 덜 나가는 임 비서가 그녀를 혼자서 부축하기엔 조금 무리가 있었다. 걸음에 진전을 보이지 않고 끙끙거리고 있던 두 사람의 곁으로 강현이 다가왔다.

"어, 어머머!"

그러고는 말릴 틈도 없이 강현이 정연의 몸을 안아 들었다.

"잠깐만, 양 팀장!"

"많이 아프죠?"

주변에 있는 사원들은 방금 전 혜림과 언성을 높였을 때보다 더욱 깊어진 의아함으로 강현의 행동을 주목하고 있었다.

"양 팀장! 나, 나 내려놔. 당장!"

발버둥 치는 정연을 제지시킨 건 옆에 있던 임 비서였다.

"이사님. 가만히 계세요! 안 그러시면 팀장님이 더 힘드세요! 피도 그렇게 많이 나시는데 대체 어떻게 걸어가시겠다는 거예요?"

함께 일하면서 처음으로 자신에게 큰소리를 치는 임 비서에게 놀란 정연이 금세 얌전해졌다. 그렇게 강현의 품에 가만히 안겨, 속상한 마음에 금방이라도 울어 버릴 것 같은 임 비서와 함께 자신의 방으로 돌아왔다.

"제가 혹시 몰라서 챙겨 온 구급상자가 있어요. 가서 가져올게요!"

정연이 침대에 무사히 앉은 걸 확인하고 나서야 임 비서가 안심을 하고는 정신없이 방을 빠져나갔다.

"잠깐만 기다려요."

강현이 욕실로 들어가 수건에 물을 적셔서 나왔다.

"많이 아프죠?"

침대에 앉아 있는 정연의 앞에 강현이 무릎을 꿇고 앉아 까진 곳 주변에 묻은 흙을 정성스럽게 닦아 주며 걱정스럽게 물었다. 그런 강현을 가만히 바라보던 정연이 어렵게 말문을 열었다.

"권 이사한테 좋아하는 사람 있다고 말했다 했잖아."

까진 정연의 무릎을 애처롭게 바라보고 있던 강현의 눈동자가 천천히 정연에게로 와 닿았다.

"혹시 좋아하는 사람, 나라고 말한 거야?"

"네."

생기를 잃은 강현의 눈동자가 힘없이 바닥으로 떨어지며 정연을 외면했다.

"어쩐지 그래서 더 그랬구나."

"미안해요."

까진 정연의 무릎을 보는 강현의 한숨이 더욱 짙어졌다.

"네가 왜?"

"혜림이가 저러는 것도 내가 행동을 똑바로 못 해서 일어난 일인 것 같아서요."

"네 잘못이 아니야. 엄밀히 따지면 권 이사 잘못도 아니고."

정연은 바닥에 푹 꺼져 있는 강현의 뺨을 부드럽게 쓸어 올려 자신을 바라보게 만들었다.

"권 이사. 이제 겨우 스물일곱 살이야. 아직 좋아하는 사람을 포기하고, 다른 사람에게 보내 주기엔, 너무 어린 나이야. '사랑'이라는 감정엔 나이가 먹어도 조절되지 않는 몇 가지가 있어. 질투, 집착, 오해. 서른네 살 먹은 나도 그게 잘 조절이 안 되는데, 권 이사는 오죽하겠어."

"아무리 그래도 이건 아니에요. 난 이해 못 해요."

"바보. 너도 나 좋아할 때 감정이 마음대로 안 됐다면서."

"그래도 나 때문에 이사님이 힘들어하니까……."

"권 이사 입장에서는 또 되게 억울할 수도 있어. 그리고 네가 그러면 그럴수록 더 억울해서 빗나가려고 하는 것도 있고. 앞으로는 네가 나서지 마. 내가 권 이사를 직접 만나서 얘기해 볼게. 더군다나, 나도 나이 먹어서 권 이사한테 잘한 거 하나 없어. 같이 유치하게 굴기만 했지."

"그렇게까지 할 필요 없어요. 내가 단단히 말할게요."

"너랑 권 이사랑 단둘이서 마주 보고 앉아서 얘기할 생각 하니까, 질투 나서 그래."

말 좀 듣자, 라고 덧붙이며 강현의 볼을 손바닥으로 달래 주듯 어루만질 때였다. 닫혀 있던 문이 벌컥 열리고 구급상자를 품에 안은 임 비서가 허둥지둥 들어왔다. 정연은 얼른 침대 위로 발라당 드러누웠다.

"아, 갈수록 아파지네."

"많이 아프세요? 서울에 있는 병원으로 가 봐야 하는 거 아니에요?"

"그, 그 정도는 아니야. 양 팀장."

강현과 정연이 딱딱한 대화를 주고받는 사이, 임 비서가 다가와 구급상자를 바닥에 내려놓고 안에서 소독약을 꺼냈다. 솜에 소독약을 묻히고는 정연의 상처에 가져다 댔다.

"아!"

지옥을 오가는 것처럼, 따끔하고 후끈거리는 고통에 침대에 벌러덩 누워 있던 정연의 몸이 벌떡 일으켜졌다.

"아, 아파! 임 비서!"

"최대한 조심스럽게 살살 하고 있습니다."

"제가 할까요, 임 비서님?"

옆에서 강현이 나섰지만, 임 비서는 불길한 예감이 들 정도로 상냥하게 웃으며 거절했다.

"이건 제 전문입니다. 저희 애랑 애 아빠가 매일 자전거 타고 넘어져서 올 때마다 치료를 해 주곤 했거든요. 애는 그렇다 치지만 남편은 왜 넘어지는지 알 수가 없지만."

능숙한 솜씨로 면봉에 연고를 묻혀 상처 난 곳을 덧바르고는 반창고까지 붙여 주었다.

"근데 그거 아세요?"

임 비서는 두 사람에게 눈길도 주지 않고 구급상자를 정리하며 여전히 상냥한 목소리로 물었다.

"뭘?"

"뭘요?"

강현과 정연이 심상치 않은 임 비서의 상냥함에 서로 눈치를 살피며 동시에 대답했다.

"두 분 연기 되게 못하시는 것 같아요."

아니나 다를까, 그녀는 처음부터 다 알고 있었던 사람처럼 여유로움까지 보였다. 구급상자를 챙겨서 일어서는 임 비서를 정연이 급하게 잡아 앉혔다.

"언제부터 알고 있었던 거야?"

"무슨 말씀을 하시는 거예요, 이사님?"

일부러 알면서도 모른 척, 능청스럽게 묻는 임 비서에게 정연은 애간장이 탔다.

"그러기야?"

"두 분 다, 서로에 대한 마음이 향해 있을 때부터요. 정확히 언제부터인지 모르시겠죠? 그래서 저도 정확히 언제부터 알고 있었는지 말씀드리기가 좀 애매해요."

똑 부러지는 임 비서의 대답에 정연은 반박할 수가 없었다.

"그럼 전 눈치껏 이 자리에서 빠져 드리겠습니다. 밖에 나가서는 대충 잘 둘러댈게요. 이사님은 아프시고 팀장님은 이사님을 부축한 여파로 담이 오셔서 좀 쉰다고."

고맙기는 했지만, 그거 힘 조금 썼다고 '담'이 걸려 버리는 비약한 남자로 낙인찍히는 것이 강현은 그저 찝찝했다.

"그냥, 약 사러 나갔다고 말씀해 주시면 안 돼요?"

신발을 신고 있는 임 비서를 향해 강현이 정중히 부탁했다.

"아! 그게 좋겠네요. 그럼 그렇게 전달하도록 하겠습니다."

그렇게 임 비서가 나가고 또다시 두 사람만의 시간이 찾아왔다.

"잘된 거 맞죠?"

"같이 있고 싶어 했으니까, 맞겠지?"

"네. 맞는 것 같아요."

바닥에 앉아 있던 강현이 침대로 올라가 정연을 끌어안은 채로 누웠다.

"임 비서님 눈치 진짜 빠르시네요."

"그러게. 빠른 줄은 알았지만 저 정도일 줄이야."

"그럼 혹시, 그때도 일부러 그러신 건가?"

"그때라니?"

강현은 정연이 취해 있던 그날을 떠올렸다. 그러고 보니, 오늘 정연이 좀 다쳤다고 금방이라도 울어 버릴 것 같았던 임 비서가 취한 정연을 무책임하게 버려두고 간다는 건 위격된 사항이라고 봐도 무방했다.

"그런 일이 있었어요."

"뭔데, 그래? 사람 궁금하게."

"궁금해요?"

"어."

"그럼 뽀뽀 열 번 해 주면 말해 줄게요. 여기랑."

강현이 제 이마를 가리키고.

"여기랑."

볼을 가리키고.

"여기에도."

입술을 가리키며 정확히 열 군데를 지정했다.

"됐다, 됐어."

정연이 외면하고 돌아서자, 강현이 허리를 안고 다시 돌려 눕혔다.

"아, 그럼 내가 열 번 하고 말하는 걸로."

"못살아. 진짜."

두 사람의 숨넘어갈 듯한 웃음소리가 한동안 끊이질 않았다.

2

본의 아니게, 정연의 몸에 상처만 잔뜩 남겨 버린 워크숍에서 돌아오고 며칠 뒤, 정연은 임 비서를 통해 혜림과의 저녁 약속을 잡았다. 솔직히 할 일도 별로 없고 딱히 바빠 보이지도 않는 혜림이였지만, 그녀는 번번이 정연의 제의를 거절했었다. 정연은 하는 수 없이 웬만하면 본론을 이야기할 때, 꺼내려고 했던 '강현'을 직접 언급했고 그제야 그녀는 자신의 비서를 통해 저녁 식사에 응하겠다는 의사를 밝혀 왔다.

퇴근 시간을 20분 정도 남겨 놓고 이사실에서 내려온 정연은 임 비서에게 물었다.

"나 어디로 가면 돼?"

"회사 앞 사거리 쪽에 있는 일식집으로 예약해 놨다고 하네요. 권 이사님 이름으로 예약했대요."

"그래……. 다들 수고했고, 일이 있어서 먼저 퇴근할게."

정연은 임 비서와 사원들에게 인사를 하고는 사무실을 나섰다. 정연이 나가자마자 달콤한 사탕을 발견한 개미들처럼 사원들이 한곳으로 모여들었다.

"근데 말이야, 요즘 이사님 느낌이 좀 달라지지 않았어?"

호들갑스럽게 말문을 여는 최 과장의 말에 주변 사원들은 모두 크게 고개를 끄덕이며 동조했다.

"대박! 과장님도 느끼셨어요? 저도 요즘 몸소 느끼고 있는 바예요! 매일 야근하시더니, 요즘엔 저렇게 빨리 퇴근도 하시고."

"심지어는 우리한테 인사도 건네잖아요!"

"뭐랄까, 예전에는 뾰족뾰족한 가시만 도사리고 있던 밭이었다면, 요즘엔 거기에 슬그머니 장미꽃망울이 피어나고 있는 정원 같은 느낌이랄까?"

"맞아요! 왜 저러시지? 혹시. 요즘!"

"요즘?"

"연애하시는 거 아닐까요?"

"연애? 에이, 연애보다는 차라리 복권에 당첨됐다고 하는 게 더 납득하기 쉽겠다."

삼삼오오 모여 정연의 변화에 대해 추측을 늘어놓고 있는 사원들을 뒤로하고 강현은 급하게 정연을 따라 사무실을 나왔다. 그러고선 올라오고 있는 승강기를 기다리고 있는 정연의 곁으로 단걸음에 다가갔다.

주변을 메우는, 이제는 익숙해져 버린 향긋한 비누 냄새에 정면을 보고 있던 정연의 시선이 반사적으로 돌아갔다.

"양 팀장."

"저녁 밥 다 먹으면 전화해요. 근처에 있다가 데리러 갈게요."

"얘기가 언제 끝날 줄 알고. 그럴 필요 없어."

"오늘 오전에 외근 나가느라, 얼굴도 많이 못 봤잖아요."

쉴 틈이나, 빈틈이 없었다. 정연에 대한 강현의 마음은 언제나 그 시간이면 떠오르고 지는 뜨거운 태양처럼 한결같았다. 하늘과 세상을 향해 맹목적으로 떠오르는 태양처럼, 자신을 향해 맹목적으로 기울어져 있는 그의 사랑이 정연은 결코 싫지 않았다.

"그거 조금 못 본다고 난리 나?"

"네. 전 아주 큰일 나요."

웃음기를 가득 머금은 목소리로 묻는 정연에게 강현은 새삼, 진지하게 대답해 줬다.

"뭐 예쁜 얼굴이라고⋯⋯."

수줍음에 젖은 얼굴로 괜스레 자신의 볼을 쓰다듬는 정연을 보며 강현은 잔인한 대답을 내놓았다.

"예쁜 얼굴 아니죠."

단호하다고 느껴질 정도로 말의 매듭을 야무지게 짓는 강현의 말에 정연이 당황스러움과 민망함에 큰 눈을 끔뻑였다.

"아, 그래? 그래⋯⋯. 난 또 착각했네. 나 보겠다고 하도 애를 쓰기에 그랬지."

"어디, 그깟 예쁘다는 말로 표현을 할 수가 있겠어요? 나한테 당신이란 사람은, 그런 미약한 단어로는 표현 안 돼요."

아직까지도 자신의 볼을 어루만지고 있는 정연의 손을 끌어다 가볍게 손등에 입을 맞춘 강현의 능청스러움에 정연은 또다시 함박웃음을 터트리고 말았다.

"못 말린다, 정말."

"꼭 연락해요."

"알았어. 그럼 다 먹고 연락할게."

도착한 승강기에 정연이 몸을 실었다. 아쉬움에 발걸음이 떨어지지 않던 강현은 승강기 문이 다 닫힐 때까지 그 자리에 머물며 손을 흔들어 주었다.

회사에서 나온 정연은 임 비서가 말해 준 일식집으로 향했다. 잔잔한 클래식 음악이 흘러나오는 고급스러운 일식집에 도착한 정연은 직원의 안내를 받으며 예약된 룸으로 향했다.

그런데 막상 이렇게 혜림과 직접적으로 대면을 하려니 떨리기도 했다. 그 긴장감 속에 이르는 갈증에 정연은 직원이 물로 채워 주고 나간 컵을 들어 단숨에 들이켰다.

혜림과는 무슨 일이 있어도 이렇게 개인적으로 만나는 일이 절대 없을 거라고 단언했던 정연은 '사람 일은 어떻게 될지 모른다'는 옛말을 떠올리며 자조했다. 그것도 '남자' 문제로 그녀와 이렇게 심한 갈등을 빚을 줄이야. 정말 알다가도 모를 것이 사람의 운명이다.

그렇게 얼마의 시간이 흘렀을까.

약속을 잡았던 시간보다 훨씬 늦게 도착했는데도 미안한 기색 하나 없는 혜림의 뻔뻔함에 정연은 속으로 분노가 부글부글 끓어올랐지만, 애써 억누르며 그녀를 맞이했다.

"어서 와요. 권 이사."

정연의 반김에도 혜림은 시종일관 시큰둥한 표정을 거두어 내지 않았다. 정연은 그런 혜림을 이해해 줘야 한다며 속으로 스스로를 타일렀다.

미리 주문한 식사가 테이블 위에 전부 놓일 때까지 두 사람 사이에 오고 가는 대화는 없었다. 정연은 머릿속으로 혜림과의 대화의 루트가 어떻게 이어지게 될지 신중하게 정리했다.

정연이 앞에 놓인 젓가락을 들자마자, 성미 급한 혜림이 참지 못하고 입을 열었다.

"강현 선배에 대해서 저한테 하실 말씀이 뭐예요?"

자질구레한 말로 시간 낭비를 하고 싶지 않다는 노골적인 혜림의 말에 정연은 들고 있던 젓가락을 내려놓고 그녀를 마주했다.

"알고 있어요. 권 이사가 양 팀장을 매우 각별하게 생각하고 있다는 거."

"그래서요?"

혜림은 웃음기 하나 없는 건조한 얼굴과 제법 사납게 눈을 치켜 뜨며 지금 자신의 감정을 표현하는 데 충실했다.

"내가 돌려서 말하는 건, 권 이사도 원하지 않겠지?"

"당연하죠."

"그래요. 그럼 단도직입적으로 말할게요. 지금 난 양 팀장을 많이 좋아하고 있어요."

자신이 듣고 싶지 않았던 말이었는지, 혜림은 얼굴 가득 있는 그대로의 짜증을 보였다.

"양 팀장도 날…… 많이 좋아하고 있고요."

"그래서 저한테 이제 그만 단념이라도 하라는 건가요?"

정연의 앞에서 억지로라도 웃고 있던 혜림은 이제 더 이상 존재하지 않았다. 계속되는 그녀의 삐딱함에도 정연은 침착함을 잃지 않으려 애썼다.

"그렇게 해 주는 게 모두에게 좋은 거 아닐까요? 물론, 사람 마음이 그렇게 쉽게 정리가 되지 않는다는 건 나도 잘 알고 있어요.

그래서 지금 당장, 그 모든 마음을 접으라고 강요는 하지 않을게요. 원한다면 양 팀장 옆에서 계속 좋은 선후배 사이로 지내는 것도 괜찮고, 다만 권 이사가 상처를 조금이라도 덜 받으려면…….”

"제 상처는 제가 알아서 해요. 전 한 번도 강현 선배 포기하고 싶은 마음 들어 본 적도 없고요. 그건 지금도 마찬가지예요.”

"현실을 직시해요. 오래도록 그렇게 곁에 머물렀는데도, 양 팀장이 한 번도 마음을 주지 않았다는 건, 그럴 만한 이유가 있다는 거예요. 권 이사는 아직도 양 팀장을 잘 모르고 있는 것 같아요. 권 이사가 보기에 양 팀장의 그 굳건한 마음이 흔들려 권 이사에게 갈 사람으로 보여요?”

"사람 일은 모르는 거죠. 남자 문제로 저랑 변 이사님이 이렇게 대면하게 될 줄 누가 알았겠어요?”

자신이 생각했던 것과 동일한 말이 막상 혜림에게서 나오자 정연은 순간 위압감을 느꼈다. 그런 정연의 모습에도 혜림은 아랑곳하지 않고 제 말을 이어 나갔다.

"사실, 항상 뒤에서 지켜보기만 했지 제대로 다가가 본 적 없어요.”

"나랑 양 팀장은 지금 정식으로 사귀고 있는 사이예요.”

"아, 그런데 회사에서는 왜 숨기세요?”

"그 이유를 꼭 권 이사에게 말해야 할 의무가 있나요?”

"당당하지 못하니까, 숨기시는 거 아니에요?”

"…….”

당당하지 못할 이유는 없다. 다만, 한 팀의 이사와 팀장이 연애를 한다고 소문이 나 버리면 흐트러질 분위기가 우려되었기 때문이고, 한편으로는 어쨌든 자신보다는 직급이 낮은 강현의 입장이 여러모로 난처해질까 봐 비밀로 했던 것이다. 또한 강현이 자신과 엮였다는 이유로 사람들의 입방아에 오르락내리락하면서 안줏거리가 되는 것도 원치 않았다.

"권 이사가 보기엔 내가 당당하지 못하기 때문에 양 팀장과의 연애를 숨기고 있는 것 같아요?"

"네."

"모두가 아는 사실이 하나 있어요. 권 이사가 우리 양 팀장을 유난히 특별하게 여기고 있다는 거요. 생전 내려오지 않던 우리 사무실을 양 팀장이 오고 나서부터 제 사무실처럼 들락날락하곤 했잖아요."

"……."

"근데 만약, 내가 여기서 대놓고 양 팀장과 사귄다고 얘기를 해 버리면, 당신의 사랑과 자존심은 바닥으로 패대기쳐질 수도 있는 상황이 될 텐데, 괜찮아요?"

정연의 설득에도 혜림의 얼굴엔 아무런 변화가 없었다. 오히려 테이블 위에 하나 올라가 있는 주먹을 하얘질 정도로 꽉 쥐며 독한 목소리로 대답했다.

"괜히 나 위하는 척 말씀하지 마세요. 그래 봤자, 위로 하나도 안 돼요."

사실 따지고 보면 어찌할 방법은 없었다. 정연의 입장에서는 굳이 그녀를 달래 필요도, 이렇게 양해를 구할 필요도 없었다. 서로 좋아하고 있는 남녀를 찢어 놓은 상황도 아니고, 여자 있는 남자를 빼앗은 것도 아니다. 그런데 왜 자신이 이렇게 죄인처럼 굴어야 하는지, 더는 참을 수가 없었다.

마음을 굳게 먹고 자신으로부터 강현을 빼앗아 버리기라도 하겠

294

다는 의지를 보이는 혜림에게 정연은 진절머리를 쳤다. 적어도 강현을 좋아하는 혜림의 마음이 진심되어 보여, 그 마음만큼은 소중하고 좋은 추억으로 간직하게 해 주고 싶었던 배려가 괜한 것임을 깨달았다.

"그래서 끝까지 양 팀장 좋아하는 마음을 접을 수가 없다, 이거죠. 지금?"

혜림은 대답을 하지 않고 매서운 눈으로 정연을 응시했다. 정연도 더 이상 사람 좋은 미소를 짓고 있을 수가 없었다. 정연은 섬뜩해 보일 정도로 사악한 미소를 보이며 상체를 앞으로 깊숙이 기울여 혜림과의 넓은 간격을 좁혔다.

"그러니까, 지금 임자 있는 남자를 빼앗아 가겠다, 이거잖아."

"변 이사님."

"그럴 능력이 있을 거라고 생각해요? 그럴 능력이 있었으면, 내가 나타나기 전에 진작 양 팀장이랑 권 이사가 잘됐겠지. 왜, 가능성도 없는 일에 괜한 힘을 빼고 그래요, 비참해지게. 적어도 당신의 짝사랑이 비참했다는 결말보다는, 아름다웠다는 결말이 낫지 않겠어요?"

"……."

마지막 말과 함께 정연은 여유롭게 물로 입술을 적셨다. 혜림은 여전히 거친 숨만 몰아쉬고 있었다.

"난 충분히 말 전달한 것 같아요. 권 이사가 잘 몰라서 그럴 수도 있겠지만, 난 내 거 절대 함부로 빼앗기지 않아요."

정연은 핸드백을 챙겨 들고 자리에서 일어나, 자신이 받아들여야 할 가혹한 현실과 치열하게 싸우느라 애쓰고 있는 혜림을 지그시 내려다보았다.

"하지만 사람 인연이라는 것을 쉽게 끊을 수는 없으니까, 양 팀장하고는 계속 좋은 선후배로 남아 줬으면 좋겠어요. 그럼, 난 이만."

여전히 분노에 일그러져 있는 혜림을 혼자 두고 룸을 빠져나왔다.

곧, 룸 안에서는 참고 참았는지 혜림의 터져 버린 울음소리가 들려왔다. 그 표현 방법이 극단적이라 조금 거부감이 들었지만, 어쨌든 참으로 애틋한 짝사랑이었나 보다…….

그녀의 짝사랑에 유감을 표하며 정연은 일식집에서 나오자마자 핸드백에 있는 휴대전화를 꺼내 들어 강현에게 전화를 걸었다.

신호는 얼마 가지 않아, 그의 담백한 목소리로 바뀌었다.

― 어디예요?

"나 이제 나왔어. 양 팀장은 어디야?"

― 난 아직 회사요. 이제 나갈게요. 어디에 있을 거예요?

"내가 회사 앞으로 갈게. 후문으로 나와 있어."

일식집에 주차해 놓은 차를 끌고 회사의 후문으로 향했다. 후문에는 벌써 나온 강현이 다가오는 정연의 차를 발견하고는 반갑게 손을 흔들었다.

"바로 나왔네?"

"네. 변정연 전화의 1분 대기조잖아요, 내가."

"어이구."

"운전 제가 할까요?"

"아니. 괜찮아."

강현이 조수석에 올라타 벨트를 맸다. 그런 그의 모습을 잔잔한 눈길로 바라보던 정연은 어렵게 말문을 열었다.

"권 이사하고 앞으로의 관계에 대해서 좀 말해 주고 싶은데."

"네."

"사람 인연이라는 게 그렇게 쉽게 맺어지는 게 아니야. 사실, 난 권 이사가 마음에 안 들어. 실력도 없으면서 애가 은근히 날 놀리는 게, 많이 얄밉거든. 근데 그건 나랑 권 이사의 문제고, 넌 원래 권 이사하고 사이좋은 선후배 사이였잖아."

"그건……."

"쭉, 그렇게 지내라고. 여태 그랬던 것처럼."

"싫어요. 그거 걔한테도 희망 고문이에요. 내가 계속 친절한 선배가 되면……. 걔 나한테 더 많은 기대를 걸 수도 있어요. 나도 물론 그 애한테 미안하지만, 어쩔 수 없는 거잖아요."

"양 팀장."

"둘이서 있을 때만큼은 양 팀장이라고 하지 마세요. 내가 다른 사람한테는 다 양 팀장이어도 당신한테는 양 팀장 아니잖아요."

결코 화를 내는 말투는 아니었지만, 정연은 잔뜩 주눅이 들어 버려 아무 말도 할 수가 없었다.

"그 정도 했으면 됐어요. 나머지는 제가 알아서 할게요."

이제 이 일에 대해서는 일축하라는 의미인지, 강현은 입을 굳게 다물어 버렸다. 그가 처음으로 만들어 낸 무거운 침묵에 정연은 불안감과 불편함이 느껴졌다.

하지만 그것도 잠시. 침묵 속에 침수해 버린 차가 정해 놓지 않은 목적지를 향해 어딘가로 반쯤 달려갔을 때, 강현이 깊은 한숨을 내쉬었다.

"속상해요. 난, 당신을 너무 오래도록 기다려서 좋은 일들로만 가득 채우기도 부족한 시간인데……. 이런 감정에 휘말려서 고민을 해야 한다는 게, 당신이 혜림이 때문에 이렇게 신경 쓰고, 골치 아파하는 것을 보는 게 너무 속상해요."

"그건 나도 마찬가지야. 하지만 상황이, 상황이니……."

분위기가 자꾸만 무거워지는 것을 원하지 않았다. 정연은 자신이 잘 해결하겠다고 호언장담해 놓고 오히려 강현을 괜스레 죄책감이라는 감정으로 힘들게 만드는 것 같아 마음이 불편했다.

"근데 있잖아. 앞으로 나보고 양 팀장이라고 부르지 말라고 그랬잖아."

그래서 화젯거리를 급하게 바꾸었다.

"네."

"그럼 앞으로 뭐라고 불러야 돼?"

"자기요."

다행히도, 단순하고 귀여운 강현은 금세 정연이 바꾼 화젯거리에 승차했다.

"자기?"

아무렇지도 않게 반사적으로 터져 나온 강현의 말에 정연이 놀라 되물었다.

"아니면 강현 씨?"

"강현 씨이?"

"아니면 강현아."

"그래. 난 그렇다고 치고, 그럼 넌? 넌 뭐라고 부를 건데?"

"전 자기요."

일말의 망설임도 없이 당당하게 터져 나온 강현의 호칭에 정연이 실소를 터트렸다.

"자기?"

"아니면 나의 달링?"

"누나라고 불러."

"싫어요."

"왜 싫어?"

"우리 누나도 누나니까."

"아 참, 세정이 잘 지내니?"

"일찍도 물어보시네요."

"세정이한테는 말하지 말고."

"말 안 해요. 말 하면 삐칠 거 뻔하니까."

"세정이 아직도 잘 삐쳐? 귀여워."

"세상에 귀여운 거 참 없네요……."

언제나 그렇듯, 두 사람 사이에 버티고 서 있던 무거운 침묵은 얼마 가지 않아 흔적도 없이 사라져 있었다.

정연은 강현과 가볍게 저녁을 먹고 집으로 돌아왔다. 여전히 혜림과 완만하게 해결되지 않은 문제에 마음이 찜찜했지만, 강현과 함께한 즐거운 시간들을 떠올리며 그 마음을 최대한 추슬렀다.

욕실에서 나와 젖은 머리를 말리며 강현과 문자를 주고받던 정연은 갑자기 울리는 휴대전화 소리에 깜짝 놀랐다.

이모였다.

며칠 전, 맞선 자리 때문에 연락했을 거라고 쉽게 감지한 정연이 잔뜩 긴장한 얼굴로 전화를 받았다.

"네. 이모."

— 아직도 회사인 거야?

"아니요. 오늘은 좀 일찍 퇴근해서요. 지금 집이에요."

— 저녁은 먹었고?

"네. 전 먹었어요. 이모는요?"

— 나도 먹었지. 아, 다름이 아니라 그 맞선은 어떻게 됐어? 내가 기다리다, 기다리다 궁금해서 전화해 봤어. 상대방 쪽에서 딱히 다른 말은 없기에……

"아……"

어떻게 말을 해야 할지 망설여졌다. 하지만 솔직하게 말을 해줘야 이모도 괜한 일에 힘 빼지 않을 거라 생각하며 입술을 떼어 냈다.

"사실, 지금 연애를 하고 있는 남자가 있어요. 맞선 보기 전에는 서로 마음만 있다가 이번에 정식으로 사귀기로 했어요."

— 어머, 그러니? 왜 이모한테 진작 말하지 않고.

"확실한 게 아니라서……"

— 그래. 사귄 지 얼마나 된 거야?

이모는 마치, 정연에게 결혼하겠다는 말을 듣기라도 한 사람처럼 잔뜩 흥분하며 되물었다.

"아직 얼마 안 됐어요. 나중에서 시간 나면 언제 한번 인사시켜 드릴게요."

벌써부터 그 만남이 기대가 된다는 이모와의 통화를 끝내고 정연은 부담감에 눌린 마음을 식히러 테라스로 향했다.

창문을 열고 바라본 바깥세상은 어둠 속에 잠식되었음에도 불구하고 제 빛을 발하고 있는 달로 하여금, 여전히 환했다. 잠들지 않는 대교의 불빛들과 자동차 헤드라이트가 우수한 별만큼이나 반짝거렸다.

전경을 바라보며 정연은 자신도 모르게 깊은 한숨을 내쉬었다.

이모는 자신의 연애가 결혼으로 진전되기를 은근히 기대하는 눈치였다. 하지만 정연은 단 한 번도 강현과의 결혼에 대해서 생각을 해 본 적이 없다. 아니, 그것은 강현이기 때문이 아니라 아예 '결혼' 자체에 대해서 생각을 해 보지 않았을 뿐이다. 상대방이 어떻게 생각하든, 정연에게 사랑의 종착점이 결국 '결혼' 뿐일까, 라는 생각이 들었다.

결혼.

그 '책임'이라는 무거운 짐을 짊어질 수가 있을까. 어쨌든 그것으로 하여금 자신이 하고 싶고 좋아하는 일들의 일부분을 포기해야 할지도 모르는데, 그럴 수 있을까.

어렸을 적에는 그저, 단순하게 생각했던 모든 것들이 이제는 마치 누군가가 골탕이라도 먹이려고 답 따위는 없는 문제를 내놓은 것처럼, 어렵기만 하다.

권혜림, 결혼.

결혼. 권혜림.

정연의 고민이라는 연결 고리가 점점 길어져 가는 밤이었다.

⚜

그렇게 정연의 깊어 가는 고민 속에서도 시간은 흘렀다. 황금 같은 주말을 기다리고 있는 금요일. 정연은 오늘 저녁 퇴근하자마자, 강현과 함께 떠나게 될 캠핑을 준비하기 위해 새벽같이 일어났다.

화장을 지울 클렌징 제품들을 챙기고, 기초화장품과 색조화장품을 챙겼다.

"음, 마음에 들어 하면 좋겠다."

워크숍을 갔을 때, 커플 운동복을 사 온 강현을 떠올리며 커플 잠옷을 마련한 정연은 가방에 넣기 직전에 펼쳐 들어 다시 한번 모양을 살펴보았다. 이 옷을 입고 나란히 누워서는 시간에 제약받지 않고 도란도란 대화 나눌 생각을 하니, 벌써부터 한껏 승천한 광대는 내려올 기미 없이 더욱 올라가고 있었다.

강현과 함께 할 얼굴 팩도 싸고, 잠옷까지 야무지게 챙기고서는 마지막으로 속옷 칸을 열었다.

"……."

여러 종류의 속옷들을 세트로 들어 올려서는 전신 거울 앞으로 가 몸에 직접 대 보았다. 평소에 꽤 즐겨 입던 개나리색의 레이스가 달린 속옷이었다.

"음, 이건 너무 유치한 것 같네."

다른 속옷 세트를 가져와 몸에 대 보았다. 정연이 심각한 얼굴로 고개를 갸웃했다.

"이건 너무……. 촌스럽고……. 어쩜 이렇게 마음에 드는 속옷 하나가 없니?"

다시 서랍장으로 돌아와 최대한 예쁜 속옷들을 찾기 위해 바쁘게 뒤적거리던 정연의 손길이 문득, 멈칫했다.

"어머. 나 근데 지금 이게 뭐라고 이렇게 신중하게 고르고 있는 거야?"

정연은 자신이 여태 무의식중으로 상상하고 기대하고 있던 불측한 상상에 괘씸해하며 얼른 고개를 내저었다.

"아휴!"

혼자 있는 집에 아무도 보는 사람이 없다는 것을 알면서도 정연은 붉어진 얼굴을 가리며 쥐구멍에라도 숨어 버리고 싶은 심정이었다. 하지만 엄밀히 따지면 이렇게 심하게 부끄러워하거나 은밀한 상상에 죄책감이 들 필요는 없는 일 아닌가.

다 큰 성인 남녀가 1박 2일로 놀러 간다고 했을 때, 어느 누가 그것을 상상하지 않을 수 있을까. 그것은 비가 오는 날이면 우산이 생각난다는 원리와 똑같은 거였다.

"그래. 부끄러워할 필요 없어. 예쁘게 보이면 좋지, 뭐. 솔직히 이 나이에 거기까지 가서 손만 잡고 자진 않을 거 아니야?"

스스로를 그렇게 위로해 보았지만, 여전히 후끈하게 달아오를 정도로 몸을 감싸고 있는 민망함은 거두어지지 않았다.

누가 보면 피난이라도 가는 사람처럼 짐을 바리바리 싸 들고 출근한 정연은 오랜만에 여행을, 그것도 자신이 좋아하는 남자와 함께 간다는 것에 잔뜩 들떠 있었다. 그래서 자신도 모르게 콧노래까지 부르며 승강기로 향했다.

"어? 변 이사!"

정연을 보고 반갑게 인사하는 쥬얼리 팀의 신 이사 옆에는 하필, 혜림이 서 있었다.

"안녕하세요."

정연이 애써 덤덤하게 두 사람에게 인사를 건넸을 때, 신 이사가 정연의 어깨 너머로 반갑게 손을 흔들었다.

"어! 양 팀장!"

"안녕하세요."

사무실로 올라가는 잠깐의 시간이었지만, 세 사람이 한 공간에 함께 있다는 것 자체만으로도 정연을 불편하고 불안하게 만들었다. 정연은 강현에게 향하려는 눈길을 억지로 아끼며 승강기 안으로 걸음을 옮겼다.

"변 이사, 요즘 그런 소문이 간간히 들려."

세 사람의 복잡다단하게 얽혀 있는 관계를 전혀 알 리가 없는 신 이사는 이 탁한 공기를 전혀 눈치채지 못하고 즐거운 목소리로 재잘거렸다.

"무슨 소문이요?"

"변 이사 요즘 되게 유해졌다고."

"그거 아마 연애하셔서 그런 걸 거예요."

신 이사의 말이 떨어지기가 무섭게 혜림이 치고 들어왔다. 신 이사는 믿을 수 없다는 듯, 휘둥그레진 눈으로 정연을 바라보았다.

"변 이사 요즘 연애해?"

정연은 자신의 상황을 이렇게 난감하게 만든 혜림이 원망스러웠지만, 절대 티를 내지 않고 침착한 미소를 지었다.

"아니요. 딱히 그런 건 아니고요. 요즘 시즌이 아니다 보니, 제가 좀 덜 예민해서 그런 것 같아요. 시즌 때 오면 또 똑같겠죠, 뭐."

"아……. 하긴. 이번 협업쇼 때문에 변 이사도 많이 지쳤을 만하지."

"와, 변 이사님. 정말 얼굴색 하나 변하지 않고 거짓말 진짜 잘하시네요. 듣는 사람 서운하게."

혜림은 이번에도 역시 잔뜩 꼬인 목소리로 정연을 몰아붙였다. 이쯤 되자, 신 이사도 이 밀폐된 공기가 굉장히 심상치 않다는 것을 눈치채고는 정연과 혜림을 번갈아 쳐다보았다.

"대체, 난 권 이사가 무슨 말을 하는지 모르겠네요."

정연이 다시 한번 불쾌함이 드러나려는 심기를 다독거리며 대답했다.

"모르시겠다고요? 지금 여기에 변 이사님······!"

"잠깐, 저 좀 보시죠. 권 이사님."

언제 눌렀던 건지, 휴게실이 위치한 층수에서 승강기 문이 열리고 강현이 혜림의 손목을 잡고 반강압적으로 끌고 내렸다. 두 사람의 모습은 복도 끄트머리로 금세 사라졌다.

"두 사람 왜 저러는 거야?"

"글쎄요. 저도 잘······."

사무실에 도착한 정연은 착잡한 마음으로 이사실로 올라왔다. 왜 이런 상황들이 초래되어 서로의 감정만 잔뜩 상하게 만들어야 하는지, 정연은 답답함에 거친 숨을 반복적으로 내뱉었다.

"무슨 일 있으세요?"

커피를 들고 온 임 비서가 눈을 감고 근심 가득한 한숨을 내쉬고 있는 정연을 보며 걱정스럽게 물었다.

"아니. 그냥, 좀 피곤해서."

"영양제라도 좀 사다 드릴까요?"

"아니야. 나 먹는 거 있어. 다음 주 스케줄 어떻게 돼?"

"다음 주부터 하반기 채용 공고가 올라가고, 서류 면접을 거친 후, 2주 뒤부터 면접이 진행될 거예요. 디자인 파트에서는 이사님께서 면접을 진행하게 되실 거예요."

"내가?"

"네."

의외의 일이었다. 언제나 디자인 파트 면접은 자신이 아니라 권 이사가 진행했던 일이었다. 의아해하는 정연에게 임 비서도 이해를 못 하겠다는 얼굴로 그 궁금증을 해결해 주었다.

"면접이 진행될 시기에 맞춰 휴가를 떠나신대요. 참⋯⋯."

회장 딸은 사회생활을 그렇게 막 해도 잘리지 않아서 좋겠어요, 라는 불만을 임 비서는 들릴 듯 말 듯 한 아주 작은 목소리로 덧붙였다.

"아, 그래?"

오늘 아침에 자신을 당황스럽게 만든 혜림의 행동을 생각해 보면 딱히 좋은 의미로 해석이 되진 않았다. 대체, 무슨 꿍꿍이속인지 헤아려지지가 않는다. 그러면서도 한편으로는 심적으로 많이 힘들어 그것을 위로받기 위해 떠나는 여행인가, 싶기도 했다.

임 비서가 나가고 정연은 머릿속으로 깊어지려는 혜림에 대한 골치를 거두어 내기 위해 급하게 서류로 신경을 돌렸다.

"선배! 팔 아파!"

혜림의 아우성에도 강현은 걸음을 멈추지 않고 휴게실을 지나 사람들의 인적이 극히 드문 비상구로 향했다. 거칠게 문을 열고 들어가 자신의 뒤를 따라오던 혜림을 아무 배려 없이 제 앞으로 잡아당겨 놓았다.

"뭐 하는 짓이야?"

"내가 뭘!"

"네가 뭔데, 변 이사님을 난감하게 만드냐고!"

"난 선배를 위해서 한 행동이야!"

왜, 자신의 마음을 몰라주느냐며 눈물까지 글썽이는 혜림을 보며 강현은 질린다는 얼굴로 한 걸음 물러섰다.

"선배는 기분도 안 나빠? 자기 애인을 어떻게든 꽁꽁 숨기려고 하는 변 이사님의 행동이? 그렇게 좋으면, 그렇게 아끼는 거면 굳이 숨길 필요 없잖아!"

"네가 상관할 일 아니야. 변 이사님 혼자 단독으로 하는 행동 아니고, 나랑 충분히 합의를 보고 그렇게 하기로 한 거야. 그러니까, 제발 신경 좀 꺼."

무서울 정도로 냉정하게 구는 강현에게 혜림이 적지 않은 상처를 받은 표정을 지어 보였다.

"어떻게 선배는, 자기를 좋아하는 사람한테 그렇게 잔인하게 대할 수 있어?"

"이게 내가 너한테 해 줄 수 있는 최선의 배려이니까."

"……."

"왜, 마음에도 없는데 너한테 친절하게 대하고 여지 주면서 희망 고문 시켜 줘? 난 그게 더 잔인한 행동이라고 생각하는데."

혜림이 딱히 부정을 하지 못하고 아랫입술만 지그시 깨물었다.

"사람 마음 가지고 장난질하는 것만큼, 찌질하고 잔인한 것도 없어. 그리고 난, 그런 하찮은 감정 따위에 낭비할 시간도 없고. 그러니까 그만해. 그리고 만약, 네가 나를 좋아해서 단순한 질투 때문에 그러는 거라면 어느 정도 이해를 하겠지만, 변 이사님을 골탕 먹이려는 목적이라면, 난 너 절대 용서 못 해."

위압감이 들 정도로 단호하게 경고를 한 강현은 아무 미련 없이 비상구를 빠져나갔다.

그가 나가자마자 몰려오는 비참함과 치욕스러움에 혜림은 제 감정을 이기지 못하고 악에 받친 고함을 내질렀다. 비상구의 사방으로 그녀의 독기 서린 고함 소리가 울려 퍼졌다.

"이런 개 같은 기분, 나만 느낄 수 있나? 곧 네들도 느끼게 될 거야."

그녀의 눈동자는 여전히 정연을 향한 분노와 강현을 향한 원망
스러움에 잔뜩 서슬 퍼레져 있었다.

3

　모두가 퇴근하여 정적만이 감돌고 있는 사무실 안에서는 재깍재깍, 멈추지 않을 것처럼 움직이는 시곗바늘 소리만 일정하게 들려올 뿐이었다.

　밖의 상황을 철두철미하게 살피며 정연은 이사실 문을 열고 나왔다. 모두가 퇴근을 하고도 정확히 한 시간이 지나간 현재의 시각이야말로 완벽한 타이밍이라 생각하며 승강기에 몸을 실었다. 주차장이 위치한 층수 버튼을 누르고는 냉큼 핸드백에 있는 휴대전화를 꺼내 강현에게 전화를 걸었다.

　신호는 얼마 가지 않아, 자신을 꽤 애타게 기다리고 있었을 강현의 목소리로 바뀌었다.

　— 내려오고 있어요?

　"어디야?"

　두 사람의 목소리가 동시에 서로의 귓전에 닿았다.

"난 지금 내려가고 있어. 너는?"

— 운전석에 쪼그려 앉아 있어요.

여행을 간다고 나름 두 사람 다 무언가를 많이 싸 들고 온 상황이었다. 하지만 짐이 많다고 차를 따로 가지고 갈 수도 없어서 정연의 차로 이동하기로 했는데, 모두에게 들키지 않으려고 신중을 기해야 하는 입장이다 보니, 본의 아니게 첩보 영화를 찍고 있는 중이었다.

"금방 갈게!"

주차장에 도착하자마자 강현을 향해, 행여나 주변을 배회하고 있을 직원이 있을까 싶어 핸드백으로 얼굴을 가리고 무작정 뛰었다. 같이 퇴근했으면 모를까, 이미 한 시간 전에 퇴근한 강현과 정연이 함께 있으면 누구나 의심할 그림이었다.

하필이면 오늘따라 평소에는 잘 하지도 않던 야근을 하겠다고 사원들이 버티고 있는 바람에 강현을 한 시간이나 기다리게 만들어 버린 것이다.

강현이 기다리고 있는 곳으로 단숨에 달려간 정연은 매우 미안한 얼굴로 조수석에 올라탔다.

"많이 기다렸지? 미안. 아니, 내가 나가려고 하면 한 명씩 일어나서 나가는 바람에……."

"저도 여기서 봤어요. 평소에는 다 같이 퇴근하더니, 오늘은 한 사람, 한 사람씩 퇴근하고 있는 거. 마치 우리가 놀러 가는 거 꼭 눈치챈 사람들처럼."

"마지막 말은 생각만 해도 소름이다."

질색을 하는 정연을 보며 일순간 강현의 얼굴엔 농후한 씁쓸함이 드리웠다. 벨트를 매느라, 그런 강현의 얼굴을 보지 못한 정연은 슈퍼맨 자세를 취할 정도로 매우 들뜬 마음으로 크게 외쳤다.

"출발!"

"출발."

하지만 금세, 씁쓸함을 거두어 낸 강현은 정연의 장단에 맞춰 똑같이 슈퍼맨 자세를 취한 후 차를 출발시켰다.

중간에 마트에 들러 먹고 싶은 음식들을 사고, 강현이 친구들에게 정보를 입수하여 미리 알아본 강에 도착했다. 출발할 때까지만 해도 노을이 내려앉아 온통 붉었던 세상은 그 흔적도 없이 전부 어둠에 잠겨 있었다.

손전등을 켜고 익숙하게 텐트를 설치하는 강현의 곁으로 정연이 다가왔다.

"내가 뭐 도와줄까?"

"아니요. 다 했어요."

텐트를 다 친 강현은 강과 가까운 위치에 간이 의자 두 개를 가지런히 놓고는 트렁크로 가서 낚싯대와 미끼를 가져왔다.

"나 낚시 처음 해 봐."

"그런데 나보다 더 잘 잡는 거 아니에요?"

강현이 정연의 낚싯바늘에 능숙하게 미끼를 끼워 주었다.

"그랬으면 좋겠다. 뭐든 이기는 게 좋은 거잖아."

"그놈의 승부욕."

이기고 말 것이라며 혼자 굳은 결의를 다지고 있는 정연이 귀엽다는 듯, 강현은 그녀의 볼을 꾹 누르며 다정하게 말했다. 그러고 선 강현이 미끼가 끼워져 있는 낚시를 강 멀찍이 던져 주었다.

"뭐라도 꼭 잡았으면 좋겠다."

낚싯대를 건네받으며 정연이 의자에 앉아 잔뜩 기대한 얼굴로 중얼거렸다. 강현은 차에서 담요를 가져와 정연의 어깨 위에 살포시 덮어 주었다.

"나 안 추워."

"강 근처라 곧, 추워질 거예요."

두 사람은 낚싯대를 손에 쥐고 의자에 나란히 앉아 때를 기다렸다.

용용하게 흐르는 강물의 줄기와 그 소리가 고스란히 들려오는 달무리 진 밤은 몸이 금세 나른해질 만큼 평온하게 느껴졌다. 달 근처에 떠 있는, 금빛 가루를 뿌려 놓은 듯한 별들을 바라보던 정연은 고요함 속에서 일정하게 들려오는 강현의 작은 숨소리에 천천히 고개를 돌렸다.

언제부터 자신을 바라보고 있었는지, 그와 시선이 닿자 미세하게 미소를 지어 보이는 강현이였다.

"왜?"

그의 시선이 쑥스러워 공연히 던진 질문이었다.

"안 궁금해요?"

"뭐가?"

"아까, 혜림이랑 따로 가서 한 얘기요."

"궁금한데, 안 물어보고 안 들을래. 그냥, 지금은 우리 두 사람한테만 집중하고 싶어."

말을 이으며 어둠 속에 가려져 잘 보이지 않는 강을 바라보았다. 그러면서도 여전히 볼이 화끈거릴 정도로 느껴지는 강현의 시선에 정연은 다시 한번 그를 마주 보았다.

"왜 자꾸 쳐다봐?"

"좋아서요."

그에 돌아온 강현의 대답은 지극히도 솔직한 것이었다.

"뭐가 그렇게도 좋아?"

"전부 다요. 당신도 좋고, 이렇게 당신이랑 있는 것도, 오늘 계속 같이 있을 수 있다는 것도 전부 다."

강현의 모든 것이 행복함에 푹 젖어 있었다. 영롱한 달빛을 받아 오늘따라 더욱이 빛나고 있는 투명한 다갈색 눈동자도, 작위적이지 않게 붉어 반달 모양을 거꾸로 해 놓은 듯 보이는 입술도, 작은 자두 같은 적당한 크기의 광대도.

그는 오롯이 정연을 향해서만 웃고 있었다.

이렇게 누군가에게 뜨겁게 사랑을 받아 본 적이 있었던가? 누군가에게 이렇게 사랑스러운 눈빛을 받아 본 적이 있었던가?

연애는 해 봤지만, 언제나 서로의 마음만 확인하느라 바빴을 뿐, 정작 상대방에게 향해 있는 마음을 인정하고 표현하며 즐긴 시간은 없었던 것 같다.

하지만 강현은 그런 사랑을 하고 있었다. 한 발자국 물러서도 아무렇지 않게 한 발자국 다시 다가와 주는. 재지 않고 그 순간에 제 모든 감정들에 충실한. 그래서 혹시 모를, 이라는 의심으로 경계심에 똘똘 뭉친 정연조차도 무방비 상태로 만들어 버리는 남자였다.

"나도 그런 것 같아."

"……."

"나도 전부 다 좋은 것 같아. 너도 좋고, 이렇게 너랑 있는 것도 좋고, 오늘 계속 같이 있을 수 있다는 것도. 전부 다, 좋다."

강 내음을 실은 서늘한 바람이 마주 보고 있는 두 사람의 작은 틈 사이에 유유히 불어왔다.

"이리로 올래?"

정연이 자신의 어깨를 덮고 있던 담요를 펼쳐 들어 강현이 들어올 수 있는 공간을 만들었다. 강현이 단숨에 그녀가 만든 공간을 채웠다. 두 사람은 이제 한 사람이 살짝만 움직여도 서로의 몸이 완전히 닿을 만큼 가까워졌다.

정연은 자신이 잡고 있는 잠잠한 낚싯대를 바라보았다.

"여기서 고기가 잡히긴 하는 거 맞지?"

"네."

"너도 소식 안 와?"

정연이 자신의 것만큼이나 미동이 없는 강현의 낚싯대를 힐끔거렸다.

"네. 근데, 사실은요."

"응."

"전 지금 낚시에 전혀 집중이 안 돼요."

뭔 소리인가 싶어 다시 강현에게로 고개를 튼 정연은 어느새 제게 바짝 다가와 있는 그의 입술에 흠칫하고 놀랐다.

"이거 때문에."

강현의 농도 짙은 눈빛이 천천히 아래로 내려가 정연의 입술에서 멈췄다. 그 시선이 어찌나 은밀한지, 정연은 강현이 바라보고 있다는 것도 망각한 채 마른침을 꼴깍 삼키는 민망함의 대참사를 일으켜 버렸다.

하지만 지금 정연의 그런 반응에 신경 쓸 여력이 없는지, 강현은 더욱 가까이 그녀에게로 다가왔다. 그러고는 긴장감에 잔뜩 굳은 정연의 볼을 커다란 손으로 부드럽게 어루만졌다. 그의 손이 닿자 잠들어 있던 솜털들이 바짝 곤두섰다.

강현의 입술이 살며시 정연의 입술에 닿았다. 촉촉한 그의 입술이 닿자, 달콤한 마시멜로가 들어오는 것처럼 정연은 자연스럽게 입술을 벌렸다. 그녀의 안으로 들어온 그의 부드러운 혀는 적극적으로 모든 것을 훑고 빨아들였다. 술에 취해 얼떨결에 나누었던 그날의 키스하고는 확연히 다른 느낌이었다. 오늘 강현의 키스는 욕망이라는 심한 갈증을 해소하려는 듯, 더욱 격렬했다.

자신의 낚싯대를 내려놓은 강현은 정연이 양손으로 쥐고 있던 낚싯대도 슬그머니 빼앗아 바닥에 내려놓았다. 그러고는 그녀의 허리와 뒷머리를 잡고 자신과 더욱 밀착시켰다. 정연의 입 안에 머물고 있던 강현의 혀는 작은 틈도 허락하지 않는다는 듯, 구석구석을 맹렬히 탐닉했다. 그러면서도 부드러운 그의 혀끝에 정연의 몸은 흥분으로 달아올라 금방이라도 터져 버릴 것만 같았다.

정연은 입 안에 진득하게 모인 타액을 삼키고, 목 끝까지 차오른 신음 소리를 내뱉을 겨를도 없이 강현에게 속수무책으로 빨려 들어갔다. 고작 키스 하나로 제 모든 감각들이 강현에게 전부 정복되어 버린 기분이었다.

황홀했다. 키스가 이렇게 황홀한 행위라는 건, 오로지 강현을 통해서만 느낄 수 있는 것이었다. 서로를 향한 애정 어린 키스를 더욱 깊게 느끼고 싶었다. 제게로 치솟는 욕망을 감춘 적 없던 강현처럼 정연도 더 이상 감추지 않기로 마음먹었다.

두 팔을 강현의 목에 두르고 끌어당겼다. 그러자 비로소 바람이 간신히 들어갈 만큼의 틈이 남아 있던 그들의 몸이 완전히 포개어졌다. 서로를 향해 뛰고 있는 거침없는 심장 소리가 고스란히 느껴졌다.

강현이 한참을 정연의 입 안에서 머물고 있던 자신의 혀를 빼냈다. 갑자기 몰려오는 허전함에 정연은 절절한 아쉬움을 느꼈다.

"자리를 옮겨야겠어요."

정연의 이마와 맞대며 강현이 그녀의 볼을 부드럽게 쓰다듬곤 미세하게 떨려 오는 목소리로 말했다.

"자리?"

"네. 잠깐 여기서 기다려요."

강현이 자리에서 일어나 급하게 텐트를 거두었다.

"텐트는 왜? 우리 여기서 자는 거 아니야?"

"네. 여기서 안 잘 거예요. 생각해 보니까, 당신이 자기엔 여긴 너무 별로예요. 꼭 아무 데서나 재우는 것 같아 마음이 불편해요."

"그럼 어떡해?"

"제가 미리 예약한 펜션이 있어요. 여기서 차로 한 10분 정도만 가면 돼요."

굉장히 빠른 속도로 모든 것을 정리한 강현은 좀 전의 키스의 여운에서 제대로 헤어 나오지 못하고 있는 정연을 차에 태웠다.

"볼이 붉어요."

강현이 제 손등으로 달아올라 홍조를 띠우고 있는 정연의 볼을 쓸었다.

"뜨거워요."

"……."

"나한테 이렇게 반응을 보인 거예요? 당신의 온몸이?"

대답하는 것이 쑥스러워 입을 다물고 있는 정연을 보며 강현이 미세하게 미소를 지었다.

"섹시하고 예뻐요. 밤새도록 사랑해 주고 싶을 만큼."

야릇한 말을 내뱉는 그의 목소리는 색정을 가득 담고 있는 정연을 더는 참을 수 없게 만들었다. 마음이 급한 건, 어쩌면 강현이 아니라 자신이었을지도 모른다. 정연은 점점 더 달아오르기 시작하는 몸을 식혀 주고 위로해 주고 싶었다.

반드시 한 사람.

"가자."

강현에게로부터.

"너한테 안기고 싶어."

펜션에 도착하자마자 여태 간신히 억누르고 있었던 모든 욕망들이 서로를 향해 폭발되었다. 강현은 정연을 품에 안았고, 정연 역시 자신을 향해 파고드는 강현을 적극적으로 받아들였다.

한참을 길고 진한 키스를 나누던 강현의 손이 그녀의 티셔츠 안을 파고들어 척추를 은밀하게 쓸었다. 그의 미세한 행동에도 정연의 몸은 반사적으로 반응하며 부르르 떨었다.

"같이 씻어요."

강현이 정연의 귀에 대고 낮게 속삭였다. 그 자극적인 목소리에 가뜩이나 키스로 정신이 혼미한 정연을 아주 아득하게 만들었다.

"같이 씻는 건……."

"부끄러워요?"

"응……. 좀."

"하지만 이렇게 다시 떨어져서 한참 동안 서로를 또다시 기다려야 하는 시간을 난 못 버틸 것 같은데."

그건 정연도 마찬가지였다. 강가에서 나눈 키스 때문에 안달이 난 몸을 이제야 겨우 위로했는데 또다시 떨어져야 한다니. 그와 함께 뜨거워진 몸의 온기를 한시라도 빨리 나누고 싶었다. 하지만 여전히 그 욕망을 가로막고 있는 부끄러움 때문에 정연은 갈등이 되었다.

하지만 그 갈등은 자신을 매만지는 그의 손길이 거두어지는 순간, 끝나 버렸다. 잠깐이라도 그를 더 기다릴 수가 없을 것 같았다.

"그래, 그럼. 같이…… 씻자."

"물 받아 놓을게요."

강현이 벽에 걸려 있는 가운을 들고 욕실 안으로 들어가자마자 정연은 옷을 벗고 속옷 차림으로 다급하게 거울 앞에 섰다. 오늘 혹시 몰라 점심을 굶었더니, 다행히도 배가 쏙 들어가 있었다. 어차피 샤워를 할 거지만, 그래도 그에게 좋은 인상을 심어 주고 싶어 준비해 둔 샤워 코롱을 뿌리고는 나머지 속옷도 벗었다.

"아휴."

이게 뭐라고 이토록 긴장이 되는지. 정연은 벌거벗은 제 몸을 하얀 가운으로 가린 후, 천천히 욕실 안으로 들어갔다.

욕실엔 어느새 뿌연 수증기가 가득 들어차 있었다. 가운 차림의 강현이 욕조에 채워진 물의 온도를 체크하고는 정연에게로 다가와 그녀의 몸에 걸쳐져 있는 가운을 벗겨 냈다. 맨몸을 쓸며 벗겨지는 옷의 감촉이 이렇게 야하게 느껴지는 것은 처음이었다.

하얀 흙으로 빚어 놓은 듯한 도자기 같은 그녀의 몸을 바라보는 강현의 눈빛이 찬연하게 빛났다. 강현은 그녀의 맨몸 위로 손을 뻗어 조심스럽게 매만졌다.

"너무 부드러워요."

"나, 욕조로 들어갈래."

부끄러운 마음에 손으로 몸을 반쯤 가린 정연이 얼른 욕조 안으

로 들어갔다. 욕조는 장미향이 가득한 입욕제의 거품이 한가득이
었고, 욕조 옆의 널찍한 여유 공간에는 와인이 준비되어 있었다.

"언제 이런 걸 다 준비했어?"

손바닥에 거품을 담고 있는 정연의 뒤로 어느새 옷을 벗은 강현
이 다가와 앉았다. 몸 구석구석 단단한 근육으로 야무지게 채워져
있는 강현의 몸은 바라만 보기엔 지나치게 아까운 몸이었다. 정연
은 그의 매끈한 몸을 손끝으로 느꼈다.

"간지러워요."

자신의 몸을 만지고 있는 정연의 손가락을 입술로 끌어다 앙,
하고 깨물었다.

"아파."

"엄살쟁이."

강현은 와인을 능숙하게 오픈하고는 빈 잔에 채워 정연에게 건
네줬다.

"해 줄 수 있는 건, 다 해 주고 싶어서요."

공중에서 맞부딪친 두 와인 잔에서 청량한 소리가 났다.

"음, 와인 달고 맛있다."

정연이 만족스러워하며 중얼거렸다.

"더 달고 맛있는 거 줄게요. 지금부터. 최선을 다해서."

강현이 조금 더 거리를 좁혀 와서는 정연의 손에 있는 와인 잔
을 내려놓고 그대로 입을 맞추었다. 거품으로 인해, 미끄럽고 매끈
해진 제 몸을 천천히 그녀에게로 밀착시켰다. 물에 젖어 엉켜 붙은
정연의 머리카락이 강현의 뺨을 간질였다.

하지만 지금, 그런 사소한 간지러움을 신경 쓸 겨를이 없었다.

강현의 손은 자연스럽게 거품이 잔뜩 묻어 있는 정연의 가슴으

로 향했다. 그의 커다란 손에 정연의 풍만한 가슴이 여지없이 들어찼다. 그가 천천히 손에 힘을 주었다. 스스로는 여유가 있지만, 상대방에겐 절대 여유를 허락하지 않는 능숙한 손길이었다.

아프지만 싫지 않은 쾌락을 주며 부드럽게 제 가슴을 그러쥐는 강현의 손길과 제 입 안을 헤집고 다니는 따스한 혀의 짙은 농도를 정연은 마음껏 느꼈다.

강현은 탱글탱글한 정연의 가슴을 만지며, 그녀가 조금씩 흥분하고 있다는 것을 느꼈다. 곤두선 유두를 손끝을 살살 매만지던 강현은 이내, 정연의 입 안을 거침없이 파고들던 혀를 빼서 그 위로 가져다 댔다. 그러고는 아이스크림 녹여 먹듯, 혀끝으로 살살 핥다가 입 안 가득 물고서는 거침없이 빨았다.

정연이 온몸에 흐르는 짜릿함에 파르르, 하고 몸을 떨었다.

"아……!"

정연의 입술 사이를 비집고 나오는 야릇한 신음이 강현을 더욱 흥분하게 만들었다. 강현이 손을 뻗어 정연를 뒤로 돌리곤 제 품으로 끌어안았다. 제 가슴에 닿는 정연의 등은 한층 달아올랐는지 뜨거웠다. 강현은 정연의 매끈하고 보드라운 등에 키스를 하며 천천히 손으로 일렁이는 물길을 헤치며 그녀의 은밀한 곳을 찾았다.

정연의 등에서는 그의 심장 소리가 고스란히 전해지고 있었다.

깃털처럼 가볍게 그녀의 아래에 닿은 그의 손가락은 금세 안으로 파고들었다. 한쪽 손으로는 그녀의 클리토리스를 찾아 비비며 다른 한 손으로는 가슴을 지분거렸다.

정연의 허리가 의지와는 상관없이 활처럼 휘며 강현의 어깨로 머리가 젖혀졌다. 강현은 제 바로 앞으로 다가온 그녀의 입술에 다시 한번 파고들었다. 그녀를 매 순간마다 사랑해 주고 싶은 그의 마음이 절실하게 느껴졌다.

정연은 짜릿함에 금방이라도 정신을 놓을 것만 같았다. 입 안을 거칠게 파고드는 강현의 혀 놀림도, 제 아래에 손가락을 깊숙이 집어넣고 내벽을 긁는 강현의 움직임도, 곤두선 유두를 간질이는 강현의 손톱 끝도 전부 황홀하다는 감정에 휩싸일 만큼, 아찔했다.

자신의 모든 것이 그의 움직임에 반응하고 있었다.

"하아……. 아앗."

정연의 입술 밖으로 섹시함이 가득 담긴 신음 소리가 터져 나왔다. 강현은 정연에게서 입술을 떼어 내고 자신의 움직임으로 인해, 몸부림치는 그녀를 사랑스럽다는 듯이 바라보았다. 정연에게 깊숙이 들어가 있는 강현의 손가락에 탄력이 붙은 듯 빨라졌다.

"하아!"

강현의 손짓에 정연의 가슴이 위아래로 흔들리자 욕조의 물이 출렁였다. 강현은 이제 한 개로는 부족할 것 같은 정연의 질구에 두 개의 손가락을 한꺼번에 집어넣었다. 그러자 정연이 교성과 함께 자지러졌다. 강현은 곧 절정을 향해 달려가는 정연에게 최고의 기분을 선사해 주기 위해 손가락 움직임에 박차를 가했다.

어느새, 욕실엔 뿌연 수증기만큼이나 질척이는 야한 소리가 가득 채워져 있었다. 정연이 몸을 순간 부르르 떨다가 힘이 빠짐과 동시에 아래에서 끈적끈적한 물이 주르르 나왔다.

"이제 우리 씻어요."

잘 익은 딸기처럼 달아올라 있는 정연의 귀에 대고 강현이 나지막하게 말했다.

"너, 못됐다."

당장이라도 그가 자신에게 들어오길 바랐던 정연은 강현의 말에 억울해하며 있는 힘껏 째려보았다.

"빨리 씻고 나가요. 나도 힘들어요."

그런 정연을 달래 주듯, 째려보는 눈두덩 위에 가볍게 입을 맞췄다.

성급하게 서두를 줄 알았던 두 사람은 의외로 여유롭게 와인을 마시며 샤워를 끝내고 나왔다.

침대로 오는 그사이를 참지 못하고 정연을 뒤에서 끌어안은 강현은 막 샤워를 하고 나와 유난히도 뽀얀 그녀의 목에 깊숙이 얼굴을 박고 숨을 들이켰다.

"좋은 냄새가 나요."

그의 뜨거운 입김이 닿은 목 언저리가 간지러워 정연이 쿡쿡, 하며 웃었다. 강현이 정연의 목에 키스를 하며 걸치고 있던 가운을 벗겼다. 욕실에서 나눴던 은밀한 행위에 대한 여운이 채 가시기도 전이었다. 강현은 자신의 존재만으로도 잔뜩 흥분해 곤두서 있는 그녀의 진주알 같은 유두를 손끝으로 살살 문질렀다.

"꿈만 같아요. 내가 당신을 이렇게 마음껏 사랑할 수 있다는 게."

강현의 달콤한 목소리가 전혀 귀에 들어오지 않았다. 그저 자신의 가슴을 지분거리는 그의 능숙한 손길에 모든 정신을 빼앗겨 버렸다.

강현에 의해 맨몸으로 침대에 눕혀진 정연은 잔뜩 느껴 버린 쾌락에 몽롱해진 눈으로 자신의 몸 위를 올라타는 강현을 바라보았다. 그의 눈빛이 가득 머금고 있는 감정은 절실한 욕망과 그녀를 향한 애틋한 사랑뿐이었다.

강현이 누워 있는 그녀의 몸 구석구석에 입을 맞추었다. 그러고
는 욕실에서보다 더욱 격정적이면서도 깊숙이 그녀의 아래로 파고
들며 애무했다. 때를 기다린 것처럼, 그녀의 몸은 금세 그를 충분
히 받아들일 수 있을 정도로 젖어 있었다.

"더는 못 참겠어요."

여태 조급해하지 않고 오히려 느긋하게 정연의 애간장을 태우던
강현이 제 몸에 걸치고 있던 거추장스러운 가운을 급하게 벗어 던
졌다.

아래서 강현을 바라보는 정연의 눈동자가 갑자기 겁에 질려서는
휘둥그레졌다. 그의 팽창하게 부풀어 오른 상당한 크기의 페니스
를 보며 문득, 자신이 저걸 감당할 수 있을까, 하고 걱정이 몰려오
기 시작했다.

그런 정연의 걱정을 아는지 모르는지 강현은 정연의 두 다리를
벌려 제 치골에 걸친 후, 상체를 깊숙이 숙여 정연을 마주했다. 그
의 페니스가 촉촉하게 젖은 자신의 그곳에 은근하게 닿자, 정연은
짜릿함에 허리가 반사적으로 휘어졌다.

"그거 알아요? 나한테 이렇게 즉각적으로 반응하는 당신을 보
면, 너무 사랑스러워 미칠 것 같아요."

그의 딱딱하게 선 페니스가 그녀의 안으로 매끄럽게 들어왔다.

"아흐!"

아직 반도 채 들어가지 않았지만 저릿하게 느껴지는 그 고통은
감히 무시 못 할 강도였다.

"아파요?"

"어!"

"힘을 조금만 빼 봐요. 그럼 괜찮을 거예요."

남자와의 관계가 처음이 아니라 능숙할 줄 알았는데, 확실히 남다른 강현의 크기에 정연은 한층 기가 팍 눌려 있는 상태였다.

"아, 아픈데 어떻게 힘을 빼⋯⋯."

어쩔 줄 몰라 방황하는 정연의 머리를 강현이 부드럽게 쓸어 넘겨 주었다.

"힘을 안 빼면, 난 더 이상 당신의 안으로 들어갈 수가 없어요. 이렇게 아파하는데, 내가 뭘 할 수 있겠어요?"

강현이 정연에게 쏠려 있던 상체를 살짝 뒤로 빼는 순간, 정연의 안을 채우던 그의 것도 빠져나가려 했다. 순간 몰아치는 아쉬움에 정연은 강현을 꽉 끌어안았다.

"잠깐만!"

자신을 붙잡는 정연을 강현이 귀여워 죽겠다는 얼굴로 바라보았다.

"이, 이렇게? 이렇게 힘을 빼면 되는⋯⋯. 악!"

예고도 없이 안으로 쑥 들어온 강현 때문에 정연이 자지러지듯 비명을 내질렀다. 그는 그녀의 내벽까지 밀고 들어왔다. 강현의 것으로 꽉 채워진 그곳은 어떤 쾌감도 아닌 고통만 느끼게 할 뿐이었다.

"잠깐만, 잠깐!"

강현의 가슴을 밀어 내며 말려 보았지만, 그는 전혀 끄덕도 하지 않았다.

"천천히 할게요. 금방 기분 좋아지게 해 줄게요."

그가 허리를 천천히 움직이며 더 깊게 들어오자 정연은 안이 온통 무너져 내리는 기분이었다. 자신의 그곳이 금방 터지거나 찢어져 버릴 것 같았다.

"잠깐만, 강현아!"

아무리 애원한다고 해도 멈출 것처럼 보이진 않았다. 강현은 허공에 떠 있는 그녀의 다리를 붙잡아 제 어깨에 올리고서는 움직이는 허리의 속도를 더욱 높여 그녀를 탐닉했다.

최대한 정연을 배려한 강현의 움직임에 시간이 지날수록 점차 고통이 잦아들었고 그 자리를 쾌감이 대신 채우기 시작했다. 머리가 새하얗게 질려 가고 아무 생각도 떠오르지 않았다. 잔뜩 꼬부라진 발가락과 휘어진 허리는 그녀가 지금 이 순간, 최고의 쾌락을 맛보고 있다는 것을 증명해 주는 모습이었다.

"너무 예뻐요. 지금, 당신 모습."

애당초 먹지 않았던 초콜릿이었으면 모를까, 한번 맛을 본 초콜릿은 그 중독성이 강해서 먹으면 먹을수록 달콤하고 맛있었다. 그리고 더 이상 먹지 못하게 되면 심한 갈증에 이르는 증상까지 나타나는데, 강현과의 행위가 그런 느낌이었다.

강현의 페니스는 시간이 지날수록 더욱 팽창해져 갔고 움직이는 허리의 속도는 더욱 빨라졌다. 제 것을 꽉 조여 오는 정연의 아래가 강현을 짜릿한 쾌감으로 몰고 갔다.

"하아!"

정연의 입술 밖으로 교태를 가득 머금은 신음이 흘러나왔다. 벌써 몇 번이나 절정을 느꼈지만, 강현은 여전히 멈출 기미를 보이지 않았다.

"미칠 것 같아요. 너무 좋아요."

"나도."

두 사람은 이대로 세상을 등져도 상관없다고 느껴질 엄청난 쾌락의 절정을 몇 번이고 경험했다.

"아흑!"

마지막이라 생각했던 절정 끝에, 그가 여전히 그녀의 안에 자신의 것을 넣어 둔 채 그녀의 몸 위로 쓰러졌다. 그의 단단한 근육이 박혀 있는 등은 어느새 땀으로 흠뻑 젖어 있었고, 그녀는 신음 소리를 낼 힘조차 없어서 탈진해 버렸다.

정연은 제 위로 쓰러져서는 저를 꼭 끌어안는 강현의 등을 부드럽게 다독여 주었다.

"사랑합니다."

갑작스러운 강현의 고백에 정연의 마음이 또 다른 의미로 콩콩콩 뛰었다.

"뭐야, 갑자기 뜬금없게……."

괜한 쑥스러움에 핀잔을 주었지만, 정연은 기분이 좋았다.

"사랑해요."

다시 한번 같은 말을 반복하며 강현은 정연을 더욱 꽉 안았다.

그렇게 한참을 서로 끌어안고 있다가 끈적끈적한 몸으로 잘 수 없다고 생각한 정연이 제 몸 위에 여전히 누워 있는 강현을 일으켜 세우려 했다.

"자, 이제 씻고 자자."

"어딜 가요?"

그러나 다시 일어난 강현은 축 처져 있는 그녀의 다리를 잡고 자신의 어깨에 올렸다.

"뭐?"

정연이 다리가 야하게 벌어진 자세로 놀라서는 뺙, 하고 고함을 지르든 말든

"아직 다 안 끝났는데."

그는 다시 한번 허리를 내둘렀다.

지쳐서 나가떨어졌어도 진작 나가떨어졌어야 할 강현은 오히려 좀 전보다 더 강하게 그녀를 끌어안았다.

✤

강현과의 여행에서 얻어 온 근육통의 여파는 월요일까지 계속되었다.

정연은 여전히 아릿거리는 밑과 쑤시는 몸을 질질 끌다시피 하며 오피스텔을 빠져나왔다. 그러자 그녀를 기다리고 있던 강현이 단박에 달려와 부축했다. 도통 운전을 하고 갈 기운이 없다는 정연의 말에 강현이 집 앞까지 데리러 온 것이다.

"아직도 많이 아파요?"

"그걸 말이라고 해? 너 그날 밤에는 몇 번 하고, 다음 날 아침에는 몇 번이나 했는지 알기나 해?"

"그걸 누가 새 보면서 해요. 하는 데까지 하는 거지."

"고맙다. 최선을 다해 줘서."

"별말씀을. 매번 그렇게 최선을 다할게요."

"내가 너랑 두 번 다시 여행 가나 봐."

"꼭 여행지에서만 할 수 있는 건 아닌데."

"야! 읔!"

갑자기 몰려오는 근육통에 정연이 얼굴을 찌푸리며 비틀거렸다.

"많이 아파요? 차 안에서 좀 주물러 줄까요?"

저 말에 두 번은 속지 않으리! 엊그제 여행지에서도 아침 내내 근육통에 아파하는 정연의 사타구니를 주물러 주겠다던 강현은 또 다시 그녀를 톡톡 건드리며 몇 번이고 안았었다. 물론, 그가 그럴 때마다 자신 또한 거부할 수 없이 넘나드는 쾌락에 말리지는 않았다만, 자신과는 다르게 지나치게 멀쩡하기만 한 강현의 모습에 은근히 억울했다.

"저리 가!"

참다못한 정연이 강현을 있는 힘껏 째리며 손바닥으로 거침없이 밀어 냈다. 그래도 강현은 전혀 밀리지 않고 정연의 옆에 찰싹 붙었다.

"그거 알아요? 원래 근육통은 그 근육통이 생긴 원인을 반복해야 더 빨리 풀어진다는 거."

"미쳤어."

조수석 문을 열어 주며 능청맞게 말하는 강현의 입술을 참다못한 정연이 꼬집으려 손을 뻗었지만, 강현은 고개를 옆으로 틀어 그녀의 볼에 쪽, 하고 입을 맞추었다.

"진짜, 나 미친 거 같아요. 변정연한테."

"빨리 운전이나 해! 이러다가 우리 늦겠다."

"진하게 키스 한번 하고 가시죠."

"야!"

하지만 말릴 틈도 없이 정연의 입술 위로 강현의 입술이 포개져 버렸다.

제 4부

메두사, 위기에 빠지다

1

정연은 앞으로 자신의 미래는, 강현과의 행복으로만 가득 채워져 있을 거라는 믿음을 단 한 번도 의심하지 않았다.

강현은 자주 정연과 함께 침대 위에서 아침을 맞이했다. 매일 아침, 눈을 뜨는 순간부터 당신 때문에 행복하다고 말하는 강현에게 정연은 늘 설레어 했다.

한참 업무를 보는데, 노크 소리와 함께 강현이 들어왔다. 마음 같아서는 소파에 앉혀 놓고 실컷 수다라도 떨고 싶었지만, 여긴 회사이니만큼 공사 구분은 철저하게 해야 한다는 이념으로 정연은 급하게 서류로 시선을 돌렸다.

"이사님, 이 보고서 좀 한번 확인해 주세요."

"어. 거기다가 두고 나가."

이번에 새로 오픈하는 백화점에 입점하게 될 상품들 리스트를 보며 여념이 없는 척하는 정연이 눈길도 주지 않고 대충 대답했다.

하지만 서류를 내려놓는 소리도, 강현이 다시 나가는 소리도 들려오지 않았다. 그제야 정연이 고개를 슬쩍 들었다.

"얼굴 한 번 보기 되게 힘듭니다."

그가 그녀의 지척으로 와 다정하게 말했다.

"회사에선 일하지? 공사 구분 못 하나?"

"그래서 지금 하고 있잖아요. 꼬박꼬박 이사님이라 부르고. 알고는 있어요? 내가 1분에도 몇백 번씩은 뛰어 올라오고 싶은 걸 참느라, 얼마나 피가 마르고 있는지?"

자신을 향해 사랑을 갈구하는 강현의 모습에 정연은 묘한 승리감을 느꼈다. 그러다 곧, 그의 절실하고 맹목적인 사랑에 고마움이 느껴졌다.

"그리고 뭐, 내가 이런다고 놓치는 업무가 있나, 뭐가 있나. 하, 일하랴, 솟구치는 본능 참으랴, 너무 힘들다. 힘들어."

계속되는 강현의 소심한 불평에 정연이 피식, 하고 실소를 터트려 버렸다.

"이리 와 봐."

정연이 밖에서는 절대 볼 수 없는 위치인 이사실 안쪽으로 들어가서는 강현을 은밀하게 불렀다. 오란다고 또, 강현이 그녀에게로 쪼르르 다가갔다.

"뽀뽀해 줄게."

"올라오길 잘했네."

강현이 정연의 허리를 끌어안았다.

"키스는 안 돼."

"왜요."

강현이 그런 게 어디 있냐며 아쉬운 목소리로 되물었다.

"누가 언제 들어올 줄 알고! 싫으면 그냥 가든가."

"알았어요. 해 줘요. 뽀뽀만이라도."

두 사람의 입술이 천천히 서로에게 닿았다. 하지만 아차, 하는 사이에 입술을 열고 들어오는 강현 때문에 정연이 머리를 뒤로 빼려고 했지만, 이미 강현의 손이 꽉 잡고 있었다.

"으으읍!"

정연이 싫지 않게 강현의 가슴팍을 주먹으로 콩콩 내려쳤지만, 그는 끄떡도 안 했다. 마치 더욱 자극이라도 받은 것처럼 적극적으로 정연의 안으로 집요하게 파고들 뿐이었다.

그때였다. 노크 소리와 함께 문이 열렸다. 갑작스러운 임 비서의 등장에 두 사람은 입술만 떼고 저승사자라도 본 것처럼 서로를 끌어안은 그대로 얼어붙고 말았다.

"어머. 미리 말씀을 좀 해 주시지!"

임 비서가 터져 나오려는 웃음을 애써 감추려 입을 틀어막고 막 몸을 돌렸다.

"아, 아니야! 임 비서!"

정연이 강현의 품 안에서 나와 막 나가려는 임 비서를 불러 세웠다. 강현은 임 비서에게 머쓱하게 웃어 보이는 와중에도 아쉬운지 발목에 철근이라도 매단 것처럼 더디게 이사실을 빠져나갔다.

"한참 좋으실 때겠어요. 너무 부러워요. 전 우리 남편한테 안겨본 적이 언제인지……."

다행히도 임 비서는 정연과 강현이 진하게 나눈 '키스' 까지는 보지 못한 모양이었다.

"연하는 어때요? 밥 잘 먹죠?"

"어? 뭐, 밥은 잘 먹지."

정연의 대답에 임 비서가 음침해 보일 정도로 눈을 가늘게 떴
다.

"뭘 하든, 혈기가 왕성하죠? 특히, 그……."

"임 비서!"

"하하! 정말, 나도 참 주책이야. 죄송합니다."

"근데 무슨 일 때문에?"

최대한 빨리 화제를 바꾸는 것만이 정연에겐 민망함을 피할 수
있는 유일한 방법이었다.

"아, 1차 서류 면접 합격자들 이력서예요."

"다음 주부터 면접 진행이라고 그랬지?"

"네."

"알겠어."

임 비서가 나가고 정연은 서류 면접에 합격된 이력서들을 검토
했다. 예상 질문들을 적어 붙이고 이력서 사진도 꼼꼼히 체크했다.

그러면서도 중간중간 밖에 있는 강현이 신경 쓰여 괜스레 기웃
거리고 화장실에도 여러 번 들락날락했다. 강현에게 공사 구분을
하라고 따끔하게 조언했던 자신의 말이 무색해지는 순간이었다.

갑자기 혜림에게 연락이 온 것은, 금요일의 퇴근을 얼마 남겨
두지 않은 시점에서 저녁으로 무슨 요리를 해 먹을까, 강현과 문자
를 주고받고 있을 때였다.

— 오늘 저랑 한잔해 주실 수 있어요? 제가 변 이사님한테 제의
하는 처음이자 마지막 술자리일 거예요.

힘이 쭉 빠진 목소리로 부탁하는 혜림의 부탁을 쉽게 거절할 수
가 없었다.

정연은 함께 따라가겠다는 강현을 간신히 달래고 혜림이 있다는 서울 시내에 위치한 5성급 호텔 BAR로 향했다. 서울의 전경이 한눈에 들어오는 스카이라운지의 BAR는 블루사파이어의 조명으로 고급스러운 분위기를 한층 더 그윽하게 만들었다.

혜림은 벌써 도착해서 혼자 칵테일을 기울이고 있었다.

"권 이사."

"어! 변 이사님 오셨어요?"

꽤 마신 모양인지, 난생처음으로 자신을 반겨 주고 있는 권 이사의 상태는 그다지 좋아 보이지 않았다.

"많이 마신 거예요?"

"음……. 한, 네 잔인가? 다섯 잔인가……. 오늘 일이 너무 안 풀려서 일찍 나왔거든요. 저 여기 단골이라서 오픈도 안 했는데, 그냥 들어와서 무조건 마셨어요. 진상이죠?"

어. 넌 진상, 밉상, 화상이다, 라고 3종 세트를 싸지르고 싶었지만, 정연은 혜림이 먼저 제안한 꽤 기분 좋은 만남을 깨트리고 싶지 않았다.

"뭐라도 시키세요. 변 이사님."

"네. 그래요. 전 코스모폴리탄로 한 잔 주세요."

정연이 주문한 칵테일이 나오고 혜림은 이쑤시개가 박혀 있는 과일을 의미 없이 만지작거리며 어렵게 입술을 떼어 냈다.

"저, 정말 강현 선배 많이 좋아했어요. 보면 항상 가슴 떨리고……. 없으면 보고 싶고……. 꼭 내 남자로 만들고 싶었는데. 사실, 전 세상에 안 되는 일이 없었어요. 뭐든 가지고 싶으면 다 갖고, 하고 싶으면 다 하고……. 근데 강현 선배의 마음은 아무리 가지고 싶어도 가질 수 없는 거여서……. 그렇게 간절하게 원했던 건데, 그 마음을 변 이사님이 가져가니까, 그게 그렇게 심술이 났나 봐요."

체념과 한숨 섞인 혜림의 고백을 들으며 정연은 칵테일을 한 모금 마셨다. 새콤한 라임향이 맛있는 칵테일이었다.

"솔직히 우리 두 사람 사이, 별로 안 좋았잖아요."

혜림이 살짝 웃음기를 보이며 말했다. 정연은 긍정도 부정도 하지 않고 살짝 미소만 지을 뿐이었다.

"그래서 억울했죠. 왜 하필이면…… 변 이사님인지."

칵테일 잔을 천천히 돌리며 마지막 한 모금을 마신 혜림은 반쯤 실성한 사람처럼 혼자 웃어 대기 시작했다. 정연은 그런 혜림을 난감하게 바라볼 수밖에 없었다.

"변 이사님이 너무 부러워요. 그래도 어쩔 수 없는 상황이잖아요. 그죠? 내가 체념을 해야 되는 상황이잖아요. 변 이사님 말대로 임자 있는 남자를 빼앗는 건, 사람으로서 할 수 있는 도리가 아니니까. 강현 선배한테도 좋은 후배로 남고 싶고……."

정연은 솔직하게 속내를 드러내는 혜림에게 뭐라고 위로의 말을 해 줘야 할지 몰라 그저 묵묵히 귀담아 듣기만 했다.

"해외 지사로 가게 됐어요. 계속 보고 있으면 미련만 남을 거 같아서. 솔직히 변 이사님도 강현 선배도 내가 눈에서 안 보이는 게 더 마음 편할 테니까."

예의상이라도 그렇게까지 할 필요 있냐고 물어봐야 하는데, 그 말이 입언저리에서만 맴돌 뿐 밖으로 흘러나오지 않았다.

"권 이사, 좋은 사람 만날 거예요."

"네. 그래야죠. 우리 강현 선배 잘 부탁해요. 변 이사님."

서로에게 덕담이 오고 가고 술잔도 오고 갔다. 오늘따라 유난히도 목 넘김이 좋은 칵테일에 매료되어 정연은 몇 잔을 더 마셨다.

그리고 소주처럼 도수가 높은 것도 아니었기에 별걱정 없이 마셨던 칵테일에 정연은 금방 취해 버리고 말았다. 정연은 정신이 아득해지는 취기에 자꾸만 몸이 늘어졌다.

"변 이사님. 저 아는 지인이 밑에 있다는데 잠깐 내려갔다 와도 될까요?"

혜림의 말에 정연이 고개를 끄덕였다. 혜림이 다시 올라오면 그때 슬슬 집으로 돌아갈 생각이었다.

"아휴……."

그런데 몸이 정말 왜 이러지? 그렇게 많이 마신 것 같지도 않은데.

요즘 밤마다 강현에게 시달리느라 잠을 제대로 못 자서 그런지 누적된 피로 때문에 알코올이 몸에 치명적으로 스며든 듯싶었다. 작은 바람에도 저항하지 못하는 갈대처럼 그렇게 알코올에 젖어든 몸을 주체하지 못하며 비틀거리고 있을 때였다.

"어? 혹시 죄송한데, 아무르의 변정연 이사님 아니십니까?"

옆에서 상냥함으로 무장한 남자의 목소리가 들려왔다. 정연은 흐리터분한 눈으로 저를 알은척하는 남자를 살폈다. 남자의 얼굴이 상당히 낯익어 보였다.

어디서 봤지? 저 사람.

"와, 제가 존경하는 분을 여기서 이렇게 만나게 되다니! 정말 영광입니다! 전, 가방 디자이너 지망생입니다!"

"아, 네……. 네."

말을 할 정신도 없었기에 정연은 대충 손으로 양해를 구하며 자꾸만 감기려는 눈을 버겁게 뜨고 있었다. 그런데 남자는 전혀 눈치

없이 아예 정연의 옆에 자리를 잡고 앉더니, 질문 공세를 퍼붓기 시작했다.

"어떻게 하면 변 이사님처럼 그렇게 유명한 가방 디자이너가 될 수 있을까요?"

"열시미 하쉬면 되에요."

혀가 꼬여 말이 마구잡이로 터져 나왔다.

"하하! 맞아요. 그러면 되죠."

"좀 가 주실래요? 제가 일행이 있어서……."

"제가 평소 존경하고 뮤즈로 삼고 있던 분을 두고 어떻게 그냥 갈 수 있겠어요. 그러지 마시고 제가 칵테일 하나 사 드릴 수 있는 기회를 좀 주셨으면 싶은데요."

"됐어요. 전 괜찮으니까."

그만 가 보라는 정연의 손짓에도 남자는 꿈쩍하지 않았다.

"실제로 보니까, 훨씬 더 미인이시네요."

남자는 갑자기 주변을 두리번거리더니 비밀 얘기라도 하려는 듯, 정연의 귀에 제 입술을 가져다 댔다. 갑작스러운 그의 접촉에 화들짝 놀란 정연이 피하려고 했지만 몸이 말을 듣지 않았다.

"지금 이게 뭐 하는 짓이에요?"

남자는 정연의 허리를 꽉 잡고 제 쪽으로 바짝 끌어당겼다. 소름이 끼칠 정도로 불쾌해서 남자의 가슴팍을 밀쳐 냈지만, 전혀 힘이 들어가지 않아 그대로 미끄러져 버렸다. 남자는 그 틈을 놓치지 않고 정연을 품에 꽉 끌어안아 귀에 대고 속삭였다.

"사실, 제가 이번 아무르 하반기 공채에 이력서를 넣었는데, 1차가 합격되었어요. 그런데 2차 면접관으로 변 이사님이 나온다는 말을 들었거든요."

"저리 안 비켜어어!"

목소리조차 제대로 나오지 않았다. 나름 반항을 한다고 했지만, 남자에겐 어떤 타격도 가해지지 않았다.

"그때 잘 부탁드려요. 그런 의미에서 제가 변 이사님한테 좋은 선물을 좀 드리겠습니다."

남자는 계속 정연을 안은 상태에서 중얼거렸다. 마치, 거대한 촛농에 갇혀 버린 것처럼 정연의 몸은 딱딱하게 굳어 움직이질 않았다.

"선물이 마음에 드셨으면 좋겠네요."

정연은 좋지 않은 직감이 제 온몸에 스며들었지만, 그것을 헤아려 볼 틈도 없이 정신을 잃고 말았다.

⚜

얼굴 위로 쏟아지는 따가운 햇살에 괴로워하며 눈을 뜬 정연은 시야에 들어오는 낯선 천장에 심장이 쿵, 하고 벼랑 끝으로 떨어지는 기분을 느꼈다. 굳이 주변을 살펴보지 않아도 이곳은 호텔임이 확실했다.

불행 중 다행은, 이불을 덮고 있는 자신의 옷이 그대로인 것뿐이었다.

"대체, 뭐가 어떻게 된 거야……."

띄엄띄엄 떠오르는 전날의 잔상에 괴로워하며 침대에서 일어난 정연은 바로 옆 의자에 앉아 있는 강현을 보며 흠칫했다.

"강현아……."

정연의 부름에도 강현은 꿈쩍하지 않았다. 굳게 다문 입과 정연을 향해 웃지 않는 눈매가 날카로웠다. 그는 많이 화가 나 있었지만 한편으로는 폭발해 버리려는 이성을 가까스로 잡고 있는 듯 위태로워 보였다. 정연은 자신조차 혼란스럽게 만들어 버린 이 상황을 어떻게 설명해야 할지 몰라 난감하면서도 두려웠다.

"그러니까, 강현아……."

"씻고 나와요. 밖에서 기다리고 있을게요."

침대에서 내려와 다가가는 정연을 피해 버리듯 자리에서 일어난 강현은 아무 미련 없이 호텔 방을 빠져나가 버렸다.

"돌겠다. 진짜!"

정연은 어제의 사태에 대해서 진상을 규명하기 위해 혜림에게 급하게 전화를 했다. 하지만 그녀의 전화는 꺼져 있다는 말과 함께 소리샘으로 연결된다는 음성만 들려올 뿐이었다.

"하!"

정말, 돌아 버릴 것 같았다. 금방이라도 울어 버리고 싶을 정도로 억울하고 무서웠다. 자신을 바라보는 처음 보는 강현의 눈빛에 정연은 덜컥 겁이 났다. 실망과 분노, 속상함과 서글픔이 전부 섞여 있는 그의 눈빛은 상상만으로도 눈물이 터져 나올 만큼, 정연을 불안함으로 밀어 넣었다.

정연은 대충 샤워를 하고 호텔을 정신없이 빠져나왔다.

강현은 운전석에 앉아 여전히 무표정한 얼굴로 정면을 직시하고 있었다.

"강현아."

보조석에 올라타면서 정연이 애원에 가까운 목소리로 불러 봤지만, 여전히 그에게서 돌아오는 것은 묵묵부답이었다. 평소답지 않게 차가 거칠게 출발하고 도로로 진입했다. 첨예한 가시들이 박혀 있는 것처럼 가혹한 침묵에 정연의 불안감은 더욱 증폭되어 가고 있었다.

"강현아. 내 말 좀 들어 봐."

"듣기 싫어요."

냉랭한 그의 목소리가 정연의 마음을 아프게 찔렀다.

"강현아."

"무슨 말이요."

"……."

"대체, 내가 무슨 말을 어떻게 들어 줄까요!"

여태 억누르고 있던 감정이 폭발했는지, 강현은 포악하게 도로 귀퉁이에 차를 몰아세웠다.

"그래요. 한번 해 봐요. 말이나 한번 들어 봅시다!"

"강현아."

"새벽 2시까지 연락 한 번 없는 당신이 걱정돼서, 수십 번 전화를 걸고, 당신 집 앞에서 기다리다가 경찰서까지 갔어요. 기다려 보라는 경찰들 말에…… 몇 번을 더 무너지다가 겨우 받은 당신 전화에서 남자 목소리가 흘러나왔어요! 그리고 나서 도착한 곳이 그 지랄맞은 호텔 방이었고! 취해서 자고 있는 당신이랑, 그 옆에 같이 앉아 있는 남자를 보면서 내가 얼마나 초라하고 비참해졌는지, 알기나 해요?"

강현의 다갈색 눈동자는 붉게 물들어져 있었다. 정연은 그런 강현을 똑바로 응시하지 못하고 몰려드는 미안함과 죄책감에 죄인처럼 고개를 떨어트리고 말았다.

"미안해. 정말……. 하지만 아무 일도 없었어."

"그걸 어떻게 장담해요."

어느새, 불신으로 가득 차 버린 강현의 눈빛에 정연은 적지 않은 충격을 받았다. 강현 또한 절제하지 못한 제 이성에 아차, 싶었지만 도저히 흥분이 가라앉지 않았다.

강현이 차에서 내렸다. 자신도 현재의 상황이 혼란스러운지 많이 버거워하는 모습이었다. 정연은 그가 없는 운전석을 넋 나간 듯 바라보다가 차에서 내려 강현에게로 다가갔다.

"너한테 이런 모습 보여서 미안해. 실망시킨 거 정말 미안해. 하지만 확신해. 정말 아무 일도 없었어. 나도 내가 왜 그렇게 취했는지, 몇 잔 마시지도 않았는데 몸이 꼭 물에 젖은 솜처럼 무거워지고 늘어졌는지 모르겠어……. 권 이사한테 물어보면 알 거야. 권 이사가 잠깐 지인을 만나고 오겠다고 아래로 내려갔고……."

정연은 가물가물한 어제의 기억들을 끄집어내려고 애썼다.

"어떤 남자가……. 아무르 변 이사님 아니시냐고 하면서 다가왔어."

그 뒤로는 기억이 잘 나지 않았지만, 그럼에도 정연은 느낄 수 있었다. 자신의 몸에 아무런 흔적이 없다는 것을. 강현이 의심하는 그런 일이 있었다면 분명 어떤 미세한 변화라도 느꼈을 것이다.

하지만 그렇다고 해서 무작정 강현에게 날 왜 못 믿느냐고 으름장을 늘어놓을 수는 없는 일이었다. 자신이 강현이였어도 충분히 참을 수 없을 만큼 실망하고 화가 났을 테니까.

'그럼 조금만 더 있다가 나와 줘요.'

그때, 문득 정연의 뇌리를 스치고 지나가는 장면과 목소리가 떠올랐다. 침대에 누워 있는 자신을 팔짱을 끼고 내려다보던 권 이사.

"아."

그 기억이 떠오를 듯 말 듯 하자, 갑자기 두통이 몰려왔다. 갑작스럽게 많은 것을 억지로 떠올리려고 할 때 나오는 고질병이었다.

"왜 그래요?"

여태, 정연에게 눈길조차 주지 않고 있던 강현이 놀라서는 그녀를 부축했다.

"같이 있었어. 분명히. 권 이사도 그 호텔 방에 같이 있었다고. 호텔로 왔을 때 권 이사는 안 보였어?"

"네. 없었어요."

"아닌데. 분명히 있었는데……."

정연이 말을 이어 가며 강현의 눈치를 살폈다. 그는 여전히 무표정한 얼굴로 정연을 붙들고 서 있었다.

"미안해. 정말 미안해."

"미워요."

"……."

"내 심정 같은 건 하나도 생각해 주지 않는 것 같아서, 당신이 너무 밉다고요."

강현의 눈빛은 여전히 혼란스러움에서 빠져나오지 못하고 허우적거리고 있었다.

"그럴 만도 해. 정말 미안해."

진심을 다해 붙잡아 봤지만, 강현은 그녀에게서 물러서 혼자 차에 올라탔다.

"……."

그러고는 잡을 새도 없이 정연을 길거리에 덩그러니 남겨 두고는 차를 출발시켜 버렸다. 지금 겪고 있는 강현의 마음을 충분히 이해할 수 있었기에 정연은 어떤 불만도 갖지 않았다. 다만.

"내 가방······."

가방을 차에 두고 내리는 바람에 집으로 돌아갈 길이 막막했지만, 강현이 받았을 상처에 더 마음이 찢어질 듯 아플 따름이었다.

하지만 곧 강현이 타고 가 버렸던 차는 정연의 시야에서도 채 사라지기 전에 다시 후진해서 돌아오고 있었다. 후진한 차는 정확히 정연의 앞에 멈춰 섰고 그 안에서 강현이 뛰쳐나왔다. 그의 얼굴은 방금 전까지만 해도 무표정했지만, 지금은 살짝 초조해하고 있었다.

"미안해요. 아무리 화나도 혼자 두고 가는 건 아닌데."

이 착한 녀석에게, 대체 난 무슨 짓을 한 거야.

정연은 그 죄책감에 그만 눈물을 왈칵하고 터트려 버렸다.

"정말 미안해. 강현아. 정말."

한편으로는 억울하기도 했다. 자신의 의지가 아니었기 때문이다.

그래도 지금은 그런 것을 따지고 들 때가 아니었다. 자신으로 하여금 강현이 받았을 깊은 상처는 어떤 방법으로도 쉽게 치료가 되지 않을 거였다. 그 죄악감이 정연을 더는 떳떳하게 서 있을 수 없게 만들어 버렸다.

자리에 주저앉아 눈물을 쏟아 내는 정연을 강현이 제 품 안으로 꼭 끌어안았다.

"나 당신 믿어요. 정말 믿어요. 그런데 너무 화가 나서 괜히 심술 한번 부려 본 거예요. 미안해요."

"······."

"이 일로 우리 사이 어긋나는 거 아니죠? 고작, 이런 일로 우리 사이 멀어지는 거 아니죠? 난 이제, 정말 당신 없으면 못 살아요."

강현이 아니라 정연이 해야 할 말이었다. 강현이 애원해야 하는 게 아니라 정연이 해야 할 일이었다. 하지만 이 와중에도 자신을 달래 주는 그의 고운 마음에 정연은 더욱 많은 눈물이 쏟아졌다.

정연은 그렇게 강현의 따뜻한 품에 안겨 서러움과 죄책감을 토해 냈다.

집으로 돌아온 정연은 여전히 가시지 않는 심란함에 새벽 늦게까지 잠이 오지 않았다. 수십 번은 더 몸을 뒤척이다 자리에서 일어나 서재로 향했다.

"……."

정연의 얇고 긴 하얀 손가락이 일정한 움직임으로 책상을 톡톡 건드렸다. 아무리 생각을 해 봐도 이상한 의문점이 한두 가지가 아니다.

일단, 자신의 주량이었다. 칵테일 두세 잔으로 그렇게 몸을 가누지 못할 정도로 취해 버린다는 건 있을 수 없는 일이었다.

그리고 마치 누군가가 짜 놓은 듯한 타이밍. 권 이사가 나갔을 때 다가온 남자. 왜 그 남자는 권 이사가 나가자마자 조금의 망설임도 없이 단박에 자신의 자리로 왔을까……. 마치 처음부터 자신을 만나러 온 사람처럼.

호텔 방에 그 사람만 있었다는 것도 의심해 볼 문제다. 대체 권 이사는 취해서 제 몸도 가누지 못하는 자신을 왜 그 남자에게 맡겼을까. 그리고 함께 있던 호텔 방에서 왜 자신만 두고 간 것일까……. 대체, 왜.

직접 확인해 보지 않는 이상 절대로 꺼지지 않을 의문의 불씨였다. 정연은 그 불씨를 반드시 제힘으로 꺼야겠다는 의지와 함께, 이 모든 일엔 혜림이 개입되어 있을 거라는 의심을 거두지 못했다.

정연을 데려다주고 집에 도착한 강현은 한숨도 못 자 고단함이 누적된 몸으로 침대까지 갈 기력도 없이 거실 소파에 드러누웠다.

"……."

아무 일도 없었다는 그녀의 말을 전적으로 믿을 수밖에 없었다. 화가 났지만, 화보다도 그 일로 하여금 그녀와 멀어질 것 같은 두려움이 훨씬 더 먼저, 더 많이 강현의 마음을 불안하게 했다.

이제 정말 그녀가 없는 삶은 상상조차 하기 싫을 만큼 가혹한 것이기에, 강현은 다시 정연에게로 돌아갔다. 미안하다며 가슴이 멜 정도로 우는 그녀를 달래 주던 강현은 마음 귀퉁이에서 또 다른 분노가 차오르기 시작했다.

연락이 없던 그녀의 휴대전화에서 낯선 남자의 목소리가 흘러나왔을 때도 강현이 제일 먼저 느낀 것은 정연이 아닌, 남자에 대한 분개였다. 평소 경계심 많고 낯가림이 심한 정연이 낯선 남자에게 호의적으로 대했을 리는 없었고, 먼저 다가갔을 리는 더욱 만무했다.

회식 날이 떠올랐다. 술에 취했어도 일단, 누군가가 자신을 만지면 바로 알아차리고 경계 태세를 취하던 그녀였다. 그러다 자신의 곁에 있는 사람이 강현이라는 것을 확인한 후, 안도하며 다시 잠이 들었다. 그런 그녀가, 아무 저항 없이 호텔 방까지 올라갔다는 것이 상당히 꺼림칙했다. 더군다나, 정연이 그러고 있는 사이에 함께 있었던 혜림은 대체 뭘 하고 있었나 싶기도 하다.

그리고 무엇보다도 가장 의심스러운 건 그 남자였다. 전화를 받고 호텔 방으로 달려간 강현과 마주친 남자는 아무 행동도 취하지 않고 정연의 옆에 앉아 여유롭게 강현을 바라보고 있었다.

화난 얼굴로 저를 밀어붙이는 강현에게 시종일관 태세를 낮추고 호텔 방을 빠르게 빠져나갔다. 그것은 마치 처음부터 그 남자가 의도한 상황처럼 느껴졌다.

정말 여자와 하룻밤을 보낼 목적으로 호텔 방에 갔다면, 전화를 받을 여유는 없었을뿐더러 분위기를 깨트려 버릴 다른 남자를 부르지도 않았을 것이다.

그러니까, BAR에서 만난 술 취한 여자와 호텔 방으로 올라와 굳이 자신에게 친절하게 호텔 이름과 방의 호수까지 알려 준 남자…… . 마치 자신이 정연과 함께 있었던 것을 강현에게 대놓고 보여 주고 싶어 하던 느낌을 지워 낼 수가 없었다.

이상했다. 그때는 경황이 없어서 미처 생각조차 해 보지 못했는데 지금은 뭐 하나 납득이 될 만한 상황이 없었다.

이상해도 너무 이상하다. 마치 처음부터 누군가가 연출해 놓은 농락에 무참히 짓밟혔다는 불쾌한 기분이 나돌 정도로.

강현은 온몸의 세포들이 발악을 하며 표출하고 있는 무서운 직감을 쉽게 무시할 수가 없었다.

2

강현의 등장에 슈즈 파트 디자이너들은 모두 의아한 눈동자로 그의 발걸음을 황망히 좇았다. 하지만 강현은 그런 디자이너들의 시선 따위에는 아랑곳하지 않고 혜림의 비서에게로 다가갔다.

"안에 권 이사님 계십니까?"

"무슨 일 때문에 그러세요?"

몇 번이고 혜림에게 전화를 걸었지만 꺼져 있다는 음성만 들려올 뿐이었다. 자신을 일부러 피하고 있다는 강한 직감을 무시할 수 없었던 강현은 월요일 아침, 출근하자마자 혜림을 찾아온 것이다.

"잠깐 드릴 말씀이 좀 있어서요."

"저희 권 이사님은 휴가 내시고 지금 해외에 가 계십니다."

"해외요?"

하반기 채용 면접이 한창 진행 중인 이 시기에 해외에 가 있다는 혜림의 행적이 이해가 가지 않는 강현이었다.

"언제 돌아오십니까?"

"일주일 뒤에 돌아오실 거예요."

"연락이라도 좀 닿을 방법은 없습니까?"

"일주일 동안 푹, 쉬겠다고 하셨어요. 그래서 휴대전화도 아예 꺼 놓으실 거라면서 연락하지 말라고……."

강현은 허탕 쳤다고 생각하며 허망한 발걸음으로 사무실을 빠져 나왔다. 단순하게 그냥 넘어가도 될 문제이지만 마음속 한구석 어딘가에 씻기지 않는 찜찜함이 강현의 신경을 건드렸다.

물어보고 듣고 싶었다. 그날, 모르는 남자와 단둘이 있던 취한 정연을 두고 왜 혼자 갔느냐고. 하지만 그 질문을 듣고 답해 줄 혜림은 없었다.

주말 내내 지니고 있던 찜찜함을 여전히 버리지 못하고 승강기로 향하자 면접을 보러 온 듯한 사람들의 무리가 보였다. 그들은 얼굴 가득 감추지 못한 긴장감 때문에 뻣뻣한 발걸음으로 부지런히 면접실로 향하고 있었다. 그 무리의 옆을 지나치던 강현의 발걸음이 순간 멈칫했다.

"……."

무리들 사이에서 스치듯 본 낯익은 얼굴.

강현은 자신을 지나쳐 이미 저만치 멀어진 무리들을 향해 걸음을 돌려세웠다. 스치듯 본 남자의 얼굴을 다시 한번 정확하게 확인해 보기 위해서였다.

"양 팀장."

그때, 뒤에서 익숙한 목소리가 강현의 발목을 잡아 세웠다. 돌아보니, 몇몇 상사들과 서류를 들고 있는 정연이 보였다. 강현은 고개를 깊숙이 숙여 예의 바르게 인사를 건넸다.

"사무실로 안 올라가고 여기서 뭐 하는 거야?"

정연의 질문에도 강현의 신경은 여전히 그 무리 속의 남자에게로 향해 있었다. 하지만 지금 이곳엔 정연뿐만이 아니라, 오늘 면접을 함께 진행할 다른 상사들도 있었기에 섣불리 그녀를 붙들 수가 없었다.

"저, 잠깐 드릴 말씀이 있습니다. 변 이사님."

"급한 거 아니면, 면접 끝나고 사무실 올라가서 해."

걸음을 옮기는 정연을 그가 급하게 잡아 세웠다.

"급한 일입니다."

강현의 사정없이 일렁이는 불안한 눈동자가 평소와는 달라 정연은 다른 상사들에게 양해를 구하고 그와 함께 조용한 비상구로 향했다.

"무슨 일인데, 그래?"

"그 남자를 봤어요. 방금, 면접을 보러 가는 사람들 무리에서. 그 남자요."

"그 남자? 혹시, 그 호텔……."

정연은 말을 이으려다가 행여나 누가 듣기라도 할까 싶어, 얼른 입을 다물었다.

"그 남자가 왜 우리 회사에……."

"그건 잘 모르겠지만, 느낌이 좋지 않아요."

"……."

남자의 등장으로 불안한 느낌이 몰아치는 건, 정연 역시 마찬가지였다. 뿌연 안개가 가리고 있는 듯, 희미하지만 어렴풋이 지나쳐가는 그 남자와의 첫 만남이 떠올랐다.

'와, 제가 존경하는 분을 여기서 이렇게 만나게 되다니! 정말 영광입니다! 전, 가방 디자이너 지망생입니다!'

"가방 디자이너 지망생이라고 했어……."

"그 남자가요?"

정연은 자꾸만 사라져 가려는 기억을 악착같이 붙잡아 세웠다. 그러고는 억지로 쥐어짜듯 떠오를 듯, 말 듯 자신을 약 올리는 듯한 기억을 떠올리려 애썼다. 하지만 결국, 아무것도 떠오르지 않아 힘이 빠져 버리고 말았다.

"별일 없을 거야. 너무 걱정하지 마."

"네. 무슨 일 있으면 바로 연락해요."

"바보. 회산데, 무슨 일이 있겠어?"

심란한 얼굴로 서 있는 강현을 달래 주고는 정연은 면접실로 향했다.

그러곤 잠시 면접 대기실 앞에서 미심쩍은 표정을 지은 뒤 안으로 들어갔다.

"양 팀장 왜 그렇게 심각해요? 무슨 일 있어요?"

인사 팀 이사의 질문에 정연은 짐짓 여유로운 미소를 보이며 고개를 내저었다.

"별일 아니에요."

자신의 이름이 있는 자리에 앉은 정연은 급하게 서류 면접 합격자 명단을 살펴보았다.

하아.

그리고 몇 장을 넘긴 후 보게 된 이력서의 사진을 보곤 한탄했다. 그 남자다. 정말, 그 남자다. 어쩐지 그 남자를 그 BAR에서 처음 봤을 때, 어디서 많이 본 듯한 익숙한 느낌을 받았었다. 왜 진작 떠올리지 못했을까.

'사실, 제가 이번 아무르 하반기 공채에 면접이력서를 넣었는데, 1차가 합격되었어요. 그런데 2차 면접관으로 변 이사님이 나온다는 말을 들었거든요.'

그러고는 순식간에 머리에 폭우처럼 쏟아지는 그날의 기억들. 자신을 억지로 끌어안고 지껄였던 남자의 목소리에 정연은 골이 다 흔들리는 기분이었다.

뭐가 어떻게 되어 가고 있는 거야. 대체!

그 혼란스러움 속에서도 면접은 제시간에 맞춰 척척 진행되어 가기 시작했다. 정연은 아무리 저를 다잡아 보려고 해도 점점 그 남자와의 대면이 가까워지자 불안함을 숨길 수가 없었다. 면접을 진행하는 내내, 자신이 무슨 질문을 하고 무슨 답변을 받았는지조차 제대로 인식하지 못할 정도로 경황이 없었다. 하지만 그 와중에도 얼굴 표정은 냉정함을 유지했다.

"다음 면접, 진행하겠습니다."

직원 안내에 따라 새로운 면접자들이 안으로 들어왔다. 정연은 자신을 똑바로 바라보며 능글맞은 표정을 짓고 있는 남자를 눈으로 좇았다. 남자는 자리에 앉아서도 의미심장한 미소를 지으며 정연을 응시했다.

"자, 최태운 씨. 자기소개 부탁드립니다."

"안녕하세요. 저는 올해, 스물여섯 살 최태운이라고 합니다. 제게 있어서 가방은 짝사랑입니다. 대학을 졸업하고 대체 내가 뭘 해야 하나, 고민하고 있을 때, 우연히 잡지책에서 보게 된 아무르 변정연 이사님의 가방을 보고 사랑에 빠졌습니다. 그래서 결심했죠. 저도 누군가에게 깊은 사랑을 느끼게 해 줄 수 있을 만한 아름다운 가방을 만들자고."

남자는 정연에게 단 한 번도 눈을 떼지 않고 뻔뻔하게 면접을 봤다. 자신을 사납게 노려보는 정연의 눈빛에도 전혀 위축되지 않는 모습이었다. 얼굴에 제대로 철판을 깐 남자였다.

"오, 짝사랑이라. 변 이사는 좋겠어."

전무가 정연의 어깨를 툭, 치며 넉살을 떨었다. 그런 전무에게 정연은 억지 미소를 지어 보였다.

"그런가요? 자고로 누군가에게 사랑을 주고 싶은 사람들은 진실되고 사랑스러워야 하기 마련인데."

"그 말씀은 제가 진실되지 않고 사랑스럽지 않다는 말씀인가요?"

"글쎄요. 그건 겪어 본 사람만이 알 수 있겠죠."

정연의 날카로운 지적에 남자의 얼굴엔 설핏, 당황스러움이 번졌지만 금세 사라졌다.

"마지막 할 말 있나요?"

"제가 만약 이 회사를 들어온다면, 변 이사님 밑에서 많은 것을 배우고 싶습니다. 그런 기회가 꼭 제게 찾아왔으면 좋겠습니다."

남자와 무언의 신경전을 벌인 면접이 끝났다. 혼이 다 빠져나가는 기분이었다.

다행히 자신과 강현이 우려했던 일은 일어나지 않았다고 안심하며 면접실에서 나와 승강기로 막, 향하던 도중이었다.

"변 이사님."

뒤에서 누군가가 자신을 은밀하게 부르는 소리가 들렸다. 돌아보니, 그 남자, 최태운이 바지 주머니에 손을 끼고 느긋하게 정연에게로 다가왔다.

"애인이 있으셨더라고요. 섭섭하게."

"우리 회사에 들어오겠다는 목적이 뭐예요?"

"목적이라뇨. 목표라고 하셔야죠. 그리고 그 이유라면 아까도 말씀드렸잖아요. 가방을 사랑하고, 이사님께 더 많은 디자인을 배우고 싶어서라고."

"솔직해지는 게 어때요? 거짓말하는 게 너무 티가 나서, 모르는 척하기에도 민망한 수준인데."

정연은 일부러 기분 나쁘라고 더욱 비꼬며 그를 향해 조롱하듯 비아냥거렸다.

"그런가? 근데 그건 내가 합격을 해서 회사에 다녀 보면 알게 되겠죠."

"내가 겪은 인성도 별로, 질문에 대한 대답도 별로. 자신을 너무 과대평가하시네요. 아무르는 개나 소가 다 들어올 수 있을 정도로 만만한 곳이 아닙니다."

"그래도 변 이사님은 저 합격시켜 주실 거잖아요."

"뭐라고요?"

남자의 말에 정연의 얼굴은 하얗게 질려 갔다. 대체, 이 남자가 무슨 소리를 하고 있는 거야? 위험한 소리였다. 당황해서 얼어붙어 있는 정연을 향해 남자는 끝까지 음흉한 미소를 보이며 말했다. 어느 순간부터 면접을 끝내고 나오는 면접자들과 회사 사원들 몇 명이 이쪽을 주시하고 있었다.

정연은 갑작스럽게 맞닥뜨린 예기치 못한 상황에 흔들리려는 정신을 바듯이 잡아 세웠다. 남자는 주변의 시선을 마치 즐기는 것처럼 상체를 깊숙이 숙여 정연의 귀에 대고 낮게 속삭였다.

"저랑 그날 따로 약속한 게 있으시……. 윽!"

귓가에 닿는 소름 끼치는 남자의 입김이 순식간에 거두어졌다.

"너, 뭐 하는 새끼야."

언제 왔는지, 강현이 남자를 벽으로 밀치며 팔과 목을 동시에 제압했다. 그러고는 금방이라도 남자를 물어뜯어 버릴 맹렬한 기세로 몰아붙였다. 강현의 눈은 남자를 향한 분노에 뒤엉킨 살기가 그득하여 붉게 물들어지고 있었다.

"왜 이러세요?"

남자는 강현의 손아귀에서 벗어나려 발버둥을 쳤지만, 역부족이었다. 강현은 더욱 강압적으로 남자를 억눌렀다.

"양 팀장. 그만해."

어느새, 주변의 사람들이 세 사람을 둘러싸고는 대놓고 구경을 하고 있었다. 정연은 강현을 급하게 뜯어말렸다. 정연의 제지에 겨우 강현에게서 벗어난 남자는 구겨진 정장을 과한 동작으로 펴 보이며 목에 핏대를 세우고 고함을 내지르기 시작했다.

"가뜩이나 나 두고 양다리 걸친 거 때문에 열 받아 죽겠는데, 내가 왜 이런 대접을 받아야 하는 거지? 두 사람, 나한테 미안하지도 않아?"

남자의 고함 소리에 갑자기 주변이 떠들썩해지기 시작했다.

"너 지금 무슨 개소리를 하는 거야!"

또 한 번 남자의 멱살을 잡는 강현을 정연이 막아 세웠다. 강현은 반쯤, 이성을 잃어버린 상태였다. 그런 강현의 어깨를 정연이 천천히 다독이며 달랬다.

"상대하지 마. 지나가는 개소리에 상대할 가치 없잖아."

정연이 강현의 손목을 잡아끌고 무리 지어 있는 사람들 틈 사이를 비집고 나왔다. 비상구 안으로 들어가려던 정연은 강현이 뒤에서 힘을 주는 바람에 걸음을 멈춰 세워야 했다.

"이렇게 가면! 사람들은 그 새끼 말만 믿을 거예요!"

"사실이 아니니까, 상관없어! 따라 들어와!"

정연이 거칠게 비상구 문을 열고 강현과 함께 들어갔다.

"난 가야겠어요. 그게 사실이 아니라고, 거기 있는 사람들에게 일일이 다 말해 줘야겠다고요!"

"그런 소문 같은 거, 익숙해. 아니면 되는 거야. 어차피 사람들의 관심은 불꽃 같아서 금세 사라져."

"그래도 전 싫어요. 당신이 그런 취급 받는 거, 절대 그냥 못 봐요."

분노와 속상함에 가득 찬 강현의 목소리가 한없이 떨리고 있었다. 그런 강현을 정연이 조심스럽게 끌어안아 주었다.

"이상한 게 한두 가지가 아니에요. 생각해 보면 그날 호텔에서부터 이상했어요."

"뭐가?"

정연이 강현을 마주 보았다.

"생각해 봐요. 만약 그 남자가 당신하고 그런 목적으로 호텔을 갔다면, 굳이 내 전화를 받아서 친절하게 위치를 알려 줄 필요가 있었을까요? 그건 마치, 그 남자가 당신이랑 함께 있는 장면을 꼭 나한테 보여 주고 싶어 하는 것 같았어요. 지금도 이상해요. 갑자기 저런 말도 안 되는 소리를 하고."

"나도 그렇게 생각해. 마음에 걸리는 게 한두 가지가 아니야."

"이게 끝이 아닐 것 같아서 불안해요. 그날 또 뭐 이상한 점 없었어요?"

"생각이 잘…… 안 나."

'저랑 그날 따로 약속한 게 있으시…….'

강현에게 붙들리기 직전에 내뱉었던 남자의 말이 떠올랐다.

"근데, 그날 내가 자기랑 따로 약속한 게 있다고 그랬어. 약속이라……. 아무리 생각해 봐도 그런 건 없었는데."

"저 남자에 대해서 좀 알아봐야겠어요."

강현의 말에 부정할 수가 없었다. 정연 역시, 저 남자의 정체에 대해서 좀 알아봐야겠다는 생각이 들었다. 하지만 어찌 보면 자신의 실수로 저지른 일에 강현까지 개입시키고 싶지는 않았다.

"넌 이 일에서 손 떼는 게 좋을 것 같아."

"다른 사람 일도 아니고, 당신 일이에요. 내가 어떻게 모른 척가만히 있을 수 있어요!"

"너한테 짐이 되고 싶진 않아."

"짐이 아니에요!"

"내가 도움을 청할 때가 되면, 그때 얘기해 줄게. 그때까지만 제발, 그냥 지켜봐 줘."

정연의 강건한 부탁에 강현은 더 이상 아무 말도 하지 않았다.

그렇게 강현과 사무실로 돌아온 정연은 곧장 임 비서를 불렀다.

"이 사람에 대해서 조사 좀 해 봐."

"네. 알겠습니다."

임 비서는 비장한 얼굴로 정연이 내민 서류를 받아 들었다. 모든 것을 전부 다 알아낼 순 없지만, 대충 그 사람의 윤곽 정도는 알아낼 수 있을 터였다.

"정보 들어오는 거 있음 바로 보고해 줘."

무슨 일 때문에 그러냐는 자질구레한 질문도 없이 임 비서는 정연의 지시를 곧장 받아들였다.

"네. 바로 보고하도록 하겠습니다."

심각한 분위기를 느꼈는지 평소 장난스럽게 정연을 대하던 임비서의 모습은 어디에도 없었다.

회사에 있는 시간 내내, 심기를 뒤틀리게 만드는 남자의 정체 때문에 강현의 신경은 상당히 예민하고 날카로워져 있는 듯싶었다.

뜨뜻한 찌개와 밥을 앞에 두고도 깊은 사념에 잠겨 있는 강현을 정연은 심란하게 바라보며 손에 억지로 숟가락을 쥐여 주었다.

"좀 먹어. 너 점심도 안 먹었잖아."

"……."

"다 잘될 거야. 신경 쓰지 마."

지나치게 신경을 쓰는 강현을 위로하기 위해 애써 그리 말했지만, 그 남자가 마음에 걸리는 건 정연도 마찬가지였다.

강현은 정연이 손에 숟가락을 쥐여 주었지만 아무 미동조차 보이지 않았다.

"이렇게 당신이 난처한 상황에서 아무 도움이 되지 않는 것 같아서 너무 속상해요."

"아니야. 그런 생각 하지 마. 솔직히 얘기해서 난, 네가 곁에 있는 것만으로도 큰 위로가 돼."

정연의 타이름에도 강현은 전혀 받아들이지 못하는 듯, 속상함에 허우적거리고 있었다.

"얼른 먹어. 이러다가 다 식어 버린 맛없는 음식 먹겠어."

강현은 정연의 부탁에 더는 미적거리지 않고 숟가락을 들어 식사를 했다.

"아무 일도 없어. 아무 일도 일어나지 않을 거야. 그러니까, 너무 걱정하지 마."

속상하고 불안해할 그녀를 위해 해 줄 수 있는 게, 고작 밥 잘 먹는 일밖에 없다는 것이 강현의 어깨를 무겁게 짓눌렀다.

✤

다음 날, 강현은 비장한 얼굴로 서류를 들고 이사실로 향하는 임 비서를 조용히 불러 세웠다. 임 비서는 강현의 뒤를 조용히 따라나섰다.

"혹시, 지금 이사님께 그 남자에 대한 보고서 올리시려는 건가요?"

"네. 그렇습니다."

"괜찮으시다면, 그 자료 제가 먼저 좀 볼 수 있을까요?"

"……."

임 비서는 강현의 제안에 갈등하는 눈치였다.

"너무 불안해서 그래요. 이사님이 직접 나선다는 게, 너무 불안해서. 차라리 제가 먼저 나서는 게 나을 것 같아서 그럽니다. 제발, 부탁드립니다. 임 비서님."

"사실, 저도 그 남자에 대해 알아보면서 석연치 않은 것들이 많아, 마음이 많이 불안하긴 합니다."

하지만 여전히 확신이 안 서는지, 임 비서는 들고 있는 서류를 매만지며 쉽게 건네주지 못했다. 강현은 간절한 마음을 담아 임 비서에게 다시 한번 부탁했다.

"임 비서님. 저는 어떤 이유로든지, 이사님이 상처받고 다치는 걸 원치 않아요. 그게 아무리 작은 상처라고 해도요. 그건, 저뿐만이 아니라 임 비서님도 같은 생각이실 거라 확신합니다. 전, 이사님을 지켜야 하고 지켜 드릴 수만 있다면 무슨 짓이라도 할 수 있습니다."

강현의 간곡한 부탁과 설득에 임 비서 또한 단단히 마음을 먹었는지, 들고 있던 서류를 건넸다.

"일단 조사를 해 본 결과, 그 남자 이력서에 작성된 학력부터 경력, 자격증까지 전부 거짓이더라고요."

"전부 다요?"

"네. 전부 다 허위로 작성된 이력서였습니다. 심지어는 이름과 생년월일까지 거짓이더라고요."

"그런 사람이 어떻게 1차에 합격이 되었다는 겁니까?"

아무르는 1차 서류 면접부터 꽤 까다로운 기업으로 유명했다. 그 이유는 5년 전, 디자인을 몰래 빼돌렸던 직원 때문에 다시는 이런 실수를 또 일으키지 않겠다는 방책과도 같은 것이었다. 모든 이력 사항들을 꼼꼼하고 철저하게 확인한 뒤, 신뢰가 보증이 된 사람만이 2차 면접의 기회가 주어진다. 한마디로 이런 거짓투성이의 이력서가 합격할 수 있는 경우는 매우 희박하다는 거였다.

"인사 팀에는 여쭤 보셨습니까?"

"네."

"뭐라고 합니까?"

순간 안색이 굳어진 임 비서의 표정에 강현은 좋지 않은 예감이 들었다.

"부장님께서는 자신도 이 이력서가 어떻게 통과가 되었는지 모르겠다며 많이 당황해하시더라고요. 그래서 전산 담당자한테 물어보니까, 자기는 통과된 이력서들만 입력을 했지, 그 이후의 것은 건드리지 않았다는 거예요."

뭐가 잘못되어도 확실히 잘못되었다는 것이 느껴졌다.

"이 밖에는 어떻게 조사를 할 수도 없겠더라고요. 전부 거짓이라서."

"하아……."

속이 답답했다. 강현은 아무것도 바르지 않은 제 머리를 마구 헝클었다.

"일단, 알겠습니다."

"이사님께 아무 일도 일어나지 않겠죠?"

임 비서는 금방이라도 울어 버릴 것 같은 얼굴로 걱정했다.

"네. 아무 일도 일어나지 않게 만들 겁니다. 제가."

어디서부터 잘못된 걸까……. 대체, 어디서부터.

강현은 차분히 처음부터 모든 것들을 다시 떠올려 봤다. 그리고 그날, 정연이 혜림과 BAR에서 만남을 가졌던 그날부터 잘못되었음을 깨달았다.

✠

회사 사원들은 그날 이후로 정연과 강현의 불미스러운 사건에 대해서 왈가왈부 떠들어 댔고, 그 일은 결국 부사장인 석호의 귀에까지 들어가게 되었다.

"대체 무슨 일이야, 이게. 어? 그러니까, 회사에서 떠도는 소문에 의하면 네가 원래 임자가 있는 여자를 빼앗아다니! 그게 어디 있을 수 있는 일이야?"

석호는 길길이 날뛰며, 강현에게 확실한 해명을 요구했다. 그런게 아니라고 아무리 해명해 봐도 소문은 쉽게 잠재워지지 않았고, 정연과 강현의 이미지는 점점 추락하고 있었다.

그 소문이 어떻게 외부에까지 퍼졌는지, 인터뷰를 하러 온 잡지 기자들까지 있었다. 득달같이 정연에게 달려들어 이 사건에 대해 한 말씀 해 달라는 기자를 강현은 가차 없이 밀쳐 냈다.

하지만 그때까지만 해도 금방 지나가게 될 일이라고 대수롭지 않게 생각했다. 그리고 그것이 앞으로 정연에게 닥칠 시련이라는 빙산의 일각에 불구하다는 것을 알지 못했다.

정연에게 아무 일도 일어나지 않기만을 간절히 바랐던 바람과 정연에게 아무 일도 일어나지 않게 하겠다는 강현의 강인했던 의지는 얼마 가지 않아, 한순간에 잿더미가 되어 버렸다.

최종 면접 결과가 발표되고 며칠 뒤, 산업통상자원부 국정감사 팀이 찾아왔다. 그녀가 이번 채용에서의 부적절한 행위에 대해 누군가가 고발을 했고, 그것에 대해 착실한 조사에 임하라는 지시였다.

잠시 외근을 갔던 강현이 직원들의 연락을 받고 급하게 사무실로 돌아왔다.

"어떡해요! 정말!"

어쩔 줄 몰라 하며 발을 동동 구르고 있는 직원들을 지나쳐 이사실로 올라갔다.

국정감사 팀들의 사람들은 마구잡이로 이사실에 있는 모든 서류들을 샅샅이 거두어 가고 있었다. 그 가운데, 정연은 무서울 정도로 침착하게 앉아 있었다.

"이게 무슨 짓입니까!"

"그만둬. 양 팀장."

"이사님!"

처음부터 모든 것이 이렇게 될 줄 알았다는 듯 체념한 얼굴로 이사실을 빠져나가는 정연을 강현이 따라나섰다. 직원들은 이 혼란스러운 사태에 여전히 우왕좌왕하며 불안감에 떨고 있었다.

"채용 비리라뇨. 채용 비리라뇨!"

"요란 떨 거 없어."

채용을 해 주겠다고 돈을 받아 놓고, 그 돈만 그냥 꿀꺽했다는 누군가의 제보. 그 거짓 제보로 인해 여태껏 힘겹게 쌓아 온 정연의 모든 것이 한꺼번에 무너져 내렸다.

"양 팀장마저 이렇게 흔들리는 모습을 보이면, 절대 안 돼."

"……"

그녀는 거센 파도에도 쉽게 흔들리지 않는 바위처럼 강인한 모습으로 강현을 타일렀다.

"사원들이 많이 혼란스러울 거야. 흔들리지 않게 양 팀장이 잘 잡아 줘. 내가 조사를 받는 동안, 가방 팀 잘 부탁해."

그리고 그 뒤로, 아무르에선 더 이상 그녀의 모습을 볼 수 없다.

✢

아무런 태세도 취하지 못한 상태에서 세상이 파괴된다면 이런 느낌이겠지.

여태, 살신성인으로 쌓아 온 모든 것들이 타인에 의해서 부서지고 박살 나 버렸다. 부서지면서 흐트러진 날이 서 있는 파편들은 정연의 몸과 마음 이곳저곳을 인정사정없이 찔렀다.

아프고 억울했다. 서럽고 화가 났다. 아무 방어도 하지 못하고 이렇게 속수무책으로 무너져 버린 것이 못 견딜 만큼 괴로웠다. 회사 임원들에게 자신의 결백을 주장했지만 믿어 주는 사람은 없었다. 모두들 자신을 외면했고 정연은 큰 배신감에 뒤통수를 얻어맞은 얼얼함을 느꼈다.

회사에서 거의 해임과 비슷한 통보를 받고 집으로 돌아가던 길. 정연은 차오르는 눈물에 더는 운전을 할 수 없다고 판단하여 갓길에 차를 세워 두었다.

집까지 데려다준다는 강현의 말에 그러라고 할 것을, 한사코 괜찮다며 고집을 꺾고 온 것이 후회가 될 지경이었다.

"하아!"

어렸을 적부터, 가진 것이 없다고 억울한 상황들을 많이 겪었었다. 그래서 더 악착같이 공부했고, 이젠 어느 정도 그 위치에서 자신을 지킬 수 있을 정도의 힘은 가지고 있다고 단언했다.

하지만 그 모든 것들이 자신보다 더 많이 가진 자들에겐 마음만 먹으면 쉽게 밟아 버릴 수 있는 하찮은 것임을 깨달은 순간, 마음 깊은 곳에서 분노가 차올랐다.

확실한 증거는 없다. 하지만 이 모든 사태가 왜 일어났으며, 누구에 의해 일어났는지, 대충 짐작은 하는 바였다.

용서할 수가 없었다. 하지만 달리 다른 방안도 없었다.

그것이 자신을 더욱 초라하게 만들었고, 자존심을 뭉개고 있었다. 열심히 산 사람의 결과가 고작 이딴 것이라니. 분통함에 눈물은 더욱 짙어져 가고 있었다. 멈출 기세 없이 시간이 지날수록 더욱 차오르는 눈물에 정연은 한동안 핸들에 얼굴을 박고 흐느꼈다.

✤

가방 디자인 팀의 분위기는 이루 다 말할 수 없을 정도로 참담했다. 누구 한 명의 웃음소리도 들리지 않는 암담함 속에서도 시간은 무심히 흘러갔다.

계좌에 익명으로 입금이 된 돈이 발견되었고 청탁 비리로 그녀는 결국, 조사가 끝날 때까지 회사를 나올 수가 없었다. 하지만 경찰이 직접 개입하여 착수하게 된 조사에서 그녀의 비리에 대한 물증은 익명으로 입금된 돈이 전부였고, 그 돈을 입금한 사람과 제보를 한 사람의 신분이 쉽게 밝혀지지 않아 조사는 점점 미궁으로 빠져 가고 있었다. 짐작이 가는 사람이 있다며 그녀가 제출한 이력서의 상황이 모두 거짓으로 밝혀졌음에도 경찰은 딱히 다른 대책을 세우지 않았다.

진행되어 가는 모든 상황들이 그녀가 청탁을 했다는 확실한 증거도, 아닌 증거도 없이 흐지부지 되어 가고 있었다.

아무르에서는 정연이 여태 기업이 성장할 수 있는 데에 많은 것을 기여한 정연을 돕겠다고 나름 나서고 있는 입장이었다.

그렇게 어수선한 와중에도 강현은 정연의 부탁으로 업무에 더욱 정성을 가했다.

"정말, 변 이사님 일은 유감이야."

퇴근길에 승강기에서 마주친 혜림의 말에도 강현은 묵묵부답으로 대응했다.

"사람 일은 모르는 거야. 변 이사님이 청탁을 하실 줄이야……. 좀 까칠하긴 하셔도 믿음과 신뢰로 똘똘 뭉쳐 있던 분이라고 생각했는데."

"참, 웃긴 게 있어."

여태 혜림의 말을 담담하게 듣고 있던 강현이 말문을 열었다. 그의 목소리는 유하게 대화를 이어 나갈 수 없을 정도로 엄청난 위압감이 느껴지는 차가운 목소리였다.

"분명 청탁은 했는데, 청탁을 한 사람도 없고, 분명 통장엔 선명하게 돈이 남아 있는데, 그 돈을 건넨 사람이 없어. 이건 마치, 누군가가 남의 똑같은 도장을 사서 여기저기 다 찍고 다니다가 들킬 것 같으니까, 꽁꽁 숨겨 놓은 기분이 들어. 상대방을 어떻게든 엿 먹이려고 한 짓궂은 장난 같은데."

"……."

"그 장난의 대가가 얼마나 가혹한지, 알게 해 줄 거야. 내가."

혜림을 마주 보고 있는 강현의 다갈색 눈동자는 분개에 일렁이고 있었다.

"반드시, 그 도장을 찾아서."

승강기의 문이 열리자 강현은 긴장감에 굳어 있는 혜림을 두고 내렸다. 그러고는 정연이 아무르에서 쫓겨난 이후부터 줄곧 찾아갔던 그곳을 향해 차를 몰았다.

강현이 곧 도착한 곳은 시내에 위치한 5성급 호텔의 BAR. 즉, 일전에 혜림과 정연이 함께 갔던 곳이었다.

잘못된 시초. 강현이 생각하고 있는 그 시초는 정연과 혜림이 처음이자 마지막으로 단둘이서 술을 마시겠다고 온 이곳이라 직감했다.

"제발, 부탁드립니다. 그날 CCTV를 좀 확인해 볼 수 있게 도와 주세요."

강현은 정연의 청탁 비리가 잘못 불거지기 전부터 이곳으로 와 사정을 부탁하고 있었지만, 관계자는 언제나 완강했다.

"정말, 며칠째 와서 이러시는 거예요? 안 된다니까요."

BAR의 관계자는 곤란하다며 사정을 하는 강현을 요리조리 피해 다니며 한사코 CCTV의 확인을 거부했다. 경찰에 부탁을 좀 해 볼까 했지만, 제대로 된 수사를 해 달라는 정연의 말도 묵살시킨 그들이 그다지 큰 도움이 될 것 같지는 않았다.

강현은 오늘도 허탕을 치고 돌아간다는 허망함에 떨어지지 않는 철근 같은 발걸음으로 BAR를 빠져나왔다.

면접 때 이후론 코빼기도 보이지 않는 남자의 거짓된 신상으로는 도저히 아무것도 알아낼 수가 없었다. 차에 올라타, 도저히 희망의 빛 하나 보이지 않는 가혹한 현실이 막막하고 답답해서 그대로 핸들을 거칠게 내려쳤다. 정연을 위해 해 줄 수 있는 게 하나도 없는 자신의 무능함에 분노가 이르렀다.

"젠장!"

그 갑갑함에 핸들에 머리를 박은 강현은 한동안 고개를 들 수가 없었다.

한참 뒤에야 진정이 된 정신으로 차를 몰고 나온 강현은 정연에게로 전화를 걸었다. 신호는 얼마 가지 않아, 애써 덤덤하게 자신을 대하는 정연의 목소리로 바뀌었다.

— 퇴근한 거야?

"네. 저녁 먹었어요?"

— 아니. 아직.

"뭐 좀 사 갈게요. 먹고 싶은 거 있어요?"

— 아니⋯⋯. 딱히 먹고 싶은 건 없고.

정연은 안쓰러울 정도로 축 처진 목소리로 호흡을 가다듬었다.

— 그냥, 네가 좀 많이 보고 싶다.

"빨리 갈게요."

강현은 그녀를 향해서 액셀을 세게 밟아 단숨에 그녀의 집에 도착했다. 초인종을 누르자, 그녀가 무척이나 수척해진 모습으로 강현을 맞이했다.

"왔어?"

"어디 아파요?"

그 사건 이후로 정연의 상태는 눈에 띄게 초췌해져 갔다. 강현이 걱정을 할까 싶어 겉으로는 입버릇처럼 괜찮다고 말하지만, 이제 그 괜찮은 척이 한계에 다다른 것이다.

"머리가 많이 뜨거워요."

강현이 짚어 본 정연의 이마는 불덩이처럼 뜨거웠다.

"곧, 괜찮아질 거야."

"병원으로 가요."

놀라서는 다급하게 서두르려는 강현의 옷자락을 잡아끌었다.

"병원 갔다 왔어⋯⋯. 약도 처방해 왔고⋯⋯."

줄기가 꺾인 꽃처럼 매가리 없는 목소리로 대답하던 그녀가 빈혈이 왔는지, 비틀거렸다.

"좀 누워 있는 게 좋을 것 같아요."

강현이 울컥, 하는 것을 가까스로 참으며 정연을 부축해 침실로 갔다. 이불을 목까지 덮어 준 강현은 욕실로 들어가 대야에다 미지근한 물을 받아 수건과 같이 가져왔다. 그러고선 수건을 적셔 그녀의 열을 식혀 주었다.

"손 좀 잡아 줄래?"

이불 안에 있던 손을 조심스럽게 꺼내 든 정연의 뜨거운 손을 강현이 부드럽게 그러쥐었다. 버석하게 마른 정연의 입술에 살포시 웃음이 피어났다.

"좋다."

"안아 줄까요?"

"그러다 너까지 감기 걸리면……."

"상관없어요."

정연이 덮고 있는 이불 안으로 강현이 들어갔다. 그러고는 옆으로 누운 그녀를 품 안으로 꼭 감싸고는 등을 다독여 주었다.

"이제, 좀……. 잠을……. 편하게 잘 수 있을 것 같다."

지난날 동안 그녀가 얼마나 시달렸을지, 그 괴로움 속에서 혼자 고민하며 잠까지 설쳤을 생각을 하니, 속상한 마음에 자꾸만 울컥하는 것을 참으려고 강현은 무던히도 애를 써야 했다.

그렇게 한참을 그녀를 품에 안고 재우던 강현은 그녀가 완전히 잠든 것을 확인하고는 방에서 나왔다. 약을 먹으려면 뭐라도 먹여야 할 터였다. 팔을 걷어붙이고 그녀를 위해서 난생처음으로 죽이라는 것을 쒀 봤다.

그리고 그녀가 깨어나길 기다리는 동안, 어질러져 있는 그녀의 공간을 정리해 주고, 불이 나간 듯한 거실의 전구도 갈아 주었다.

"강현아……."

그렇게 정신없이 움직이던 강현은 방 안쪽에서 희미하게 저를 부르는 정연의 목소리에 반사적으로 뛰어 들어갔다.

"일어났어요?"

"몇 시야?"

"10시쯤 됐어요."

"벌써……?"

"머리는 좀 어때요?"

"많이 좋아진 것 같아."

강현이 정연의 옆에 앉아서는 가만히 이마를 짚어 보았다. 아까보단 훨씬 나아졌지만, 여전히 미열이 남아 있었다.

"배고프죠? 죽 쒀 놨어요. 그거 먹고 약 먹어요."

어설프기 짝이 없는 솜씨였지만, 정연은 군말 없이 맛있다는 말과 함께 그가 끓인 죽을 먹어 주었다.

"고마워."

"고마워할 것도 참 없네요."

물과 약을 챙겨 주며 강현은 여전히 막막한 심정으로 대답했다.

"미안하기도 하고."

"뭐가 미안해요. 당신이 뭘 어쨌다고."

"그래도 기특한 게, 흔들리지 않고 가방 팀 잘 지키고 있다며. 어제 임 비서가 술 먹고 전화해서 울면서 말해 주더라."

임 비서 역시, 자신의 자리를 굳건하게 지키며 최선을 다해 정연을 기다리고 있었다.

"조사는 어떻게 되어 가고 있는 거예요?"

"아직 나도 잘 모르겠어. 내 통장에 입금된 돈의 행방에 대해선 찾을 수가 없나 봐. 웃긴 게, 그 계좌가 대포 통장 계좌래. 대체, 나한테 왜 그러는 걸까. 그 남자는 나하고 무슨 원한이 있다고……. 나한테 그래 봤자, 얻을 수 있는 게 대체 뭐가 있다고."

그 남자 혼자서 단독으로 이런 일을 저질렀다고 납득할 수 있을 만한 까닭은 단 하나도 없었다. 일면식도 없는 정연에게 진짜 취업을 목적으로 접근해 온 것도 아니지 않는가.

강현은 그 남자는 단지 누군가가 조종하는 꼭두각시 인형에 불과하다는 것을 알았지만, 그 증거를 찾을 수가 없어 속이 문드러졌다. 그 증거를 찾지 못하게 되면, 아마도 그녀는 회사에서 해임될지도 모른다. 청탁 비리가 진실이 아니라 할지라도, 회사에 불미스러운 일에 휘말려 이미지를 깎아 낸 정연을 받아 줄 군자 같은 회사가 아니었다.

"그래도 이 와중에 이런 생각이 든다?"

"무슨 생각이요?"

"너라도 있어서 참, 다행이다. 네가 없었으면, 난 어떻게 됐을까⋯⋯. 임 비서한테 들었어. 내 비리의 진실을 밝히려고 네가 무던히도 애쓰고 있다는 거."

"그럼 뭐해요⋯⋯. 지금 달라진 게 아무것도 없는데."

"그래도, 그게 너무 든든해. 적어도 나를 이렇게 믿어 주는 사람이 곁에 있다는 게. 그게 정말 위로가 돼."

"대체⋯⋯. 대체, 뭐가 위로가 된다는 거예요. 이렇게 무능력하기만 한 나인데⋯⋯."

어렵게 버티고 있는 강현이 그대로 무너져 내렸다. 강현은 여태 힘겹게 참고 있던 눈물을 터트리며 고개를 떨어뜨리고 말았다.

정연이 자리에서 일어나 강현을 뒤에서 끌어안아 주었다. 그러고는 눈물에 젖어 들썩이는 그의 등에 가만히 얼굴을 기대었다.

"이 일이 이렇게 된 것이 내 탓이 아니듯, 해결되지 않는 것도 결코 네 탓이 아니야."

"……."

"그러니까 울지 마. 난 네가 나 때문에 우는 거 마음 아파."

정연은 자신의 달램에도 서글픔을 멈추지 못하는 강현의 등에 한동안 기대어 있었다.

두 사람에게 힘든 밤이 서서히 지나가고 있었다.

3

회사 내에서 떠돌아다니던 정연의 근거 없는 악한 소문이 점차 줄어들기 시작했고, 사람들은 더 이상 정연에 대해 관심을 갖지 않았다. 그렇게 정연은 대부분의 사람들에게서 서서히 잊혀 가고 있었다.

하지만 단 한 곳.

그녀와 오랜 시간을 함께했던 가방 디자인 팀을 제외하곤 말이다.

"난 정말 매일 나한테 쓴소리하시던 이사님만 안 계시면 정말 회사 다닐 맛 날 거라고 생각했는데……. 그런데 아니야. 이건 마치, 매일 잔소리하는 엄마한테서 벗어나 혼자 자취를 시작한 기분이야. 자유로울 줄 알았는데, 겁나고 힘들고."

"너도 그런 느낌 받았어? 나도……. 사실, 이사님 안 나오시고부터 다른 디자인 팀들이 우리 은근히 무시하는 기분도 들고."

"이사님은 정말 괜찮으실까? 언제 돌아오실까?"

"돌아오실 순 있을까?"

사원들의 우울한 목소리는 더욱 짙어져 가고 있었다.

절대 포기하지 않을 것이다. 그녀는 청렴하다는 것을, 누군가가 그녀를 시기하여 벌인 모함이라는 것을 반드시 밝혀낼 것이다. 시간이 지날수록 강현의 간절함은 더욱 절실하게 깊어져 가고 있었다.

"한 번만 더 찾아오시면 그땐 영업방해죄로 경찰에 신고하겠습니다!"

오늘도 역시, 퇴근하자마자 BAR에 들어서는 강현을 보곤 매니저가 매몰차게 쫓아내며 경고했다. 매니저에게 쫓겨난 강현이 그 어느 때보다 무거워진 걸음을 떼지 못하고 있을 때였다.

"저기요."

화장실과 비상구 사이의 복도에서 누군가가 은밀히 강현을 불렀다.

"CCTV 때문에 오신 거죠?"

"네."

"잠깐, 이리로 오세요."

주변을 심하게 경계하며 비상구로 향하는 직원이 무언가를 알고 있을 거라 직감한 강현은 그의 뒤를 따라나섰다.

"매니저님께선 한 시간 뒤에 퇴근하세요. 그때 제가 사무실로 가서 CCTV를 한번 확인해 볼게요. 근데 사실, 그날 저도 뭔가 좀 이상하다는 생각이 들었거든요. 여자분이랑 남자분이 먼저 BAR에 도착하셨어요. 둘이서 무슨 말씀을 주고받다가 나중에 다른 여자가 한 분 더 오셨거든요."

직원의 말에 강현의 고운 미간이 거침없이 구겨졌다. 순식간에 믿기 힘든 그림들이 머릿속에 그려지기 시작했다. 먼저 도착한 여자와 남자는 혜림과 그 남자. 나중에 도착한 여자는 정연.

"나중에 오신 여자분께서는 알코올이 그렇게 심하게 들어간 칵테일을 드신 것도 아닌데, 인사불성이 되셔서 나가시는 걸 보고 좀 의아해하긴 했거든요. 그래도 뭐, 일행이었던 여자분도 계시고 남자분도 계셔서 별 의심을 하진 않았는데……. 계속 이렇게 오셔서 CCTV를 요구하시니까, 마음이 불편해서 안 되겠더라고요. 혹시나 해서 그러는데, 취해서 가신 여자분에게 무슨 안 좋은 일이라도 생긴 건 아니죠?"

직원의 질문에 강현은 쉽게 말문을 열 수가 없었다.

그리고 한 시간 뒤, 매니저가 퇴근을 하자 직원은 사무실로 강현을 불러 그날의 CCTV 화면을 틀어 주려 했다.

그런데 거짓말처럼 그날의 녹화 파일만 삭제가 되어 있었다.

"이게 어떻게 된 일이지? 왜 여기만 이렇게 삭제가……."

직원이 이해하지 못하겠다는 얼굴로 고개를 갸웃해 보였다.

"누군가가 임의로 삭제를 할 수도 있는 겁니까?"

"그건 잘 모르겠어요……. 어떡해요? 도움이 좀 되어 드리고 싶었는데."

미안해하는 직원에게 고맙다는 말을 하고서는 사무실을 빠져나오던 강현의 시야로 벽에 붙어 있는 몇 개의 명함들이 보였다. 그중에는 유난히도 눈에 띄는 낯익은 명함이 있었다.

"이건 뭡니까?"

"아, 이건 저희 BAR에 특별 단골분들 명함이에요. 여기 밑에다가 단골분들의 특징을 다 적어 놓으면서 관리해 드리고 있거든요. 킵해 놓은 양주라든지, 평소 잘 이용하시는 대리운전이라든지, 가게에는 없는 안주들을 주문하시는 경우도 있어서…….”

그가 낯익은 명함으로 손을 뻗었다.

“이 사람, 알고 있습니까?”

“전 파트타임이라 단골손님들은 매니저님이 거의 다 관리를 하시는 편이에요. 그래서 전 잘 몰라요.”

강현의 손에 닿아 있던 그 낯익은 명함은 몇 주 전쯤, 술에 취해 자신의 집에 찾아온 혜림이 흘렸던 그 명함과 같은 것이었다. 붉은색 배경 가운데 검은 띠가 그려져 있고 하얀색으로 글씨가 써져 있는, 좀 독특하고 흔하지 않은 디자인의 명함이라 쉽게 기억해 낼 수 있었다.

“사진 좀 찍어 가도 되겠습니까?”

“네. 대신 바로 삭제해 주세요. 제가 여기에 손님 데리고 들어왔다는 거 알면 잘릴지도 몰라요.”

“네. 고맙습니다.”

강현이 명함의 주소를 찍고 도착한 곳은 강남에 위치한 고급 호스트바였다. 강현은 휴대전화 녹음 기능을 켜고 차에서 내렸다. 출입이 엄격하게 통제되고 있는 듯한 호스트바 앞으로 다가간 강현을, 문을 지키고 있던 남자가 재빠르게 스캔했다. 남자의 눈은 강현을 보며 꽤 탐내 하는 눈치였다.

“무슨 일로 오셨습니까?”

아니나 다를까, 남자의 눈썰미는 바로 그 효력을 발휘했다. 남자가 강현을 막아 세우는 동안, 안으로 들어가던 여자 손님들의 시선이 일제히 호감으로 잔뜩 물들어져 강현을 진득하게 바라보았다. 강현은 유난히도 끈적끈적한 여자들의 시선이 거북해서 애써 신경을 끊고 남자를 응시했다.

"친구가 여기서 일을 하는데, 연락이 잘 안 돼서요."

"친구요?"

강현은 들고 있던 명함을 남자에게 보여 주었다.

"김경우? 아, 이 새끼 친구예요?"

남자는 명함의 이름을 확인하자마자 인상을 확 찌푸리며 여태 강현에게 관심 있어 하던 눈빛을 거두었다.

"네. 오늘 나왔나요?"

"친구라면서 그것도 몰랐나? 별로 친하진 않았나 보네."

"무슨 말입니까?"

"이 새끼가, 우리한테 뭐 투자하라고 해서 돈 꽤 먹고 튀었거든. 그래서 우리도 지금 이 새끼 찾으려고 발발거리고 있는데, 혹시 댁도 돈 때문에 그 새끼 찾는 거야?"

남자의 말에 강현은 고개를 낮게 끄덕여 보이고는 미리 찍어 놓은 이력서 사진을 남자에게 보여 주었다.

"제 돈을 떼먹고 간 남자의 신상을 도저히 믿을 수가 없어서요. 이 남자가 여기서 경우란 이름으로 일하고 있는 거 맞죠?"

"맞아. 경우 새끼. 와, 이 새끼 얼마나 해 처먹었기에 이렇게 주변에서도 다들 찾고 난리야."

"나 말고도 또 누가 경우를 찾으러 왔었나요?"

"어떤 여자가 왔어. 지가 아무르 이사라나, 뭐라나 하면서. 한동안 여기 꽤 들락날락하면서 경우랑 좀 친해진 것 같더라고. 근데 며칠 전에 와서는 노발대발하면서 이 새끼 어디 갔냐고 생난리를 치는데……. 단순히 돈 때문은 아닌 것 같던데. 아무튼 이 새끼 지금 여기 없어."

강현은 급하게 휴대전화에서 워크숍에 가서 찍은 단체 사진을 찾아냈다. 그러고는 혜림의 얼굴을 최대한 확대해서 남자에게 보여 주었다.

"혹시 그때 그 여자가 이 여자입니까?"

"어? 맞네. 맞아. 이 여자야. 하도 싸가지가 없어서 나중에 보면 뒤통수라도 후려갈겨 버리려고 내가 얼굴을 기억하고 있었지."

그렇게 말한 남자는 순간 경우의 사진과 여자의 사진을 가지고 다니면서 열심히 확인 중인 강현을 의아하게 바라보았다. 하지만 뭔가를 물어볼 틈도 없이 차에 올라타 버리는 강현을 아쉽게 바라보기만 할 뿐이었다.

강현의 차는 망설임 없이 어딘가로 향해 무섭게 달려갔다. 한참을 그렇게 달려가던 차가 잠시 갓길에 멈춰 선 건, 정연에게서 온 전화 때문이었다.

— 어디야?

"지금 잠깐 친구 좀 만나러 가고 있어요."

— 친구?

그녀의 목소리에는 강현에 대한 은근한 그리움이 묻어 있었다.

"보고 싶어요?"

— 응? 응……. 근데 친구랑 먼저 약속이 있었던 거 같으니까 어쩔 수 없지, 뭐.

"잠깐 얼굴만 보고 헤어질 거예요. 한 시간 안에 갈게요."

— 무리할 필요 없어.

"무리 아니에요. 나도 보고 싶어서 그래요."

— 그래, 그럼. 저녁 먹고 올 거야?

"아니요."

— 내가 김치볶음밥이랑 계란국 해 놓을게. 근데 맛은 절대 보장 못 해. 조심한다고 해도 계란 껍질 들어갈지도 몰라.

"다 씹어 먹어 줄게요. 아주 맛있게. 내가 사 갈 건 없어요?"

— 없어. 그냥, 조심히 와. 좀 애같이 철없어 보이지만, 최대한 빨리 와 줘.

"하나도 철없어 보이지 않아요. 오히려 귀여워 죽겠어."

— 참, 나이 먹고 귀엽다는 말 듣고 이렇게 좋아한다.

정연의 웃는 목소리가 희미하게 들려왔다.

"금방 갈게요."

전화를 끊은 강현은 잠시 놓고 있던 핸들을 꽉 쥐었다. 시퍼런 손등의 힘줄이 더욱 선명해졌다. 거칠게 시동을 건 강현은 방금 전, 정연과의 통화 때 보이던 미소는 완전히 사라지고 사납게 굳은 표정의 얼굴을 하고 있었다.

격분을 이기지 못한 혜림의 손에 의해 고급스러운 가방이 바닥으로 거칠게 패대기쳐졌다.

"얼굴을 보이란 말이야, 이 새끼야! 숨어서 자꾸만 사람 열 받게 만들지 말고! 내가 너 꼭 찾아. 꼭 찾아서 나 협박한 대가, 똑똑히 치르게 만들어 줄 거야!"

목에 시퍼런 핏대까지 세우며 휴대전화를 향해 쏘아 대던 혜림은 결국, 마지막 이성의 끈이 끊어진 상태에서 그대로 휴대전화도 집어 던져 버렸다. 벽에 부딪혀 바닥으로 떨어진 휴대전화의 액정은 처참하게 깨져 버렸다.

김경우는 그날 이후 계속해서 혜림을 협박하고 있었다. 꽁꽁 숨어서는 처음에 약속했던 돈보다 더 많은 것을 요구했고, 그 돈을 주지 않으면 녹음한 것을 전부 폭로해 버리겠다고 협박했다. 약 오르고 열 받는 상황이었다. 사람을 풀어서 김경우를 찾고 있었지만, 어찌나 잘 숨어 있는지 코빼기도 보이질 않았다.

"아, 열 받아!"

"뭐가 그렇게도 열이 받아? 진짜 열 받아야 할 사람은 따로 있는데."

안쪽에서 들려오는 낯익은 목소리에 혜림이 흠칫하며 물러섰다. 복도에서부터 길게 늘어진 까만 그림자는 그 위압감이 엄청났다. 유난히도 고요한 주변과 자신에게 서서히 가까워져 오는 발걸음 소리에 혜림은 급기야 뒷걸음질을 치기 시작했다.

"서, 선배."

"아주 엉큼한 장난질을 했더라, 너."

건조한 그의 목소리에선 첨예한 냉랭함이 느껴졌다.

"무슨…… 장난질?"

모르는 척 발뺌하는 혜림을 보며 강현이 가소롭다는 듯, 비소를 터트렸다.

"마지막 기회를 줄게. 네가 직접 네 죄를 고백할 수 있는 기회."

"뜬금없이 와서 대체, 무슨 소리를 하는 거야?"

강현은 자신의 휴대전화를 꺼내 들어 버튼을 눌렀다.

'친구가 여기서 일을 하는데, 연락이 잘 안 돼서요.'

'친구요?'

휴대전화에선 강현과 어딘가 모르게 낯익은 남자의 목소리가 새어 나왔다.

"지금 뭐 하는 거야, 선배. 나 너무 피곤해. 먼저 들어가 볼게."

당황해서는 뒤돌아 가려는 혜림의 손목을 강현은 거칠게 잡아 세웠다.

"끝까지 듣고 가. 내가 이걸 어떻게 녹음해 왔는데."

"아파아!"

"발버둥 치지 마. 그럴수록 난 널 막 대할 수밖에 없어."

"……."

혜림이 온 힘을 주며 그에게 붙잡힌 손목을 빼려고 아등거렸지만 강현은 꿈쩍도 하지 않았다. 그는 오히려 더 무서운 얼굴로 혜림을 마주했다.

"네가 당당하다면 피할 이유 없잖아."

'김경우? 아, 이 새끼 친구예요?'

'네. 오늘 나왔나요?'

금방이라도 모든 것이 탄로 나 버릴 것 같은 상황 때문에 두려움에 떨고 있는 혜림을 무시하듯 휴대전화에선 강현이 녹음해 온 대화 내용이 계속해서 흘러나오고 있었다.

'어떤 여자가 왔었어. 지가 아무르 이사라나, 뭐라나 하면서. 한동안 여기 꽤 들락날락하면서 경우랑 좀 친해진 것 같더라고. 근데 며칠 전에 와서는 노발대발하면서 이 새끼 어디 갔냐고 생난리를 치는데…….'

'혹시 그때 그 여자가 이 여자입니까?'

'어? 맞네. 맞아. 이 여자야. 하도 싸가지가 없어서 나중에 보면 뒤통수라도 후려갈겨 버리려고 내가 얼굴을 기억하고 있었지.'

녹음 파일 재생이 끝났다. 혜림은 여전히 강현에게 붙들린 채로 애써 덤덤하게 말을 이어 갔다.

"난 도통 여기서 하는 대화들이 무슨 내용인지 모르겠네."

"거길 왜 갔어. 거기서 그 남잘 만난 거야? 그래서 설마, 돈을 주고 이런 짓을 꾸민 거야?"

"난, 난 호스트바 같은데 안 다녀. 선배."

혜림은 자신의 말에 비릿한 미소를 짓는 강현을 보며 거부할 수 없는 불안감에 몸을 비틀거렸다.

"여기 어디에도 호스트바에서 네가 그랬다는 말은 없는데. 어떻게 알았어? 내가 그 남자를 찾기 위해 호스트바로 갔다는 걸?"

"……."

"어떻게 알았을까. 그건 당연히 네가 그 남자를 처음 만난 곳이 호스트바였고! 그 남자를 다시 찾기 위해 간 곳이 호스트바였으니까!"

"아, 아니야. 그만해!"

"그날 BAR에서 그 남자와 먼저 만나서 무슨 얘기를 했어. 대체 변 이사님한테 왜 그런 짓을 했냐고!"

"증거 있어? BAR에서 내가 그랬다는 증거 있냐고!"

"당연히 없지. 네가 CCTV 파일을 삭제했으니까. 하지만 넌 생각보다 똑똑하질 못해. 그 승강기 안에 있는 CCTV와 호텔 밖 바로 앞에 있는 편의점의 CCTV는 생각 못 했을 테니까. 그곳에 선명하게 찍혀 있어. 네 모습이."

"거짓말하지 마. 내가 이미 다 확인했어. 다른 CCTV 어디에도 김경우랑 내가 찍힌 영상은 없⋯⋯!"

혜림은 흥분이 앞서, 자신이 이미 모든 것을 실토해 버렸다는 사실을 깨닫고 망연자실했다.

"너 왜 그랬어. 그 사람한테 왜 그랬어."

강현은 혜림의 양쪽 어깨를 붙잡고 격앙된 감정으로 물었다.

"아니야. 오해야. 전부 다 오해야!"

"이렇게 많은 증거들이 있는데, 왜 아직도 인정하지 않는 거야! 왜 그 사람한테 미안해하지 않는 거냐고!"

자신을 무섭게 몰아붙이는 강현을 보며 혜림은 기겁했다. 그에 대한 공포심을 그대로 흡수해 버린 몸은 사시나무 떨듯 떨려 왔고 꼼짝도 하지 못했다.

"권혜림!"

"그 여자⋯⋯."

"⋯⋯."

"그 여자가 너무 미웠어! 내가 하는 일마다, 전부 그 여자가 망쳐 놨어. 내 협업쇼도⋯⋯. 내가 좋아하던 선배도⋯⋯. 전부 그 여자가 다 가져갔잖아! 그 여자만 없어지면 내 마음이 편해지니까, 제발 그 여자만 사라져 줬으면 했으니까! 그 여자가 불행해지는 걸 보고 싶었을 뿐이야. 날 무시한 선배가 괴로워하는 걸 보고 싶었을 뿐이라고⋯⋯."

모든 것이 너무 쉽게 드러나 버리고, 앞으로 자신이 받아야 할 죗값에 대한 두려움에 혜림은 버티지 못하고 그대로 주저앉아 버렸다. 얼굴을 감싸고 여전히 자신이 그럴 수밖에 없었다는 변명과 이해받기를 갈구하는 혜림의 모습은 지극히도 이기적이었다.

"모든 증거 자료를 경찰에 제출할 거야. 이 일과 변 이사님은 무관하다는 증거, 그리고 네가 처벌을 받을 수 있는 증거."

혜림은 강현을 원망스럽게 올려다보았다.

"그 사람을 아프게 한 대가를 톡톡히 치르게 해 줄 거야."

모든 것이 끝났다는 말에 무너져 내리는 혜림을 두고 강현은 돌아섰다.

주머니에서 울리는 휴대전화를 꺼내 든 강현은 다정하고 담백한 목소리로 말했다.

"이제 다 끝났어요. 당신한테로 지금 당장, 갈게요."

✤

강현이 제출한 모든 증거로 다시 재조사가 시작되었다. 회사에는 기자들이 몰아닥쳤고 방송 매체에서는 재벌들의 안하무인의 실태에 대한 고발을 다룬 이야기들이 쏟아졌다.

또한 이 모든 사건을 모략한 혜림은 아버지인 권 회장이 직접 해임시켰다. 물론, 사람들에게 보여 주기 식인 솜방망이 처벌에 불과한 임시 해임이었지만.

정연은 복귀를 해도 된다는 회사의 지시를 받았지만, 아무르로 다시 돌아가지 않았다. 그녀의 선택에 의아함을 갖는 사원은 단 한 명도 없었다.

아무르 가방 디자인 팀엔 해외 브랜드에서 일했던 새로운 이사가 들어왔고, 강현은 그가 자리를 잡는 3개월 동안, 옆에서 열심히 조력하다 사표를 냈다.

"대체, 너까지 왜 그러니! 양 팀장!"

"죄송합니다."

석호가 한사코 인사 팀에 사표를 무르라는 지시를 내렸지만, 강현은 제 고집을 꺾지 않았다.

"너무 아쉬워요. 팀장님……."

"꼭 그만두셔야 하는 거예요?"

"그동안 다들 너무 고마웠습니다. 앞으로도 더 발전할 수 있는 아무르 가방 디자인 팀이 되었으면 좋겠습니다. 뒤에서 응원할게요."

아쉬워하는 사원들에게 마지막 인사를 건넨 강현은 얼마 있지도 않은 짐을 들고 회사를 빠져나왔다.

아무르에 들어온 목표가 사라진 이후, 제대로 정착을 하지 못했던 강현이였다. 더군다나, 그렇게 오랫동안 일해 오면서 많은 것을 헌신한 정연을 믿어 주지 않고 그런 처벌을 했다는 것 자체에 아무르에 대한 모든 신뢰가 떨어져 버렸다.

그렇게 모든 것을 정리하자 마음이 한결 편안해졌다.

강현은 뒤 한 번 돌아보지 않고 아무르를 떠났다.

제 5부

메두사는 큐피드와 연애 중

1

바빠야 할 월요일의 아침이었지만, 침대 위의 두 남녀는 여전히 한참 늘어진 채 꼼짝도 하지 않고 있었다.

시간이 지날수록 더욱 길어지는 햇살의 줄기 때문에 잠에서 깨어난 강현은 실오라기 하나 걸치지 않고 제게 등을 보이고 누워 있는, 잘 빚어 놓은 하얀 도자기 같은 정연의 등에 살포시 입을 맞추었다.

"으음……."

그의 입맞춤에 정연도 잠에서 서서히 깨고 있는 모양인지, 나지막하게 신음을 내뱉었다. 탄력 있고 보드라운 정연의 엉덩이 살결이 아랫배에 포근하고 알맞게 맞부딪히고 있는 이 순간이, 강현에겐 가장 행복하고 평온했다.

지나가는 시간이 아까워 어떻게 해서든 붙잡고 싶을 만큼.

"일어나요."

"더 잘래……."

"안 돼요. 그만 자요."

강현의 손이 정연의 작은 진주알이 박혀 있는 것 같은 풍만한 가슴으로 향했다.

"나 정말 피곤해……. 어제 너 때문에 한숨도 못 잤잖아."

정연이 냉정하게 말하며 제 가슴 위를 지분거리는 강현의 손목을 잡아 치웠다. 하지만 다시 강현의 손이 그녀의 가슴으로 향했다.

"쓰읍!"

정연이 떽! 하며 다시 강현의 손목을 뒤로 치워 버렸다.

"왜, 못 만지게 해요?"

강현이 아직 잠에서 덜 깬 목소리로 칭얼거리며 정연의 목에 얼굴을 깊숙이 박아 몸을 더욱 가깝게 밀착시켰다. 이제 정연의 몸과 강현의 몸은 한 군데도 빠짐없이 완벽하게 서로에게 붙어 있었다.

그렇게 그녀를 제 품으로 끌어당긴 강현의 손은 다시 한번 그녀의 귀여울 정도로 앙증맞게 곤두서 있는 가슴으로 향했다. 그러고는 손끝으로 살살 문지르기도 했고, 두 손가락으로 잡아 튕겨 보이기도 했다.

"나 정말 피곤하다니까……."

정연은 금세 아래가 젖어 가고 있다는 것을 느끼며 달뜬 신음을 내뱉었다.

"나한테 이렇게 반응을 보일 거면서."

"넌 지치지도 않니? 힘들지도 않아?"

"네. 할수록 더 좋아서 미칠 것 같고, 같이 있을수록 더 사랑에

390

빠지는 것 같아요."

강현이 그녀의 목덜미에서부터 밑으로 내려오며 제 흔적을 남겼다.

"나는 당신이 갈수록 더 좋아져요."

강현의 손이 이번엔 은밀한 그곳으로 향했다. 상당히 젖어 있는 그곳은 강현의 손가락쯤은 아무 저항 없이 그대로 받아들이고 있었다. 정연은 자신의 내벽을 부드럽지만 강하게 휘젓는 강현의 손가락에 어쩔 줄 몰라 했다.

붉어진 얼굴과 몸을 비틀 때마다 사정없이 움직이는 가슴과 야릇한 신음은 그 어느 때보다 강현을 흥분하게 만들었다.

"아훗!"

겨우, 손가락 몇 번의 움직임으로도 정연은 절정을 맛보았다.

"잠깐만. 강현아."

말릴 새도 없이 강현이 그녀의 두 다리를 벌리고 안으로 얼굴을 파묻었다.

"아흐! 잠깐만!"

그는 허벅지 안까지 축축하게 젖어 든 그녀의 애액을 전부 다 빨아 먹었고, 그녀의 그곳은 어느새 건조하게 말라 버렸다. 그러고 나서 그는 위로 올라와 다시 그녀를 마주 보았다.

"생각해 보니까⋯⋯."

말을 이어 가면서 강현은 그녀의 아래를 만져 줄 듯, 말 듯 약을 올리기 시작했다. 손으로 몇 번의 절정을 느꼈던 터라, 정연은 흥분에 버거워 많이 안달이 나 있는 상태였다.

"나만, 너무 당신을 원하는 것 같아요."

"그래서 억울해?"

그의 손가락은 여전히 정연의 정점을 빙글빙글 돌기만 할 뿐, 섣불리 안으로 들어가지 않았다. 정연은 조급함에 입이 다 마르는 기분이었다.

"그런 건 아닌데. 그래도 한 번쯤은 보고 싶어서요."

"뭘?"

"당신이 날 간절하게 원하는 모습."

그가 만져 주지 않고 주변만 배회하고 있는 그곳은 잔뜩 달아올라 있었고, 그에 대한 결핍이 온몸을 괴롭게 만들고 있었다.

"왜 그렇게 애가 못됐어?"

"누가요. 내가요? 그럴 리가."

정연은 강현을 아주 원망스럽게 쨰려보았다. 그러다 이내, 몸을 돌려 그에게 와락 안기고서는 귀에 대고 낮게 속삭였다.

"널 원해. 그러니까, 빨리 좀 넣어 줄래? 널 느끼고 싶어."

정연의 말이 만족스러운지 강현이 웃음을 터트렸다. 그 웃음이 어찌나 귀엽고 사랑스럽던지, 정연도 함께 따라 웃어 버렸다.

"좋아요. 얼마든지. 당신이 원한다면."

강현은 점점 수축해져 가려는 그녀의 아래를 두 손으로 천천히 벌리고서는 크게 숨을 들이쉬었다.

"사랑해요."

그러고는 그대로 자신의 분신을 그녀의 좁은 입구로 밀어 넣었다.

성난 귀두를 반 정도 집어넣었을 뿐인데, 정연은 찢어질 것 같은 고통을 느끼며 버거워했다. 한두 번이 아닌데도 그때마다 그의 것은 쉽게 받아들이지 못할 정도로 거대하게 느껴졌다.

"아아악!"

여태 농도 짙은 신음만 뱉어 내던 정연의 입 밖으로 찢어지는 비명소리가 터져 나왔다. 그곳이 아예 찢겨져 나가는 듯, 정연은 몸이 무너져 내리는 고통을 느꼈다.

하지만 강현이 느끼는 것은 달랐다. 자신의 것을 꽉 무는 듯한 안정감과 따뜻함이 동시에 몰려왔다. 평생 그녀의 것에서 빼지 않고 박아 두고 싶다는 욕심이 들 정도였다.

강현의 굵고 짤막한 신음이 터져 나왔지만, 유연하게 허리를 움직이며 더욱 거칠고 깊숙이 저의 것에 완벽하게 품어지려는 그로 인해, 정연은 아무런 정신이 없었다.

결국 끝까지 닿았다. 그곳이 불에 타는 것 같은 고통이 느껴졌다. 아무리 고함을 질러 보고, 온 힘을 다해 이불을 잡고, 고개를 내저어 봐도 아래서 느껴지는 고통은 사라질 기미를 보이지 않았다.

강현은 정연의 허리를 두 팔로 단단히 잡고 제 쪽으로 잡아당기며 천천히 움직이던 허리에 더욱 속도를 가했다.

어제 밤새도록 하는 바람에 아직 그곳이 얼얼해져 있는 상태였다.

두 사람의 살결이 맞닿으며 나는 질척이는 소리가 음탕하게 방안을 가득 채웠다. 강현이 허리를 튕길 때마다 정연의 신음이 거침없이 입술 밖으로 터져 나오고 있었다. 강현은 상체를 기울여 그녀의 가슴을 입에 물고 혀끝으로 간지럽게 빨아 주었다. 그러다 다시 입에 힘을 주어 길게 빨아들였다.

"아! 그러다가 자국 나면 어떡해?"

"내 거라고 흔적 남겨 놓는 건데요, 뭘."

"아무튼 못됐다."

"그래서 싫어요?"

"누가 싫대? 아흐……!"

그 순간에도 허리의 움직임은 단 한 번도 쉬지 않고 오히려 더 밀어붙이고 있었다. 온몸이 그의 장단에 맞춰 흔들렸다. 더 이상 고통은 몰려오지 않았다. 어느 정도 적응이 된 그 안은 강현의 커다란 페니스를 품에 안고 쾌락이라는 감정으로 정연을 집어 던졌다.

가슴이 벅차게 차오를 정도로 정연은 황홀했다. 정연의 얼굴이 욕정에 물들어지고, 찢어질 것 같던 고함 소리가 점점 야릇한 신음으로 바뀌어 갈 때쯤, 강현은 허공에서 움직이는 정연의 다리를 제 어깨에 올려놓고는 사이를 좁혔다.

"그거 알아요?"

여전히 줄어들지 않고 더욱 속도가 가해지는 강현의 움직임에 정연은 대답할 정신도 없었다.

"난 매일 저녁을 당신과 이렇게 끝내고, 매일 아침을 당신과 이렇게 맞이하고 싶어요."

"……."

"난, 정말 변정연이 너무 좋아요."

"나도, 네가 너무 좋아."

"내 이름 불러 줘요."

"양강현. 네가 너무 좋아."

자신을 향해 두 팔을 뻗는 정연의 품으로 강현이 와락 안겼다.

그러고도 두 사람은 몇 번이고 쾌락의 정점을 찍고 내려오고 찍고 내려오기를 반복했다.

두 사람이 땀에 흠뻑 젖은 몸을 씻고 지나치게 허기진 배를 채우기 위해 주방으로 나왔다.

"뭐 먹을까?"

"아무거나요."

정연의 허리를 꼭 끌어안고 어깨에 얼굴을 묻은 강현이 낮게 중얼거렸다.

"넌 내가 그렇게도 좋니? 방금 전까지 내내 붙어 있어 놓고, 또 이렇게 붙어 있게?"

"네. 매번 당연한 말씀을……."

"비켜. 나 칼질할 거야. 위험해."

"내가 여기서 이렇게 해 볼까요?"

강현이 정연을 뒤에서 안은 채로 옆구리와 팔 사이로 제 손을 뻗어 칼을 쥐었다.

"다친다. 까불지 말고, 이제 정말 저리 비켜."

"얌전히 있을게요."

그렇게 두 사람이 한참 깨알을 쏟아부으면서 요리를 하고 있을 때, 거실 한가득 긴 초인종 소리가 울려 퍼졌다.

"누구 올 사람 있어요?"

"아니, 그런 건 아닌데……. 누구지?"

정연이 의아해하며 인터폰을 확인했다가 두 눈이 보름달처럼 휘둥그레졌다.

"우리 이모야. 우, 우리 이모!"

"이모? 이모님이요?"

"어! 어떡해. 어떡하면 좋아?"

정연의 소란스러움이 밖에까지 들렸는지, 이모가 문 쪽으로 귀를 가져다 대는 모습이 보였다. 이제 와서 모른 척할 수는 없었다.

"나, 나 숨을까요?"

다급하게 주변을 두리번거리는 강현을 정연은 붙잡아 세웠다. 갑작스러운 이모의 방문에 당황해서 우왕좌왕한 것뿐이지, 강현의 존재를 들킬까 봐 두려워서 방황을 했던 건 아니었다.

"아니. 숨을 필요는 없어."

정연은 강현의 옷매무시를 다시 한번 제대로 다듬어 주었다.

"너무 긴장하지 마."

초조함에 어색하게 굳어 있는 강현의 입꼬리를 양쪽으로 길게 끌어당겼다. 정연은 어느새, 긴장감과 당황함을 모두 밀어 내고 침착해져 있었다.

"나 괜찮아요?"

"너무 멋있어서 탈이지."

정연이 부드럽게 강현의 볼을 쓰다듬고는 현관문으로 향했다. 강현은 여전히 풀지 못한 긴장감에 제법 거칠어진 호흡을 내뱉고 있었다.

"전화를 했는데, 안 받기에 그냥 왔어."

아침부터 강현과 노느라고 휴대전화가 아직까지도 어디 있는지 모르는 정연이었다. 정연이 바리바리 무언가를 많이 싸 들고 온 이모의 짐으로 손을 뻗었을 때였다.

"안녕하십니까!"

뒤에서 강현이 불쑥 다가와서 짐을 건네받고는 이마가 무릎에 닿을 정도로 허리를 깊이 숙이며 인사했다.

"제 남자 친구예요. 이모. 제가 예전에 한번 말씀드렸죠?"

정연의 설명에도 이모는 어안이 벙벙한 얼굴로 앞에서 긴장감에 눈도 제대로 깜빡이지 않고 있는 강현을 빤히 바라보았다. 그러다 강현이 '어?' 하며 당황해하는 모습을 보였다.

"왜 그래?"

"총각. 나 알죠?"

정연의 의아한 시선이 이번엔 이모에게로 향했다.

"이모. 강현이 알아요?"

"우리 성규 옆집 사는 총각이야. 그래서 왔다갔다 몇 번 본 적 있고."

평소 사람 좋은 미소를 많이 짓던 이모의 얼굴이 상당히 굳어져 있다는 것을 정연은 쉽게 알아차릴 수 있었다.

"강현아, 괜찮으면 네가 오므라이스 좀 마저 해 줄래? 나 이모 하고 잠깐 얘기 좀 나눌게."

"네. 그렇게 할게요."

강현이 이모의 눈치를 살피며 반찬통을 들고 주방으로 사라졌 다. 정연은 이모를 모시고 거실 소파에 나란히 앉았다.

"안색이 많이 안 좋으세요."

"그런 건 아니야. 다만……."

이모의 석연치 않은 시선이 주방에 있는 강현을 향해 있었다.

"왜 그러세요?"

"아니다. 내가 괜한 말을 하는 것 같아서. 신경 쓰지 마."

"말씀해 보세요."

정연은 말을 아끼려는 이모의 손을 부드럽게 감싸 쥐며 말했 다.

"내가 괜한 말을 해서 너희 둘 사이를 괜히 어색하게 만드는 건 아닌지 모르겠다. 하지만, 계속 신경이 쓰이니……. 사실, 저 총각 집에 여자들이 꽤 들락날락하더라고."

"여자들이요?"

"응. 어떤 여자는 직접 비밀번호 찍어서 들어가고, 술 취한 여자도 와서 울고불고 난리 치고……."

다른 사람에겐 처음 들어 보는 강현의 사생활이 정연에게 적지 않은 충격을 가져다주었다. 한편으로는 그가 절대 그럴 리가 없다고 장담하면서도, 혹시 모른다는 불신의 꽃망울이 슬그머니 피어나고 있었다.

"네가 어련히 잘 알아서 만나고 있는 거겠지. 그래도 마음에 걸리는 건 걸리는 거라……."

"그런 애 아니에요. 그러니 너무 걱정 마세요. 이모."

이모를 안심시키기 위해 그리 말했지만, 정연 역시 마음이 못내 찝찝한 건 사실이었다.

"오늘은 반찬만 주려고 온 거니까, 쉬어."

"식사하고 가세요."

"성규 만나기로 했어. 회사 근처에 맛있는 맛집이 있다나 뭐라나."

"성규 회사 앞까지 모셔다드릴게요."

"아서. 손님도 있는데."

"괜찮아요."

"내가 불편해서 그래. 그럼 푹 쉬고, 무슨 일 있으면 이모한테 전화하고."

이모가 간다는 소리를 들었는지, 강현이 주방에서 허둥지둥 빠져나왔다.

"식사 다 됐는데, 드시고 가시죠."

그가 상당히 예의를 갖춰 이모에게 살갑게 웃으며 말했다.

"아닙니다. 아들이 기다리고 있어서요. 밥은 정연이랑 맛있게 먹어요."

"들어가요. 이모."

그렇게 이모가 가고 정연은 근심이 가득한 얼굴로 강현을 바라보았다.

"왜 그래요?"

"아니야. 아무것도."

말은 그렇게 하고 돌아섰지만, 여전히 마음 한구석이 찝찝했다.

"밥은?"

정연이 화제를 황급하게 돌리며 주방 안으로 들어갔다.

"다 됐어요."

식탁 위에 가지런하게 준비해 놓은 음식을 보며 정연은 은근히 감탄했다.

"잘했네. 맛있게 생겼다."

"이모님이 무슨 말씀 하셨어요?"

자리에 앉는 정연을 향해 강현은 다시 한번 심각하게 물었다.

"별말씀 안 하셨어."

"지금 당신 표정 보면 전혀 별말씀 안 하신 게 아닌 것 같아요."

"……"

"티가 다 나요."

그래, 찝찝한 마음 가지고 있어 봤자, 깊어지는 건 오해와 망상뿐이었다. 이모의 말을 듣자마자 가장 먼저 든 생각은 강현이 낯선 여자를 침대 위에서 있는 힘껏 품고 있는 모습이었다. 상상조차 하고 싶지 않을 정도로 잔인하고 열 받게 하는 모습이었다.

전에는 참고 재기만 하던 연애를 했었다. 하지만 강현과 연애를 하면서 정연은 많은 것을 바꾸었다. 언제나 강현이 그러는 것처럼 순간의 감정에 충실하는 것.

"여자들이 집에 들락날락한다면서."

"그렇게 오해하실 줄 알았어요……."

강현은 정연의 손목을 잡고 거실에 있는 소파로 이끌었다.

"뭐라고 말씀하셨어요?"

정연은 이모에게 들은 모든 사실들을 이야기했다.

"비밀번호 따고 들어오는 여자는 우리 누나고, 술 취해서 찾아온 여자는 혜림이었어요. 그것도 몇 개월 전쯤에. 그리고 당신도 알다시피, 요즘 내 일정이 어때요?"

"우리 집……. 우리 집. 우리…… 집이네?"

그렇다. 요즘 강현은 거의 정연과 동거를 한다고 해야 할 정도로 매일 정연의 옆에 찰싹 달라붙어 있었다.

"그런데, 그런 날 지금 의심한 거예요?"

강현이 정연의 볼을 꼬집으며 섭섭한 마음으로 물었다.

"아무래도 난……."

"그거 때문에 이모가 나 마음에 안 들어 하세요?"

"그것 보다는 좀…… 마음에 걸리시나 봐……."

"아니라고 말씀 제대로 드릴 수 있게, 다음에 날짜 한번 잡아요. 식사 대접 하면서 제가 말씀드릴게요."

여전히 심각한 얼굴을 한 강현을 정연은 볼을 매만지며 달래 주었다. 그러고는 짐짓 밝은 목소리로 말했다.

"그래. 알았어. 그리고 일단 다음에 먹을 식사는 둘째 치고, 지금 이 허기진 배 좀 어떻게 하자! 맛있게 잘 먹을게!"

꽤 많은 투자자자들이 정연의 사업에 적극적으로 관심을 가졌다. 정연은 자신의 이름을 내걸고 새로운 사업을 추진했다. 아무르 이사였다는 타이틀과 무려 세계가 주목하고 있는 신입 디자이너로 명성을 터트린 그녀의 사업을 마다할 투자자들은 없었다. 포트폴리오로 준비한 디자인은 사람들의 엄청난 갈채와 기대 속에서 정연에게 새로운 문을 열어 주었다.

사무실을 분양하고 업무에 필요한 모든 것들을 준비하는 그 힘든 과정 속에서도 정연의 옆자리를 지키며 열정적으로 보필해 주는 사람들이 있었다.

그 이름.

"그럼 나 들어가면 이사 시켜 주는 거예요?"

남자 친구 양강현과

"전 비서실장이 되는 건가요?"

임 비서였다.

"둘 다 1차 면접부터 3차 면접까지, 톡톡히 치르고 들어와야 해. 알지? 나 취업 청탁 때문에 꽤 마음고생해서 까다로워진 거."

두 사람에게 장난스럽게 단단히 주의를 준 정연은 '이사실'이 아닌 '대표실'이라고 써져 있는 방문을 열고 들어갔다. 마음이 무거우면서도 동시에 설레었다. 몇 개월 동안 공을 들인 회사였고, 처음으로 자신의 이름으로 시작하는 회사였다.

벅찬 마음에 정연은 뭉클해진 마음을 끌어안고 창 너머의 바쁜 서울의 전경을 바라보았다.

"가 보세요."

뒤에서 강현을 대표실로 밀어 주며 낮게 속닥이는 임 비서의 모습이 창문으로 비쳐 보였다.

"다 보여. 임 비서."

임 비서는 어느새 집으로 돌아갈 생각이었는지, 준비를 끝낸 상태였다.

"그러지 말고 같이 저녁이나 먹고 가자."

"남편한테서 계속 전화 와요. 원수 같은 놈. 하하하하하! 얘는 저 없으면 김치 하나를 못 찾아 먹어요! 애도 자꾸만 절 찾고."

정연이 천천히 임 비서에게로 다가가 그녀의 손을 다정하게 부여잡았다.

"여러모로 정말 고마워. 임 비서가 있었기 때문에, 내가 이렇게 다시 설 수 있었던 거야."

"무슨 말씀이세요. 한 번 비서는 영원한 비서입니다. 이사……. 아니, 대표님을 옆에서 평생 보좌할 수 있는 제게 타고난 복이 있다고 생각합니다."

"나야말로 얼마 있지도 않은 복 중에 임 비서가 있어서 참 다행이야."

"그리고 월급이 그렇게 많이 올랐는데, 뭔들 못 할까요."

서로를 향한 마음에 울컥해지려는 것을 참으려는 듯, 임 비서가 괜스레 장난을 던져 보았다. 정연은 팔을 뻗어 임 비서를 꼭 안아 주었다.

"앞으로도 잘 부탁해."

"저야말로 앞으로도 잘 부탁드립니다. 대표님."

그렇게 임 비서가 집으로 돌아가고 대표실에는 정연과 강현만 남았다. 정연은 뒤에서 자신을 따뜻하게 끌어안아 주고 있는 그와 함께 똑같이 한곳만 바라보고 있었다.

"안 피곤해요?"

"응. 난 괜찮아. 너는?"

"나도 괜찮아요."

강현이 정연의 목에 가만히 얼굴을 파묻고 가볍게 입을 맞추었
다. 정연은 손을 뒤로 뻗어 강현의 볼을 쓰다듬었다.

"양강현아."

"네."

"이렇게 내 곁에 함께 있어 줘서 고마워."

강현이 제 볼을 쓰다듬는 정연의 손에 가볍게 입을 맞췄다.

"나도, 고마워요."

앞으로도 영원히.

이렇게 함께 똑같이 한곳만 바라보자고.

정연은 속으로 그리 속삭이며 입가에 행복한 미소를 가득 머금
었다.

에필로그

회사에서 끝나고 이제 곧 집에 도착할 예정이라는 강현의 문자를 받은 정연은 요리를 하는 속도에 더욱 박차를 가했다. 예상치도 못하고 집에 들어왔다가 자신이 있는 것을 발견하고는 놀라면서도 기뻐할 강현을 생각하니, 설렘에 웃음을 멈출 수가 없었다.

강현은 현재 정연이 파리에 있는 줄 알고 있는 상태였다. 이번 파리 그랑 팔레에서 열린 EG 2017 봄/여름 오뜨꾸뛰르 컬렉션 쇼에 초청된 정연은 4박 5일의 일정을 이런 깜짝 이벤트를 위해 5박 6일이라고 거짓말을 쳐 놓았다.

"아마, 내가 자기 생일을 깜빡 잊은 줄 알고 있겠지?"

강현 스스로는 서운한 티를 내지 않으려고 노력했을지 몰라도 정연은 목소리만 들어도 알 수 있었다. 그가 자신의 생일을 깜빡한 정연에게 은근히 서운함을 느끼고 있다는 것을. 물론, 물질적인 무언가를 바란다기보다는 자신의 생일에 정연이 함께해 주기를 원하는 바람에서 나오는 섭섭함일 터였다.

정연은 맛이 애매모호하지만 정성을 듬뿍 넣은 소고기 미역국과 잡채를 최대한 예쁘게 담아 식탁 위에 올려놓았다. 하얀 쌀밥과 갈비찜, 월남쌈, 그리고 직접 주문 제작 한 케이크도 빠트리지 않고 식탁 위에 올렸다.

"이 정도면 굉장히 훌륭하네."

적성에도 맞지 않는 요리를 끝까지 해낸 자신에게 칭찬을 아끼지 않으며 정연은 마지막으로 자신의 상태를 점검하고 강현의 위치를 알기 위해 막, 휴대전화를 집어 들었다. 그의 위치를 대충 계산해서 케이크에 촛불을 켜고 소등을 하기 위해서였다.

삐— 삐비비빅—

그때, 도어록 키가 눌리는 소리가 들렸다. 하지만 이내, 문은 열리지 않고 덜컹거리며 낮은 여자의 신경질 어린 목소리만 들려왔다.

"뭐지?"

당황스럽고 어이없음에 고개를 갸웃하며 천천히 다가가 인터폰으로 밖을 살폈다. 꽤 신중한 얼굴로 도어록에 붙어서는 비밀번호를 누르고 있는 여자는 다름 아닌, 친구 세정이였다.

"내가 남의 집 비밀번호 막 누르지 말라고 그랬지?"

그 뒤로 엄한 얼굴을 한 강현이 불쑥 나타났다.

"어? 너 왜 여기 있어?"

"무슨 질문이 그래? 당연히 내 집 앞이니까, 여기 있지."

두 사람의 대화를 정연은 인터폰을 통해 망연자실한 얼굴로 듣고 있었다.

"오늘 회사에 불 다 켜 놓고 나갔나 봐?"

"뭔 소리야. 내가 무슨 불을……."

강현의 시선이 빛줄기가 쏟아져 나오고 있는 자신의 집으로 향했다. 소름이 끼쳤는지, 얼굴이 경직되어 있었다. 강현의 반응에 세정이 도어록을 잡고 있던 손을 떼고 한 걸음 물러섰다.

"뭐, 뭐야. 그럼 안에……. 지금 누가 있다는 소리야? 혹, 혹시 도둑 아닐까!"

"……."

"들어가지 마. 강현아! 일단, 경, 경찰서! 그래! 경찰에 신고하자!"

두 사람의 상상력이 더 커져 사태가 심각해지기 전에 막아야 했다. 정연은 얼른 인터폰을 끄고 현관문으로 나가 문을 다급하게 열어젖혔다. 그러자 두 사람이 반사적으로 휘둥그레진 눈과 함께 현관문에서 도망치듯 멀어졌다.

그리고 곧, 정연을 발견한 강현이 멀어진 만큼 단숨에 거리를 좁혀 왔다.

"언제 왔어요?"

"하하. 너 생일이라서 깜짝 파티 해 주려고 했는데. 세정아 나야, 나. 정연이."

"어머. 정연아!"

경찰에 전화를 하려던 세정이 정연을 발견하고는 단박에 다가와 덥석 손을 잡고는 반가워했다.

"이게 얼마 만이야!"

"글쎄. 진짜 오랜만이다."

"내가 해외에 나가 있는 바람에 연락이 좀 뜸했어. 이번에도 꽘 갔다가 너무 좋아서 계속 눌러 있었어. 잘 지냈지?"

"그럼, 난 잘 지냈지."

"응. 근데……."

정연을 만났다는 반가움에 기뻐하던 세정이 자신의 옆에 서 있는 강현과 정연을 의아한 눈빛으로 번갈아 쳐다보았다.

"왜 네가 강현이 집에서 나오는 거야?"

"일단, 안으로 들어가서 얘기하자."

강현의 제안에 세 사람이 함께 안으로 들어왔다. 집 안 가득, 허기를 자극시키는 맛있는 음식 냄새가 풍기고 있었다. 정연은 식탁으로 두 사람을 안내했다.

"이걸 언제 다 이렇게 챙긴 거예요?"

"맛은 어떨지 모르겠어."

"바로 출장 갔다 와서 준비하기 힘들지 않았어요?"

격하게 감동하며 강현은 정연의 뭉친 어깨를 자연스럽게 주물러 주었다. 그런 두 사람 사이로 세정이 팔을 집어넣어 휘적이며 기어코 떨어뜨려 놓았다.

"뭐야, 대체 두 사람?"

새치름하게 번갈아 보는 눈빛에선 어서, 두 사람의 관계를 실토하라는 무언의 압박감이 실려 있었다.

"일단 앉아."

강현이 제 누나를 앉히고 정연의 손을 꼭 잡고서는 반대편으로 가서 나란히 앉았다.

"어머머. 손, 손을 잡고 있어? 손잡는 사이인 거야? 네들?"

세정은 놀라기보다는 즐거워하고 있는 눈치였다. 정연과 강현은 차분하게 자신들의 관계를 세정에게 설명해 주었다.

"왜, 진작 말 안 했어!"

"너랑 연락이 됐어야지……."

"하긴, 노느라 정신없어서."

세정이 머쓱한 표정을 짓더니 곧 서둘러 자리에서 일어났다.

"그럼 난 가 볼게. 둘이 좋은 시간 보내고 내일, 내일 따로 만나서 얘기하자. 정연아."

"저녁 같이 먹고 가!"

"아니야. 나 쟤 얼굴 잠깐 보러 온 거야. 내일 프랑스로 떠나거든. 그러니까, 오전에 잠깐 시간 좀 비워 둬. 얘기하게."

서둘러 현관문으로 향하는 세정을 강현이 따라나섰다. 여전히 방황하는 누나가 마음에 걸려 안 따라갈 수가 없었다.

"또 떠나?"

세정이 신발을 신으며 강현을 올려다보았다. 미세한 변화지만 강현은 금세 직감할 수 있었다. 세정이 예전과는 다른 분위기를 풍기고 있다는 것을.

"이번엔 혼자 아니야."

사랑에 빠졌을 때 나오는 특유의 눈웃음을 짓는 세정을 보며 강현도 편안한 미소를 지었다.

"가서 연락해. 꼭."

"응. 그럼, 좋은 시간 보내고. 아 참! 생일 축하해. 동생."

세정이 주머니에서 무언가를 꺼냈다. 그건 실로 만들어진 팔찌였다. 강현이 한국에서 미국으로 왔을 때, 오래도록 끼고 다니던, 애지중지했지만 결국 끊어져 버린 실 팔찌였다. 하지만 지금 강현의 손바닥 위에 있는 실 팔찌는 다시 묶여 있었다.

"집에 잠깐 들렀거든. 정연이가 너 못 알아본다고 해서 이 실 팔찌라도 하고 다녀 보라고 가져왔는데, 너무 늦게 왔네. 내가 바느질 좀 했어."

뒤늦게 따라 나온 정연이 세정을 꼭 끌어안았다.

"내일 연락할게."

"응. 고마워, 정연아. 우리 동생 미역국 끓여 줘서."

"맛없을 거야."

"그럴 것 같아."

정연과 세정이 마주 보고 장난스럽게 웃었다.

"그럼, 나 진짜 갈게. 좋은 시간 보내."

세정이 가고 밥 먹으러 들어가자고 말하려던 정연이 여전히 강현의 손바닥 위에 있는 실 팔찌를 발견했다.

"어? 이거!"

실 팔찌를 발견하고 반가워하는 정연에게 강현이 낮게 미소를 지으며 팔찌를 찼다. 그러고는 정연의 손을 꼭 붙잡고 담백한 목소리로 말했다.

"노래 불러 줘요."

"무슨 노래?"

"생일 축하 노래. '사랑하는'을 특히 강조하면서."

"그래. 좋아."

목을 가다듬은 정연이 두 손을 앞으로 공손히 모으고 노래를 부르기 시작했다. 강현이 원하던 '사랑하는'이라는 단어를 수십 번은 더 반복하며.

반복할수록 더욱 짙어지고 깊어지는 강현의 행복한 미소를 마주보며.

—The end

작가 후기

안녕하세요. 이은교입니다. 벌써 지면으로는 6번째로 인사드리는데요, 그래도 저는 여전히 처음 냈던 그 순간만큼 많이 떨리고 설레고 합니다. 이 떨리고 설레는 마음을 평생 느끼고 싶습니다.^^(평생 책 내고 싶다는 얘기는 안 비밀.)

일단, 가장 먼저 제가 책을 낼 수 있게 도와주신 독자님들과 뿔 미디어(다향 로맨스) 출판사, 바쁘게 달리신 담당 편집장님께 감사드립니다. 덕분에 이번에도 좋은 책 냅니다.^^

저는, 아직도 하고 싶은 이야기들이 많습니다. 그것들이 좀 더 멋지게 나올 수 있게, 글을 쓰는 사람으로서 앞으로도 많은 노력을 하도록 하겠습니다. 그러니, 앞으로 더욱 성장해 나가는 저를 꼭 지켜봐 주시길 (간절히) 바라겠습니다.

〈메두사는 연애 중〉은 다른 소설과는 달리 별 스트레스(?) 없이 참 라이트하고 재미있게 쓴 책입니다. 그만큼 부디, 부디, 독자님들에게도 재미있고 라이트한 소설이 되었으면 좋겠습니다. 마지막으로 제 책을 읽으시는 모든 분들의 삶에 행복이 가득하시길 원합니다. 오늘도 열심히 사랑하시고 사랑받으세요.^^ 그리고 미리 새해 福 많이 아주 많이 매우 듬뿍 받으시구요!

정연이랑 강현이도 안녕.

— 12월, 2016년의 끝자락에 선
이은교 올림.

www.bbulmedia.com